伊吹有喜

彼方の友へ

実業之日本社

目次

彼方の友へ

プロローグ

佐倉ハツという名前がいやで、自分で書くときはいつも佐倉波津子と書いている。

ハツという名の由来は一月生まれだから「初」。父母はそこに出発の「発」、活発の「発」という意味もこめたそうだ。どうしてカタカナにしたのかと聞いたら、「モダンでしょ」と母は浴衣を縫いながら微笑んでいた。

「外国語っぽいからって、お父様がカタカナになすったの」

そういうのがモダンに思えるのは大正の御代までよ。

そんな憎まれ口を叩いたら、「いいじゃない、あなた、大正生まれだもの」と母は頭に軽く針を当てて髪油をつけていた。内職の仕立物のときはそんな仕草はしない。だけど家族のものを縫うときは、そうやって母はいつも針のすべりを良くしていた。

うっすらと涙がにじんできて、波津子は目を閉じる。

最近、目を開けていても夢を見る。見る夢は昔のことばかりだ。

朝、老人施設のベッドで目を覚ますと、日中はライブラリーと呼ばれている、本やテレビが置かれた部屋に連れていってもらう。そこにいて本を眺めていると、これまでの人生が夢のように浮かんでは消える。まるで自分が主演の映画を見ているかのようだ。その夢が浮かび始めると、しばらくそれを楽しみ、疲れてきたら目を閉じる。そして眠る。起きたら、目を開けて再び夢を見る。自分ではその繰り返しのつもりだが、傍目（はため）には始終、眠っているように見えるらしい。

「ハツさん、ハツさん」

女の声がして、波津子は薄目を開ける。施設のスタッフの女性が目の前に立っていた。

ずっと佐倉波津子で通してきた。だけどこの施設では戸籍通りの呼び方をされてしまう。

ハツから波津子になり、再びハツへ。卒寿を越えた今、その変遷を知る人はほとんどいない。

「ハツさん、聞こえてますか、ハーツーさーん」

きこえて、います、と波津子は答える。続く言葉のために口を開けたが、うまく声が出ない。

「ただ、もっと……おおきな声で、話して、いただけ、ます？」

ごめんなさいね、とスタッフが軽くかがみ、波津子の耳元に唇を寄せる。

「さっき、面会希望の人……聞こえますか？　ハツさんに会いたいっていう人が来てたんですけど」

「お断り、してくれた？」

「はい、いつものように」

卒寿を越えたら見知らぬ人が連絡してくるようになった。長寿の秘訣は何かとか、昔のことを話してほしいだとか、どれも興味本位の人々だ。だから最近、人にはもう会わない。

スタッフが小さな紙袋を目の前に差し出した。

「ハツさんのご体調のこともあるでしょうし、その方、無理にお目にかからなくてもいいとおっしゃっていました。ただ、どうしても、これをお渡ししたかったらしくて。『ハツコさん』ってその人、ハツさんのことを言っていましたけど……なんでしょう、お菓子かしら？」

紙袋をさかさにして、波津子は中身を出す。手のひらに板のチョコレートのようなものが落ちてきた。赤いリボンが結ばれた、薄くて黒い紙箱だ。

リボンをほどくと、手が震えた。はずみで箱が床に落ちると、なかから小さなカードがたくさん飛び出した。花札と同じサイズのカードにはチューリップやヒマワリ、スミレなどの花が一輪ずつ色鮮やかに描かれ、花の名がお洒落な手書きの文字で添えられている。

箱に手を伸ばしたスタッフがつぶやいた。

「きれい……なんてきれいな絵」

黒い箱には赤い薔薇を髪に飾った異国の乙女が描かれている。花の女神、フローラだ。彼女の背後には白や黄色のフリージアや、朱色のアマリリスなどが精緻に描かれ、闇に浮かぶ花園のように見える。

スタッフが箱に書かれた文字を指差した。

「これ、ゲームの名前ですか？　ムーゲ・ラーロフ？」

「フローラ・ゲーム」

短く答えて、波津子はカードの箱を受け取る。日本語の横書きは右から左に書かれていた時代があったのだが、それを知る世代はもうわずかだ。

箱を裏返すと、赤いアネモネが一輪描かれ、その隣に凝った文字でなつかしい名前があった。

「乙女の友・昭和十三年　新年号附録　長谷川純司　作」

震える手で、波津子は箱を綴じていた赤いリボンに触れる。

記憶がたしかなら、このリボンがついた箱は……。

生きてて、くれたの、と波津子はつぶやく。

あの人は、生きててくれたの？

私を、見つけてくれた？　会いに来てくれたの？

面会希望者の話を聞こうとして、波津子はスタッフを見上げる。しかし、声が出ない。

あきらめて小箱を胸に当てる。

なつかしい人々の名が心に浮かぶ。目を閉じると、それは鮮やかな像を結び、手を伸ばせば触れられそうだ。

おおい、と遠くから声がした。

おおい、ハツ公、と、彼方から友の声が聞こえてくる――。

第一部　昭和十二年

「おおい、ハツ公」

そう呼ばれた気がして、本郷に向かう坂の途中で佐倉波津子は振り返る。

十一月の朝の空気は冷たく、朝もやが坂にかかっている。

振り返ったものの、誰の姿もない。波津子は再び歩き出した。

坂を上り始めたときは草履の鼻緒が指に食い込んで痛かった。だけど今は足先がかじかんで、痛みもわからない。

六年前はこの坂をウールのソックスに茶色のブーツを履いて軽快に上っていた。貿易業を営んでいた父が大陸から買ってきてくれたおみやげだ。だけど十六歳の今、その靴は小さく、そして、家にはネルの足袋一足、手袋ひとつ買う余裕がない。

白い息を手に吹きかけながら、波津子は考える。

でも……たとえお金があったとしても、あんな素敵な靴はもう履けない。

七月の盧溝橋事件から、大陸では事変と呼ばれる戦争の状態が続いている。その影響で靴のゴム底や革が減ってきた。しかも美しい色や形のものは心を軟弱にするといわれ、店からは洒落た品物が次々と姿を消している。

「おおい、ハツ公」

今度ははっきりとそう聞こえて、波津子は再び振り返る。

朝もやの向こうから、ハツコウ、ハツコウ、と掛け声のように名を呼びながら、春山慎が自転車で坂を上ってきた。

「ちょっと……慎ちゃん、やめて。恥ずかしい」

波津子の隣に自転車を止めると、慎が荒い息を整えた。

「馬鹿野郎、こうでもしなきゃ、お前、とっとと、行っちまうじゃねえか」

「そりゃ行くよ。仕事だもん」

「俺もそうだってば」

幼馴染みの春山慎は二つ年上の十八歳で、波津子の家の裏手にある製本工場と自宅を兼ねた家に住んでいる。上には兄二人と姉が一人いるが、二人の兄が家業を継ぎ、慎だけが市谷の印刷工場に勤める傍ら、夜学に通っている。

慎が横がけにした布バッグをさぐった。

「さっきハツ公んちに寄ったら、もう家を出たっていうからさ……これ」

封筒を渡され、胸が高鳴った。急いで封を開ける。

秘密だからな、と慎が念を押した。

「本当はこういうの持ち出しちゃ駄目なんだからな。絶対、人に言うなよ。でも今回はすごいんだぜ、おい、聞いてる？」

うん、と返事をしたものの、上の空で波津子は封筒の中身を引き出す。

色鮮やかな絵が数枚出てきた。少女雑誌「乙女の友」の巻頭を飾る口絵だ。

慎の勤める印刷所では、この雑誌を刷っており、毎回こうした試作品がたくさん出る。彼の話では雑誌や本は店に並ぶ前に何回も試し刷りをする。そのたびにより良いものを求めて、文章や絵の色、写真の配置などが変わっていくそうだ。そうした指示が書かれた紙や試作の口絵は、雑誌が出たあとは処分され、慎はそのたびに波津子の好きなこの雑誌の切れ端を拾ってきてくれる。

三枚目の口絵を見て、波津子は歓声を上げた。

「うわあ、ゴールデンコンビのだ」

その紙には「希望」という詩とともに、緑のかんざしを挿した少女の姿が刷られていた。「乙女の友」の表紙を描いている画家、長谷川純司の抒情画と有賀憲一郎の詩だ。

「乙女の友」の巻頭の口絵は詩画集と呼ばれ、美しい詩とそれに合わせた絵が描かれる。毎号、さまざまな詩人と画家が組み、季節に合わせた作品を発表する場だ。

「ゴールデンコンビ？　なんだい、それ？」

「純司先生の絵と有賀主筆の詩。この組み合わせ、『乙女の友』、最強のコンビなの」

へえ、とつまらなそうに慎が答えた。

「あの二人か。俺たちにとっちゃ、あれは最凶コンビだけど……。工場に来ると二人がかりでうるさい、うるさい。やれ、この色が濁ってるとか、もっとクリヤに夏空のように澄みきってとか……。なんだよ夏空のようにってさ。編集部で何度も見てるのに刷る直前まで現場に来て、色がどうちゃら、こうちゃら。おい、聞いてる？」

「夏空のように澄みきって……あのお二方らしい言い方。だから、『乙女の友』の口絵はいつも色がきれいなんだわ」

「それは俺たち印刷工が頑張った成果だよ」

そうだね、と見上げると、慎がぷいと横を向いた。

「それより、なかを見ろって」

なか？　と言って袋の奥を探る。再び出てきたものに目を奪われた。

小さな黒い紙の半分に薔薇を髪に挿した乙女の絵が刷られていた。「フローラ・ゲーム」と書かれている。もう一枚には「乙女の友・昭和十三年　新年号附録　長谷川純司作」とあった。

来月号の附録だと得意気に慎が言った。この絵をボール紙の箱に貼り、なかには花の絵が描かれた札がたくさん収まるのだという。

「すごいぜ、ハツ公。日本中の読者の誰もまだこの附録を見ていない。お前がお初に見てるんだ」

本当？　と言ったら、気が遠くなりそうになった。

日本一早く、憧れの雑誌「乙女の友」の附録を見ているなんて。どんなお金持ちのお嬢様でも、そんなことはきっとできはしない。

フローラ・ゲームとはどうやらトランプのように遊べる花模様の札らしい。カードの見本も少し拾ってきたと慎が言っている。

あわててさらに袋を探る。すると手のひらに収まるような小さなカードが入っていた。

アネモネ、と書かれた札には赤いアネモネが一輪、ヒヤシンスと書かれた札には同じく一輪のピンクのヒヤシンスが刷ってある。いずれも長谷川純司の絵で、花の絵なのに可愛い女の子の姿が浮かんでくるような雰囲気だ。

これから出る新年号には、こんな美しい花のカードがいっぱい附録につく。宝石のような附録だと思ったら、ため息がこぼれた。

触れることができない宝石より、手に取れるこのカードのほうがいい。黄金の首飾りのきらめきより、ゴールデンコンビの詩画集のほうがずっと輝いて見える。

封筒を胸に当てて慎を見上げると、奇妙な顔をしていた。怒っているような顔だ。

「慎ちゃん、ありがと。私、大事にする」

「そんな切れっ端、作りかけの失敗品だ。だからゴミ箱行きになったんだ」

「でも、すごくうれしい」

馬鹿、と言って、慎が自転車にまたがった。

「もう行くの?」

「行くよ、ハツ公のおセンチにつきあってたら、日が暮れらあ」

坂を下りながら、慎がおどけたように両足を軽く上げてみせた。封筒を両手で抱え、波津子はその姿に小さく頭を下げる。

顔を上げたら、ぽつりぽつりと氷まじりの雨が降ってきた。

本郷の先にある洋館に、マダムこと椎名三芳が開く西洋音楽の私塾、「椎名音楽学院」

がある。

通っているのは上野の音楽学校志望の受験生とピアノや声楽をたしなみとして習う少女たちで、最近は少女たちのほうが圧倒的に多い。

二年前までは波津子もその一人だった。

十歳からこの学院で歌とピアノを習い始めた。十四歳で高等小学校を卒業してからは、マダムの通いの内弟子として家事の手伝いをしながら、少しの給料と月に二回のレッスンを受けている。

しかしそのマダムは昨年にドイツ語教師の夫を亡くし、今月末には学院も東京の家もたたんで、神戸の実家に帰ってしまう。今日は生徒たちを集めてのお別れ会の日だ。

マダムの家はいつも豪奢で暖かく、物不足の影響は見えない。だけど噂ではマダムはこの家を家財ごと売り払ってすべて金塊に換え、時局が落ち着くまで貯めこむという話だ。

噂だとみんなは言っているけれど、たぶん本当だ。

国が発行するお金はあてにならず、信用できるのはゴールドだけ。そんな話をお酒を飲みながらマダムは客人に語っていた。そのせいかマダムは常に金の首飾りや腕輪を身につけている。

マダムの家に着くと、女中の松子が待ち構えていた。さっそく彼女の指示で朝食の片付けをして洗濯をする。冷たい水に指の感覚がなくなっていき、赤ぎれにせっけんがしみる。そんな指だから今はピアノはやめ、歌の稽古だけをつけてもらっている。しかしそのレッスンも最近、マダムは忘れがちだ。

洗濯が終わると、お別れ会の支度だ。再び松子に命じられ、波津子は真っ白なテーブルクロスにアイロンをかける。花屋から届いた花をマダムの指示でいろいろな場所に飾ると、今度は洋菓子屋からお別れ会の参加者へのみやげのクッキーが届いた。それをマダムに言われたとおり、薔薇色の薄紙とレースのような透かし模様の紙でくるみ、一つひとつに赤いリボンを結んでいく。

暖炉に火が入り、あかあかと炎があがった頃、西洋料理屋に注文したオードヴルが運ばれてきた。

サーモンのカナッペ、コウルドミート、ピクルス、キュウリのサンドウィッチに小さなスコーン。おやつにはサンタ・クロースの姿をかたどったジンジャー・ビスケット。飲み物は小さな女の子にはオレンジスライスに紅茶をそそいだシャリマー・ティー。お姉様たちには薔薇とイチゴのジャムを添えたロシアン・ティーを。

マダム自慢の舶来のティーカップが戸棚からすべて取り出された。その一つひとつを波津子は丁寧に洗い、そっとリネンで磨き上げる。隣で松子が銀器を磨き、ばあやは二階でマダムの身支度を手伝っている。

やがて三時になり、招かれた生徒たちがぞくぞくと現れた。みんなが手に花束や餞別の品を持ち、マダムに渡している。そのすべてを玄関ホールのテーブルにマダムは積み上げていき、サンタ・クロースが来たみたいだと笑っていた。

雨脚が強くなってきたので、傘をさして波津子は洋館の門前に立つ。車で乗り付けてくる来客に傘を差し掛け、玄関のポーチまで送り届ける。何度も往復しているうちに、松子が玄関から顔を出し、会が始まるからなかに入るように言ってくれた。

急いで濡れた足元を替えの足袋に履き替え、客間へ手伝いに向かう。するとマダムは玄関脇の小部屋に待機して、遅れてきた人たちの取り次ぎをするように命じ、客間のドアを閉めてしまった。

お別れ会の給仕は、松子だけがするみたいだ。

雨で湿った着物から、古い布のにおいが立ち上ってくる。

そのにおいをかいで、ため息をつき、波津子は玄関脇の小部屋に向かう。途中で思いついて引き返し、慎からもらった封筒を持って部屋に入った。

椅子に腰掛けて、ヒヤシンスのカードを出す。封筒にはフローラ・ゲームの遊び方の紙も入っていた。花が描かれたカードにはそれぞれ意味があり、占いなどもできるようだ。

ヒヤシンスのカードの意味を読んだら「泣いてはいけませぬ」、赤いアネモネは「うつくしい、あなた」とあった。

客間のほうから、マダムの歌声が流れてきた。

「マダム・バタフライ」の「ある晴れた日に」だ。

やがて生徒たちが一曲ずつ歌を歌い始めた。最初に歌い出したのは門下生のなかで一番上手だと、自他共に認めている女の子だ。

雨の風景を眺めながら、その声を聴く。

この家を畳んで関西に帰るから、女中の仕事は今月までと言い渡されたときに、マダムに聞かれた。月謝を払って歌の勉強をするなら他の先生を、月給をとるために女中として働くのなら、どこか知り合いの家を紹介すると。だけどこのご時世で新たに人を雇う余裕がある家は少ないから、あてにしないでほしい。

おそるおそる、歌でお仕事ができませんかと聞いたら「ご冗談でしょう」と、マダムは墨でくっきりと描かれた眉をひそめた。そして、自分はあなたに情けをかけて内弟子にしただけなので、自分の力をあまり過信しないようにと諭された。

思い上がったことを言ったようで、それからマダムの視線が冷たい。

今度は女の子の二重唱が聞こえてきた。

同じ女学校に通っている仲良しの二人だ。やがてそれは少女たちの合唱に変わっていった。耳をふさぎたくなる思いで、それを聴く。

父が失踪するまでは、自分もあの輪のなかにいた。

五年前、尋常小学校六年生に上がったとき、大陸に渡ったまま父が帰ってこなくなった。それから手紙も電話も来ないが、なぜか時々、まとまった金だけが母のもとに送られてくる。

父が消息を絶つことを、母は前から知っていた気がする。上海の家から父が姿を消したと聞いても、泣きも嘆きもせず、しばらくは蓄えがあるから、暮らし向きのことは心配しなくていいと落ち着いていた。それから母は二階を貸し部屋にして四人の下宿人を置き、自分は仕立物の内職を始めた。ところがその年の秋、急ぎの仕立物を夜なべをして縫い続けていたら、倒れてしまった。

肋膜の病だという。それから三ヶ月、母は入院したが治りきらず、それ以来、自宅で静養しながら、細々と内職をしている。母の入院中は、裏手に住む慎の母がいろいろと気遣ってくれたが、下宿人の賄いまでは手がまわらぬので、今では一人を残して、すべての下宿人が部屋を引き払っていった。

尋常小学校の卒業が近づいたとき、母は女学校への進学を勧めてくれた。しかし女学校へ五年間通うより、高等小学校で二年学んで早く働きたいと思った。それでも音楽の稽古だけは続けたくて、高等小学校卒業後はマダムの家で働かせてもらった。

そしてあと二ヶ月で、十七歳。女学校に通っていたら、今年で卒業だ。再び振り出しに戻って働き口を探すことになった。

手にしたヒヤシンスのカードを見る。

「泣いてはいけませぬ」

泣いたりしない。だけど……どこか勤めの口を探さなければ。

カードを封筒に戻して、門を眺める。車の姿がないので、今度は「乙女の友」の詩画集の試し刷りを手にした。

この「乙女の友」は女学生を対象にした雑誌で、尋常小学校の頃からのあこがれだ。マダムのレッスンに来る年上の生徒たちは皆、この雑誌に夢中になっていた。

生徒のあこがれは有賀憲一郎の詩と長谷川純司の絵で、当時は詩のほうは難しくて意味がよくわからなかった。ただ長谷川純司が描く、大きな瞳の少女の絵が欲しくてたまらず、三年前までは本屋から毎月届けてもらい、美しい色合いの表紙や詩画集を切り抜いて部屋に貼っていた。今となっては夢のような話だ。

それを知っていた慎が、やがて職場で捨てられている試し刷りに気付いて、拾ってきてくれるようになった。その絵やグラビヤの写真を切り抜いて帳面に貼り、自分だけの「乙女の友」を作るのが最近の楽しみだ。

もらったばかりの詩画集をゆっくりと読む。

昔は詩の良さがわからなかったけれど、今は大好きだ。なかでも有賀憲一郎の詩はたった数行、ほんのひとつの言葉で、ここではない夢の国に連れていってくれる。

その有賀は「乙女の友」の編集者でもあり、三年前に編集部で一番偉(えら)い「主筆」になったが、その前からも編集の仕事が忙しくてあまり作品を発表しない。それだけに有賀主筆の詩に絵をつけるとき、純司先生は「毎回、とてもお熱を入れている」と、二人がコンビを組んだ詩画集を手にして、生徒たちはレッスンの合間に熱く語り合っていた。主筆や先生と呼ばれながらも、対談などで掲載される写真は二人ともまだ若々しく、まるで「お兄様みたい」というのも皆が熱くなる理由だ。

今朝もらった試し刷りの最後は、その有賀の詩だ。姿勢を正して、そのページを見る。

黒髪に翡翠(ひすい)挿したる少女子の——。

少女子の字の隣には手書きの赤い字があり、（ルビ　おとめご）とある。少女子と書いて、おとめごと読むらしい。

この赤い字……と波津子は手書きの文字を見る。

有賀主筆の字？

線は太いが端正で、読みやすい字だ。心をときめかせ、そっと赤い字に触れてみる。

試し刷りをずっと見ているうちに、ルビとカタカナで書かれているのは漢字にフリガナをつけるという意味だと覚えた。有賀主筆は編集部の人だから、このページはきっと主筆本人が直しているに違いない。

文字に触れた指先が熱くなってきて、その指をほおに当てる。ところが指以上にほおが熱くなっていて、窓ガラスを見たら顔が赤らんでいた。

この続きは？　有賀主筆の詩の続き。

どきどきしながら次の紙を見る。しかしそこから先がない。

大きく息を吐いて、波津子は窓にもたれる。この先が読みたい。本当の誌面が読みたい。

おとめごは、どうなるの？

車が停まった音がして、波津子は外を見る。

いそいで傘を開いて門へと走り、車の後部ドアに差し掛けた。黒い車の奥から白金(しろかね)のお屋敷に住む姉妹が、はしゃぎながら降りてきた。

彼女たちがいた座席には学校のカバンと一緒に「乙女の友」が置かれている。カバンも雑誌も置きっ放しにして、おそろいのピンクのハンドバッグだけを持ち、姉妹が歩き始めた。

黙って姉妹に傘を差し掛ける。二人が濡れぬように傘を持つと、きものの襟のうしろから雨が背中へ冷たく降り込んできた。

お別れ会が終わり、再び生徒を迎えの車まで送って一息ついていると、タクシーが来た。

お松、とマダムが女中の松子を呼び、一緒に来るように言っている。

急用で銀座まで行くのだという。

後片付けを頼むとマダムに言われ、波津子は客間に入り、汚れた皿を運び始める。しばらく台所へと皿を運んでいたが、疲れてきて、グランドピアノの前に座った。

ピアノのふたを開け、少し弾いてみる。それから客間を出て外を見た。

マダムはいない。松子も一緒に出かけてしまった。あとは耳の遠い、ばあやが一人いるだけだ。

赤い絨毯が敷かれた階段を駆け上って、波津子は踊り場に立つ。マダムは大きなパーティを開くと、二階の自室からこの踊り場に現れ、来客たちに一曲歌ってみせてから階下に降りてくる。

舞台さながらのその仕草を軽くまねてみる。それから歌った。マダムが得意な「ある晴れた日に」を。歌詞はわからないから、メロディだけを声で追う。

伸びやかに声は広がり、玄関ホールに響き渡った。

いつか歌詞を覚えよう。いつか歌ってみよう、大きなホールで。

目を閉じたら、自信がわいてきた。

私の声はゆるがない、私の声は誰にも負けない。

私の歌声はどんなざわめきのなかでもまっすぐに、聴き手の胸へと歌を響かせる。

私の声は――。

最後まで歌いきり、波津子は膝を折って礼をする。

ゆっくりと手を叩く音がした。ブラーヴァ、と声がする。

二階のマダムの部屋のドアが開き、人影が長く廊下に伸びた。

軍服のような黒い服を着た人物が手袋を持ち、制帽を小脇にはさんで近づいてきた。

すらりとした長い足と細い腰が長身を際立たせている。

黒衣の人物が階段に近づき、面白そうに上段から波津子の顔をのぞきこんだ。

吸い寄せられるようにして相手の瞳を見つめた。陶器のような白い肌に、黒にも灰色にも見える瞳が揺れている。彫りの深い顔立ちは西洋人に見えるが、つやのある黒髪は東洋人のようだ。

ずいぶんなお遊戯会だと思ったが、と薄い唇が動いた。

「これは意外。聞き応えのある歌い手もいたのだね」

その声に我に返る。天鵞絨のようになめらかで深いが、女の声だった。

軍装の女が手すりに軽くもたれた。

「もう一曲、所望」

「とんでもないことです。お耳汚しを、お許しくださいまし」

「日本人の謙遜というのはよくわからないな。あんなに堂々と歌いきっていたのに。もっと賞賛の言葉をよこせという意味かい？」

滅相もない、とさらにあとずさると、「逃げなくてもいいだろう」と女が艶やかに笑った。

一瞬、口元に手をあてて笑った仕草が日本人のようで、魅入られたように波津子は女の顔を見る。

「マダムの内弟子というのは君？」

うなずくと、女は煙草に火をつけ、マダムと一緒に関西に行くのかとたずねた。

「参りません」

女がゆっくりと煙草の煙を吐く。

「では、どうするんだい？　内弟子ってことは君、佐倉勇蔵の娘だろう？」

「父のことをご存じなんですか」

「知ってるといえば知っているし、知らないといえば知らない」

階段の上段に腰掛け、女が長い足を組む。ブーツの爪先が顔に向かっていて、波津子は再びあとずさった。刀を突きつけられているようだ。

「別の家で働くのかい？　それともどこかでまた内弟子に？」

「どちらも難しいって……マダムが。だから新しいお勤めの口を……」

探しているんだね、と女がうなずいた。

「どんな仕事を？」

なんでも、と小声で言ったら「なんでも？」と問い返して女が笑った。

「何か、おかしいですか？」

「なんでもやる……面白いねえ。歌の仕事はしたくないのかい？」

したいですけど……とつぶやくと、女は煙草を手すりでもみ消し、階下に放り投げた。

「何だ？　望みがあるなら、最後まできちんと言ってごらん」

「そんなお仕事、あるんでしょうか」

「あると言ったら？」

女の唇の端がゆっくりと上向き、微笑んでいる形になった。

「それだけじゃない。きれいなドレスを着て、おいしいものを食べ……。そうだ、箔づけにどこかの音楽学校にまぎれこんでもいい。うまくいけば上野にだって」

「本気ですか？　上野の、音楽学校に？」

そうだよ、と軍装の女が立ち上がり、階段を降り始めた。

「覚悟を決めればなんだって門戸は開くよ、佐倉嬢。叩け、さらば開かれん。求めよ、さらば与えられん。興味があるなら連絡しておくれ」

女がすれ違いざまにカードを着物の胸元に差し込んだ。カードから、濃く、甘く、香水の匂いが立ち上る。

「マダムが帰ったら、ジェイドは待ちくたびれて帰ったと伝えてくれ」

「ジェイド様……」

「ああ、そうだよ。昨夜からのお前の醜態には愛想が尽き果てたとね」

ジェイドが女中部屋をのぞき、サツキ、とばあやの名を呼んだ。

「シューバを」

ばあやが毛皮を持って出てきた。それを軽く羽織ると、ジェイドが玄関に向かっていく。

「あっ、傘、傘を……」

必要ない、と静かな声が響き、ジェイドが出ていった。

あわてて傘を持って追いかけると、門前に車が停まっている。肩に落ちた水滴を軽く払って、ジェイドが乗り込むと、すぐに車は走り去った。

門の外に出ると、雨のなかにジェイドの香りが残っていた。花でも果物でもなく、身体の奥底を奇妙に刺激する甘い香りだ。

同じ香りが胸元から漂うのに気付き、あらためてカードを見る。

高輪（たかなわ）の住所と電話番号の上には、小嶋翡翠（こじまひすい）と書かれていた。

マダムのお別れ会の片付けを終えて家に帰ると、夜はふけていた。

玄関脇の自分の部屋に入って着替えると、波津子は壁に飾った額の中身を、もらったばかりの「乙女の友」の試し刷りに差し替える。額から抜いた絵も二ヶ月前の有賀と純司の手による詩画集で、それは千代紙を貼って作った手文庫に丁寧にしまった。

この部屋は昔、女中部屋だったが、女中がいた頃の記憶はあまりない。ただ本棚やクローゼットが作り付けられて使い勝手がいいので、今は波津子の部屋になっている。

茶の間に行くと、ちゃぶ台に母が夕食を並べていた。食後の薬の時間が決まっているので、母には六時を過ぎると先に食べてもらっている。一人分の食事が並んだちゃぶ台につくと、「ゆっくりお食べ」と母が茶を淹(い)れた。

茶色い急須を持つ手が小さくてとても白い。母も色白だが、ジェイドの陶器のような肌にくらべると、温かな血が通っている感じがある。

しかし、子どもの頃は白い木蓮(もくれん)のようにふっくらとしていたが、最近の母はほっそりとして、今にも折れそうな百合(ゆり)のようだ。

何を見てるの？　と優しい声がした。

「お母さんの顔に何かついてる？」

「ううん。なんにも」

「寒かったでしょう。今日は……辛かっただろうね」

「どうってことないわ。私、丈夫だもの」

病弱な母にあてこすりを言った気がして、あわてて言い直す。

「がさつ、っていうのかな」

「ハツは、がさつじゃないわ」

「そんなことないよ」

わざと乱暴にご飯をかきこむと、母が微笑んで内職の仕立物を手にした。どこかのお嬢様の正月の晴れ着か、水色地に紅梅(こうばい)の華やかな染めものだ。

「そうそう、お父様からお金が送られてきたの。だからこのお仕立てが終わったら、ハツの着物を新調しましょうね」

「いいの、私のものは」

雨にあたった古い着物のにおいを思い出すと、新しい衣類が欲しくなった。だけど母のほうこそ、しばらく何も新調していない。

「洋服のほうがいいかしら？　良い生地が手に入りにくくなってきたから、今のうちによそいきを仕立てておきましょうか」

針を動かしながら、歌うように母が言った。

「靴も買いましょう。オーバーも買いましょう。そしてお前は学校にお行きなさい」

えっ？　と問い返したら、母が微笑んだ。

「春になったら学校にお行き。ハツが望むなら、お見合いの話もあるけれど」

「そんなの興味ないわ」

結婚してこの家を出たら、母は一人ぼっちになってしまう。父が帰ってくるまで、母とこの家は自分が守るつもりだ。

母が縫い物の手を止め、針山に針をさした。

「ねぇ、お母さん。お父さん、そんなにたくさんお金を送ってきてくれたの？」

そういうわけじゃないけどね、と立ち上がると、母が茶簞笥を開けた。

「ハッちゃんが家に入れてくれたお金はちゃんととってある。少し融通してもらったときもあるけど……。高等小学校卒でも音楽学校に行く道があると聞いたわ。卒業までには足りないかもしれないけれど、あとはお父さんとお母さんがなんとかするから……」

「もう、いやね、お母さんったら」

母が少し不思議そうな顔をした。

「働き口ならあるのよ。マダムが紹介してくださるって。それにね、ひょっとしたら、歌のお仕事があるかもしれないの」

「歌のお仕事ってどういうお仕事？」

「わからないけど……でも一生懸命働いたらね、そのうち音楽学校へも通わせてくれるかもって」

「そんなお話があるわけないでしょう」

そうだろうか、と波津子は思う。ほんの数時間前、不思議な人を見た。男とも女とも、東洋人とも西洋人ともつかない、甘い香りの綺麗な人だ。

あんな人がいる世界には、そんな話もあるかもしれない。

母が貯金通帳を波津子の手に握らせた。

「これはね、ハッちゃんが自分で作った学資なんだから気兼ねはいらない。そんなうまい話に耳を貸してはだめよ」

うまい話と言われたら、声が大きくなった。

「うまい話っていうけど、お母さんこそ……お父さんのお金って今度はいつ入るの？いつも忘れた頃に来るじゃない。お父さんはなんで帰ってこないの？」

母が顔をくもらせた。

「いつも言ってるでしょう。すぐに帰ってこられないところにいらっしゃるの」

「それはどこ？　何年も音沙汰なしで、たまに思いついたようにお金を送ってきて。お母さん、それでどうして黙ってるの？」

「私たちのことはいつも、思ってくださってるのよ」

「だったら、お母さんが倒れたとき、どうして帰ってこなかったの？　お金だって、ちゃんと毎月送ってくれたっていいはずでしょう。いつになったら入るかわからないお金なんて、あてにできる？　そんなうまい話こそあるかしら」

母が黙った。

「お父さんは信用できない。そんなのあてにして学校に行って、お金が尽きたらどうするの？」

「やってみなければわからない。ハツ、お願い。今度はもう意地を張らないで」

「お母さんはのんきすぎる。お父さん、信用しすぎだよ」

「そんな言い方やめなさい」

「だって、おかしいじゃない。一体何を……」

あのう、と、男の声がした。

「お取り込み中、すみませんけど……」

開け放したふすまの向こうに、二階の間借り人、望月辰也が立っていた。

黒っぽい着物に丹前を着て、鴨居に手を掛けて笑っている。

「八重姉さん。何か食うもの、ないですかね。今日はちょいと飲みに行くつもりだったんだけど、雨がまたひどくなってきましたよ」

「ありあわせのものでよかったら」

「それはありがたい」

母が立ち上がり、台所に向かっていった。かわりに辰也が茶の間に入って、大きな身体を丸めて火鉢に手を当てた。

「辰おじさん、帰ってたの」

おう、と辰也が腕組みをした。

「ハッちゃんに挨拶しようかと思ったけど、何やらお取り込み中で、降りるタイミングに困ってね」

急に恥ずかしくなってきて、波津子は辰也に茶を淹れる。

望月辰也は父の遠い親戚で、おじさんというには若く、お兄さんというには年上の人だ。鴨居に頭をぶつけそうになるほど背が高く、慎の姉の言葉を借りれば「苦みばしった、いい男」らしい。しかし丹前を着て茶をすすっている姿には、どこに苦みがあるのかよくわからない。

辰也は間借り人を募ったときにいち早く入居して、他の住人が引き払ってしまった今は上の二部屋を書斎と寝室にして住んでいる。ところがこの家にはあまりおらず、届いた郵便物を母はいつもどこかに送っている。仕事は何かと昔聞いたら、山師だと笑っていた。詐欺師という意味ではなく、鉱山技師という仕事で、鉱物を探してあちらこちらに行っているらしい。

「しかしあれだね、姉さん」

茶を飲む手を止め、辰也が台所に声をかけた。

「ハッ坊も言うようになったね」

「辰おじさん、そのハッ坊っていうの、やめてくれません？」

「これは失敬。でもね、ハッちゃん。親の言うことは聞くものだ」

たもとから煙草を出して一本くわえると、辰也が火をつけた。

「全部聞いてたんですか？」

思わず立ち上がると、辰也が座れ、というように手を振った。

「そりゃあ聞こえるよ、あんなでっかい声出されたら。無駄にいい声で困っちまう。あんな可愛い声でロクデナシってののしられたら、お父ちゃんは情けなくって泣くだろうよ」

お騒がせしまして、と母の声がした。

「いや、それはいいんですけどね。ま、ハッ坊、座れ。そんなフグ提灯みたいにホッペふくらませてないで」

「ふくらませてません、これが地顔です」

「そんなにツンケンするな。いいかい？　お前のおむつを俺は替えてやったことがあるんだよ」

「あら、その節はどうもお世話になりまして」

「いいから座れ。八重姉さん、ここで頂戴してもいいですか」

盆に食事をのせてきた母がうなずき、辰也のためにちゃぶ台の上を整えた。母に丁寧に頭を下げ、辰也が席につく。

いいかい、ハッちゃん、と辰也が食べながら言った。

「嫁に行く気がないなら、音楽学校でも洋裁学校でも、なんでもいい。とにかくお母さんの言うとおり、学校に行っておけ。女に学問はいらないと言われるけどね、働くにも見合いするにも、学校出とそうでないものの間には、実は微妙に格差がある。その差は永遠に縮まらない。日本がひっくり返りでもしない限り」

「ひっくり返ればいいんだわ」

辰也が箸を置いた。いつになく怖い顔をしている。

「ハッちゃん、そういうことは冗談でも言っては駄目だ」

「どうして？」

「どうしてもだ。特に君が言っちゃ駄目だ」

辰也さん、と母が眉をひそめた。出過ぎたことを、と辰也が母に頭を下げた。

「だからさ……まずは行っとけ。学資がつきたら、そのときはそのときだ。悪いことばっかり考えないで、ここはお母さんの言うとおりにしたらどうだい？　お父さんはちゃんと君のことを考えているよ。あてにならないなんて言ったら可哀想だ」

「辰おじさんはお父さんのことを知ってるの？」

辰也が黙って、芋に箸を伸ばした。

「知ってるんだったら、たまには家に帰れって言って」

「そうしたくてもできない事情があるんだよ」

「どういう事情？」

「ハツ、やめなさい。辰也さんが困るでしょう」

「どういう事情かと聞かれたら、お国のためだと言うしかない。ハッちゃん、日本は戦争中なんだよ。非常事態なんだ。裏の春山さんちの兄さんにも召集（しょうしゅう）がかかった」

本当？　と聞くと母がうなずいた。

「お父さんはいつか戻ってくるよ、たぶん。それはいつって聞くのはやめてくれよ。八重姉さん、おかわりをいただいていいですか」

母が立ち上がった。それを機に自分の部屋に戻る。

ふすまを開けると、小さな部屋が甘い香りに包まれていた。小嶋翡翠のカードから香り立っていることに気が付き、あらためてその住所を眺める。

机からレターセットを出し、波津子は手紙を書き始めた。

歌の仕事は本当にあるのだろうか――。


ジェイドこと小嶋翡翠に手紙を送ったらすぐに返事が来た。差し障りがないなら、一週間後の夜、高輪の家で面接および相談にのるという。

手紙は真っ白な便箋（びんせん）にブルーブラックのインクで書かれていて、クローバーの模様が隅に入った自分のレターセットがひどく幼く思えた。

面接の朝、今夜は就職の相談に行くと伝えると、母が気がかりな顔をした。そしてこの前、話していた歌の仕事なら考え直すようにと言った。

マダムの紹介のお宅に行くのだと嘘をつくと、どちらへうかがうのかと聞いてきた。しらを切りとおせず、しぶしぶ小嶋翡翠のカードを渡す。すると母が一緒に行くと言い出した。先方にお目にかかってご挨拶をしたいから、どこかで待ち合わせようという。

いいのよ、と突き放すように母を見た。

「もう子どもじゃないんだから、大丈夫だよ」

「ハッちゃんがお世話になるのなら、一言ご挨拶しなければ」

「採用が決まってからでいいじゃない」

どちらのお宅なの、と母は重ねて聞いた。

「この方は何をなすっているの？　小嶋翡翠先生とは女性？　それとも男性？」

答えに困り、女性画家だと答えた。

「抒情画で有名な先生なの、決まったら、ちゃんと話すから」

母を振り切るようにして家を出てマダムの邸宅に向かった。関西へ運ぶ服の荷造りを手伝い、帽子やハンドバッグなどの梱包を終えるとあたりは暗くなっていた。

急いで身なりを整え、邸宅の門を出る。大きな黒い車がゆっくりと近づいてきて、波津子の横に停まった。

窓が開くとジェイドがいた。今日は自分で車を運転している。

迎えに来たよ、と微笑まれて、なぜか胸が高鳴った。助手席に乗るように言われて、夢見心地で車のドアを開ける。知らない人の車に乗ってはいけないと母に言われているが、女性が運転している車、それもマダムの知り合いならば大丈夫だろう。

　今日のジェイドは髪をうしろになでつけ、耳には翡翠の耳飾りがさがっている。黒い服を着た姿は、時折「乙女の友」に写真が載る、少女歌劇の男役のようだ。それなのに車を操る手の爪は真紅に彩られ、ハンドルを切るたび、甘くて妖しい香りが立ち上ってくる。

　小嶋さんと言いかけ、なんとお呼びしたらいいのかとたずねたら、どうでもいい、と物憂げな声がした。

「小嶋でも翡翠でもジェイドでも、好きに呼べばいい」

　ジェイドが一瞬、視線を走らせ、膝に置いた波津子の手に片手を重ねた。その手はゆっくりと波津子の手首に這い上り、「脈が速い」とささやく声がした。

「なぜ、そんなに硬くなっているの?」

「香りが……いい匂いがして」

　香り? とジェイドがつぶやいて、前を行く車にクラクションを鳴らした。

「……何の香りですか」

「ムスクだよ」

　ムスク……とうつむいたら、意味のわからぬその言葉が途方もなく大それたものに思え、怖くなってきた。

「あのう、ジェイドさん」

　うん、とジェイドが答え、片手で車を操っていく。

「面接って、どちらで？」

「劇場さ」

車はスピードを落とし、大きな洋風の屋敷の門のうちに入っていく。

「ここが……劇場なんですか」

そうだよ、とジェイドが車を停めた。

「屋敷のなかに舞台があるんだ。さあ、おいで」

屋敷に入ったが、なかは冷え切っていて、人の気配がない。

暗い部屋のなかに背中を押されて入ると、スポットライトがついた。そのままそこから動かずに立っていろと言われて黙って立ち続ける。

ジェイドが部屋の隅に移動する気配があって、男たちの声が聞こえだした。

一曲歌うように言われて、シューベルトの野ばらを歌う。しかしのどが温まっていないせいか、うまく声が出ない。

次は何を歌おうかと思案していると、「歌はもういい」と暗がりのなかから男の声がした。

「脱いでもらおうか」

脱ぐ？　と聞き返すと、別の男の声がした。

「すべて脱いだらこちらに来たまえ。肌のきめを確かめたい」

えっ、と言ったら声が裏返った。

「裸（はだか）……裸になるってことですか？」

駄目なのかい？　と哀願するような口調で、老いた男の声がした。

「毛艶を見ないと、怖くて小鳥は買えないよ」

「ま、待って……」

もう少し磨いてからお見せしましょう、とジェイドの声がした。

「今はまだなんの手入れもしておりませんから」

誰かが鼻で笑い、人々が部屋から出ていく気配がした。

スポットライトが消えると、部屋のあかりがついた。波津子の正面にジェイドが一人、足を組んで座っている。

馬鹿だな、とジェイドが右耳の翡翠の耳飾りをひとつ外した。

「素直に脱いで触らせたら、凄いパトロンがついたのに。あのご老体は手に吸い付くような肌の少女がお好きだよ、お前のような」

「どういう意味ですか。脱いだら、どうなるんですか」

「何を言っているんだろうね、今さら」

もうひとつの耳飾りをはずすと、ジェイドが服のポケットに入れた。

「いちいち説明されなければ、わからないのかい。つまりね、誰かの小鳥になるのだよ」

「小鳥……」

「そう。ベッドのなかで可愛くさえずる小鳥だよ。その対価にいろいろなものが引き出せる。ドレスや宝石、特別待遇……そのうちどこかの劇場で歌わせてくれることもあるかもね。次はうまくおやり」

「お妾になれってことですか」

そうだよ、とジェイドが微笑んだ。

「なんでもやるって言っていなかったっけ？」

「そんなことまでは……」

しわがれた老人の声を思い出したら、震えが来た。裸を触られたあとは、もっと怖い仕打ちが待っている気がする。

「そんなこと……ねえ」

ジェイドが立ち上がり、隅の戸棚からガラス瓶とグラスを取り出し、テーブルに置いた。

琥珀色の液体がグラスに注がれる。ツン、と鼻をさす匂いがした。洋酒の匂いだ。

「知ってるかい？　田舎から身売りされている娘がこの東京には大勢いる。日本だけじゃない、世界中のどこででも、娘たちは家族のために売られていく。誰かの小鳥になれればラッキーで、そのほとんどは男たちに消耗され尽くして死んでいく」

洋酒を口に運ぶと、冷めた目でジェイドが波津子を見た。

「家族を食わせるためではなく、自分の夢のために持てるものを売る。それはずいぶん恵まれたことだ。こちらにおいで。一杯、いかが？」

ジェイドがグラスを掲げた。

「舞台に立つということは素っ裸を人前にさらすのと同じこと。これしきでひるんでどうする？」

立ちすくんだままでいると、ジェイドが近づいてきた。そのまなざしは強くて優しい。一足ごとに洋酒の匂いとムスクの香りが濃くなってくる。

「あと一時間したら次の候補者が来る」

軽く身をかがめ、ジェイドが耳元でささやいた。

「覚悟がついたら、すべてをお脱ぎ。ガウンを貸そうか？」

きれいなガウンだ、と言って、ジェイドの唇が耳元から離れた。

「白いサテンでヴァランシエンヌ・レースのふちどりがある。きっと気に入る……。まだ震えてるの？」

震えが膝に来て、立っていられず波津子はしゃがみこむ。

「よく考えてごらん。その身体、いずれ誰かの好きにさせるのだろう。たいして取り柄もない男に好きにさせるぐらいなら、夢のために使うというのも一興。まずは古い着物を脱いではいかが」

その瞬間、扉が開いた。

大きな扉の向こうに、絣（かすり）の着物に褪（あ）せた朱色のショールを巻いた母が立っていた。

「お母さん……」

ジェイドが振り返ると、笑った。

「これは驚き。お久しぶり、ミセス佐倉」

「ハツ、帰りましょう。帰りますよ」

ミス・アイダ、と母がジェイドを見た。

「今は小嶋と名乗っていらっしゃるのですね」

ジェイドが軽く眉をひそめた。

「娘を巻き込むのはやめてください。何も知らないんです。これ以上、私たちを巻き込まないでください」

人聞きが悪い、とジェイドが顔をしかめた。

「娘さんは自分の意思でここに来たんだよ」

母が駆け寄ってくると、ショールで包み込んでくれた。

「何もかもわかって、娘がそこまでやるというのなら私にも覚悟があります。だけどこの子はこんなに震えている。あなたのお仕事は手伝えません」

ジェイドが肩をすくめて笑うと、窓のほうを見た。その瞬間、笑いがすっと消え、赤い爪がドアを指差した。

「もういい。お帰り、お嬢さん。はんちくな親に守られて、どっちつかずの道を行く。所詮(しょせん)は口先ばかりのお嬢様芸ということだ。もうお帰り」

母と支え合うようにして、ドアの外に出る。小走りで門を出ると、タクシーが走ってきた。

母がその車を止め、二人で乗り込む。

家の住所を母が告げている。家に帰れるのだと思ったら、身体がふるえて、歯が鳴った。

翌日、仕事に行くと、今日限りで来なくていいとマダムが怒っていた。大事な人の顔に泥を塗って、とマダムは言い、そんな身持ちの悪い子はどこの家にも推薦できないと日払いで給料を渡された。最後の仕事を終えて帰り支度をしていると、辰也が迎えに来た。近くで用があったので、立ち寄ったのだという。

今日は黒っぽいコートを着て、粋なソフト帽をかぶっている。かすかに漂うポマードと煙草の匂いに、父を思い出した。

大きな道に出て辰也が手を挙げると、車が停まった。

歩けます、と言ったら、たまにはいいだろ、と笑っている。

「ハツ坊に話したいことがあるんだ」

車に乗り込むと、お堀端をしばらく回るようにと、辰也が運転手に指示をした。いつもと違う様子に身体が硬くなると、背中を叩かれた。

「そんな怖い顔するなよ。本当は今すぐフルーツパーラーにでも連れてってやりたいんだけど……それはまた後でな。ところで大丈夫か？」

「大丈夫って？」

あの屋敷は空き家になっていた、と辰也が言った。

「もともと空き家だったというのが正しいのか……」

「辰也さんは、昨日のことを知ってるの？」

もちろん、と穏やかな声がした。

車は皇居の堀に沿い、ゆっくりと走り出した。葉が散り落ちた沿道の柳が頼りなげに揺れている。

「どうしてあのとき……お母さんは、助けに来てくれたんだろう」

「カードの住所と名前を覚えていた。君のことを心配して、お母さんはあの日、マダムの家まで君を迎えに行ったんだ。そうしたら一足違いで君は出たあとさ。あそこのばあやさんが、君が知り合いの車に乗っていったところを見ていてね。あのお母さんが走って家に帰ってきたよ」

少し身体を動かしただけで、すぐに息切れしてしまう母が走る姿を思ったら、胸が苦しくなってきた。無理をしたせいか、母の顔色は紙のように白くなり、今日も起き上がれないでいる。

「でも……でもね、おじさん。車なんて、いっぱいあるでしょう」

「車はいっぱいあるが、パッカードを運転する女、それもマダムの知人とお母さんから聞けば、だいたい見当はついたよ」

「お母さんは、ジェイド……小嶋さんのことを知ってたの？」

昨夜、帰ってから母にそう聞いたら、父と一緒に上海で暮らしていた頃の知人だと言った。

「みんな、どういう関係なんだろ。辰おじさん、それも知ってる？」

辰也が少し窓を開け、煙草に火をつけた。

車のなかに大人の香りが満ちてくる。黙っているのが答えのようだ。

ハッちゃんはね、とため息のように辰也が言った。

「一体、何がやりたいんだ。歌を勉強したいのか、働きたいのか、別の勉強がしたいのか」

「働きたい……」

「意固地になるなよ」

「意固地になってるのは、お母さんのほう。私の学資をためるぐらいなら、あのお金で入院して完全に身体を治してほしい。家で寝てたって、結局お母さん、あれこれ働いちゃうから、ちっともよくならない。私を学校に行かせる余裕があるなら、身体を治してほしい」

「お母さんが学校のことを言うのは、自分が死んだあとのことを考えてるからだ」

そんな顔をするなよ、と辰也が火のついた煙草を軽く振った。

「今すぐって話じゃない。一般論だ。だけど率直に言うがね、あの病はきっぱり治るかどうかわからん。だから療養より、君の未来に賭けたいんだ」

でも、いやなんです、と言ったら、声がふるえた。

「人のお慈悲や情けに振り回されるんじゃなくて、自分の力でお金を稼ぎたい。自分の力で稼いで、お母さんと暮らしたい」

昨夜、家に帰ると、母が今夜は一緒に寝ようと言った。布団を並べて眠ったら、今日みたいな無茶をする前に、お母さんにできる限りのことをさせてほしいと母が言った。

そして不甲斐(ふがい)ない親で、ごめんねと泣いた。

何も言えずに、眠ったふりをした。

「だから働きます。なんでも……お母さんを泣かせない仕事なら」

ポケットから陶製の小さな箱を出すと、辰也が煙草を押しつけて消し、ふたをした。

それから運転席に手を伸ばすと、運転手が書類を辰也に渡した。タクシーなのに、そうではないような気がして、波津子は運転手をじっと見る。

ハッちゃん、とたしなめるような声が聞こえ、あわてて波津子は辰也に顔を向ける。

「それならひとつ仕事を紹介しよう。雑誌社だ」

雑誌社、とおうむのように繰り返したら、「そうだ」と辰也が書類をめくった。

「大和之興業社(やまとのこうぎょうしゃ)、『乙女の友』編集部」

えっ、と言ったら、驚きのあまり声が大きくなった。

「そこで何を？　だってあそこは……女学校に通っている子の雑誌で。私、私は……」

もちろん編集者じゃない、と辰也がうなずいた。

「雑用係だ。職場は銀座。一応、面接はあるけど、ほとんど決まるよ。通勤はバスでもいいが、市電もいいだろうね。編集長の有賀……主筆？」

辰也が何枚か書類をめくった。

「彼も本郷あたりに住んでるけれど、市電で通っているらしい」

「有賀主筆がこのご近所に？」

知ってるなら話は早い、と辰也が書類を重ねて、運転手に戻した。

「君は有賀主筆付きの給仕、小間使い、雑用係ってとこだ」

本当……と言ったら、頭がぼんやりしてきた。

あの詩を書く人に、あの端正な赤い文字を書く人のために、これから働くんだ……。

「なんだよ、気に入らないのかい」

辰也が低い声で笑った。

「あの雑誌、好きだろ。小躍りするかと思ったのに、どうした？」

「夢みたいで、頭がぼんやりして……」

それでね、と辰也がまた煙草に火をつけた。

「ハッちゃんにはもうひとつ、大事な仕事があるんだ。ハッちゃんがつく、ええっと……」

「有賀主筆？」

「そう。彼の行動をちゃんと記録してほしい。どこへ行ったか、誰と会ったか。どんな話をしたか、わかる範囲で、どんなことでもいい。できるだけくわしく」

辰也が運転手に手を伸ばすと、今度は黒い革表紙の帳面が渡された。

「こいつにちゃんと記録して、時々俺に見せてほしい」

「どうしてですか？」

「たいしたことじゃない。単なる記録さ。給料や経費の計算のとき必要なんだ。仕事で人と飲み食いしたり、居残りして働いたりすると、会社ってのはその分の金が払われるんだが、有賀さんはそういう記録をうっかり、つけ忘れるらしい。別に不正を働いているわけじゃないが、会社で金勘定している人たちはそのたびに困っちまうのさ。そういうときに君がきちんと記録してくれてると、みんなが助かるって寸法だ」

「辰おじさんは、そういう仕事もしてるの？」

なんでもやるよ、と辰也が窓の外に目を向けた。

「おじさんは山師だもの。山のなかでお宝探しをするには、娑婆の仕事も必要なのさ」

それから辰也は車を銀座に向かわせて、フルーツパーラーで果物を買い、「乙女の友」編集部が入っているビルの場所を教えてくれた。

辰也の口利きで雑誌社の雑用係として働けそうだと言ったら、母は戸惑っていた。

銀座の会社に面接に行くと、来られるものなら来週から来て欲しいと言われた。年末年始の休みを取るために、編集部は年末進行と呼ばれる特殊なスケジュールが組まれて、これから忙しいらしい。

給料はマダムの家で働いていた頃の三倍あり、生活も少し楽になる。それなのに母は浮かぬ顔だ。

それでも銀座でお勤めをするのなら、と二人で洋装店に行き、紺色のワンピースとボレロ、それから濃い小豆色のオーバーを注文して、新しい靴を買った。

初出勤の支度が調った夜、波津子はフローラ・ゲームのカードを眺めた。美しい花が描かれた札をそっと握ると、マダムの家で歌ったマダム・バタフライのメロディが心の内に鳴り響いた。

あれほど音楽が好きだったのに。すべてを捨ててもいいと思うほどの覚悟は持てなかった。

アネモネとヒヤシンスのカードをそっと胸に当てる。

このカードは本当は六十枚ある。たった二枚では、何のゲームもできない。

どんなに好きでも、すべてがそろわなければ……すべてをそろえる覚悟がなければ何も始まらない。

歌をやめ、どこへ行くの？　と自分に問いかける。

何になりたいの？　私のカードがそろう日は来るの？

それよりも、と波津子は目を閉じる。

すべてを捨てるほどの覚悟が決まる何かに、出会う日は来るの？

※

水の都といえばヴェニスだが、負けず劣らず銀座も水の都。誰かがそう言っていた。

大和之興業社、四階にある編集部からこの町を見るたび、有賀憲一郎はその言葉を思い出す。

水の都、柳が揺れる町。外濠（そとぼり）、京橋川（きょうばし）、三十間堀川（さんじっけんぼり）、汐留川（しおどめ）。昼は四つの流れが町を囲み、夜は街灯の光で道が輝く川となる。大火や震災で壊滅的な被害を受けながらも、そのたびにこの町は強く、艶やかによみがえってきた。

不死鳥の町だ。

感傷的だな、と有賀は自嘲しながら、目を伏せる。

彼方に見える柳の並木には、この町の出征兵士の名が書かれたのぼりが、からまっている。

町は不死鳥であっても、そこで暮らす人々の生は一度きりだ。

「聞いてるのかね」と背後から声がした。

振り返ると社長の沢田隆が机の向こうで二杯目のコーヒーを飲んでいた。

「いい加減、そろそろ社長室に戻ってくれませんか」

「いや、今は仕事で来てるんだ。話はまだ終わってないぞ」

スーツのポケットから社長が殻付きのクルミを二つ出し、手の中で回し始めた。仕立ての良いスーツを着ているその姿は英国紳士のようだ。しかし中風よけにクルミを回し始めると、その紳士ぶりが怪しい風体に見えてくる。

明治時代に創業され、大正、昭和、と三つの時代をくぐってきた歴史ある雑誌社でありながら、この会社の気風は軽やかだ。四代目社長の沢田は仕事の合間に様々な部署に顔を出して、茶を飲んでいく。とりわけ社長が最近、気に入っているのは「乙女の友」編集部で、ここに来ると奥の主筆の部屋に来て、有賀が自費で置いているコーヒーを淹れさせ、話しこんでいく。

「今回はかなり印刷所が怒っているらしい」

社長が手の中のクルミを見た。

「何に対して怒っているんですか」

「毎回、毎回、純司君の口が過ぎるって。どうして君は現場に彼を連れていくんだね。念校なら君が見るだけでいいだろう」

「色合いの微妙なところは、彼にしかわかりませんから」

「乙女の友」で抒情画を描いている長谷川純司は六歳下の二十二歳。今回の新年号では抒情画のほかにも、すべての附録を制作している。

作品のなかでとりわけ彼が心を砕くのは色の出方だった。色鮮やかに出ればよいというものではなく、そのテーマにあわせて精妙な色のハーモニイを大事にしたいという。その精妙さを彼は懸命に伝えようとするのだが、その言葉は独特でときに空回りしてしまう。

困ったものだね、と社長が小さく笑った。

「今回は彼、なんと言ったんだっけ……悪魔のように黒く、恋のように切なく……」

「天使のように純粋で、さながら美味なる珈琲(コーヒー)のごとき黒」

なんのことやら、と社長がうなった。

「君、わかるのかい？」

「赤みを帯びた黒ということでしょう。墨に転ばないで、わずかに赤みが入ってるんです」

「君がそう言えばいいじゃないか」

「僕の言い方だって抽象的ですけどね。ただ、いつもなら僕が翻訳して間を取り持つんですが、今朝はたまたま電話で呼び出されて席を外して……その間に純司先生と先方が直接に会話をしてしまい……」

普通に話してほしい、とため息をついた印刷所の担当者に、「普通にわかるでしょう」と純司が言い返したうえ「日本の印刷技術もまだまだだね」と大仰にため息をついたらしく、電話室から戻るとその場は険悪な雰囲気になっていた。

「前任者には、純司先生のそういう説明も非常にうまく伝わったんですけど。彼、出征してしまったんですよ。どうして優れた人材から兵隊に取られてしまうんでしょうね」

めったなことを言うな、と社長が声を低めた。

「もう少し気をつけてくれないと。あっちこっちに敵を作ってはやりにくいよ。君、空(そら)井(い)氏とも最近、親しいらしいじゃないか」

「春になったら連載をお願いしようかと。実は今、他の仕事を頼んでいるんですよ」

空井量太郎(りょうたろう)は科学を用いた空想小説を書く作家なのだが、半年前に出版した小説が体制を非難していると言われてから、活躍の場が狭まりだしている。

「大きな声では言えないが。要注意人物ってことで彼には監視がついたよ」

「何の要注意で？」

「国家転覆思想の持ち主ってことだろう」

社長の回すクルミの音が大きくなった。半年前に出た本の件かとたずねると、小さくうなずく。

「小さな星で平和を愛する生き物たちが仲良く暮らす物語。それのどこが危険思想なんだか、わかりませんね。言いがかりですよ。空井氏はヒューマニティがあって優しくて、ひとたび会えば誰もそんな思想の持ち主だなんて思いませんよ」

社長がクルミをポケットにしまった。

「彼はそうかもしれない。だけど兄上がそっちの思想に傾いているようだ」

「僕らまで手を引いたら、彼は日干しになりますよ。今だって何でも書くと言って、無署名の仕事まで引き受けている。お子さんを五人もかかえて困窮しているんです」

子沢山はうちのせいじゃない、と社長が腕を組んだ。

「悪いことは言わないから、早急に切りたまえ。その手の情けをかけると、君まで危険人物だと思われてしまう」

「僕というより、この会社が、ということでしょう」

いや、と社長が首を振った。

「君が心配だ。それからこの編集部も」

真摯（しんし）な目で見られて、有賀は黙る。大学の先輩であり、亡くなった父と同郷でもある沢田社長は時々、こうした慈父のような表情をする。

社長がスーツの胸ポケットから今度は便箋を出してきた。

「まあ、いい。今日はもうひとつ違う用向きで来たんだ。君、人員補充の希望を出していたよね。これから一人来るよ、これが履歴書」

手渡された便箋を見ると、真っ白な紙に几帳面な字で経歴が書かれていた。

「女の子じゃないですか」

いかにも、と社長が重々しくうなずく。

「女の子なのだよ。どんな子かと言うと……しめ縄みたいな三つ編み一本さげて、古い銘仙を着て面接にやってきた。せめてもう少し、洒落た恰好はできなかったのかな。でも仕事はできるよ、料理も買い物も掃除もひととおりやれる」

「女中が欲しいわけじゃないですよ」

「芸術に疎いってわけでもないと思うね。マダム椎名の内弟子だったらしいから。歌い手志望だったそうだ。まんざら芸術に無頓着ってわけじゃない」

マダム椎名、と聞いて有賀は顔をしかめる。

本郷にある椎名音楽学院は、あまり良い話を聞かない。主宰者のマダムは夜ごとあやしげな人々を家に出入りさせ、退廃的で享楽的なパーティを開いていたという噂だ。

「まあ……芸術はさておき。僕は他の出版社の少年部員みたいなシステムが欲しいと思ってるんですよ。あそこまで規模が大きくなくてもいい。僕らの編集部にもああいう夜中でも原稿取りに行ってくれるような少年部員が一人欲しいのです。それがどうして？　女子の編集補佐なら佐藤君がいますよ」

編集補佐じゃないよ、と社長が力なく首を振った。

「君付きの雑用係。君、忙しいだろ。セクレタリみたいな役が必要だよ」

軽く社長が手を合わせた。

「頼む。受け入れてくれ。コーヒーを淹れたり、外套にブラシをかけたり、原稿の受け取りをやらせたりするだけでいいんだ」

「いよいよ男のほうがいい。深夜まで働かせるわけにもいかないですし。どうしてそこまで僕に押しつけようとするんです」

弱ったな、と社長が頭をかいた。

「やんごとなきところからの、どうしてもってお願いでね」

「どちらからですか」

聞くだけ野暮だよ、と社長が物憂げに窓の外を見た。

「どちらにしたって我々には断れない。それにこっちのほうなら」

社長が内務省がある町の方角を指さした。

「これ以上ことを荒立てたくないじゃないか。思いつきみたいな言いがかりで、彼らはすきあらば文化の芽をつぶそうとしてくる。音楽も絵画も小説も、美しいもの、抒情的なものは皆、彼らの敵なんだ」

受け入れておこう、と社長が静かに言った。

「まずは受け入れよう。使い物にならなかったら、本人が自主的にやめていくさ。なんといっても、ここはある程度のインテリジェンスがないとやっていけない職場だ」

ノックの音がして、佐藤史絵里がドアから顔を出した。きれいにコテをあてた髪が顔のまわりをやわらかく縁取っている。

日本茶はいかがかと史絵里がほほえんだ。いつもならそれを機に社長は腰をあげるのだが、今日はうれしそうにうなずいている。

すぐに史絵里がお茶を運んできた。

佐藤史絵里は有賀の従姉妹で、横浜のミッションスクールを出たのち日本女子大学校に入り、勉強のかたわら編集部に来て、補佐の仕事を週に三回やっている。いつも細部まで気を配った装いをしており、今日は千鳥格子のツイードのスーツを着ていた。

これはまぶしいね、と社長が目を細めた。

「こんなに洋装が似合う日本女性というのも珍しい」

「仕立屋の腕が良いのですわ」

ご謙遜だね、と社長が茶を飲み、有賀にほほえみかけた。

「史絵里君みたいな同僚と一緒にいたら、あの子もいやでも悟るだろう、自分が野に咲くレンゲ草なのを」

史絵里がおどけて耳に手を当てた。

「なんのお話？　私の名前がちらっと聞こえましたけど」

「史絵里君と同じぐらいの年の子が、午後からここに来るんだよ」

「あら、どちらの方？」

学校には行っていない、と社長が言うと、史絵里が少し首をかしげた。

「その方、何をなさるの？　年末でお忙しいのなら、私、これから毎日来ますけど」

有賀君の、と社長が言いかけたのを制して「編集部の」と有賀は言い添える。

社長がちらりと視線をよこした。

「まあ、両方兼ねた給仕、小間使いとして来るんだ。史絵里君の下につく感じだね」

あら、いやだ、と史絵里が朗らかに笑った。

「憲兄様(けんにいさま)……じゃなくて、有賀主筆、男の子が欲しかったんじゃなくって?」

「佐藤君、もう戻りたまえ」

「おさわがせしちゃったかしら。ごめんあそばせ」

史絵里が一礼して、部屋を出ていった。

鮮やかだね、と社長が茶を一口飲んだ。

「少しだけ……あのしめ縄君が気の毒に思えてきた」

「それなら社長のセクレタリにしてさしあげたらどうですか」

「それはごめんこうむりたい」

ノックの音がして、再び史絵里の声がした。新しい人が編集部に来たという。

中に入るように言うと、人事課の青年に導かれて、古ぼけた銘仙を着た少女が現れた。

半襟と足袋だけは真っ白で清々(すがすが)しいが、すりきれた草履をはき、大きな風呂敷包みを持っている。きっちりとした三つ編みが一本、少女の右肩に落ちていた。

人事の社員にうながされて、少女が丁寧に頭を下げた。

「今日から勤めさせていただきます、佐倉……」

「名前はカタカナでハツだよ。有賀君、じゃあ、頼むね」

社長が立ち上がり、一瞬、少女が何かを言いかけた。しかし恥ずかしそうに抱えた風呂敷に目を落とすと、再び静かに頭を下げた。

扱いに困り、有賀は少女に背を向け、窓の外を見下ろす。

風が吹き出したのか、柳の枝が細く長く、ゆらめいていた。

※

午前九時前、銀座にある大和之興業社ビルに着くと、佐倉波津子は四階の「乙女の友」編集部に向かった。

ドアを開けると、誰もいない部屋に煙草と食べ物の匂いが入りまじった、生暖かい空気が満ちていた。明け方まで人が働いていた名残だ。

十二月の編集部は年末年始の休暇を控えて、他の月より忙しいらしい。ここのところ毎日、人々は明け方まで働いており、二日前には会社に来たら、帰る人たちとすれちがった。それでも皆、正午になると、疲れた顔でこの部屋に現れる。

みんな、いつ寝ているんだろう。

そう思いながら、編集部の奥にあるロッカーに波津子は荷物を入れる。それから部屋の窓を開け、室内を眺めた。

この窓の向かいの壁には大きな本棚が設けられ、数年分の「乙女の友」がずらりと並んでいる。その前には十人ほどが座れそうな楕円形のテーブルがあり、出前の蕎麦の器が三つ、汁を残したまま置かれていた。

その楕円形のテーブルはオーバル席と呼ばれ、編集者たちが食事をしたり、自分たちの机では間に合わない大きなものを扱う作業をするときに使われている。

そのオーバル席の前には八つの机が顔を向き合わせて、四つずつ並んでいる。六席は社員の席で、あとの二つは社員以外の人々が編集部で仕事をするときに使うものだ。昨夜はその二席も使われていたのか、机の上には灰皿が置かれ、煙草の吸い殻が積まれていた。

オーバル席の蕎麦の器を洗い、波津子は守衛室に届ける。

編集部に戻ってくると、このビルの清掃をしている人々がゴミを集めて、机を拭いていた。

編集部の下働きと聞いて、最初は掃除や電話番をするのかと思ったが、掃除は専門の人がいるし、電話は社員がいないときは交換手がさばくので、誰もいない早朝に来てもたいして仕事がない。

窓を閉め、波津子は編集部の続きにある、主筆の部屋のドアをそっと開ける。ひさしを下ろしているのか薄暗い。

編集部は煙草の匂いがするが、この部屋はかすかにコーヒーの香りがする。

主筆の部屋は編集部と同じぐらいの広さで、床一面にグレイの絨毯が敷き詰められていた。窓際には大きな黒檀の机があり、うずたかく本や書類が積まれている。椅子は背もたれが高い黒の革張りで、その脇に置いた小机に、有賀主筆は銀色の魔法瓶とコーヒーを淹れる道具を置いていた。大きな机のその前には革張りのソファセットがあり、ここは主筆の応接室もかねている。

主筆の机の背後にある窓を開けようと、波津子は部屋の奥に入る。窓に手を伸ばそうとして、足が止まった。

窓と机の間で、有賀が倒れ込むようにして眠っていた。背広の上着とベストは椅子にあり、白いシャツ一枚で、毛布代わりか黒いコートを身体に掛けている。

コートから出ている腕が寒そうで、波津子はあたりを見回す。椅子に掛かった上着に手を伸ばしたが、皺になるのがいやで脱いだのではないかと思ってやめた。

ショールを掛けてさしあげようか……。

そう思ったとき、有賀がかすかに身体を動かした。

「ノックぐらいしてほしいね」

ゆっくりとあおむけになり、有賀が右腕を両目の上に乗せて、顔を隠した。ゆるんだネクタイの先が床に落ちている。

「何時？」

「じきに九時です」

結び目に指を掛けて引き、有賀がネクタイをはずして椅子に放り投げた。身体を横にして、波津子に背を向ける。

「十時になるまで起こさないでくれ」

承知しましたと答え、波津子はドアの近くにある、ついたてで仕切られた場所に入る。

この部屋の入り口と有賀の机の間にある、電話室のような狭いその一角が昨日からの波津子の居場所だ。

そこじゃなくて、と物憂げな声がした。

「この部屋から出ていってほしい」

承知しました、と再び答え、波津子は編集部に戻ってオーバル席につく。

一週間前にこの職場に来たときも、最初はここにいるようにいわれた。

その日はこの席に佐藤史絵里という洒落た洋服を着た女の子がいた。週に三日、この編集部で働いているという。めりはりのある体つきに洋装がよく似合い、その隣にいると、着物姿の自分がひどく野暮ったく思えた。

自分だって、この日のために新しいワンピースをこしらえてもらったのだが、着る前日にアイロンをかけたら焦げてしまった。それは焦げたというより、繊維が溶けて穴が開いたという感じで、アイロンではなく生地のせいだと母は言っていた。触ったときはわからなかったが、繊維に粗悪な人工糸がまじっていたのだ。

繕うにも時間が間に合わず、結局、その日はいつもの着物で来たのだが、会社にいる人々は皆、仕立ての良い背広を着ており、女性たちも洋装、和装を問わずあかぬけた身なりをしている。そのなかにいると、古い銘仙を着た自分はひどく埃っぽい。しかも、その日は母が編集部の皆さんへとサツマイモ入りの蒸しまんじゅうを持たせてくれたのだが、ちょうど佐藤史絵里も自分で作ったというタルト・タタンというりんごの焼き菓子を差し入れに持ってきていた。

編集部に来た人々は皆、タルト・タタンを珍しがって食べていく。なかなか減っていかない芋のまんじゅうを見ていたら、床にふせっていた母が朝早く起きて蒸してくれたのを思い出し、自分ですべてを食べたくなった。

そのまんじゅうは翌朝、出社したら消えていた。誰かが食べてくれたのかもしれないが、ゴミとして回収されたのかもしれない。

小さくため息をついたら、場違いという言葉が心に浮かんだ。

掃除や炊事などの雑用があれば、自分もまだ役に立てる。しかしそれ以外の仕事となると、できることがあまりに少ない。そのせいなのか、編集部の人々の目も冷たい。手持ち無沙汰なのが申し訳なく、何かやれることはないかとたずねても、みんな、言葉をにごしてしまう。

そんな状況のなか、昨日は自分用の机が主筆の部屋に運び込まれた。有賀主筆付きの給仕は主筆の部屋に控えているようにという話だ。

この部屋に常に人がいるのは気が散ると有賀は拒み、机を持ち帰るようにと言ったが、運んできた人間も譲らない。机のまわりにはついたてを置いて小部屋のようにするから互いの様子は見えないし、社長も似たような感じで秘書の席を置いているのだという。

身の置き所がなく、オーバル席で小さくなっていると、騒ぎを見ていた編集長の上里（かみさと）善啓（ぜんけい）が大きな声で笑い出した。

「やあやあ、有賀主筆は神経質であらせられるネ。女の子が一人隅っこにいるぐらいで、何の気が散るというんですか。ねえ、お嬢ちゃん」

急に上里に視線を向けられ、さらに身がすくんだ。

編集長の上里は年齢はよくわからないが、耳の上に白髪が数本出ている様子は、明らかに有賀より年上だ。それなのに、この編集部では有賀の部下だ。

やれやれ、と上里が肩をすくめて、他の編集者たちに笑いかけた。

「有賀先生もお偉くなったものだね。そうでしょう？　二年前までは、ここで机を並べて僕らと仕事をしていたのに」

有賀が微笑んで、主筆の部屋を指差した。

「上里さん、あなたが引き受けてくれるなら、僕はいつだって主筆の部屋を出ますよ」

「おやおや。そうしたら有賀主筆はどこへ行きなさる？」

有賀が上里の席を指差した。

「そちらへ。僕が編集長を」

冗談ですよ、と上里が肩をすくめた。

「僕は詩も小説もやりませんからね。主筆になんてなれるはずもないし、なろうと思ったことなんて一度もございましぇん」

せん、という語尾を馬鹿にしたように「しぇん」と響かせ、上里が笑う。背広の袖に黒いアームカバーをつけた姿はお役所の人のようだ。

「ただ、編集部の雑用は佐藤君で間に合ってますから、この子は主筆、直々に使ってくださいよ。あなたご指名で、得体の知れないところから付けられた給仕なんて、恐れ多くて僕ら、使えましぇん。どういう意図か知らないけど、我々に累を及ぼすのはやめてくださいナ」

ルイって何だろ？　そう思いながら上里を見たら、目が合った。

落ちくぼんだ目をしばたたかせて、上里が横を向く。

「いいですか？　主筆が、なんとかしてください」

わかった、と有賀が答えると、机は主筆の部屋に運ばれ、入り口のドアの脇に小さな一区画が作られた。自分専用の机があるのは少し嬉しいが、まるでこの部屋に出入りする人を監視するかのような構えだ。

それに気付いたとき、望月辰也に頼まれた仕事のことを思い出した。

つまり、この部屋に来る人のことを、できるだけ記録しろということなのだろう。

時計を見ると、あと少しで十時だった。

主筆の部屋のドアが開いた。

「君、入りたまえ。僕は地下の風呂に行ってくる」

お風呂が地下にあるのだと感心しながら、ついたてに囲まれた空間に波津子は入る。

着物の帯の間から、そっとフローラ・ゲームのカードを出して眺めた。ヒヤシンスのカードの意味は「泣いてはいけませぬ」。

お守り代わりに机の引き出しにそれを入れ、静かに閉める。

泣くものか。泣くほどのことでもない。

だけど気持ちが弱ってきたら、引き出しを開けて、このカードを眺めようと心に決めた。

有賀が地下の風呂から戻ってくると、部屋にふわりと良い香りがした。

「あのう、お茶かコーヒーでも……淹れましょうか」

おそるおそる聞きながら、ついたてから顔を出すと、有賀がシャツを着替えているところだった。裸の上半身にゆるやかに白いシャツを羽織り、袖のカフスを留めている。

あわてて、ついたての内側に引きこむ。

有賀のため息が聞こえ、顔が赤らむのを感じた。それでいて、とても鮮やかに今見た姿が目に残っている。

有賀主筆は……お背が高くていらっしゃる。

緊張して、これまではあまり見ないよう、考えないようにしていたが、朝日を浴びて立っていた姿は下宿人の望月辰也とちょうど同じぐらいの背丈だった。

それで……意外とお髪(ぐし)が長い。

普段は前髪を上げて額を出しているが、さっきは濡れた長めの髪が顔にかかっていて、一瞬、詩のなかに出てくる少年のように瑞々(みずみず)しく見えた。

あれが有賀憲一郎先生。有賀主筆……。

今まで読んできた詩は全部、暗唱できる。恥ずかしくて本人にはとても言えないが、ずっと誌面を通して見つめてきた。

喜びが静かにこみあげてきた。このついたての向こうに憧れの人がいる。

深呼吸をして、波津子は座り直す。

突然、鈴の音が聞こえてきた。

外から聞こえた気がして、振り返る。窓には屋上から下がっている雑誌の広告の垂れ幕が三本かかっていて、外の景色は見えない。

気のせいか、と思ったとき、再び鈴の音がした。

君、と有賀の声がした。

「君の背後の窓を開けて」

窓を開けると、上の階から赤いロープが下がってきた。それを有賀に伝えると、そのロープをつかんで三回、引くように、と命じられた。

上のほうで三度、鈴が鳴った。まるで神社にお参りをしているようだ。

わけがわからぬまま窓を閉める。しばらくすると、勢いよくドアが開いた。

「おはよう……うわ、何だい、このスペース」

顔を上げると、ドアの近くに小柄な青年が立っていた。色白の顔に、ふんわりと茶色っぽい髪が掛かっている。

長谷川純司……純司先生だ。

思わず立ち上がると、純司がついたてに手をかけた。

「君は何かやらかしたの？　告解室みたいだね」

ははーん、と純司が小さく笑って、ついたての内側に入ってきた。

「しめ縄……有賀主筆のセクレタリって、君？　芋まんじゅう、ごちそうさま」

純司の言葉の意味はわからないが、母の蒸しまんじゅうを食べてくれたのが嬉しくて、声がうわずった。

「召し上がってくれたんですか？」

食いも食ったり、と純司が笑って腹を叩いた。

「ほとんど僕がたいらげた。お芋は素朴でいいよ。ねえ、主筆」

「僕は芋が苦手でね」

純司が微笑み、ついたてをこぶしで軽く叩いた。

「それにしても、ずいぶん味気ないパアテエションだ。乙女をこんなところに押し込めていいのかしら」

「では、屋上に連れていってはいかが」

いや、それは困るよ、と純司があわてて言った。

「気が散るもの……あ、そういうことか」

またね、と言うように純司が軽く片手を上げると、ついたてから出ていった。

膝から力が抜けて、波津子は椅子に座る。思った以上に小柄だが、長谷川純司は写真で見るよりずっと若く、まるでピーター・パンのようだ。

ついたての向こうから二人の声がしてきた。有賀が苦笑している気配がする。

「気が散ると言ったら、お偉くなったものだと上里さんに言われてね」

「シェン様は言うねえ」

「彼の前でその呼び方をしないでくれよ」

「言いましぇん」

「そういう軽口も控えてくれるとありがたい」

純司が笑う気配がしたあと、「荻野先生の挿絵がね……」と声がした。

「ああ、その件。見せてくれる？」

荻野という名を聞いて、波津子は耳をそばだてる。

「乙女の友」に連載中の荻野紘青の小説「花の調べ」は横浜のミッションスクールに通う少女たちの物語だ。物語も面白いのだが、毎回ページ一枚を使った挿絵を二枚、長谷川純司が描いていて、少女たちの私服姿や持ち物が素敵で目が離せない。春山慎からその挿絵をもらうと、朝晩に眺め、少女たちの髪のリボンの結び方を研究していた。

ただ、小説自体は順を追って読めていないので、主人公が今、どうなっているのかわからない。

未知花ちゃんはどうなってるの……。花純お姉様とは仲直りできたのかしら？

主人公の名前を思い出しながら、波津子は膝の上に手を置き、背筋を伸ばす。

先生の……と純司の声がして、ガサガサと音がした。

「前に荻野先生からもらった素案で未知花のエプロン姿を描いてみたんだけど、原稿はいつできあがるの？」

いつかわからない、と有賀の声がした。

「新聞連載と週刊誌、文芸誌がすべて佳境に入ってきたから」

「前号も休載しただろ？　一番いいところでお預けくらって、二ヶ月も休載って……先生、まさか僕の絵が気に入らないのかしら」

「それは心配しなくていい。まったく別の事情なのですよ」

「なら、いいけど。だからさ、連載再開の暁（あかつき）にはうーんと華やかにしたいと思って。では、表紙はこれでどうかな。題字はここに入る」

表紙？　と波津子はさらにしゃんと背筋を伸ばす。

次の表紙はどんな絵？　そもそも……表紙ってどんなふうに描かれているの？

題字はここに入る、という言葉を波津子は吟味（ぎんみ）する。どうやら原画には「乙女の友」という題字は書かれていないのだ。

見たい。どうなっているのか見たい。

ふむ、と有賀が戸惑うような声を出した。

「これは……少しモダンすぎやしないかな」

「それなら少し修正するけど、僕はこれでいきたいよ」

有賀が再び、ためらうような声を漏らした。

「個人的にはすごく好きなんだが……。これは、わからない人が多くないかな？　僕は継母（はは）や妹がやるからわかるけど」

わかるよ、と純司が言った。

「僕らの読者なら。春だろう？　お別れの涙、喜びの涙をぬぐうもの。あるいは卒業する先輩に贈るものの手仕事というイメージさ。薔薇のつぼみにそういう意味を託したいと思う……これが普通のものじゃ伝わらないよ」

しばらく黙っていたが、「わかった」と有賀の声がした。

「この方向でお願いします。お疲れ、純司君。コーヒーでもどう？」

立ち上がって波津子は声を上げる。

「私が！　私が淹れてまいります！」

いや、いい、と有賀の声がした。

「自分でやる……」

あっ、と小さな声がした。

「君、魔法瓶にはいつも湯を入れておいてくれると、嬉しいんだが」

「入れてまいります！」

勢い込んで、ついたてから出ると、有賀が魔法瓶を持って歩いてきた。

「今日はいい。自分でやるから」

主筆に淹れてもらおうよ、と有賀の机にもたれて、純司が笑った。窓辺の光を受けて白い肌が輝いてみえる。

「有賀主筆はコーヒーを淹れるのが上手なんだから。それより現役乙女の意見を聞きたいな、こっちにおいでよ。いいだろ？　有賀主筆」

何も言わずに有賀は部屋を出ていった。純司に手招かれ、夢見心地で波津子は有賀の机に近づく。

机に置かれた絵を見て、息をのんだ。

それはフランス刺繍（ししゅう）をしている少女の絵だった。円形の木枠に白いハンケチが張られ、赤やピンクの薔薇のつぼみが刺されている。

　少女は糸を替えるところらしく、指に赤い糸を絡めて、物思いにふけっている。目を伏せたまつげの一本、一本が精密に描かれ、ほっそりとした指先には、ほんのりと紅色がのっていた。少女の物思いとともに糸の張り具合まで伝わってくる絵だった。

　この絵は下書きで、本物はあらためて描くのだと純司が言っている。

　これで下書き、と波津子は見入る。

　目を近づけると、一つに見える色は微妙に違う色が集まった集合体だった。まるでオーケストラの音色のようだ。

「フランス刺繡より、普通の縫い物のほうがなじみやすいんじゃないかと、有賀主筆はおっしゃるんだけど」

「素敵です……この薔薇の刺繡」

　簡単に刺せるんだよ、と純司が隣に並んだ。

「たいして難しいステッチじゃない。ハンケチ以外にも着飽きたブラウスの襟に刺してもいいし、エプロンの胸当てにあしらっても素敵さ」

　横を見ると、純司も絵に顔を近づけて見ていた。ふわふわとした髪の毛は黒にまじって、いろいろな色調の茶色が入っている。

　髪も絵のようだと、見とれていると、純司が顔を上げた。間近で見ると、唇がつやつやして、女性のようにきれいだ。

「そんなに珍しそうに見ないでくれる？　しかし君……」

純司が顔を寄せてきたので、思わず波津子はあとずさる。

「唇、ガッサガサだな」

恥ずかしくて頬に血が上ってきた。

唇に手を当てると、たしかに軽く皮がむけている。

このビルディング、乾燥しているからね、と純司があたりを見回した。

「ヴァセリンを塗るといいよ。僕は好きじゃないけど、手にも唇にも使える。どれ、主筆の引き出しに入ってないかしら。戻ってきたら聞いてあげるよ」

荒れた唇を両手で隠して、「どうかお構いなく」と自分の席に戻ろうとしたら、純司が微笑んだ。

「いやだな、まるで僕がキッスでも迫ったみたい」

「滅相もない」

「それは、いやってことかい？　まあ、いい。ご用心ご用心！　僕と接吻（せっぷん）すると虫歯になるかもしれないからね」

「どうしてですか？」

「甘いからさ」

純司君、と、苦々しげな声がして、有賀が魔法瓶をさげて入ってきた。

「朝から君は何を言っているんだい。ここはカフェーではないよ」

有賀がコーヒーカップをテーブルに三つ並べた。

ご馳走してくださるの？

うれしくて、大きく息を吸いこんだとき、「まったく同感ですわ」と、しっとりとした女の声が耳に入ってきた。

「純司先生ったら相変わらずでいらっしゃる。甘くて甘くて歯が浮きそう」

「あながち嘘でもないんだよ」

軽く肩をすくめて笑い、純司がドアのほうを見た。

「試してみたいっていうのなら、僕としてはやぶさかではないけどね、カツ子さん」

「その名前で呼ぶの、やめてくれないかしら」

水色のワンピースを着た女性が入ってきた。ベージュのハイヒールに、同じ色のハンドバッグ、手には真珠色のコートとおそろいの生地の帽子を持っている。

君たち、と有賀が低い声で言って、羽ぼうきでソファの上を払った。

「じゃれあうのは、やめてくれ。僕は今朝から気分がふさいでいるんだ……美蘭君、ようこそ」

ミラン……ミラン、と頭のなかで繰り返して、波津子は姿勢を正す。

霧島美蘭。「乙女の友」の執筆者、読者の憧れのお姉様でもある「翻訳詩人」の霧島美蘭だ。

あわてて一礼すると、ちらりと視線をよこして、美蘭が帽子とコートを差し出した。

緊張しながら、受け取ったものをコート掛けに運ぶ。有賀が近寄ってきて、メモをよこした。

おつかいに行ってほしいという。ゆっくりと行ってくるように、と念を押されて、人払いをされたのに気付いた。

　メモを持ち、ショールを巻いて冬の町に出る。銀座の雑踏をしばらく歩いて振り返り、大和之興業社のビルを見上げた。

　有賀が今朝から気分がふさいでいるのは、同じ部屋に人がいるからだろうか。

　自分の存在があの場にいる人々を困らせている。そう思うと、編集部に戻るのが辛くなってきた。


　その翌日の午後、有賀から原稿を取りにいくように言われて、波津子は史絵里とともにバスに乗った。行き先は神田（かんだ）にある荻野紘青の家で、史絵里はその近くに住む画家のもとへ挿絵を取りにいくのだという。

　昼下がりの車内はほとんど客がいない。

　バスに乗り込み、座席がたっぷりと空いているのがわかった瞬間、史絵里と離れて座りたくなった。ところが素早く史絵里は隅の二人分の席を確保し、手招いてきた。仕方なく二人で並んで座ったが、気詰まりでたまらない。

　隣では史絵里が社長のクルミの話をしている。

　大和之興業社の社長はいつもクルミを手のなかで転がしているそうなのだが、それは中風よけらしい。

　史絵里の話は社長のクルミから、昨日来ていた霧島美蘭のことに移った。

「乙女の友」の詩画集で毎回、海外の詩の翻訳をしている霧島美蘭は外国の生活にも明るく、読者の人気を集めている存在だ。その美蘭は史絵里がもっとも尊敬している翻訳家に憧れて、この世界に入ったという。今度、二人でその先生のお宅にうかがう約束をしたと、うっとりとした目で語っている。

遠い世界の物語を聞くように、その話にあいづちを打った。美蘭も史絵里も英語の読み書きができて、同じ大学に進学している。

女学校ですら夢のようなのに、大学で勉強するとは、毎日がどんなふうに過ぎるのだろう。

「あら、やだ。行きすぎちゃった。車掌さーん。ごめんなさいね。おろしてくださいませ」

史絵里が身を乗り出して景色を見ると、女性車掌に声をかけた。

すぐにその場でおろしてもらい、二人で歩き出す。史絵里がこつんと自分の頭を叩いた。

「ごめんネ、話に夢中になって、とんだしくじりをシチメイマシタ……。江戸っ子風に言うと、こんな感じ?」

わからない、と答えると、史絵里が顔をくもらせた。

「あなたって全然、笑わないのね。ハイ、エエ、ワカラナイ、これ以外はしゃべらないし。私の話はそろそろ品切れよ。今度はあなたの話を聞かせてよ」

「話……って?」

「ハイ、エエ、ワカラナイ以外のことよ。どう？　編集部には慣れた？」

あまり、と答えると史絵里が笑った。

「あそこ、おじさんばっかりよね？　実は一番偉い有賀主筆が二番目に若かったりするのよ」

「他の人は……みんな年上ってこと？」

「そうよ。最年長は編集長のシェン様」

純司が上里の話しぶりを真似たのを思い出したら、小さく笑ってしまった。

「ふふ、やっと笑ったわね。でもシェン様の前で笑っちゃだめよ。あれでご本人は皮肉を言ってるつもりなんだから」

「あのお二人、仲が悪いの？」

悪いって言うより、と史絵里が小首をかしげた。

「シェン様は有賀主筆のことをてんで認めてないのよ。歴代主筆のなかで人気断トツだけど、それは甘いご面相のおかげさ、とか常々言ってるし」

あの……と言うと、史絵里がこちらを見た。きれいに巻かれた髪がクリーム色のコートの肩にこぼれて、とても華やかだ。

「あのね……一番年上の人が、主筆になるわけじゃないの？」

「主筆は詩か小説を書く人がなるのが伝統なのよ。シェン様は書かないから……もちろん普通の記事は書くし、対談なんかもすっごく上手にまとめるんだけど、創作はしないの。本当はシェン様の次の浜田（はまだ）さん……」

「あの緑の人?」

浜田というのはいつも深緑の背広を着ている青年で、形を変えて何着も持っているようだが、色が一緒なのでいつも同じ服を着ているように見える。

そう、その緑の人、と史絵里がうなずいた。

「浜田さんは小説を書いていて。シェン様はあの人を主筆に推したんだけど、華がないって上の人に却下されたのよ。雑誌の顔にしては地味すぎるって」

「緑色だから？」

「さあ……でもなんとなくわかるわ。私、浜田さんの書くものって、お説教くさくて苦手だもの。そんなわけでケンニイサマが大抜擢されたわけだけど、あまり作品を書かないじゃない？　だからシェン様、カリカリしてるってわけ」

「ケンニイサマってのも、シェン様みたいなあだ名？」

あら、ごめんなさい、と史絵里が笑った。

「実は有賀主筆は私のいとこなの。憲一郎兄様を略して憲兄様。子どもの時からそう呼んでたから、たまに出ちゃう」

あらためて史絵里を見る。主筆の親戚で史絵里という名前。「シェリ」と聞こえる外国人のような響きの名前は、カタカナだから外国語っぽいというハツとは大違いだ。

ちりん、とベルがなって、自転車に乗った青年が追い越していった。ハンチングをかぶり、紺地の前掛けをしている。

あっ、と史絵里がくやしそうな声を上げる。

「先を越されちゃった。あの人もご同業よ」

「御用聞きじゃなくて？」

「そういう恰好しているけど、雑誌社の社員よ」

　自分たちよりも年下の男の子が他社では社員として働いていて、少年部員と呼ばれていると史絵里が言った。夜中でも早朝でも、彼らは自転車に乗って原稿を受け取りにいったり、おつかいにいったりするのだという。

「有賀主筆はそういう給仕が欲しいって言って、自転車まで用意してたから、女の子が来て、がっかりしたのよ」

「自転車なら、私も乗れるけど……」

　マダムの家にいた頃、よく遠方の洋菓子店におつかいに出されたことを思い出す。崩れやすかったり、溶けやすかったりする洋菓子にくらべれば、紙の原稿は扱いやすそうだ。

「もちろん、私だって乗れるわよ。でも雨や雪が降るなか、女の子に自転車で町なかを走らせるのは、憲兄様はいやなんですって」

　煙草屋の角を曲がると、木の塀で囲まれた大きな家が見えてきた。お寺のように立派な二階建ての屋敷だ。

「あちらが荻野先生のお宅。十分ぐらいしかいられないけど、最初は私も一緒にいてあげるわ。さあ、深呼吸して」

「どうして？」

「行けばわかるから」

二人で三回深呼吸すると、史絵里が顔をしかめた。

「ほら、もう一回、いい空気を吸って」

もう一度深呼吸をして呼び鈴を押す。詰め襟の制服を着た青年が奥から出てきた。

息子さん？　とそっと史絵里に聞くと、先生の書生で、原稿の予定や進行を管理している人だという。

史絵里が来訪の目的を告げると、書生は玄関脇の部屋で待つようにと言った。

その部屋のドアを開けて、波津子は軽くむせる。

中央にはソファのセットがあり、そこに六人の背広姿の紳士が座って皆が煙草をふかしていた。その横で絨毯にじかに座って、初老の男と青年が、やはり煙草を吸いながら将棋を指している。空気のきれいなところはないかと、あたりを見回すと、部屋の隅に、さきほど追い越していった自転車の少年が直立不動をしていた。

少年の対角の隅に史絵里と並んで座る。

煙草の煙をゆったりと吐き、長椅子に座っていた男が面白そうな目を向けてきた。

「今日は御社の少年のあとに少女が来た」

「君らはどこの子だ？」

少年部員と同じ会社らしき人が声をかけてきた。

「乙女の友」です、と史絵里が答えると、軽く笑い声が起きた。

「『乙女の友』が乙女を差し出してきたか」

史絵里がつんとあごをあげた。それを見て、波津子はうなだれる。

怖い。背広の男たちが集団で煙草をふかしている姿は。

ハンケチで手を拭きながら太った男が入ってきて、史絵里を見て、おおげさに驚いてみせた。

「おお、これはまたシャンなメッチェンが」

ヤマコウさんだよ、と声がした。

「有賀氏のところだって」

「有賀氏、やり手ですな。優しそうな顔をしてるのに」

史絵里が立ち上がった。

「ああっ、くさい！」

男たちが一斉に史絵里を見た。

「なんて、くさいの……やりきれませんわ」

レースのハンケチを鼻に当て、足をふらつかせながら、史絵里が廊下に出ていく。男たちが決まり悪げに顔を見合わせた。

あわてて後を追い、史絵里を支える。すると目が合った途端に史絵里がぺろりと舌を出した。

オウケイ、オウケイ、と耳元で声がした。

「私、もう行かなきゃいけないからね。一発、先制攻撃、仕掛けてやったワ。煙草くさいって言ったら調子にのるけど、単にくさいって言ったら、口臭か体臭か、はたまた足の臭いか。それぞれ気にしてちょっとは大人しくなるわよ。では、健闘を祈る」

柱の陰で、史絵里がふざけて敬礼をした。

「でも……その……原稿って……いつもらえるんだろう」

「主筆にはなんて言われたの？」

「原稿がいただけたら編集部に届けるように。今日は無理だったら、家に直接帰ってもいいって。で、もらえるまで明日も明後日もここに来るようにって」

フム、フム、フム、と三度うなずいて、史絵里が腕を組んだ。

「あなた、体のいい、厄介払い（やっかいばら）いをされたってわけね」

どういうこと？　と言ったら、少し声がふるえた。

「そういうことなら、さっきの書生さんに進行状況を聞いて、無理そうだったらもう、家に帰ってもいいと思うわ」

「よく、わからないの。もう少しくわしく教えて」

つまりね、と史絵里が二階を指差した。

「先生は二階よ。お原稿ができたら、下にいる人たちに渡すの」

「あの人たち、みんなお原稿が書き上がるの待ってるの？」

そりゃそうよ、と史絵里がうなずいた。

「天下の荻野紘青だもの。新聞も雑誌もラジオもみんな、日本中が待ってるわよ」

「いつ順番が来るんだろ……」

待合室には十人近くの人がいた。皆が長い時間を待っているのは灰皿の煙草の積まれ具合で見当がつく。

「順番、来ないかもね。実は先月も先々月も有賀主筆はあそこで待ってたけど、結局、原稿を取れなかったのよ」

「じゃあ今月も？」

「わからないけど、うちは人が少ないから、主筆がずっとあそこで待つのはもう無理よ。でも誰かがいないと未来永劫、順番は巡ってこないかもしれない」

「どうして？」

史絵里が顔をくもらせた。

「少女雑誌は少女しか読まないじゃない？　大人の読者がいっぱい待ってるから、乙女の話はあとまわしにされちゃうのよ」

「じゃあ……未知花ちゃんはどうなるの？」

思わず主人公の名前を出すと、「それよ」と史絵里が二階を見上げた。

「あんな、いいところで終わって。危機一髪、未知花ちゃんの運命や如何に！　ああ、続きが読みたくってたまんないわ……じかに言えるんだったら、私、先生にはっきり言ってやるのに。日本中の女の子が首を長くして待っていますよって。それにね、私、純司先生の挿絵が見たくってたまらないのよ」

このおしゃれな女の子が同じ事を考えているのがおかしくて、思わず笑った。

そうでしょ、と史絵里が同意を求めた。

「だからね、応援してる。日本中の乙女のために、我、君に奮闘を求む」

これ、使って、と史絵里がハンケチを差し出す。

「悲痛な顔して鼻に当ててたら、男の人たちもからかわないわよ」

バーイ、と手を上げ、史絵里が歩いていった。なんと返していいのかわからず、つられて手を上げる。厄介払いをされたという言葉は寂しいけれど、日本中の乙女のためにと言われると、力がわいてきた。

三回、深呼吸して、波津子は部屋に戻った。

史絵里が去ってから三時間後、二階から音楽が鳴った。

ヴァーグナーの「タンホイザー序曲」だ。

音楽を聴くのは久しぶりだ。なつかしい思いで目を閉じ、一つひとつの音を味わう。

目を開けると、人々が帰り支度を始めていた。二階から鳴り響くクラシック音楽は、荻野紘青の仕事が一段落ついたという合図のようだ。

ドアが開き、書生が雑誌社の名前を言った。長椅子に座っていた男の一人が立ち上がり、廊下に出ていく。

しかしすぐに小柄な男とともに戻ってきた。鶴のようにやせているが、目だけが生々しく光った老人だ。その場にいた人々が一斉に立ち上がり、挨拶をした。この老人が荻野紘青のようだ。

今回はちょっと根を詰めたから、のどを潤したい、と荻野が笑う。少し高めの、張りのある声だ。

参りましょう、と男がうなずき、手にした封筒を部屋の隅にいる少年部員に渡した。

「市谷に持っていってくれたまえ。そこで待機している人がいるから」

それだけ言うと、男は荻野と連れだって外に行った。

お嬢ちゃんも帰った方がいいよ、と誰かの声がした。

「先生は銀座に出かけたから」

銀座？　とつぶやいたら、「バアだよ」と別の声がした。

「飲み出したら、あの人はもう書かない」

瞬く間に、部屋から人がいなくなった。灰皿と湯飲みを一箇所に集めてから、波津子は自分の荷物を持つ。

外に出ると、あたりはすでに暗かった。バス停に向かって歩いていくと、煙草屋の角の街灯の下で少年部員が地図を広げていた。

軽く一礼して、隣を通る。すると「ヤマコウさん」と声がした。

「私のことですか？」

「そうさ。『乙女の友』って大和之興業社だろ？」

大和之興業社を縮めて、ヤマコウなのか。

立ち止まると、少年が自転車を引いてきて、印刷所に行きたいのだが、市谷はどちらの方角かと聞いた。田舎から出てきたばかりで、まだ道がよくわからないのだという。

指を差しながら説明したが、少年が首をかしげた。

「わっかんねえな。まず、北はどっちだ？　月か太陽が出てたら方角わかるんだが」

北、と聞かれて波津子は首をかしげる。道はだいたいわかるが、方角を聞かれるとわからない。聞き慣れない方言を言って、少年が地図を見た。

この少年と自分は似た立場なのだと思ったら、放っておけなくなってきた。

「あのね……じゃあ大きい道のところまで案内しようか。バス停のあるところで降ろしてもらえたら、私も助かるし」

ええっ、と少年が困った声をあげた。

「女と二人乗りなんて。しょっぴかれるぞ」

「そうだね」

たしかに最近、風紀を乱すという理由で警官の取り締まりが厳しくなってきた。男女で二人乗りなどをしていたら、職務質問されてしまいそうだ。その前に、よく考えたら見知らぬ少年につかまって、自転車に乗るのはいやだ。

歩き出すと、おい、と言われた。

「おいって何？」

すまね、と少年が申し訳なさそうな顔をした。

「乗ってくれ。急がねば。全力で走ったら捕まらないだろ。振り切ってやる。すまんけどお願いします」

深々と頭を下げられ、仕方なく荷台に座る。軽く少年の腰に手をまわすと、自転車は勢いよく走り出した。途端に怖くなってきて、しっかりとしがみつく。

風が頬をなぶり、三つ編みが背後になびいた。昼間に史絵里と歩いてきた道を自転車は一気に駆け抜けていく。

少年は勢いよくペダルを回し続け、すぐに細い道を抜け、大通りに着いた。そこから声をあげて、道の指示をする。バス停が近づいてくると、ここまで来たら方角がつかめるので大丈夫だと少年が言った。

停留所の前で降ろしてもらうと、ハンチングを脱いで軽く頭を下げ、少年は再び走り出した。

みるみるうちに小さくなっていく頼もしい背中を見ていたら、少年部員が欲しいという有賀の気持ちがわかってしまった。


その翌朝、大和之興業社に行き、波津子は守衛室に向かった。

守衛室の横に小さな自転車置き場がある。有賀が用意していた自転車があるとしたら、そこに停められているはずだ。

おそるおそる守衛にたずねてみると、たしかに「乙女の友」編集部用に新しい自転車があった。

さっそくサドルに座ってみる。ところが紳士用の自転車はサドルの下からハンドルの根元に向かって一本のフレイムがあり、そこに着物の裾がひっかかって前がはだけてしまう。しかしそれは洋服でも同じ事で女の服では乗れそうにもない。

がっかりしながら、バスに乗って荻野の家に行った。ところが今日も待っている人が大勢いて、「乙女の友」の原稿は上がる気配がない。史絵里の話によると、すでに今月の締切は過ぎていて、ここ数日のうちに原稿が受け取れたとしても、大至急の作業が必要だそうだ。

大至急の作業と聞くと、全速力で印刷所に走っていった少年部員の姿を思った。あのような素早い仕事が求められている。それならなおさら、自転車を乗りこなしたい。

ズボンさえあれば、と思うと、昔、父の上海みやげのなかにチャイナ服があったことを思い出した。

夕方、荻野がバアに出かけたあと、急いで家に帰り、波津子は押し入れのなかを探す。そのチャイナ服は武道をするときに着用するという、ゆったりとしたブラウスとズボンの組み合わせだった。パジャマにするようにと父はくれたが、当時の自分には大きすぎたのと、黒いシルクの光沢がきれいで寝間着にするのが惜しくて着ていない。

夏物を入れた行李を探すと、一番下にシルクのブラウスとズボンが入っていた。すぐに袖を通してみる。大きさはちょうどよく、しかも動きやすい。

しかしこれだけでは寒い。そこで今度は父の行李から黒いセーターを出し、袖を折って着てみる。

黒ずくめの恰好だが、鏡で見ると活動的に見えた。

翌朝、大和之興業社に行き、さっそく自転車に乗ってみる。最初は乗りにくかったが、しばらくすると慣れてきた。

これでどこにでも行ける。何にでも応えられると思ったら、心が軽い。そのまま自転車で荻野の家に向かった。

通い慣れてきた部屋に入ると最初に待っていた人々の姿が消え、新しい人たちが増えてきた。

書生に進行状況を聞くと、「乙女の友」の原稿の準備はすでに整っており、いつでも取りかかれる状況になっている。ところが他の作品の出来上がりがまだなので、書き始められずにいるという。

仕方なく、じっとまた部屋の隅で待つ。しかし今日は暖かく、窓から見る景色は春のようだ。部屋のなかで煙草の匂いをかいでいるより、外で自転車の手入れをしようと思い立ち、波津子は外に出る。

サドルの部分がもう少しさがらないかと、ねじを見ていると、二階から音楽が流れてきた。

今日はヴァーグナーの「ワルキューレの騎行」だ。

ドイツの音楽がお好きなのだろうか、と波津子は二階を見上げる。

この曲は本来はワルキューレと呼ばれる乙女たちの鬨(とき)の声が入るのだが、流れてくるのはオーケストラ用に編曲されたものらしく、乙女の歌声は入っていない。

自転車のフレイムのくもりを服の袖でそっと磨いたあと、波津子はサドルの高さを調節する。

簡単にできたので、陽気な気分になり、ワルキューレの鬨の声を口ずさむ。それは「ホヨトーホ」とも「ホイヨートーホ」とも聞こえる、奇妙な叫び声だが、音楽に合わせて声を上げると、身体がふわりと持ち上がるような心地がして、とても気持ちがいい。

二階の音楽のボリュウムがさらに上がった。

ひょっとして……荻野先生はこの曲が好きなのだろうか。手を止めて、波津子は二階を見上げる。

急に挑んでみたくなった。

軽く息を吸い、音楽に合わせて声を出してみる。二、三回、小声で歌ってのどをあたためてから、音楽がたかまったとき、一気に声を放った。

先生、顔を出してくれないだろうか。

そうしたら、伝えたい。乙女たちが、連載の続きを待っていることを。

言葉ではうまく言えない。だけど歌さえあれば、いくらでも大胆になれる。

腹の底から声を響き渡らせた。ワルキューレの戦乙女（いくさおとめ）の雄叫びだ。

二階の窓に人影が見えた。さらに大きな声で、と思った瞬間、むせてしまった。

窓が開く音がした。見上げると荻野紘青がいる。

「おやおや、やはり生歌か。君が歌ってたのか？」

答えのかわりに、ワルキューレの鬨の声を優しく響かせてみる。

「ずいぶん可愛い戦乙女だ」

こげ茶色のホームスパンの上着を着た荻野が窓から出ると、ゆっくりと一階の屋根を歩いてきた。

姿が消えたと思ったら、革靴が一足、塀の内側から外へ投げられた。続いて洒落たソフト帽とロープが足元に落ちてきた。帽子を拾って埃を払っていると、荻野が塀の上に現れ、器用にロープを伝って降りてきた。

靴を履き、波津子から帽子を受け取ると、荻野が自転車を指差した。

「ようし、出発だ。行こうじゃないか」

「どちらへ」

「ヴァルハラへ。銀座だ。以前から思っていたのだよ。自転車は逃亡に非常に便利な乗り物ではないかと」

「逃亡、ですか?」

そうだよ、と荻野が少しおどけた口調で答える。

「おい、君。運転手はどうした。前掛けをした彼を呼びなさい」

会社が違うのだというと、荻野が怪訝な顔をした。

「あの会社の原稿はもう印刷所に運ばれました。私は別の会社……。『乙女の友』の原稿をいただきにあがりました」

「『乙女の友』っていうと、ああ、有賀君のところね。銀座じゃないか!」

二階の窓が開き、「あなた!」と女の険しい声がした。続けて「先生」と書生の声が響く。

「まずい、ワイフが気が付いた。君、ちょっと走ってくれないか。そこら一周でもいい」

「お帽子をお借りします」

荻野の帽子を取り上げ、波津子は三つ編みを帽子のなかにぐいぐいと入れ込む。こうしていれば、女が男をのせているとは見えないだろう。

荻野を荷台に乗せ、力をこめて波津子はペダルをこぎだした。このまま編集部まで運んでいってしまおうか。

荻野が腰に手をまわし、ぴったりと背中に身を寄せてきた。その感触に叫び出しそうになる。

くっつきすぎ！

口に出せない分、闘志のようなものがこみあげ、ペダルを踏む足に力がこもる。

驚きだね、と荻野がさらに腕に力をこめてきた。

「なんと力強い。なんという速さ。いいね。君、鬨の声をあげてくれたまえ」

あとで、と悲鳴のように答えて波津子は自転車をこぐ。

お堀端の道に入ると、歩いている人が増えてきた。行きかう車と市電を横目に見ながら、鬨の声のかわりに、波津子は大声で叫ぶ。

「どいて、通して、通ります。急いでます。大至急、お願い！」

そんなに急がなくていいよ、と後ろから声がした。

「尻が痛くなってきた。ここらで降ろしてもらえれば、僕の馴染みのバアに……」

行かせるものか！

スピードを上げると、怖い、と声がして、荻野が抱きついてきた。

「ねえ、君。そろそろ、降ろしてくれよ」

背中に貼り付く男の感触に、悲鳴をあげそうになりながら、波津子はさらに足に力をこめる。

大和之興業社が見えてきた。五階建てのビルディングの屋上に社名の看板が上がっている。

あと少し。あと少しで着く。

猛然とペダルをこぐと、建物が近づいてきた。窓を見上げて、波津子は叫ぶ。

「佐藤さん、史絵里さん！『乙女の友』の佐藤さん！」

四階の編集部の窓が開き、史絵里が顔を出した。あっけにとられた顔をしたが、すぐに姿が消えた。

会社の正面玄関に自転車を停めると、転がるように史絵里が走ってきた。

「何……何なの、佐倉さん」

荻野が荷台から降り、尻をさすっている。

「あら、やだ。やっぱり本物。荻野御大（おんたい）じゃないの」

「自転車に乗りたいって言ったから……そのまま、そのまま……」

詳しいことを話したいのだが、立ち止まったら息が切れてきた。

オウケイ、と史絵里が軽く右腕を回した。

「逃げないように、取っ捕まえちゃお。先生、このままじゃ銀座のバアに逃亡するわよ。

その前にまず、我らが未知花ちゃんの行き先、決めてもらお」

右腕をつかんで、と史絵里が駆け出した。

「私は左。二人で上に連行しちゃいましょ！」

とびっきりの笑顔を浮かべて、史絵里が荻野に挨拶をした。今日は白いワンピースに黄色いボレロを着ていて、水仙の花のようだ。

荻野が感心した顔で史絵里の姿を見た。その瞬間、史絵里が荻野の左腕をがっちりとつかんだ。あわてて波津子は右腕を両腕でつかむ。

タクシーが車寄せに入ってきて、停まった。

後部座席からゆっくりと、黒い帽子をかぶった男が現れた。黒いコートにグレイのマフラーを巻いた、有賀憲一郎だった。

荻野先生、と有賀が荻野を見て、帽子を取った。

「……どうなすったんです？」

君たち、と有賀が声を上げた。

「先生から離れなさい。カフェーの女給じゃあるまいし」

あわてて身を離そうとすると、荻野の手が腰にまわった。

「僕はこのままで一向に構わないよ、有賀君」

腕時計を帽子で隠してちらりと見ると、有賀が原稿の状況を丁重に荻野に聞いた。

できてない、と堂々と荻野が答えた。

「まだ仕上がってないんだ」

いやだァ、と史絵里の声に非難の響きがこもる。

「それなのに先生ったら逃げ出してきたの？」

気分転換だよ、と荻野が史絵里を見た。その姿に思わずつぶやく。

「だったら、お玄関のほうからお出になられ……」

「戦乙女よ。玄関抜けたら、ややこしいことになるだろうが」

お茶でも飲みませんかと有賀が誘った。

「立ち話もなんですから、先生、どうぞ上で」

車寄せにタクシーが次々と入ってきて、人が降りてきた。

張りのある声で「いただいていこう」と荻野が笑った。

給湯室でお茶の支度をして編集部に向かうと、史絵里が主筆の部屋の前で立っていた。あとで詳しい話を聞かせてほしいと言っている。

もちろん、とうなずいて主筆の部屋に入ると、応接セットで荻野と有賀が向き合っていた。

そっと二人の前にお茶を置く。

「乙女の友」の原稿はまだ途中だと、荻野が言っている。

「それでしたら先生、ここまでのお原稿、誰かに取りにやらせましょう。続きはよかったら上でどうです？　応接室をご用意いたします」

前号までのバックナンバーを取ってくるようにと有賀が命じた。あわてて編集部に戻り、史絵里とともにすべての掲載号をそろえる。

主筆の部屋に戻ると、有賀が窓際に立っていた。

有賀君、と気まずそうに荻野が言っている。

「申し訳ないが、本当のところ、僕は……」

「新聞や他誌の連載を優先させたい、と」

荻野が軽く頭をかいた。

「率直に言うがね。少女雑誌に書いても文壇の評価は得られない」

「先生ほどの方でもこれ以上の評価が欲しいのですか」

いやなところを突く、と荻野が笑った。

「人の評価というものは、棺桶のふたが閉まるまで定まらないものだ。逆に聞きたいが、君は正当な評価を得たいと思わないのかね。今のままでいいのかな？」

抱えた掲載誌の置き場所に困って、波津子は立ち止まる。

有賀がついたてを指差した。

静かに自分のその席に座ると「正直になりたまえよ」と声がした。

「君にはもっと野心があるのではないのかね。詩もいいが、君の本分はそこにはないはずだ」

「その前に僕は来月号を出さないと」

何がいやなんだ、とゆっくりと荻野が言う。

「何を怖がっている。飼い殺されたままでいいのか。野に出でなければ、今以上のものは得られないよ。会社勤めが好きなのかね」

「養わねばならぬ口が多いですから」

「いい理由を思いついたね。そうやって自分に嘘をつき続けて……」

嘘ではないです、と荻野の言葉をさえぎるように有賀が言った。

「食えない文士が大勢いるのを見ていますからね」

二人の会話が途切れた。ビルの暖房の音が静かに響いてくる。

僕は君たちの志を高く買っている、と低い声がした。

「特に長谷川純司、彼はいい」

有賀は黙ったままだ。

しょうがないな、と荻野がつぶやく声がした。

「ここには面白いメッチェンもいるしな」

「感興がわきますか。乙女の柳腰に腕を回して、さぞや心地よかったのではないかと思うのですよ」

君はいやなやつだ、と荻野が笑った。

「原稿用紙をくれ」

「取りに行かせましょうか」

いい、と荻野がうなるように言った。

「他の連中に見つかる」

「もう、ばれてると思いますが。書く物をご用意しましょう」

荻野が立ち上がる気配がした。

「そいつは持ってる。どこで興が乗るか、わからないのでね」

応接室に案内すると有賀が言い、二人が歩いてくる気配がした。

ついたてのなかを荻野がのぞいた。

「あとでお茶をくれ、戦乙女。それから今度は鬨の声じゃないやつを一曲、歌って欲しいな」

あわてて立ち上がり、「喜んで」と言ったら、有賀が視線をよこした。

その視線に向かって一礼すると、二人は部屋を出ていった。


「花の調べ」の原稿はあれから印刷所に渡ったが、編集部の人々は顔をしかめていた。

荻野先生は「乙女の友」の執筆者であるその前に、日本の文学史に燦然（さんぜん）と輝く至宝であり、そんな人を無理矢理さらってくるなんて、乱暴すぎるというのだ。

何も知らないって怖いネ、と編集長の上里は張り子の虎のように首を振り、緑の背広を着た浜田は、主筆の指導力に問題があると言っていた。

無理矢理ではないんだけど……。

十二月の中旬、かじかむ手に息を吹きかけながら、波津子は銀座の町を歩く。

もしかしたら、別のやり方があったのかもしれない。それが何かはわからないが。

ため息をまぜて手に息を吹きかけると、腕に掛けた菓子の紙袋が重く感じられた。

丸めていた背を伸ばし、きちんと手で持ち直して、波津子は会社の建物に入る。おしゃれでならす「乙女の友」で働いているのだから、みっともない歩き方はしたくない。

「乙女の友」編集部の前を通りがかると、少女たちの笑い声が聞こえた。その声を聞きながら、廊下の突き当たりの給湯室で紅茶を淹れ、買ってきたビスケットを皿に盛りつける。

三十分ほど前、関西の女学校に通う生徒たちが飛び入りで、編集部に遊びにきた。東京のミッションスクールと姉妹校の間柄の学校に通っているとのことで、一足早いクリスマスの行事に歌や英語劇を披露しにきたのだという。

編集部には夏休みや修学旅行などを利用して、こうした地方の学生たちがよく訪れる。上里編集長によると、時間があるかぎり、そうした熱心な読者を心地よくもてなすのも「乙女の友」編集部の伝統だそうだ。

幸運なことに彼女たちが編集部に案内されて入ってきたとき、長谷川純司が有賀と打ち合わせを終えたところだった。その二人が話をしながら主筆の部屋から編集部に出てくると、訪れた女学生の間から小さな悲鳴が上がっていた。

女学生の反応に純司は驚き、挨拶もそこそこに部屋を出ていった。定規と小刀を忘れていったので、あわてて追いかけて声をかけたが、振り返らずに階段を駆け上がっていった。

純司が好きなアールグレイの紅茶を淹れ終え、波津子は天井を見る。

もし上の階でお仕事をしているのなら、忘れ物と一緒にお持ちするのに……。

しかし社内にいるのは確かだが、純司はどこにいるのかよくわからない。

銀のトレイにならべた菓子と紅茶を持っていくと、花の模様が浮き出たビスケットを見て、女学生たちが喜んだ。すぐ先の資生堂パーラーのビスケットだと史絵里が紹介している。

自分と同じく編集部の手伝いをしているが、実は史絵里は「アシスタントの茶の子」というペンネームを持ち、「お茶の子さいさい」という小さなコーナーで記事を書いている。純司は早々に消えたが、有賀主筆と「茶の子ちゃん」を前にして、少女たちは嬉しそうだ。

話の輪には入っていけない。だけど今日は、ほんの少しだけ、仲間に加えてもらえる仕事をもらった。

主筆の部屋に入り、ついたてに囲まれた自分の席に波津子は座る。

引き出しから小刀を出して鉛筆を丁寧に削り、先をとがらせる。それから「乙女の友」と左隅に印刷された編集部専用の原稿用紙を取り出し、そっと誌名に触れてみた。

原稿を書く準備ができたので、今度は机の下から、昨日、史絵里が渡してくれた段ボールを引き出して開けた。なかには読者の手紙やハガキと、それに対する有賀の返事が重なって入っている。

この雑誌の読者たちがもっとも楽しみにしているのは、巻末にある「読者の広場」と呼ばれる手紙の欄だ。そのコーナーは全国の読者が送ってきた手紙に主筆が返事を書くという形式で、そのやりとりは北海道、東北、関東、東京、といった、地方別に設けられた「広場」に掲載されている。編集部に届いたすべての手紙が誌面に掲載されるわけではないのだが、その数は多く、今回は百五十通近い手紙に有賀は短い返事を書いていた。

さっそく一枚を手にして、波津子は心のなかで読み上げる。

■東北の広場

「有賀先生、お元気でいらっしゃいますか。この間のドイツのお話、三つのうち二つは私、もう知っていましてよ。もっと知らない読み物をのせてくださいな。それから、先生、お願いがありますの。純司先生のご登場をもっと増やしていただきたいワ。失礼を許して。宮城・若葉の光」

手紙に添えられた有賀のメモに波津子は目を通す。流れるような文字が少し読みづらい。

「ご存じの物語が多くて残念でした。でも今月からは荻野先生の連載が再開されますよ。純司先生のお仕事も楽しみになすってください」

一文字ずつ丁寧に、波津子は読者の手紙と有賀の返信を原稿用紙の升(ます)に書いていく。しかし連載の載という字を書きかけて、手を止めた。新聞や雑誌のフリガナのおかげで字を読むことはできるけれど、自分の手で原稿を書いてみると、読めても書けない文字がある。

目を細めて見ると、載という字は土という字の下に、車という字が書いてあるようだ。自信はないが、有賀の崩し字に似せて、それらしく書き、次のハガキを手にした。

■東京の広場
「有賀憲一郎先生。聡一郎様、礼一郎様の二人のお兄様のご出征、お祝い申し上げます。でも先生は、どうかお出になりませんようにって、私、お祈りしています。どうか……。だって私たち銃後の国民の精神の向上に先生は必要な御方でありますもの。東京・空知井蛙」

「僕のことをそんなふうにおっしゃってくだすって、ありがとう。でもこればかりは時局によるものですから、心構えは……」

その続きは書かれておらず、メモの上には赤字で×印がつけられ「投書、コメント、共にボツ」と書かれていた。

聡一郎、礼一郎という名前を見て、波津子は微笑む。

有賀主筆のご兄弟は、みんな「一郎」ってついてるんだ……。

有賀の秘密をのぞいたようで、くすぐったい。

次の手紙は外地に住む読者からだった。
■異国の広場
「先生方のお机拝見の特集、面白うございました。今度は有賀先生のお机も拝見したく思うのですが、いかが？　ボツ箱ご容赦。最近、外地組の投稿が少なめです。聡き友よ、みふるいあそばせ。台湾・花芭蕉」

「僕の机にはさして面白みはないのですよ。でも編集部にはいくばくかの面白みはあるかもしれません。東京にいらしたら、寄ってみてください」

このハガキは最後の聡きという箇所が、水に濡れてにじんでいた。

有賀の兄の聡一郎という名前の字と似ている気がして、波津子は目を凝らして、聡の字を見る。

耳という字の隣に、心と書き、その上にもうひとつ文字が乗っている。

机の引き出しから辰也からもらった帳面を出し、波津子は試しに似た雰囲気の字を書いてみる。夢中になっていると誰かが目の前に立った。

有賀だった。手に小さな包みを持っている。

少しだけど、と差し出されたものを受け取ると、なかにはビスケットが入っていた。

舞い上がるような心地で、有賀を見上げる。

すると不思議そうに有賀が「ハジイチロウ……」とつぶやいた。

何を言われたのかわからず、うつむく。有賀が黒革の帳面に手を伸ばした。

「恥一郎。恥（はず）き友……。聡きと書いたつもりかもしれないが、君、これは全然違う字だ。これでは僕の兄が恥ずかしい男になってしまう」

「どう書くのかと思って……わかるところだけ……書いただけです。漢字が難しくて」

有賀が背広の胸ポケットから万年筆を取り、聡という字を原稿用紙の隅に書いた。

恥ずかしさに、顔に血が上ってきた。

佐藤君、と有賀が編集部へ続くドアを開けた。あわてて有賀を追う。開け放したドアの向こうで、女学生たちと話をしながら、史絵里がビスケットを食べていた。

「これは君に頼んだ仕事だろう」

私が、と波津子は有賀の背に声をかける。

「すみません、私が勝手に、佐藤さんにお手伝いできることはないかって聞いたんです」

ごめんなさい、と史絵里が立ち上がった。

「主筆の原稿のお手伝いですから、佐倉さんにお願いしてもいいかと思って」

困るよ、と口元に軽く手を当て、有賀が横を向いた。

「僕のコメントの原稿に……おかしな誤字があるのは」

使えないね、と上里が首を横に振る。

「まあ、でもお使いならできるでしょう。ネエ、主筆」

ねえ、という言葉を馬鹿にしたように言って、上里が近づいてきた。

「荻野先生の校正が上がってきたから、この子に届けてもらっていいですか。お得意の自転車で」

「雪が降りそうだから、バスで行ってほしい」

上里から封筒を受け取り、身支度を整えて波津子は編集部を出る。

階段を一気に駆け下りて建物を出ると、さらに顔と身体が熱くなってきた。

神田方面へ行くバスに揺られながら、波津子は固く目をつぶる。

自分に学が足りないことはわかっていた。しかしこんな形で、それも有賀に指摘されたのが恥ずかしい。

ハジイチロウ、とつぶやいた物憂げな有賀の声を思い出す。このまま地にめりこんで消えてしまいたい。

気が付くと背中に汗をかいていた。バスから降りて風に吹かれた途端、その汗が冷え、波津子は軽く身震いをする。熱くなったり、冷たくなったり。たぶん……顔も赤くなったり、青くなったりしている。

荻野紘青の家につくと、玄関に出てきた書生が少し困った顔をして、廊下の奥を見た。視線の先には、黒っぽい着物の女が立っている。しどけなく襟元を広げて着付けた女だ。軽くあごを上げて、女がこちらを見た。それからすぐに奥の部屋へと消えた。

「おお、友よ」

甲高い声がして、荻野が階段を駆け下りてきた。今日は和服で、濃紺の紬に茶色の袖無しの羽織を着ている。

「ゲラが出たか。有賀君によろしく伝えてくれ。……おーい、ワイフよ、そんなにむくれるな」

女を追って、荻野が奥の部屋へ駆け込むと、「あの子が乙女ちゃん？」と声がした。

「おとなしそうな顔して、やり手ね」

荻野が女をなだめる声が聞こえ、書生がいたたまれぬ表情を浮かべた。間の悪いときに来たようで、封筒を渡してすぐに玄関を出る。

どこへ行っても、もてあまされている。きっと、場違いなところにいるせいだ。

バス停へと歩いていくと、うしろからベルの音がした。

「おーい、ヤマコウさん」

先日、道案内をした少年部員が自転車で走ってきた。

「ヤマコウさん、今日は噂の自転車じゃないんだ」

「雪が降るから……バスで行くようにって」

雪？　と言って少年が自転車から降りて空を見上げた。

「たしかに、もう降るな。匂いがしてきた」

匂い？　と聞き返すと、雪が降る前触れの匂いがあるのだと少年が言った。

「ま、いいや。この間は、ありがとう」

「間に合ったの？」

「おかげさんで。近道も覚えた。それよりさ、あんたの武勇伝を聞いた……。俺、ちょうど、あの騒ぎの真っ最中に先生んちに着いたんだけど、いーちばん面白いところを見逃したみたいだ」

「見世物じゃないよ」

顔を伏せて足を速めると、自転車をひきながら少年が横に並んだ。

車輪の音がとても軽やかだ。

「なんだ？　なんで、そんなにシュンとしてんだ？　長椅子組の鼻をあかして、ザマーミロって顔をして来るのかと思ったら」

長椅子組とは何かと聞くと、少年が恥ずかしそうな顔をした。

「ほら……長椅子に座ってる編集の人たちだ。みんな、帝大を出てたり、編集部のお偉いさんだったり、余裕綽々な人たちなのに。あのときばかりは、あわてふためいてたよ。『乙女の友』が先生を、かっさらっていったって」

「かっさらうって、そんな……」

「やれ乙女とランデヴーだ、二人で雲隠れだって、そりゃあ大騒ぎだ。そしたら『乙女って誰、どこの店の子』って、奥様がキィーって目ぇ怒らせて二階から駆け下りてきてな。バアの女だと思ったみたいだ」

「雑誌の名前なのに」

「それでよけい話がこんがらがってさ。奥様のヒステリイをなだめるのに、長椅子組が総掛かり。でも火山にひしゃくで水をかけてるようなもんで、全然おさまらねえの。先生もあの奥様が怖くて逃亡したんだろうなあ」

知らないところで、大騒ぎになっていたことを知ったら、怖くなってきた。

「奥様……まだ怒っていらっしゃるんだね」

大丈夫だろ、と少年が荻野の家を一瞬、振り返った。

「それにしても、銀座の雑誌社の人は、やることなすこと鮮やかだ。こないだ、あんたといたあの子、パッチリした目の」

「佐藤さん？」

「あの子も垢抜けてる」

何者かと少年が聞いたので、同じように給仕だと答える。ただ、自分と違って、普段は女子大に通っていて、週に数回、編集部に来るのだと言うと、少年がため息をついた。

「女のくせに大学に行ってるのか」

「いやな言い方」

悪ぃ、と少年が言った。

「でも、いいなあ、俺も夜じゃなくて昼間の学校へ行きたい」

夜学へ行っているのかと聞くと、少年がうなずいた。

「励めば夜学だけど大学にも行かせてもらえる。大学を出たら、晴れて、俺も長椅子組に昇格さ。でも荻野先生は俗っぽくていやだな。俺は空井量太郎がいい。聞きたかったんだけど、あの空井先生が『乙女の友』に書くって話は本当か」

「知らない」

「そうか。本当だったら、いいな、俺が原稿取りに行きたい。長椅子組になったら、科学の小説ばっか集めた雑誌を作りたい……。そっちはどうなの？」

えっ、と口ごもったら、急に隣にいる少年が大人びて見えた。

「私は……」

何も考えていないことに気付いて、波津子は自分の足もとを見つめる。

大通りに出ると、少年が腕時計を見た。

「そろそろ行がねば」

少年の腕時計に塩粒のような雪が落ちた。息を吹きかけ、その雪を飛ばしてぬぐうと、少年が自転車にまたがった。

「よーくわかんないが、そんな湿っけた顔すんなよ」

シッケタ顔？　と言い返したら、少年が笑った。

「あんな鮮やかな事したんだから、堂々としてりゃいい。俺、スカッとしたんだ」

じゃ、サヨナラ、と言うなり、自転車は走り出した。それに応えて挨拶をしたが、近づいてきた市電の音にかき消されていった。

神田の大通りを渡ると、古い本や雑誌を売る店が立ち並んでいた。夕暮れのなか、店のウインドウや扉から淡い光がこぼれている。

この町一帯にどれほど多くの本と雑誌があるのだろう。

通りに立ち、波津子は古書店街を眺める。

この書物の世界に、あの人たちはいる。有賀も上里も史絵里も、荻野も長椅子の人々もさっきの少年も。この世界の一番先頭で、毎日、新しい雑誌や本を作り続けている。

科学小説ばかりを集めた雑誌を作りたいと、さきほどの少年は言っていた。

そっちはどうなの？　と聞かれた声を思い出す。

作りたいのは「乙女の友」だ。

手のひらで頬を軽く叩いて、波津子は歩き出した。

明日、字引を買おう。小さいのと大きいのを一冊ずつ。大きいものは家に置き、小さいものは会社の引き出しに入れておく。

英語の字引もほしい。史絵里に相談したら、ひきやすい字引を教えてくれるだろうか。

来たときは消え入りたいと思ったが、帰りのバスのなかでは気持ちが軽くなっていた。

編集部に戻り、足取り軽く主筆の部屋に入ると、有賀が呼ぶ声がした。

大きく息を吸い、波津子は考えてきたお詫びの言葉を頭のなかで繰り返す。

史絵里から勝手に仕事をもらったことをあやまり、これからは漢字に気を付けることを伝えるつもりだ。

有賀の前に行くと、応接セットに座るように言われた。

単刀直入に言うよ、と有賀が机の上で手を組み合わせた。

「君、辞めてくれないか？」

「えっ……ど、どうしてですか？　あの、この前の……先生のこと、でしょうか。荻野先生のこと、私が、先生に乱暴なことをしたから」

「乱暴ではない。いささか強引ではあったかもしれないが」

「奥様……奥様がたいそうお怒りになったって」

「それは解決した」

有賀がペンを取って何かを書きだした。

「女中の口を探す。僕が責任を持って、きちんとした家を探すよ。それが見つかるまでは、全額とはいかないまでも、いくばくかは君に渡せるようにする。とにかくここにはもう来ないでほしい」

「どうして……急に」

　有賀が書き物の手を止めた。

「率直に聞くけど、君は誰に何を言われてきた？　何かをするように頼まれて来たはずだ。違うかい？」

　この編集部、特に主筆のもとに出入りする人間や、出先で会う人たちの記録をつけるようにと望月辰也は言っていた。

　正直に言ってもいいのかもしれない。しかしなぜか、ためらわれた。

「怒っているわけではないんだ。言いづらいことなら別に言わなくてもいい」

「あのう……」

　有賀が見つめてきた。荻野と似た、鋭い光がある目だ。受け止めきれず、波津子は目を伏せる。

「このお部屋に来る人たちの記録を、つけるようにって、言われています」

「それだけ？」

「それから、お出かけ先で誰と会うのか、わかる限りで記録を……。あとは、居残りして働いたときの時間とか……、その分のお給料とか、ケ、ケイ……」

「経費の精算のことかな」

「よくわからないんですけど。そういうものの計算のために……記録しておくようにって」

「誰のために？」

「お金の勘定をする人のために」

「僕が給料泥棒をしているとでも？」

逆です、と力をこめて言った。

「そうじゃなくって。たくさん働いているのに、有賀主筆はそういう書類をいつも出し忘れるから、きちんとしたほうがいいって」

「これからはちゃんと書く」

有賀が軽く眉根(まゆね)にしわをよせた。

「経費の精算も……遅れずにやる。とにかく君には申し訳ないけれど」

「私、ここで働きたいんです」

「乙女の友」を、作りたいんです。本当はそう言いたい。だけど笑われそうで、とても言えない。

有賀が席を立ち、窓辺に近寄った。話はもう終わった、と言われているみたいだ。

「働きたいんです……」

「雪が積もりそうだ。バスや市電が動いているうちに、早くお帰り」

「有賀主筆にはお急ぎの原稿があるって、今朝、うかがいました。佐藤さんから」

有賀が窓を少し開けた。冷気とともに、町のざわめきが流れ込んでくる。

「書き上がったら私、印刷所まで持っていきます。雨が降っても雪が降っても平気です。夜遅くても、朝早くても働けます。自転車を私に貸していただけたら……家まで乗って帰ってもいいっておっしゃっていただけたら、市電やバスが止まったって印刷所にも、どこにでも行きます」

そういうわけにはいかない、と有賀が窓を閉め、波津子を見た。

「年端のいかない女の子を夜中に自転車で帰すなんて、とんでもないことだ。何かあったら親御さんに申し訳がたたない」

「いいです、男だと思って」

「君はよくても、周囲が困る」

有賀が背を向けて、再び窓の外を見た。

「男の恰好をして自転車に乗っても、女の子はどこまでも女の子だ」

「男に見えたらいいんですか」

大きな声で言い返したら、肩に下がった三つ編みがかすかに揺れた。

もし、男だったら、この世界に置いてもらえたのだろうか。せめて、女に見えなかったら……。

机の上に象牙の柄の小刀があった。昼間に純司が忘れていったものだ。それをつかんで、波津子は一気に三つ編みへ刃を入れる。

男子に見えるためなら、髪も短く切る。丸刈りにしたって構わない。

すっぱりと切れると思ったが、刃は編み目に食い込んで途中で止まった。

君、と有賀が振り返って声を上げた。

「何をしているんだ、やめなさい！　誰か」

有賀の声と同時に扉が開いて、男の声が上がった。

「どうしたの、主筆。うわ、ちょっと」

黒いシャツの腕がうしろから伸びて、誰かに身体ごと引き寄せられた。その瞬間、有賀が小刀を取り上げ、机の引き出しに放り込んだ。

「純司君、そのままでいて」

机の上にあったハサミやペンをつかんで、有賀が引き出しに入れている。

まわされた純司の腕の力が強くなり、困ったような声がした。

「有賀主筆……あなた、この子に刺されるようなことをしたの？　何か不埒なことを」

誤解だよ、と有賀が言い、「誤解です」と波津子も叫ぶ。

「主筆を刺すなんて……刺すなんて、そんなこと……そんなこと、いたしません」

誤解？　と純司の腕がゆるんだ。

「僕は何か誤解してるの？　うへぇ、しめ縄が……」

窓に映った自分の姿に波津子は息を呑む。長い三つ編みが、口のあたりでちぎれて揺れている。髪は乱れに乱れて、追い剝ぎにあったかのようだ。

純司が腕を離した。

「君、一体どうしたの？　これじゃリボンも結べないよ」

リボンなんて。どうでもいい。

ゆっくりと有賀が椅子に座った。目が合うと、女の子はどこまでも女の子だと言った声が心によみがえる。

「好きで……女の子に生まれてきたわけじゃないです」

もういい、と有賀が祈るように手を組み合わせた。

「髪を整えてきたまえ」

女子の洗面所に行くと、帰り支度を始めた女子社員たちが鏡の前で話し込んでいて入れなかった。仕方なく給湯室に駆け込むと、純司の声が聞こえた。

「おーい、佐倉君、ハツ君」

純司に見つからぬよう、波津子は給湯室の隅に移動する。

タイル張りの給湯室は三畳ほどの空間で、流しの上には戸棚、その向かいの壁には大きな食器棚が置かれている。食器棚の横には小さな隙間があり、そこに入れば、しばらくの間は隠れていられるはずだ。

手近にあったバケツを伏せて腰掛けると、流しの下に置かれた金色の鍋に自分の顔が横長に映っていた。

思わず顔を手で覆うと、頭上から陽気な声がした。

「見ーつけた。やっぱり、ここかい」

小さな紺色の、リュックと呼ばれる袋物を肩にかけ、純司が給湯室に入ってきた。黒いシャツに黒いズボン、腰には空色のセーターを巻いている。

「そこ、ちょうど廊下から死角になってるんだよね。でも君、言っておくけど、そこは僕の特等席でもあるからね」

「特等席、ですか？」

そうだよ、と純司が微笑んだ。

「そこに座って、湯がたぎる音を聞くのが好きなんだ。有賀主筆は魔法瓶派だけど、僕は新鮮な湯が好きなんでね。ここに来ると蒸気でのどが潤うし」

どれ、と掛け声のような声を出して、純司がリュックを下ろし、なかから布製の細長い袋を出した。

「君もずいぶん半端なところに刃を当てたもんだ。もうちょっと上だったら、小気味よいショートヘヤーにするんだが……失敬」

純司が三つ編みをつかんで、結わえたゴムをはずした。

ばらばらと髪が床に落ちていく。それを見た途端、自分がいやになった。

「泣かないでよ」

「泣いてなどいません」

なら、いいけど、と純司が布袋から櫛とハサミを出すと、髪に触れた。

「少し整えとこう。落ち武者みたいなザンバラ髪で帰っては、おうちの人たちが腰を抜かすだろうからね」

バケツごと、もう少し前に出てくるようにと純司が言った。見上げると、ふわふわとした茶色の髪が、整った色白の顔をふちどっている。

「そんな不審そうに見ないでよ。僕は絵を描いてるけど、元は人形作家だからね、顔や髪の造形は得意だよ。もっとも生きている人間の毛は切ったことがないけれど」

櫛で髪を梳き、純司がハサミを動かし始めた。断ろうと思うのに、声が出ない。

髪の切り屑を吹き飛ばしたのか、襟足に軽く純司の息がかかった。続いて耳のうしろに指先が触れた。その感触に一瞬、身体がふるえて、息が止まりそうになる。

「心配しなくていい。有賀主筆は、きっと良い勤め口を探してくれるよ。君がもっと、のびのびと働けるところさ」

「ここに……いたかったんです」

純司がハサミを流し台に置き、布袋からカミソリを出した。そして刃の様子をたしかめると、今度は毛先をカミソリでそぎ始めた。

そうだとしたらね、とぽつりと声がした。

「こういうやり方をしては駄目だ。驚きが大きくて、君の気持ちがまるで伝わらない。言葉で説明しないと、誰にもわかってもらえないよ。体当たりでぶつかっていくその気持ち……僕には痛いほどわかるけど」

声はだんだん静かになっていき、最後はつぶやきのようになった。

その声の小ささに、そっとたずねた。

「どうしてですか」

純司が笑っている気配がした。

「それは君、僕も教育を受けていないからさ。この職場はインテリゲンチア……知識人ばかりだ。あのシェン様は、あれで大学院を出ていて、経済学の博士を目指していた。浜田君は帝大出の秀才で、ほかの人たちも同じように立派な学歴を持っている。僕だって、学ぶことにおさおさ怠りは無かったけれど、人に誇れるものは何もないんだよ。名もない私塾で絵を勉強したあとはすべて体当たり。立体の感覚をつかもうと人形をこさえたり、洋服を作ってみたり。語学を学ぶために外国人の家で働いたり……君と一緒さ」

純司が流しの下に手を伸ばし、金色のアルミ鍋のふたを取った。

「これって、シンバルみたいだね」

軽くうなずくと、それを渡された。

「でもほら、裏返すと鏡に早変わり」

渡されたふたの裏側に、肩のあたりで短く切った髪が映っている。鍋の色のせいか、それは金色に輝いて見えた。

「ついでだ。もう少し整えておくか」

純司が戸棚から山吹色の瓶を出し、中身を指ですくった。その指を顔に近づけてきたので、思わず身をそらす。

あやしいものじゃないよ、と純司が手を伸ばし、そっと唇に何か付けてきた。

甘い味が伝わってくる。ハチミツだった。

「僕はヴァセリンが苦手でね。代わりに唇にハチミツを塗っている。虫歯にならないかって心配になるけど、今のところは大丈夫だ。でもたまに夢を見るよ。朝、起きたら歯っ欠けになっててオロオロしてる夢」

思わず笑ってしまったら、純司が指を引っ込めた。しかしあわてて口を閉じると、今度は真剣な顔で細やかに手を動かし、ハチミツを唇に塗りつけていく。

くすぐったいが、少し誇らしい。純司の手つきは絵に色を塗っているようで、表紙に描かれた少女になった気分だ。

純司が少し離れたところに立って、首をかしげた。

「だから純司先生は……この前、虫歯のお話を」

そうさ、と言って、純司が再び瓶からハチミツをすくった。

「僕の唇は甘いのさ。ハチミツを塗っているからね。賢い人たちはキッスが甘いなんて、たとえだと思っている。唇が甘いはずがないと、頭で考えて笑うのさ」

ところがどっこい、と純司が下唇の中央にハチミツを薄く重ねた。

「甘いと言われて接吻すれば、実は本当に甘かったりする。勇気を出して体当たりをした者だけがつかんだ真実さ。それ以来、僕は蜜のとりこ。ハチミツはいいよ、荒れも治るし、艶も出る」

それを教えた女性との接吻は、どれほど甘かったのだろう。

塗り終えた指を軽くなめると、純司が戸棚にハチミツをしまった。

「だからね、君の気持ちはわかる。体当たりをしてしまう余裕のなさも」

コツコツと高い靴音が響いてきた。

美蘭さんだ、と純司がつぶやいた。

「もう来たか。君のことで呼ばれたんだね」

「私のことで？　なぜですか？」

「彼女は有賀主筆の相談役、困ったときの知恵袋、執筆者というだけではなく、先々代の主筆のお嬢さんで、実は有賀氏のフィアン……」

まあ、いいか、と純司がリュックを肩に掛けた。

「あとで君の荷物を取ってきてあげるから、ここを片付けたら今日はお帰り。髪なら大丈夫。僕が切ったんだから、しめ縄よりはるかに洒落ているのは請け合いだ」

純司が軽い足取りで歩き出し、階段に向かっていった。その先では美蘭が編集部のドアに手を掛けている。

アルミ鍋のふたを抱え、二人の姿を波津子は見る。

君と一緒だと純司は笑っていたが、純司の背中を見ていると、やはり美蘭と同じく別世界の住人だった。

※

社会に出て、世間に揉まれると、青年は年齢不詳な雰囲気をまとってしまう。ましてや若くして責任ある地位に押し上げられるほどの男となると、たかだか数年先に生まれたことなど意味をなさなくなる。

「乙女の友」編集部の奥、有賀主筆の部屋の前に立ち、霧島美蘭は感慨にふける。

十年前は年下の学生だったのに、気が付けば互角に議論をするようになり、今では「美蘭君」と彼は呼ぶ。

軽くノックをすると、どうぞ、と有賀の声がした。

その昔、二十年近く父が仕事をしていたこの場所は、今はうら若き彼の執務室だ。

有賀が立ち上がり、コートスタンドに掛けていた上着を取ろうとしている。

「いいのよ、そのままで。楽にしていてくださいな」

三つ揃いのスーツを着ていると、武装しているようで近寄りがたい。しかし上着を脱いで、くつろいだ姿でいると、服の内に押さえ込んだ若さがこぼれてきて心やすい。

有賀が身を投げ出すようにして椅子に座りこんだ。

「お疲れのようね」

サイドテーブルに置いた魔法瓶を見て、何か飲むかと有賀がたずねた。

「どうぞお構いなく」

「じゃあ、本当に何も構わないよ」

ネクタイの結び目を軽くゆるめて、有賀が椅子に座り直した。

「ごめんなさいね、急に来てしまって」

「いいんだ。ちょうど僕も相談したいことがあったから」

「どういったご用向き？」

座るようにと、ソファを手で指し示して「そちらからお先に」と有賀が言った。

「お忙しいとは思ったのですけれど……どうしても気になりまして。この間、お渡しした原稿、読んでくださったかしら？」

読んだ、とぶっきらぼうに有賀が答えた。

「どうお思いになられて？　忌憚のないご意見を聞かせて欲しいの」

控えめなノックの音がして、編集部の人間が有賀に声をかけた。

ちょっと失礼、と言って、有賀が部屋を出ていく。つられて立ち上がりかけ、美蘭は苦笑する。

まるで小娘のようだ。いや、甘いものをねだる子どものようだ。

心を静めて座り直そうとすると、有賀の机に原稿用紙があるのが見えた。何気なくその原稿に目を落とす。文字は書かれていなかった。

小説はもう、お書きにならないのだろうか。

原稿用紙の脇に置かれた軸の太い万年筆を見ながら、美蘭は考える。

このままずっと、本名で通していくおつもり？

十年ほど前、当時、在学していた大学の文芸雑誌に処女作を発表したとき、有賀は筆名を使っていた。その名で次々と発表された作品は高い評価を得て、一躍、人気作家になったが、ある事情を機に何も書かなくなった。

やがて大学の先輩でもあった父の紹介で、有賀が「乙女の友」編集部に入ったとき、周囲は小説の執筆再開を期待した。しかし彼は小説ではなく、本名で抒情詩を作り始めた。その詩はとても美しく、たちどころに読者の心をつかんでいった。

もともと詩作から小説に転じたのだから、元に戻っただけだと有賀は淡々と父に言っていた。しかし時折書く、まるで掌編小説のような散文詩を読むとき、本心なのだろうかと美蘭は疑う。

サヤは……どう思うだろうか。

今は亡き妹の姿を美蘭は思い浮かべる。かつて有賀が使っていた筆名を、もう一度、活字で見てみたいと妹はよく言っていた。

有賀が小皿を持って、編集部から戻ってきた。

「よかったら、つまんで」

「本当によろしいのに」

レースペーパーを敷いた小皿には、資生堂パーラーのビスケットが載っていた。

有賀が席に戻り、机の上の原稿用紙を片付けだしている。

「お原稿を書いていらしたの？」

「企画だよ。国威発揚の企画を考えるようにと言われた」

最近、締め上げがきつくてね、と有賀が机の電話を見やった。

「昨日は呼び出しを受け、今日はこってり電話で締め上げられた」

どこから、と言いかけて美蘭は黙る。

最近、雑誌の検閲が厳しくなってきた。それは政治色がない雑誌にまでおよび、思わぬことで戒告を受けることがあるらしい。

「そんなに繰り返し、何について先方はおっしゃっているの？」

「まず、フローラ・ゲーム。絵が華美に過ぎるという話。それから名前も気に入らなかったらしい。でも今回はおとがめはないそうだ。だけど次号の表紙について警告を受けた。小道具の外国趣味もほどほどに。現実から目をそむけて、抒情的なものに溺れるのは読者の心を脆弱（ぜいじゃく）にすると」

おかしな話だ、と有賀がひじをついて手を組み、そこに軽く顔を寄せた。

「どうして彼らは表紙の内容を知っている？　まだ下書きの段階なのに。どこからか情報がもれているとしか思えない。まるで四六時中、誰かに監視されているようだ」

監視、と聞き返したとき、部屋の隅に置かれたついたてが目に入った。

今月に入って急に有賀の部屋の隅に小さなコーナーが作られた。そのなかには生真面目な表情をした少女が座っていて、来客の荷物を受け取ったり、お茶を淹れたりといった雑用をしている。

ついたての方向を手で示すと、有賀がうなずいた。

「相談したいことはそれなんだ」

あの少女が自主的にこの職場をやめないかと、有賀は冷淡に接した。ところが少女は冷たくすればするほど、懸命に働くのだという。

「最近、お勤めの口が少ないから、それは必死にもなるでしょうね」

「それにしても辛い。人払いをしたくて使いに出すと、薄い服にショールを巻いて、寒空へ飛び出していくんだ。それをここから見ていると、たいした用もないのに外出させている自分が人でなしに思えてね。ついさっきも……」

続きを言いかけてやめ、有賀が目を閉じた。

雪が雨に変わったのか、雨音が響き始めている。

この人が自分の心情をこんなに話すのは珍しい。それに気付いて、口を閉ざしてしまったのだろうか。

静けさに耐えられなくなって、話題を元に戻した。

「表紙の小道具が外国趣味とは……具体的に何を指しているのかしら」

有賀が引き出しから絵を取り出し、応接セットの向かいに座った。

テーブルに置かれた表紙の下書きを見る。描かれているのは、ハンケチにバラの刺繍をしている少女で、指に糸を絡ませて物思いにふけっている。

「この間、拝見したものね。小道具が外国趣味というのは……」

「フランス刺繍の道具さ。実は最初に見たとき、僕もそこが危ない気がして。他の縫い物では駄目かと提案したんだが、やはりこれで行きたいと彼は言うんだ」

「バラの刺繍の図案を変えるだけでも、印象はずいぶんと変わるわ。純司先生にもう一度お伝えなさっては？」

言いたくない、と有賀が低い声で言った。

「こんな時代だからこそ、少女たちには美しい夢を。僕らはそう思っている。それが気に入らない人々は、何に変えたところで、言いがかりをつけるだろう。だったら自由に描いてほしい。彼は伸び盛りだからね。時局におもねることで、その成長をくじくのはいやだ。頭を下げるのは僕がやる。波はすべて僕がかぶるから、気にしないで描いて欲しいんだ」

「逆にそれは純司先生を危険な立場に追いやることになるんじゃないかしら」

返事のかわりに有賀が両腕を組んだ。しなやかな腕の筋肉が、シャツ越しに浮き上がっている。

「すでに一度、提案している。彼だって今の風潮はわかっているはずだ。そこをあえて、これで行きたいというのなら尊重したい。外国趣味ね……」

有賀が絵を手に取った。

「平和な時代だったら、逆に純司君を外国へ紹介するのに。メイド・イン・ジャパンのイラストレイションに世界が熱狂する様を見たくないか？　そうしたら、君、手伝ってほしいことがいっぱいあるよ。僕じゃなくてもいい、今度は日本のすぐれた詩を翻訳して、彼の絵につけて世界に送り出してほしい」

「それよりも私は……翻訳より創作をしていきたい」

夢からさめたような顔で、有賀が絵をテーブルに置いた。

「翻訳詩人という呼ばれ方はいや。その名はもう返上したいの」

この前の打ち合わせの帰り際、有賀に小説の原稿を渡した。ギリシャ神話をモチーフにしたストーリイだ。この二年間、何度も推敲（すいこう）し、心をこめて磨き上げてきた。

感心しないね、と有賀が首を横に振る。

「どういう意味かしら？」

「どうして翻訳でこれほどの仕事ができるのに、創作にこだわるのですか？　詩や小説を書く連中はいっぱいいるが、世界と日本の架け橋になれる人は少ない。なかでも君はすばらしい精度で外国語を美しい日本語に翻訳できるのに」

「翻訳なら、有賀主筆もおできになるでしょう」

できますがね、と有賀が絵を手に取った。

「あなたの訳し方は、僕は本当に美しいと思うのです」

情熱的だった口調を急にあらため、有賀が自分の席に戻っていく。こぼれた若さに気付いて回収し始め、物慣れた大人に戻ろうとしている。

有賀が引き出しから水色の大きな封筒を出した。幸運を呼ぶという色に「乙女の友」掲載への願いを託して、先日渡したものだ。

机の上に出された封筒を美蘭は眺める。

掲載できないから、持って帰れと言われているようだ。

この雑誌の読者層に合わないのだと、なぐさめるように有賀が言った。

「ギリシャ時代の物語は読者の世界から遠すぎるのです」

封筒に手を伸ばすと、有賀の机に空井量太郎の名前入りの原稿用紙があるのに気付いた。空井という筆名にちなんで、スカイブルーの罫線（けいせん）の原稿用紙だ。

空井は少年たちから絶大な支持を得ていた冒険科学小説の作家だが、政治批判をしたという理由で突然干された。その作家が有賀のもとで新境地を開く作品を書き始めたという噂は本当らしい。

「読者から遠いというのなら……空井先生の宇宙の話のほうがもっと遠いでしょうに。本心を聞かせていただきたいわ」

翻訳詩人と呼ばれるのが、そんなにいやかと有賀が微笑んだ。

「僕の詩なんて本当の意味では詩ではないのですよ。僕の場合は詩よりも絵が先。口絵を盛り上げる文章をひねってきただけです。そういう意味では絵の世界を翻訳する、僕も翻訳詩人だ。僕はそれで満足していますがね」

「涼しい顔で有賀主筆は嘘をおっしゃる」

もしその分析が正しいとしたら、と有賀が再び微笑む。

「それほどの洞察力を、どうしてご自身の才能に対して向けないのかと思いますよ。カチさん」

本名のカツ子を縮めて「カチ」という、なつかしい呼び方をされて思わず言葉に詰まった。

ノックの音とともに、純司が顔をのぞかせた。

「失礼。美蘭さんと主筆、ちょっといいかな？」

「私はもうお暇しますわ」

「もう帰っちゃうんですか？　帰らないでください」

純司が部屋に入ってきた。

「申し訳ないけれど、二人とも僕に少しだけお時間をさいてくれませんか」

「コーヒーを淹れるよ」

立ち上がった有賀が、少し考えると、水色の封筒を本棚に差した。

持ち帰らなくてもいいということは、掲載の可能性があるということだ。

帰ると言えなくなってしまった。

有賀が淹れるコーヒーは香りがふくよかで、砂糖を入れなくてもかすかな甘みがある。選りすぐった豆を使っているからだ。

ついたてのなかにいる少女のことを純司が語り始めた。今日のところは荷物を渡して帰したと言っている。

「主筆に挨拶させようかと思ったけど、お互い、頭を冷やしたほうがいい気がしてね」

「冷やすも何も、僕は何ものぼせていない」

そうだろうか、とためらいがちに言って、純司が軽くうつむいた。

あの子と有賀の間で何かがあったようだ。

関わるのが億劫（おっくう）になってきて、応接セットの脇のラックから、美蘭は「乙女の友」の先月号を取る。巻末の「読者の広場」をめくると、昔と変わらず少女たちの便りと、それに対する主筆の返事が掲載されていた。ただ、昔と違うのは、そこにある温度だ。

昨年亡くなった父は有賀の二代前の主筆を二十年近く務めていた。その頃の読者とのやりとりはユーモアがある校長先生と生徒たちの会話のような、ほのぼのとしたものだった。それは表紙や読み物すべてに反映していて、当時の「乙女の友」はのびやかで牧歌的な雑誌だった。

退職を機に父が退いたあとは、次の主筆がその路線を引き継いだが、彼は一年目にして急病で亡くなった。その時期は、「乙女の友」の売り上げが著しく低迷しており、それを苦にしていたことが寿命を縮めたのではないかというのが巷(ちまた)の噂だ。

　後任の主筆はなかなか決まらなかった。この部署で一番有能なのは編集長の上里だが、彼は経済誌「大和之興業」の主筆争いに敗れての異動で、創作をしない。そのうえ「女、子ども」の雑誌にも興味はないと公言しており、執筆陣から反感を買っていた。

　当時、編集部で一番若かった有賀を主筆に抜擢したのは、社長だ。

　大博打(おおばくち)を打ったのだと、昔、社長は笑っていた。その読みは見事に当たり、抒情詩で読者から熱い支持を得ていた有賀が主筆に就任した途端、売り上げの減りが止まり、「読者の広場」への投稿が倍にふくれあがった。

　さらに有賀が編集部員の頃から「詩画集」でコンビを組んでいた長谷川純司を表紙に起用し、対談などでその魅力を積極的に紹介していくにつれ、読者は青年主筆と、彼が見出した才能が作り出す世界に熱狂していった。

　その勢いを背に、有賀は「友へ、最上のものを」という標語を掲げ、荻野紘青を筆頭に、各界一流の人材を次々と執筆陣に引き入れていく。その結果、都会的で洗練された誌面が出来上がり、今では他の少女雑誌の追随を許さない。

「読者の広場」に寄せた少女の言葉と、それに対する有賀のコメントを美蘭は目で追う。主筆や画家たちと対等の場に立とうとする、知的な背伸びをした熱い言葉が並んでいる。

　雑誌も読者も、さなぎから蝶に脱皮したかのようだ。

　有賀と話していた純司が、何かを言いたげに視線を向けてきた。気付かぬふりをすると、決まり悪げに目を伏せた。

抜けるように白い肌と、明るい茶色の瞳。純司の顔立ちには西洋の少年のような風情がある。長崎の出身というから、異国の血が少し入っているのかもしれない。

有賀がカップにコーヒーを注いで配った。テーブルを囲み、黙りこくって三人で飲む。

半分ほど飲み終えたとき、隣の純司が口を開いた。

「差し出がましいことを言うけれど……有賀主筆はあの子に冷たすぎやしないかな」

あの子とは誰かと聞いてみると、純司がついたてを指さした。

「あそこにいる、ハツ……ハッちゃん？　あの子は面白いよ。美蘭さんに見せたかったな、この間の荻野先生のときの恰好。男物の黒いセーターにシルクのズボンを穿いてね。セーターの下はチャイナ襟のブラウスだったな。あれはカンフー服だろうね。黒ずくめで最高に恰好よかった」

「そんな男の子みたいな装いをしていらしたの？」

「荻野先生でなくてもあれは気になるさ。彼女は細いから、ベルトをしめてウエストを強調しても良かったかもしれない。黒のサッシュベルトもいいが、赤……いやピンクがいいな。欧米でフューシャピンクって言われる色さ」

それはきれいでしょうね、と思わず答えてしまい、美蘭は軽く唇をかむ。

どうしてこの男はこんなに無邪気なのだろう。

「純司君……」

名を呼びかけておきながら、少しためらい、有賀がコーヒーカップに目を落とした。

「興味深い存在であるけれど、彼女はこの編集部から離れてもらった方がいい。そう思って……多少、冷たく当たったかもしれない」

「なんだい、それ。有賀主筆の言葉とは思えない。耳を疑うね」

もう、いいじゃないか、と有賀がつぶやいた。

「終わったことだ。仕事が見つかるまで彼女の収入の保障はする。たとえ僕が自腹を切ってでも」

「何か事情があるんだね。聞かせてほしいよ」

有賀がためらう様子を見せた。

しかし重ねて、何があったかと聞かれ、思い切ったような顔で立ち上がると、ついてへ向かった。ついてくるように言われ、そのあとに続く。

有賀が少女の机の引き出しを開けた。手招きされて、のぞくと白いハンケチが敷かれた上に、ヒヤシンスの絵が描かれたカードが置かれている。

「やあ、フローラ・ゲームだ」

純司がカードを手にして嬉しそうな顔をした。

「しかしどうして一枚だけ？　しかもよりによってヒヤシンス」

「このカードは何の意味だったかしら」

「『泣いてはいけませぬ』。そういうことか。健気だね」

でも……と純司が首をかしげる。

「おかしいな」

おかしいさ、と有賀がカードを指差した。

「このカードの色は妙だ。君はその地色をもっとクリヤーにって何度も何度もダメ出しをしたはずだ。だから実際はもっと澄んでいる。不思議だ。どうして彼女が試作品を持っているんだ。印刷所から持ち出されたとしか思えない。そんなことを普通の女の子ができるかい？　それを命じることができるのは、ごく限られた権限を持つ人間のはずだ」

つまり？　と純司がたずねた。

「どことは言わない。だけどある程度、特殊な権力を持つ人間が彼女の近くにいて、僕らに目を付けているということさ」

考えすぎじゃないの、と純司がカードを見つめた。

「僕ら何も悪いことはしていない。危険な思想も何もない」

「美しいということは、危険分子ということだろう」

ばかばかしい、と純司が笑った。

「純司君、その一言で連行される理由になるかもしれないよ。発言には気をつけて」

「そんなことを言い出したら、僕より、お二方のほうが危険人物だ。詩人は美を詠うよ」

有賀が少女の机の引き出しからノートを出した。

「これだけじゃないんだ。本当はこんなことはしたくないんだよ……だけど君に納得してもらいたいから、見てもらうよ」

引き出しから黒革のノートが出された。少女の持ち物にしては、ずいぶんいかめしい。

「これは彼女の持ち物にしては奇妙だ。そう思ってさっき問いただしてみたら、案の定、この部屋に出入りする人間と、僕の行動をできるだけ記録するように言い含められたって言っていた。このノートにつけているんだろう」

何のために、とたずねると、経費の精算に役立てるという名目だと有賀が答えた。

あっ、申し訳ない、と純司が口もとに手を当てた。

「僕、画材の精算がまだだ。彼女に頼んだら、これからは代わりにやってもらえるのかな」

「純司君ふざけないでくれ。彼女には、やめてもらうんだよ」

ふざけてなんていないよ、と純司が答えて、カードを眺めた。

「作りかけの……本来なら捨てられるカードを、見てよ。こんなに大切にとっておいてくれるなんて。きれいなハンケチの上に置いて、まるで引き出しのなかの聖地のようじゃないか」

純司が引き出しの奥をのぞいて、小さな冊子を出した。

「これは……フローラ・ゲームの花言葉だ。面白いな、この子は自分で表紙を作ってるよ」

花言葉が書かれた冊子には、たしかにスミレの絵が貼られた手製の表紙がついていた。

「このスミレは三号前に僕が描いた絵だ。宝塚（たからづか）の乙女たちの絵姿を掲載したページの隅にあったやつ。ごくごく小さなカットだよ。これは……初校のときの色だね。どこで手に入れたか知らないが、あの子は大事にこれを取っておいて、ここに糊（のり）で貼ったんだ」

純司が手作りの冊子を見つめた。

「有賀主筆、やっぱりこの子をクビにしないでほしい。解雇ノ撤回ヲ要求スル……なんて言葉は僕に似合わないかしら」

引き出しを閉めて、純司がついたてを出ていった。

「純司君、頼むよ」

苦り切った顔で有賀が後を追う。

「気分を害さないでくれ」

床に置いた背嚢(リュックサック)を肩にして、純司が有賀を見た。

「気分だとか、そんな問題じゃない。これは僕の根幹をゆるがす事態なんだ。『好きで女の子に生まれてきたわけじゃない』。あの子はそう言ってた。なんて悲しい言葉だ。僕はそんなことを誰にも言わせたくないよ。ましてやこの編集部では二度と聞きたくない」

「僕に指図を？」

まさか、と純司がリュックを肩に掛け直した。

言葉が差し挟めず、美蘭は成り行きを見守る。

もし純司が有賀と決別したら、他社は喜んで迎えるだろう。今は「乙女の友」専属で働いているが、絵以外にも小物のデザイン、人形作りの指南など、長谷川純司の仕事の幅は広く、生み出す利益も大きい。

「純司君は……出ていきたいのか」

まさか、と純司が肩をすくめた。

「それなら座って。落ち着こう」

純司は座らない。

ゆっくりと純司の前を横切って、美蘭はソファに座る。バッグから扇子(せんす)を取り出してあおぐと、純司が険しい顔で視線をよこした。

「僕は座らないよ。難しい問題があるんだね、それはわかる。有賀主筆がどれほど僕のために心を砕いているのかも。彼女をやめさせるのも、そのひとつなんだろう」

だけどね、と純司が有賀を見据えた。

「それがゆえに、女の子の髪をあんなに無残に切らせてしまうほど追い詰めるだなんて。僕は自分の非力さが恥ずかしい。少女に夢を売る仕事をしておきながら、目の前にいる少女を絶望させて。この雑誌の読者は、この雑誌を毎月買える裕福な家の子女だけかい?」

「読者層という意味ではそうだよ。でもそれとこれとは別だろう」

別じゃない、と純司が言い返した。

「大人の庇護(ひご)を受けている子女だけが友なのか。僕はそうは思わない。美しい物が好きならば、男も女も、年も身分も国籍も関係ない。僕の絵が好きだと言ってくれる人が僕の友だ」

純司がなじるような目をした。

「愛読者を泣かせて。一番、立場の弱い愛読者にあんなことをさせるなんて、僕は情けない」

「純司君、何かの思惑があって、あの子はここに来ているんだ。本人は自覚していなくても、結果的にいつか彼女は君を追い詰めるよ」

「僕は構わない」

そう言いながら、純司がうつむいた。

「何も悪いことはしていない。だけど有賀主筆がそれでは困るというのなら。僕はただの絵描きで……あなたに拾ってもらったようなものだから、これ以上は何も言えない。

今のは僕の愚痴だ」

帰る、と純司がリュックを背負った。

「今日は家に帰ります。しばらくここには来ません」

純司が部屋を出ていった。

一瞬、後を追いかけたが、有賀が疲れた足取りでソファに戻ってきた。

追わないのですか？　と聞くと、力なく首を振った。

「引き留めに行ってきましょうか」

有賀がうなだれ、どう思うかと聞いた。

「古くからの友として？　それともあなたの相談役として？」

「立場が違うと意見が変わるのか」

変わる。

あの生真面目な子の一途な眼差しが、この人に注がれるのがいやだ。憧れはすぐに恋に変わっていく。そして少女はすぐに大人になる。

「カチ」はあの子を遠ざけろと言う。しかし「美蘭」は思慮深くあれと言う。

私は……と言いかけて、美蘭は黙る。

ゆっくりと有賀が顔を手で覆っていった。

そんな弱った姿を自分に見せるのは初めてで、胸の奥がしびれるような心地がする。

だけど……、どれほど心震わせても、この人の恋の対象に自分はもう入らない。

仕事でしか、つながれない。それですら、彼の心の多くを占めているのは、他の才能たちだ。

窓を開けると、雨で洗われた空気が入ってきた。

※

「乙女の友」編集部に来なくていいと言われた日、短くなった髪で家に帰ると、母が驚いていた。

どうしていきなり髪を切ったのだと聞かれて、「春のヘヤースタイル」特集のついでにお願いしたのだと波津子は答える。我ながらうまい嘘だと思ったが、それならどうして泣き腫らした顔をしているのかと母が心配そうに聞いてきた。

風が強くて目にゴミが入ったのだと笑うと、ようやく母は安心した顔になり、素敵な髪型だとほめた。

部屋に戻って手鏡を見たら、つやつやと唇が輝くモダンガールが映っていた。喜んでもいいはずなのに、目をそらせてしまった。そして明日から、どうしようかと考えた。

結局、母に仕事をクビになったとも言えず、翌朝いつもと同じように家を出た。行くあてがないので、デパートや公園のベンチに座って時間をつぶし、最後は神田の古書店街を歩いた。そこで安く売られていた国語の辞書を二冊と、英語の辞書を抱えて帰ると母が待っていた。

有賀主筆が家に来たのだという。

髪が短くなった経緯についてと、自分の配慮が足りなくて、こうした事態になったのだと有賀は丁寧に説明して詫び、次の勤め口は責任を持って探すし、見つかるまでの間の手当も保障すると言ったそうだ。しかし母は勤め口も保障の件も断ったという。そして職場で居づらかったのは、学問がなかったせいではないかと案じ、今度こそどんな無理をしてでも学校へ行かせてやると言った。

しかしほんのわずかではあったが、会社という世界をのぞいてみると、女学校に行ったからといって、先が開けるわけではないと感じた。大和之興業社には女学校を出た人もいるし、佐藤史絵里も霧島美蘭もそれよりさらに上の学校で学んでいるが、雑誌を実際に作っている人たちは男性ばかりだ。

そのうえハサミを借りようと、母の針箱を開けたとき、引き出しの奥に薬代の請求書があるのを見てしまった。三ヶ月分たまっていたせいか高額で、なんとかして学問を付けてやりたいという母の気持ちに甘えるのがつらい。

先がわからぬ未来より、今、母と一緒にいるこの暮らしを豊かにしたい。

悩んでいるうちに三日がたち、波津子は母と年末の大掃除をすることにした。客間の家具を庭に出して、敷物をはがす。小さな敷物をかついで垣根に掛け、布団たたきで叩いていると、黒いコートを着た紳士が道の角を曲がってきた。

紫の風呂敷包みを抱えた背の高い人だ。有賀だった。

姉さんかぶりにした手ぬぐいをあわてて取って挨拶すると、有賀の目が髪にとまった。

「純司君が君の髪を整えたって言ってたけど……」

恥ずかしくなって、髪に手をやる。感心したような声で有賀が素敵だとほめた。

素敵なのは純司が作った髪型だ。わかっているが、自分がほめられた気がしてお辞儀をすると、母が玄関から出てきた。

有賀が帽子を取り、勤め口の件と職場のことでたずねたいことがあって来たと、母に告げた。勤め口の話は断ってくれてもいいが、こちらの気持ちだから、まずは条件だけでも目を通してほしいと言う。

しかし有賀の話を聞くにも、客間の家具は外にあり、茶の間は母が掃除をしている真っ最中だ。

家が散らかっていることを母が詫びると、恐縮した様子で有賀が頭を下げた。

「本来なら出直すべきなのですが、あいにくと……」

有賀が背広の内ポケットから封書を出した。

「紹介先のお宅から返事を早めにと言われておりまして。年越しの支度が滞っているので、来てくれるならすぐにでもと言うのです。僕がハツさんに聞きたい話もすぐにすみます。お時間はとらせません。どこでもお構いなく」

「むさ苦しいところで、お恥ずかしゅうございますが、それでは……」

母が玄関を開け、二階の空き部屋を見上げた。しかしすぐに考え直して、玄関脇の波津子の部屋の戸に手をかける。

「お母さん、ちょっ、ちょっと待って、そこは困るの」

部屋のなかは「乙女の友」の表紙や口絵の切り抜きがたくさん貼ってある。なかには有賀と純司の写真も貼ってあり、それを本人に見られるのは恥ずかしい。

母が戸に手をかけたまま、考えこんだ。

「でもハツはいつも綺麗にしているし……それに『乙女の友』の口絵をたいそう大事にしておりまして、たくさん飾ってありますのよ」

だからこそ困るのに、「それは興味深い」と有賀がうなずいた。

「ぜひ、拝見したいものです」

母が戸を引いた。あわてて三和土（たたき）から駆け上がって、部屋に飛び込む。

「ちょっと、ちょっとだけ、待ってください。すぐ、すぐに部屋を片付けますから」

急いで有賀と純司の写真をはずし、文机（ふづくえ）の座布団の下に突っ込む。それからあたりを見回し、有賀の詩の額をはずそうとしたとき、うしろから感心したような声がした。

「おや、詩画集を額に入れているんだ……これは嬉しいな」

戸の向こうに有賀が立っている。気をつけないと、鴨居に頭がぶつかりそうだ。

仕方なく、有賀を奥に通すと、母が客用の座布団を持って現れた。

「お当てくださいまし。狭いところで申し訳ございませんが」

軽く腕組みをして有賀が壁の額を見た。

「これだけの数の表紙や口絵が並ぶと壮観ですね」

母が壁を見渡した。

「ずいぶん前から、こうしておりました。季節によって変えたり、いろいろ工夫しているようです。特に長谷川先生と……」

「お母さん！」

有賀の作品が好きだと言おうとしているのをさえぎると、二人の視線が集まった。

「あの……。あのう、お茶を……お願いします」

座布団を有賀に再びすすめると、戸を開けたままで母が去っていった。

閉めようと立ち上がると「そのままで」と有賀が手で制した。

再び有賀の前に座ったが、どこに目をやったらいいのか、落ち着かない。

座布団に正座をした有賀があたりを見回し、机の上に置いた三冊の辞書に目を止めた。

「僕も同じものを会社に置いている」

この人も辞書を引くときがあるのだろうか？

不思議に思って有賀を見ると、英語の勉強をしているのかと聞かれた。

いいえ、と答えると、「ご家族の？」と重ねて聞いた。

「どなたのものか、わかりません。全部、古本屋さんで……買いましたから」

そうか、と有賀がうなずき、軽く目を伏せた。

「君をやめさせると言ったら、史絵里……佐藤君が僕と口をきかなくなり、荻野先生が嘆いている。それから会社の守衛たちががっかりしている」

「守衛さんが？」

「君が毎朝、挨拶してくれるのが楽しみだったらしい。鈴のような声だと。うちは昼前に出社する人が多いし、疲れきってて彼らに挨拶しない人が多いんでね」

有賀が持ってきた風呂敷包みを解いた。机とロッカーに入れた荷物の上に、黒革の帳面とヒヤシンスのカードが載っている。

「気になることがあってね。今日はそれを聞きたくてお邪魔した」

有賀が黒い帳面をよこした。

「僕について記録しているというのは、このノートかい？　何をどんなふうに記録しているのか見せて説明してくれないか」

言われた通りに帳面を開ける。働き始めた日から書きつづった五線譜が現れた。有賀がページをめくって考えこむ。

「これは何だい？　楽譜にしか見えないけれど」

「これが記録です」

「僕は、僕に関する記述を見せてもらいたいのだが」

「これがそうです。もしご入り用でしたら翻訳します」

　どういうことだ、と有賀が五線譜を見た。

「言葉遊びです……子どもの頃、父と一緒に作りました。左手……ヘ音記号の欄の音符はすべて数字です。Ｃ（ツェー）から始まって、Ｃｉｓ（ツィス）、Ｄ（デー）……」

「ドレミで言ってくれるかい？」

　有賀が背広の内側からメモを取り出した。

「ドが１、ドとレの間の黒鍵（こっけん）が２、レが３、その順で数字を割り振ってあります。ピアノの鍵盤を前にすると、すぐにわかります」

　有賀がメモに鍵盤の絵を描き、数字をあてはめた。

「右手で演奏するほう……ト音記号のところにあるのは五十音です。アイウエオが、ドレミファソの二分音符。それ以外は四分音符二つで表します。ドの四分音符がカ行、ドとレの間の黒鍵がサ行、レがタ行……というふうに割り振って、アイウエオの四分音符と組み合わせます」

「よくわからないな……」

　有賀が自分のペンとメモをよこし、ためしに書いてみてくれと言った。

　ハツ、と自分の名前を書き、波津子はその下に五線を引く。

「『ハツ』ですと、ハはハ行のア、ツはタ行のウの位置にあるので、四分音符で『ミ、ド、レ、ミ』」

　有賀がメモを書き続け、「ん」はどう書くのかと聞いた。二分休符だと答えて、波津子は楽譜の休符を指差す。

濁音や半濁音の書き方も伝えると、有賀がメモを見返した。

「これがお父さんと作った暗号？」

「暗号なんてものじゃ……。小さい頃、父とピアノの前に座って、ふざけて作っただけです。かわりばんこにピアノを弾いて、今、なんて言ったか、なんて当てっこして……」

「君のお父さんは何をしている方？」

「大陸で貿易の仕事をしていました。ピアノとクラリネットが得意で……」

父が吹くクラリネットの音色を思い出すと、上海にいた頃の記憶がかすかによみがえった。どこまでも続くプラタナスの並木と、道に濃く落ちた枝葉の影。父の友人たちが家に集まり、楽しげに皆と演奏している姿を覚えているが、肝心の顔はもうおぼろげだ。

父とピアノで遊んだ翌月、母と二人で日本のこの家に引っ越してきた。しばらくの間はプレゼントを送ってくるたびに箱の隅やカードに「ゲンキデネ」とか「ヨイコデイテネ」という音符が模様のように書かれていたが、やがてそれはなくなり、贈り物も届くことが少なくなった。

有賀が険しい顔で内ポケットにメモを入れた。

「どうしてこんな書き方を？　普通に書いてもいいように思うんだが」

「どうしてと……言われましても」

仕事をもらえなくて時間があったせいだが、本心を言えば、自分のしていることに漠然とした不安があった。

「気持ち……悪かったんです。いつも何かわからないうちに何かがおきていて。でも私だけが何も知らない」

単なる言葉遊びのつもりが、有賀に暗号と言われて、急に父への疑問がふくらんできた。思えば母はまったく語らない。父の行方やジェイドとの関係を。

「時局が……悪くなって。父が連絡を断って。母に聞いても、誰に聞いても、曖昧なことしか言わない。この帳面もなんだか……ひどくいやな感じ。知らないところで何かがいつも始まって、だけど、私は何もわからないまま、うろうろするばかり」

有賀が帳面を手に取り、ページをめくった。

「主筆がご入り用なら、すべて書き直してお渡しします。別に内緒にしろと言われたわけではないです……」

「これを頼んだのは誰？」

「親戚のおじさんです。うちに下宿している」

「君の家は下宿人を置いているの？」

「二階がそうです。部屋は全部埋まっていませんが」

「そのおじさんは……聞いてもいいだろうか。何の仕事をしている方？」

「鉱山技師です」

「鉱山技師……」と有賀が繰り返した。それから壁を見上げてしばらく考えこむと、飾ってある額を指差した。

「あの右から二つ目と、三つ目、あれは印刷所から直接、ここに来たものだね」

振り返ってその額を見る。たしかに春山慎からもらったものだ。

「あれは初校のときの色だ。再校の段階でもう少し明るくなって、雑誌はもっと抜けのいい色をしている」

左は……と有賀が指差した。

「再校のときの色かな。地の色に純司君が怒って破り捨てた号だ。君が『乙女の友』を好いてくれるのは嬉しいけれど、僕らにしてみると、気分がよくない」

「ごめんなさい」

「大事なものを盗まれた。そんな気分だ。僕は、君の知り合いの有力者……君を編集部に押し込むほどの力を持つ人が、君のために横流ししていたんじゃないかと考えている」

「まさか、そんなこと。……でも」

盗まれたという有賀の言葉に、フローラ・ゲームのカードをもらって、日本一早く「乙女の友」の附録を見たと喜んだことを思い出した。

たしかに盗み見をしたのだ。

「昔は……ちゃんと買っていたんです。まだ小さかったけれど」

その頃にはマダムの家にも下働きではなく、生徒として通っていた。父が贈ってくれたブーツを履いて、意気揚々と坂を上がっていた頃だ。

申し訳ございません、と波津子は畳に手を突く。

「持ってきてくれたのは、幼馴染みです」

幼馴染み？　と有賀が聞き返した。

「印刷工場で働いていて……。私がこの雑誌、ずっと好きなのを知ってて……毎回じゃないです。時々、表紙や口絵を持ってきてくれたんです。ごめんなさい」

有賀がヒヤシンスのカードを手にした。

「そのカードも二枚だけくれました。もう一枚はアネモネ。盗みなんて。そんなつもりじゃないです。持ってきてくれた人も、やっちゃいけないことだから、絶対、人には言うなって。何度も何度も念押しして……。だから、ここで楽しむだけ。お部屋に飾って、そこの……切り抜き帳に貼って、こっそり楽しんでただけです。だって『乙女の友』は女中が読むものじゃない。女学校の子が読むものだもの」

切り抜き帳？　とつぶやき、有賀が本棚に並んだノートを見た。

「これかい？　見ていいかな。昭和六年……古いね」

「その頃はちゃんと買っていました」

有賀がページをめくりだした。

それは一年のうち、一番気にいった記事をまとめた切り抜き帳だった。

「こっちのノートは詩画集ばかりか……おや、僕の作品が」

有賀が黙ったまま切り抜き帳を読み出した。今、手にしているのは有賀と純司の作品だけを集めたものだ。後半のページには有賀と純司の対談記事と写真が貼ってあり、写真の純司の顔のまわりは花の切り抜きで飾ってあった。

失礼するよ、と有賀が足を崩した。

「僕ら、顔が若いな」

写真を見られた……と波津子はこぶしを握る。

その最後のページには、有賀の写真とともに「有がしゅひつ、大すき」と書いている。

せめて漢字で書いてあったら。いっそ、全部、平仮名であったほうが、中途半端に漢字が入っているよりいさぎよい。

畳をかきむしりたい思いでうつむくと、有賀が別の切り抜き帳を読み出した。

手にしたものを見て、いたたまれなくなる。

それは純司が服装や生活について語った記事を本のようにまとめたもので、記事の本文の前には「乙女の友」にならって、紹介文を自分で書き、巻末には読者への後書きまで書いていた。

じりじりと背中が熱くなってきた。

ページをめくっていた有賀が紹介文を読み上げた。

「あついなつ、さわやかなひとときをすごすには、つめたいノミモノがおすすめです。それがしゃれたものであったなら、なんてステキなことでしょう。つぎにあげるサンシナは、はせ川じゅんじ先生が八月ごうでごしょうかいしたノミモノ。ユメのようなキブンにさせてくれること、うけあいです……この文は君が書いたの？」

うなずくと、有賀が他の紹介文を指差した。それも平仮名だらけで、漢字がない。それなのに架空の読者に向けて、たいそう気取った文を書いているのを見たら、いたたまれなくなった。

　なぜ泣く、と有賀が柱にもたれて、切り抜き帳に再び目を落とした。

「泣いてなんて……」

「じゃあ目から出てるのは何？」

　顔をぬぐうと泣いていた。

「勝手に出てきたんです……鼻毛みたいに」

　鼻毛、と有賀が戸惑った声で言った。

「せめて汗と言ったらどうだろう」

「汗は……出てたら、気付きます」

　切り抜き帳をゆっくり閉じると、雑誌が好きかと有賀が聞いた。

「『乙女の友』が好きなんです」

「純司先生もね」

　恥ずかしくて消えてしまいたい。「有がしゅひつ、大すき」という言葉を見ているはずなのに触れられないのが、よけいに恥ずかしい。

「編集部で働きたいと言っていたのは、本気のようだけど、何をしたいんだ？」

　質問の意味に戸惑うと、有賀が柱から身を起こした。

「どこまで望む？　アシスタント？　史絵里のようなポジション？」

「毎日、おつとめして、雑誌を作りたいです」

　この切り抜き帳みたいに？　と聞かれてうなずく。

「つまり編集部員になりたいということか。それで？　『乙女の友』を作りたいって、どんなふうに？」

「き、きれいな詩とか絵とか、小説、すてきな対談とか……お、おしゃれな服の仕立方や季節のお菓子とか……わくわくすることをいっぱい詰めて」

「基本的に今と変わらないね。いずれは主筆になりたいということ？」

「そんな……だいそれたことは」

「編集部にはよく来るよ、君のような女の子たちが。たしかに僕らは美しいものを扱い、夢見る世界を大事にするけれど、同じ感覚で仕事に夢を見るとがっかりする」

有賀が切り抜き帳を本棚に戻した。

「女性の雑誌を出していても、女の主筆や編集長はいない。『乙女の友』には昔、素晴らしい女性編集者がいたけれどね、ご病気で退かれた。昼夜を問わぬ仕事だから、大の男でも身体を壊すし、人間関係で苦しむことも多い。楽しいばかりの仕事じゃない。それでも雑誌を作りたい？」

有賀が静かに目を閉じた。

軽々しく返事ができなくて、端整な顔を見つめる。

表紙の原画を見たときの驚きと、原稿用紙の升目に字を書いていく楽しさ。気になる連載の続きを原稿でいち早く読む折のときめき。編集部から送り出した記事が日本中の読者のもとに届き、やがてその反響がハガキに乗って、再び銀座のあの部屋に戻ってくる不思議さ。

「作ってみたい、です」

有賀が目を開けた。なぜか悲しそうな顔をしている。

「なれるものなら、私……主筆になってみたいです」

有賀がためらいがちに、背広の内ポケットから封書を出した。

「荻野先生のご紹介で女中の口を見つけたんだが……少し考えてみる。ただ、君のほうもこちらの口について考えてみてごらん。詳細はここに書いてある。お母様にお渡ししておくから」

有賀がヒヤシンスのカードを手にした。

「今度、本物をあげよう。赤いリボンが掛かった素敵な箱だ。それから、この二冊をしばらくの間、貸してくれないか」

有賀が切り抜き帳を指差して、立ち上がった。母に挨拶をしたいというので、有賀を茶の間に案内し、波津子はあわてて部屋に戻り、有賀と純司の写真を貼ったページを小刀で切る。

挨拶を終えた有賀を見送って外に出たとき、切り抜き帳を渡した。

「あの……主筆、こちらを。それから、あの、幼馴染みのこと……」

わかっている、と有賀が切り抜き帳をめくった。

「だから君が買っていた頃のものにしたんだ……ふうん」

有賀が小刀で切ったページのあとを、指でなぞった。

「僕のことはもう嫌いか？」

息詰まるような思いで有賀を見上げると、またページをめくった。

「おや、純司先生のお写真も切ってある。見せてあげたら喜ぶだろうに」

お許しくださいまし、と言ってお辞儀をしたら、有賀が笑った。

勢いよく頭を下げたせいだろうか、頭に血が上ってふらつきそうになった。


有賀が母に持ってきたのはある女流画家の女中の話だった。朝食を作るため、朝は六時に出向くのだが、午後は夕食の下ごしらえをしたら十五時に帰ってよいという。

この条件であれば夜間の学校に通うことができる。有賀の口利きを一度は断ったものの、母はこの話に乗り気になった。しかし、もし先方が働かせてくれるのであれば、やはり「乙女の友」で働きたい。そう母に言うと、沈んだ顔をしていた。

二日後に有賀から速達が来た。先日の件についての返事が欲しいと書いてあり、翌日の十六時以降は資生堂パーラーの二階にいるので、折を見て立ち寄ってほしいとのことだった。

母にその手紙を見せ、あらためて自分の気持ちを伝えた。そして翌日の夕方、一番上等な着物を着て、銀座に向かった。

資生堂パーラーの扉を開けると、少し混んでいた。

軽く息を吸って、波津子は足を進める。吹き抜けの天井にはシャンデリアが吊られ、やわらかな光をフロアに届けている。その光を浴びている客は皆、美しく、笑い声まで品良く聞こえてくる。

階段に向かうと、縞の着物の老婦人が真っ白なアイスクリームを赤い唇に運んでいた。その隣のテーブルではモダンなショートヘヤーの女の子が二人、肩を寄せ合って、若草色のソーダ水を飲んでいる。

このパーラーの二階は一階のフロアを取り囲むように作られており、見上げると、洋装の美しい女性が一人で食事をしていたり、煙草をふかした紳士が物憂げに階下を眺めていたりする。

大人の世界に踏み込むようで、一歩一歩緊張しながら、波津子は階段を上がる。

二階に着くと、奥の席に有賀が座っていた。黒っぽい三つ揃いの背広姿で書きものをしている。

震える足を踏みしめるようにして、奥へ進む。ペンを動かしていた有賀が顔を上げ、向かいの席を手で示した。

有賀がテーブルの上の紙をまとめている。

「お原稿を、書いていらしたのですか」

手紙だよ、有賀が答え、煙草に火をつけた。

有賀が煙草を吸うのを見るのは初めてで、落ち着かない思いで椅子に座る。

「お煙草……吸われるんですか」

「会社の外では」

くわえ煙草で有賀がメニューをめくり、甘い物は好きかとたずねる。

うなずくと、有賀が軽く手を挙げた。すぐにボーイが近づいてきた。

「アイスクリーム・ソーダ。僕にはコーヒーをもう一杯」

アイスクリームもソーダ水も一階で女性たちが楽しそうに口に運んでいた品だ。その二つがひとつに合わさっているなんて、夢のような飲み物だ。

気持ちが舞い上がりそうになったとき、有賀が煙草を消した。そして昨日、編集部に母がたずねてきたと言った。

「母が？　何をしに……」

「君を学校へ行かせたいとおっしゃっていた。僕は君さえよければ、来年から迎えるつもりだと言った。他社の少年部員にならってゆくゆくは社員に昇格して、編集者として働けるように指導するつもりだと」

「母はなんと……」

「心配していた。だけど最終的には君の判断にまかせると言っていた。君の気持ちは変わらない？」

　はい、と答えると、急に不思議に思えてきた。

「でも、どうして主筆は、私なんぞにそんなお心配りを」

ボーイがアイスクリーム・ソーダとコーヒーを運んできた。若葉のような緑のソーダ水に、丸くくりぬかれた白いアイスクリームが浮かんでいる。

小手毬（こでまり）の花のようで、見とれた。真っ白なテーブルクロスの上にそこだけ春が来たようだ。

有賀がコーヒーを一口飲み、あの切り抜き帳を上の人々に見せたと言った。

「社長が喜んでいた。よくぞまあ、こんな古い切り抜きを大事に取っておいてくれたものだと。この切り抜き帳が今も作られていると聞いて、ずいぶん感心していた。上里編集長は記事の選び方と配列が良いと言っていた」

有賀が社名入りの袋をよこした。この間の切り抜き帳が入っている。

「君の切り抜き帳は実に興味深い。平仮名ばかりなのに文は整っている。漢字が少ないから見た目は悪いが、文章自体はこのまま普通にリード文にしてもおかしくない。君が続けてきたことは、編集の仕事と似ている。なによりも、みんな嬉しかったんだ」

「どうしてですか」

「雑誌は本と違って残らない。どれだけ力を注いでも、次の号が出たら消えていく。そんな古雑誌の記事を後生大事に、いつまでも持っていてくれたことが嬉しかったんだ。僕は……好かれすぎて怖かったが」

やっぱり……。そう思ったら、背中に汗がにじんできた。

冗談だよ、と有賀がコーヒーを飲んだ。

「自分の作品をあれだけ好いてもらえたら、どんなひねくれ者でも嬉しいさ」

それから、と有賀がコーヒーカップをテーブルに置いた。

「君が気持ちが悪いと言った感覚……僕にもわかる。君だけじゃない、おそらくいろいろな人がそう感じている」

有賀が階下を見て、煙草に火をつけた。その視線の先にハンチングをかぶった、二人連れの男がいる。

「君が僕らの所に来たのは、誰かの意向があった。会社の上層部ですら断れなかった事情が。君を排除したところで、今度は別の形で介入してくるだろう。ならば僕らは君がいい。君はこの雑誌を好いてくれているから。そして……あのノートを見て思ったんだが、君はきっと、容易なことでは人を売らない」

有賀が階下から視線を戻した。

「それゆえに、今度は逆に君が心配だ。何かあったら、必ず僕に知らせてほしい」

無理をしないでいい、と有賀がコーヒーを口に運ぶ。

「君のあの記録で、誰かが決定的に追い詰められる可能性は低い気がしてきた。君も僕も所詮、大きな仕組みのなかの、取るに足らない小さな部品だ。君……アイスが溶けてきたよ」

一礼して、銀色の長い匙でアイスをすくって口にする。

冷たいのに、とろけるように甘い。

どこか、この人に似てる。そう思ったら、有賀と目が合った。その途端、顔が熱くなってきた。

煙草を吸いながら、有賀がこちらを見つめている。会社にいるときとは違う、どこか無頼な雰囲気に、今度は胸の鼓動が速くなってきた。

「君はわかりやすいね。すぐに赤くなったり血の気が引いたり。しかしこれからは多少はポーカーフェイスを覚えないといけないよ」

「ポ、ポオカーフェイ?」

有賀が万年筆を手にすると、手帳にＰｏｋｅｒ　Ｆａｃｅと書いた。

「この世界は変わり者が多い。素直に動揺を見せると、おもちゃにされるよ。もっとも君のそうしたところが純司君や荻野先生は好きなんだろうけど」

有賀が手帳をちぎって差し出した。

「あの辞書、しっかりと活用するんだね」

さて、戻るか、と有賀が伝票をつかんで歩き出した。

「君もおいで。史絵里と純司君……純司先生が君とお茶を飲むんだって、支度をしていたんだけど……。社長がそれを聞きつけて、乗り出してきてね」

「あのう、乗り出すとは何に?」

「社長が僕の所にコーヒーを飲みに来たんだが、あの二人があまりに楽しそうにランタンやテーブルをハトゴヤに持っていくんで……。何をするのかと聞いたんだ。純司先生が君の歓迎会を開くんだと言ったら、年末だし、校了したし、皆で忘年会をしようという話になって、それに上里編集長が乗り出し……」

有賀が軽くため息をついた。

「上里さんは飲み会が大好きでね。ほうぼうに誘いの電話をしていた。どうなっているのか、わからないが、純司先生が心配しているから、君も顔を出してくれ」

「あのう、ハトゴヤというのは、どちらですか?」

そうだね、と有賀が苦笑して、「来たらわかる」と階段を降りていった。

有賀がハトゴヤと呼んだ場所は「鳩小屋」と書き、会社にあるらしい。

有賀とともに大和之興業ビルの屋上に向かう階段を上がると、人々のにぎやかな声が聞こえてきた。階段の途中で有賀が足を止め、上を指差す。

「うすうす気付いていたかもしれないけれど、純司先生は屋上にいらっしゃるんだ」

屋上に？　と聞き返すと、有賀がうなずいた。

「ご自宅は別にあるんだが、仕事が立てこむと、うちの屋上で暮らしている。このビルは地下に風呂があるし、夜中も人が働いているから寂しくないそうだ」

階段を上りきった先にあるドアを有賀が開けると、目の前に星空が広がった。熱気とともに香ばしい匂いが漂ってくる。

屋上にはたくさんのランプが置かれ、大勢の男たちがグラスや湯飲み茶碗を手にして、楽しげに話をしていた。

談笑する人々の向こうに平屋の建物がある。あれがハトゴヤだと有賀が指差した。

「昔は伝書鳩をたくさん飼っていたらしいんだが、今は純司先生が手を入れて、アトリエにしている。先生ご自身がハトゴヤって呼んでいるから、みんなそう呼んでるが、美蘭先生だけはペントハウスと呼んでいるな」

屋上のなかでひときわ明るく、人々が集まっている場所があった。近寄るとドラム缶が三つ置かれて火が焚かれている。その上には網が掛け渡され、肉や野菜、魚が焼かれていた。

主筆、と上里が大きな声で呼んだ。ドラム缶の前に立ち、上里が串に刺した海老を焼いている。

「おーい、皆さん、注目、ご注目！」

赤らんだ顔をした上里が海老の串を振る。声と一緒に香ばしい匂いが広がっていった。

「有賀主筆がご登場。それから皆さん、あとで紹介しますけどぉ、その横のお嬢ちゃん、来年から有賀主筆に付くアシスタント」

上里に串で指し示されて、人々に一礼する。顔を上げると、視線が集まっていた。

「うちの主筆は『お忙氏』だから、つかまらなかったら、彼女に連絡ネ。紳士諸君、僕ぁ今、シャレをひとつ言ったんだがネ、反応が薄いですぞ」

人々の間から笑いと拍手がおきた。

「笑いを要求するとはいかがなものか」

上里の前のテーブルに座っていた年配の男が振り返った。中風よけのクルミではなく、酒のグラスを手にした社長だった。

「『白玉の歯にしみとほる秋の夜』ならぬ暮れの夜。我が社の男たるもの、酒は静かに飲むべかりけり……」

手にした酒を飲み干し、社長が空のグラスを振った。

「おおい、上里君、燃料が足りん。僕のキャビネットから二、三本、スカッチを持ってきたまえ」

海老の串を回しながら、スカッチだけかと上里が聞いた。

「ブランデーでもスカッチでも持てるだけ持ってこさせろ」

「そう、こなくっちゃネ」

上里が合図をすると、隣で貝を焼いていた若者が躍るように走っていった。

すっかりできあがってる、とつぶやき、有賀が歩き出した。

ハトゴヤの近くに人が集まっていた。小屋の軒先に赤いランタンが吊るされ、その光の下に長谷川純司と佐藤史絵里がいる。史絵里は淡い桜色のコート、純司は濃紺のジャケットを着て、赤い格子縞のショールを首のまわりに巻き付けていた。

有賀がそこへ向かおうとすると、グラスを持った人が近づいてきた。

君、と有賀が小声で言った。

「僕の後ろに控えていて」

言われたとおりに背後に立つと、斜めうしろを指差された。

「真後ろだと僕が話している相手のお顔が見えないだろう。君の定位置は僕の斜めうしろ。これからいろいろな人たちにお目にかかるから、そこできちんと見ていて」

言葉が終わると同時に、有賀が声をかけられた。

おめでとう、と言われている。あたたかい声をした、恰幅の良い紳士だ。

「夏から完売が続いてるんですって？　新年号も店頭の動きが非常にいいですよ」

ありがとうございます、と有賀が一礼した。

附録の評判が特にいい、と紳士の隣にいる男が言った。

「特に今号のフローラ・ゲーム。有賀君、あれだけでも、そのうち別売りしないかという声が上がってるよ」

「あれはあくまでも附録ですから。個別の販売は考えておりません。これからも誠心誠意、充実した誌面と附録を作っていきますので……」

そうですよ、と実直そうな青年が男たちに声をかけた。

「そうしたお客様のお声にはぜひ、年間購読をおすすめくださいな。今なら、長谷川純司先生の特製レターセットが付いています」

青年と恰幅の良い紳士が話を始め、有賀がその輪を離れた。

最初の紳士は書店の人だと、有賀が都内の大きな本屋の名前を挙げた。

「あとから話に入ってきたのは我が社の営業、販売といった部署の人たち。社内の人の顔と名前は早く覚えて」

はい、と答えると、再び有賀が声をかけられた。湯飲み茶碗や海老の串を持った人々が立っている。日本酒が入った湯飲みを掲げて、男が笑った。

「主筆、四号連続で完売中ですってね。新年号も記録更新しそうだとか。おめでとうございます」

「それはまだわかりませんが……」

「毎号、あれだけ大量の部数を刷ってすべて売れるとは。どこまでも続いてほしいですね」

「それはあまり考えず、毎回、最高のものを作ることだけに僕らは専心しようと思っています、ねえ、長谷川先生」

人波をかきわけるようにして近づいてきた純司が、有賀の言葉にうなずいた。

グラスを手にした男が現れ、長谷川先生の肩を叩いた。

「毎回、最高ですよぉ、長谷川先生のお仕事は。だって本当に細かいんだもん。それでもって毎回、意味不明だ。なんですか、春風のようにきらめく菜の花色ってのは！」

人々が笑い、「酔ってます？」と純司が小声で男に聞いた。

「酔わなきゃ言えないよぉ。でもね、長谷川先生。今回の附録は本当に本当に綺麗だった。紙と印刷でここまでできるなんて」

娘が喜んでねえ、と別の声がした。

「宝物にしてます、フローラ・ゲーム。あれはお父ちゃんたちの工場で作ったんだっていうのは、ひじょうに鼻が高い」

嬉しそうに純司が頭を下げると輪を離れていった。

有賀が人々の輪から離れ、隅のテーブルに向かった。そこにはランプがなく、他の場所より暗い。

軽く息を吐いて、有賀が振り返った。

「先ほどは印刷所や製作関係の人たち、それから美蘭先生と今、話しているのは『乙女の友』の校正者、あちらのテーブルにいるのが『乙女の友』の宣伝、広告の係」

有賀が屋上を見渡した。

「この人たちと一緒に僕らは毎号、仕事をしている。『乙女の友』が読者の手に渡るまでは、たくさんの人たちの力が合わさっているんだ」

有賀の視線を追い、楽しげに話している人々を眺めた。

みんなが何におめでとうと言っているのかわからない。だけどこの場にいる人々が自分たちが関わった仕事の成果を嬉しく思っているのはよくわかる。

有賀が隣に並んだ。

「僕らは日本の隅々にいる愛読者、彼方の友へ向けて誌面を作る。その友が手にした一冊の彼方には、名前は出なくとも、僕らとともに働くたくさんの友がいる。一冊の雑誌を介して、僕らはゆるやかにつながっているんだ」

ようこそ、と言われた気がして隣を見ると、今度ははっきりと聞こえた。

「ようこそ、佐倉君」

まぶしくて、うつむいた。顔を上げると、史絵里と純司がこちらに小さく手を振っている。二人のうしろで白いコートを着た霧島美蘭が微笑んでいた。

ドラム缶の炎に照らされ、先月に入社したという青年がミカン箱の上に乗って、自己紹介をしている。彼が挨拶したあと、上里からこちらに来るようにと手招かれた。

有賀に背を押されたので、上里のもとに行く。

うながされてミカン箱に乗り、自己紹介をしようとしたが言葉に詰まった。クルミを回しながら、社長が流行歌は歌えるのかと聞いた。

「荻野先生が君のワルキューレを気に入ってるけど、僕はワグネルは苦手でね」

流行歌と言われて、あたりを見渡すと、柵の向こうに銀座の街の輝きが見えた。立ち並ぶ露店のあかりが光の粒のように新橋まで続いている。

唇に自然と歌詞が浮かび、「東京ラプソディー」の一節をゆっくりと歌った。

待って、と史絵里が叫び、ハトゴヤに駆け込むと窓を開け放した。すぐに軽快なピアノの音が響いてきた。

「伴奏するわ。そろそろ会もお開きだから、パアッと歌ってよ」

軽やかに前奏が始まった。史絵里の雰囲気そのままに快活で、テンポが速い。

その勢いに乗り、思いきり明るく声を出した。

花咲き花散る宵（よい）も　銀座の柳の下で
待つは君ひとり　君ひとり　逢（あ）えば行く喫茶店（ティールーム）

「楽し都（みやこ）」と歌うと、人々が「ミヤコ」と合いの手を入れた。「恋の都」と続けると、再び合いの手が入った。

夢の楽園（パラダイス）よ　花の東京
そう歌ったとき、有賀が空を見上げた。霧島美蘭が有賀に目をやり、その美蘭を純司が熱い目で見つめている。

彼らの強い眼差しを見ていると、自分はまだその輪に入れぬ未熟者であることがわかる。

それでも、と波津子は声を張る。

歌うように働こう。大きく息を吸って、のびやかに。

どこまでも遠く、力強く、彼方の友たちの手に楽しい読み物が届くように。

天を見上げれば星々が輝き、地に目を移せば、銀座のあかりがきらめいている。

歌い終えると、大きな拍手がおきた。続いて偉い人々が挨拶をして、皆が少しずつ帰りはじめた。

いい声だったよ、と純司が近づいてきて髪に手を伸ばし、軽くかきむしった。

「お疲れ。ハッちゃん。ところで、これは櫛目をつけるより、ぐしゃぐしゃのほうがいいヘヤースタイルなんだけど」

「純司君、よしなさい。佐倉君が目を白黒させている」

「でも洗いざらしな感じにしたいんだよ。パリの女の子みたいにさ」

髪をどうされているのかわからないが、純司の大きな手が温かくて、自然と頭が下がった。

それより純司君、と有賀がドラム缶の灰をかきまわす。

「フローラ・ゲームの限定品、まだあるかい？　佐倉君にあげようと思ったが、どこかにまぎれこんでしまったんだ」

もちろんあるよ、と純司が頭から手を離した。

限定品とは何かとたずねると、年末の挨拶をかねて、執筆者と編集部に関係する人々に配った品だと純司が答えた。

「とてもきれいなんだ。赤いリボンが付いてるのさ。有賀主筆や史絵里ちゃん、上里さんに美蘭先生、印刷や箱を作ってくれた工場の人たちには、とびっきり綺麗なフランス製のリボンを結んだのを配ったんだ」

今度、家から持ってくると純司が言った。

「本当ですか」

「もちろん。ちゃんと届けてあげる」

楽しみにしてて、と純司の声が遠くに聞こえた。

※

――楽しみにしてて、という声が薄れてきて、波津子は耳をすませる。

純司の声が聞こえない。そのかわり、誰かが名前を呼んでいる。女性の声だ。

「ハツさん、起きてますよね。大丈夫？　ハツさん、ハーツーさーん」

ゆっくりと名前を呼ばれて、波津子は声の方角を見る。老人施設のスタッフだった。

心配そうに若い女性に顔をのぞきこまれた。

「だい、じょうぶ……です」

よかった、とスタッフが微笑み、車椅子を押し始めた。

最近、目を開けたまま夢を見る。それはまるで映画のようで、自分以外の人たちの思いまで、くっきりと鮮やかに浮かんでくる。

齢、九十を越えた今だから、きっと何もかもが透けて見えるのだ。

止まりかけのオルゴールのように、東京ラプソディーのメロディが心のなかで鳴っている。その音に合わせて歌詞を口ずさむが、出るのはかすれた息だけだ。

「ハツさん、何かおっしゃいました？」

何も、言って、ません、と波津子は目を閉じる。

何も言っていない。

何も、伝えることができなかった。

膝に置いたフローラ・ゲームに触れると、なつかしい人々の気配を感じた。

純司の温かい手と有賀の深い声、史絵里のピアノに美蘭の微笑。

薄目を開けて、小さな黒い箱を見る。

箱を綴じる赤いリボンは、あの時代をともに過ごした人たちの持ち物だという証しだ。

身体が重くなってきて、波津子は車椅子に身を預ける。目を閉じたら広がった、大きな闇にそっと呼びかけてみる。

どなたが来てくれたの。

思い出の小箱を、私に届けてくださったのは、誰？

第二部　昭和十五年

「乙女の友」編集部で働き始めて三年目。十九歳になった春の日、波津子が荻野紘青のもとに座談会の校正刷りを届けに行くと、自転車で二人乗りをしたあの少年部員と廊下ですれ違った。

　彼は昨年から編集者見習いへ昇格し、荻野のところには新しい少年部員が原稿を取りに来ている。

　久しぶりに見た彼は背が伸び、紺色の背広が似合う青年になっていた。

　荻野の書生に校正刷りを預けて、波津子は外に出る。すると、あの青年が門の前に立っていた。

　背広姿は立派な大人なのに、「やあ」と挨拶をする口調は少年のままだ。

「聞いたよ、ヤマコウさんも今年から編集者見習いになったんだって？」

「でも相変わらず自転車に乗ってるよ」

　俺も変わんない、と青年が笑った。

「自転車乗りが先輩のカバン持ちに変わっただけだ。でもよかったな、有賀主筆じきじきにいろいろ教わってるんだろ？」

「どうして知っているの？」

「世間って狭いもんだ。空井先生のところで聞いたのさ」

「空井先生のご担当なの？」

まさか、と笑って、青年が歩き出した。自転車を引きながら並んで歩く。

「空井先生と今でも付き合ってる編集者はおたくの有賀さんだけだよ。だけど俺、ここしばらく個人的に親しくしてもらってたんだ」

青年が振り返ると、荻野の家に向かって軽く頭を下げた。誘われるようにして振り返ると、荻野が二階の窓から、青年に軽く手を挙げていた。

「今日はどうしたの？　珍しいね」

召集された、と青年がつぶやいた。

「入営の前に、先生にご挨拶に来たんだ」

「兵隊に……呼ばれたの？」

「別に珍しいことないだろ」

あたたかな日差しのなか、自転車の車輪が軽やかな音をたてている。

薄桃色の花びらが風に乗って飛んできた。見上げれば家々の庭先で桜の花が咲いていた。

印刷工の春山慎を知っているかと青年が聞いた。

知っていると答えると、「幼馴染みなんだって？」と聞かれた。夜学で一緒だったのだという。

「そうだったの。でも慎ちゃん、家を出たから今は裏にいないの」

「知ってる。俺の下宿の隣に越してきたんだ。よく一緒にメシ食っててさ。ヤマコウさんにいるっていうあんたの話をよく聞かされた」

世間って本当に狭いんだね、と言うと、「だな」と青年がうなずいた。

「結局、俺、あんたの名前を一度も呼んだことがなかった。挨拶ばっかで。なんていうんだ？」

「慎ちゃんから聞いてないの？」

「ハツ公って呼んでた、漢字ではどう書くんだ？」

「そのまんまカタカナでハツ。佐倉ハツ。外国語っぽいからカタカナにしたんだって」

サクラ・ハツ、と青年が声に出した。

「それは本当に外国語なんじゃないかな？　ハートとかヘルツっていう単語からハツになったって話だ」

お肉なの？　とがっかりした口調で言うと、青年が笑った。

「心臓、まんなか、真心、大切なものって意味さ。いい名前だ」

「そう？」

いい名前だ、と繰り返して、青年が十字路で足を止めた。

薄桃色の花をつけた大きな枝が、道にかぶさるようにして伸びている。

「サクラ・ハツ、マイスウィート・ハート。サクラのまんなか、サクラに真心」

「サクラって英語で『マイスイー』って言うの？」

満開の桜を見上げて青年が微笑んだ。それからゆっくりと敬礼をした。

さようなら、サクラさん。佐倉、ハツさん――。

――涙が流れているのに気付いて、波津子は夜中に目が覚めた。

ほおをつたう涙がぬるい。ベッドサイドのティッシュに手を伸ばそうとしたが、腕があがらない。その腕の重さに自分はもう十九の娘ではなく、あの時代の言葉で言えば「老嬢」で、年号も平成に変わったことに気が付く。

涙を拭うものを取るのをあきらめ、波津子は天井を見つめる。

終戦後に荻野は言っていた。あの日、「乙女の友」の使い、つまり自分が来る時間を、荻野は彼に伝えていたのだという。

マイ・スウィート・ハート。ひそやかな思いが胸の内に流れこんでくる。

あの青年の名は名字と筆名しか知らない。下の名前はなんと言ったのだろう。

空井先生なら知っていただろうに。

あの頃の記憶がよみがえってきた。

大和之興業ビルのなか、「乙女の友」主筆の部屋で、有賀が台割りを切っている。その隣で有賀の手元を真剣なまなざしでみつめているのは少女時代の自分だ。

あれは青年が戦地に行った二ヶ月後、昭和十五年の初夏のことだ。

※

台割りとは雑誌や印刷物の設計図にあたる目次のような表で、これを作ることを編集者たちは「切る」と言う。編集長の上里によると、この台割りの切り方は編集部によって体裁が違うそうだ。

「乙女の友」編集部では縦書きの表で、最上段に数字が入っている。それは表紙から裏表紙までのページ番号を表しており、その下には短冊状の紙に書かれた記事や連載のタイトルが貼られ、続いて担当の編集者の名前を書く欄、一番下には、現在の進行状況などを書き込む欄がある。

さらにその表は印刷する区分ごとに赤い線で印が入っていた。その集団は折と呼ばれ、初めのほうから一折、二折、と番号が付けられている。

印刷する単位ごとに赤い線で区切って、折と名付けることで、今号は何回に分けて印刷する必要があるか、さらにそれぞれの折が、現在どのような印刷工程に進んでいるのかを、台割りを見ると、一目で把握することができる。

毎号、その台割りの枠線を引き、掲載予定の記事や連載のタイトルを短冊状の紙に書いておくのが波津子の重要な務めだ。

雑誌を作るすべての作業が終わる「校了」という時期が近づくと、時間の合間を見つけては有賀は先々の号の台割りを切り始める。最近はその作業の際に有賀の左、斜め横に置いた丸椅子に座り、補助をしたり、出来上がったものの清書をまかされるようになった。

その有賀はさきほどからずっと三つの特集のタイトルが書かれた短冊を手にして、誌面のどの位置に置くか悩んでいた。一つは古いゆかたをほどいてホーム・ドレスを作る企画、二つ目は夏の食卓を彩る花の活け方の企画、三つ目はドイツの愛国的な少女団のレポートだった。

ドイツの少女団の短冊をいろいろな折に置いては、有賀がためらっている。しばらく考えたのち、手にした短冊を机に投げ出し、有賀が椅子の背にもたれた。そして軽くのびをすると、こちらを見た。

「どうした？　何か言いたげだね」

「いいえ、そんな滅相もない」

「聞きたげ、と言うべきか。なんだい？」

有賀を見ていたつもりが、自分も見られていたことに気が付いた。しかし臆さずに疑問を口に出してみる。

「あの……どうしてこの三つでお手が止まっているのですか？」

迷っている、と有賀が三枚の短冊を見た。

「特集のページを少しずつ減らして、三本すべてを掲載するか、ドレスか花の記事の一方をやめて、ドイツの愛国的な少女団のレポート記事との二本立てにするか……。配置も悩む。どこに置いても愛国的な記事が突出する。違和感がないように別のアプローチがないかと思って、ひとまず手を離したわけだ」

「別のアプローチというのは……」

「記事の前後に、ドイツの美しい詩や文化を紹介するとか……。今は思いつかないな」

有賀が考えこみ、「一番問題なのは」と言葉を続けた。

「レポート自体がまったく興をそそられないことだ。もう少し書き方があるのではないかと思うよ。しかし僕が頼んだ執筆者ではないからな」

その原稿は外部の人間から誌面に入れるようにと指示されたものだ。この記事の扱いをめぐって、先週、有賀は上里編集長と霧島美蘭とともに、ずいぶん長い打ち合わせをしていた。

他に質問は？　と有賀が聞いた。

主筆付きのアシスタントとして働きだしたとき、有賀が最初に言った。編集の仕事について手取り足取りは教えられないけれど、質問には必ず答えると。そしてわからないことは貪欲にたずねるようにと言い、ポケットに入る小型の手帳を渡された。気付いたこと、わかったこと、すべてを文字で記録しておくのが、仕事を覚える早道だという。

よく見て、よく覚えて、よく考えて。

折に触れ、有賀はそう言う。働き始めて三年弱、その言葉を心に留めて質問を重ねていくうちに、一連の編集作業や取材、記事の書き方がわかってきた。昨年からは原稿の入稿作業や軽い記事を書かせてもらえるようになり、先月は初めて名刺を刷ってもらい、カメラマンとともに音楽会の取材に出かけた。そうして記事を書いているうちに、今度は文章についてわからないことが出てきた。

有賀の机の隅に置かれた、連載小説の著者校を波津子は見る。

執筆者から受け取った原稿を印刷所に渡すと、数日後に活字で組まれて編集部に届く。ゲラと呼ばれるその刷り物を校閲の目を通してから、執筆者に届け、一週間後に取りに行くと、赤い字で文字や文章を修正したものが渡される。編集部にそれを持ち帰ると、担当の編集者が清書して再び印刷所に戻す。

この一連のやりとりや、執筆者が赤い字で修正したゲラを著者校と呼ぶのだが、この赤字を見ていくと、不思議に思うことがある。

あのう、とおそるおそる言って波津子は立ち上がる。

「もうひとつ、質問がございます。先ほどお手伝いした荻野先生の原稿ですが」

有賀が著者校を手に取り、渡してくれた。急いで不思議に思った箇所を捜して、有賀に示す。

「この箇所、どうして荻野先生は明子(あきこ)ちゃんが『して欲しい』と言ったのを『してほしい』と平仮名にお直しになったのでしょう?」

「それは先生にしかわからないな。ただ……」

有賀が赤字が入った箇所を指差した。

「少女の言葉としては『欲しい』という字の見た目の印象が、強すぎるとお感じになったのだろう。だから『ほしい』と開かれたのだよ」

ようか」

「では、こちらは？　この場面はとても素敵なのに、どうして消してしまわれるのでし

「漢字を平仮名に変えることを言う。出版界だけの言葉かもしれないが」

「開かれた……。『ひらく』というのは、どういう意味ですか」

　その文章は風景を美しい言葉でつづったもので、最初に読んだとき、心惹かれた箇所だった。ところが著者校が戻ってくると、短くて素っ気ない文に修正されている。

　推測だが……と有賀が椅子の背から身を起こした。

「テンポがもたついているから刈り込まれたのだよ。起承転結の転……歌にたとえるなら、著者が一番朗々と歌いたいのはこの箇所だ」

　有賀が次のページを指差した。

「この箇所をゆったりと歌いたいから、ここはさらりと書いた。僕はそう思うけれど。文章も音楽と同じ。緩急の加減、テンポやリズムが大事なのだよ」

　音楽にたとえられると難しいこともよくわかる。ポケットから手帳を出し、急いで聞いたことを書きつける。

　もう、いいかい、と有賀が立ち上がった。

「僕はマチに入る。ボードにそう書いておいて。時間は十六時まで」

「かしこまりました」

　作りかけの台割りを片付けたあと、波津子は「ボード」と呼ばれる、編集部の壁にかかった黒板に向かう。有賀以下、編集部にいるすべての人の名前が書かれたこの黒板に

は、今、自分がどこにいるかを書く欄がある。そこにたびたび登場する「マチ」という言葉は、執筆者との「待ち合わせ」や「原稿待ち」、それから銀座の「街」という意味もあるようだ。

この編集部の人々にはそれぞれ銀座に行きつけの喫茶室やバアがあり、「マチ」と書かれていると、その店でくつろぎながら手紙を書いていたり、執筆者と一緒にビアーやコクテイルを飲んでいたりすることが多い。

ボードに堂々と「マチ」と書けるようになったら、一人前。

いつも緑の背広を着ている浜田は以前、そう言っていた。たしかに自分のような見習いやアルバイトの史絵里の立場では、なかなかその言葉はボードに書きづらい。

有賀の欄に「マチ」と書き終えると、編集長の上里がチョークを手にとり、「食」と書いた。これは食事に行くという意味だ。

「佐倉君、おぬしのあとのスケジュールは？」

「純司先生の色校の進み具合をうかがってきます」

「あ、そう。頼みたいことがあったんだが、純司先生の原稿のマチか。それなら仕方がないな。君、ボードにきちんと書いておきなさいよ」

佐倉と書かれた名前の下に、上里が大きく「マチ」と書いた。その字を見つめた。

マチって書いてもらえた……しかも編集長に。

「どうした？　マチじゃないの？　メシ？　フロ？　何でもいいけど自分の状況は常に書いておいてよネ」

「はい……はい！」

「何をうれしそうに。変な人だね。純司先生の締切は今日の夕方だから、少しせかしてきてくださいよ」

マチ……。名前の下に書かれたその文字がうれしくて、主筆の部屋の隅にある席に早足で戻った。

窓を開け、外にぶらさがっている金色のロープを引っ張る。

このロープは屋上の純司のアトリエ、「ハトゴヤ」につながっていて、力強く引くと、純司の仕事部屋に置かれた銅鑼（どら）がゴオンと鳴る。来訪を歓迎するという場合には、純司がロープを巻き上げる。ハトゴヤにいない場合や、誰にも会いたくない場合、ロープはそのままだ。

このロープは二種類あり、純司が主筆の部屋に降りてきたい場合は、両端に鈴が付いた赤いロープが降りてくる。来てもよい場合はそれを何度も引いて鈴をならし、逆の場合は触れない。

窓枠に両肘（りょうひじ）をついて金色のロープを眺めていると、するすると上がっていった。来てもよいという合図だ。引き出しから手鏡を取り出し、身だしなみを整え、波津子は屋上へ向かう。

ハトゴヤのドアを開けると、三体の大きな人形が見下ろしてきた。

棚に置かれたその人形は一メートルほどの背丈で、オペラの「カルメン」、「ラ・トラヴィアータ」、「マダム・バタフライ」の主人公だ。すべて純司の手製で、人形たちが着ているスペイン風の衣装や豪奢なドレス、振袖は季節に応じて、さまざまな色合いのものに替えられている。

今月はマダム・バタフライの人形が若草色の着物に替わっていた。裾に施された蝶の刺繍に見とれていると、奥から「早くおいでよ」と純司の声がした。

「全部できてるよ。そして、みんながおそろいさ」

おそろい？　と首をかしげながら、足を進める。

人形たちの小部屋を抜けると、小屋には六畳ほどの二つの部屋が続き、手前が打ち合わせ室、奥が純司のアトリエだ。

打ち合わせ室に入ると、大理石の四角いテーブルに有賀と科学小説作家の空井量太郎、佐藤史絵里と純司が座っていた。

マチと言っていたから、有賀は銀座の喫茶室に行ったのだと思った。しかし純司の隣に座って、のんびりとコーヒーを飲んでいる。その向かいには史絵里が書類を見ながら辞書を引き、その横でロイド眼鏡をかけた空井が原稿用紙にペンを走らせていた。

「あのう、主筆……マチでは？」

「マチだよ。見ての通り、空井先生のお原稿待ち」

「やあ、佐倉さん。ごきげんよう」

下がってくる眼鏡を上げながら、空井が原稿から顔を上げた。

「申し訳ないですね、このたびは僕のスケジュールのことで皆さんにご迷惑をかけてしまって」

「私は何も……」

今号で最終回を迎える空井の連載は、通常の二話分にあたる原稿用紙百枚の掲載が予定されている。その物語はたいそう凝った結末を迎えるらしく、空井は執筆に力を入れていた。しかしその影響で大幅に予定が遅れており、他の連載は著者校に進んでいるのに、空井だけはいまだに原稿を印刷所に渡せずにいる。

有賀が机の上にある大きな封筒を指し示した。

「純司先生のお仕事なら今、拝見した。もう印刷所に戻せるよ」

「では、いただいてまいります」

有賀が腕時計を見た。

「戻しは十七時の便だろう。今回はスケジュール通りだから余裕がある」

マチだね、と純司が椅子をすすめた。

「ゆっくりしていきなよ、ハッちゃん。主筆公認でマチだ」

主筆公認でマチ。急に自分が一人前になった気がして、すすめられた椅子に腰を掛けた。

辞書を引く手を止め、史絵里が微笑みかけてきた。

「いつも思うけど、憲兄様(けんにいさま)、マチって便利な言葉ね」

「ものを作る仕事には多少の遊びが必要さ。机にかじりついているだけでは良いアイデイアは生まれないよ」

たしかに、と空井がうなずくと、史絵里が頭を抱えた。

「でもね、机にかじりついてもマチってても、私にはこっちの文献はお手上げだわ。美蘭先生ならわかるのかしら」

「ラテン語と西洋美術史の知識が必要なようです」

空井が頭をかいた。

「大意はつかんでいるのですが、万全を期したくて。美蘭女史をお待ちしましょう」

ハトゴヤのドアがノックされた。

美蘭先生だわ、と史絵里が玄関の小部屋に向かっていった。

お邪魔だったかな、と陰気な声がする。編集部の浜田の声だ。

有賀が立ち上がり、玄関の小部屋に向かっていく。純司がかすかに顔をくもらせ、玄関から室内が見えないように、部屋の入り口をカーテンで仕切った。

「浜田さん、純司先生のアトリエにいきなりの来訪は極力、避けていただけませんか」

有賀が出てきたことに、浜田が驚いた気配がした。しかしすぐに声が続いた。

「同じ社内でしょう。社員が屋上に来るのに差し障りがありますか？」

「ありませんが、僕からのお願いです」

少し黙ったあと、史絵里におつかいに行ってほしいのだと浜田が言った。

「徳永（とくなが）先生のところへ行ってもらえませんかね。絵の受け取りなんですが、今、手が離せなくて」

沈黙の後、自分が行くと有賀が言った。

あら、どうして？　と史絵里の華やいだ声がした。

「大丈夫よ、憲兄……主筆。美蘭先生がお越しになったら、私がお手伝いできることは少ないですし。これが住所？　あら、お近くじゃないの。おまかせあれ。美蘭先生にご挨拶したら、ひとっぱしり、行ってまいりますわ」

佐倉君、と有賀の声がした。カーテンをめくり、波津子は玄関の小部屋に急ぐ。

「佐藤君に同行してくれないか」

「あら、こんなおつかい、ワケないのに」

史絵里が形の良い唇を尖らせた。珊瑚色の淡いルージュがよく似合っている。

「佐倉君は名刺を持って、徳永先生にご挨拶をしてきてほしい」

「オウ、そういうこと。ハッちゃんのお披露目ね」

屈託なく史絵里が笑うと、浜田が背を向け、去っていった。

「それでは、私、席に戻って支度をしてまいります」

「私もすぐに行くわ。美蘭先生にパパッとご挨拶したら抜けるから、ちょっとだけ待っててね」

「佐倉さんは行ってしまわれるのですか」

穏やかな声がして、奥から空井が出てきた。手には茶色の封筒を持っている。

「それならお渡ししておきましょう。今月の勉強会の冊子です」

勉強会とは何かと有賀が空井にたずねた。

「あ、いや、たいしたことではありませんよ。科学や小説を愛する仲間が集って勉強会を……いや、仲間と言いましたが、ご懸念されているようなことではありません。純粋に小説の書き方について勉強しているだけですよ。実は有賀さんにも一冊お持ちしたのです。忌憚のないご意見をいただきたくて」

空井から封筒を受けとった途端、心が躍った。階段を駆け下り、自分の席に戻る。封を開けると、青色の冊子のまんなかに「科学小説研究会」とタイトルがあった。空井が指導している小説教室の優秀作品を掲載したものだ。

目次を開き、掲載されている小説の作者名を見る。香純鈴蘭（かすみすずらん）……探している名はない。がっかりして作品を読み出したら、史絵里が呼ぶ声がした。

名刺を手提げ袋に入れて、主筆の部屋を出る。白いストローハットを持った史絵里が笑顔で待っていた。


大和之興業社のビルを出ると、さわやかな風が吹いていた。銀座の柳は薄緑の葉をつけ、やさしげに揺れている。

画家の徳永は一丁目にある高級アパートメントに住んでいる。外からはよく見ているモダンな建物だが、なかに入るのは初めてだ。

ストローハットを小粋にかぶった史絵里が空を見上げ、トルコ石のようだと笑った。トルコ石とは「乙女の友」の附録で読んだ「リトル・ウィメン」で末娘のエイミーが手にしていた指輪だ。とてもきれいな水色をしているようだが、実は見たことがない。それを史絵里に言ったら、道沿いの宝石店へと引っ張られてしまった。

よく磨かれたガラス越しに、二人で指輪を眺める。

右から三番目のリングがそうだと言われて、水色の石を眺めた。想像していたのはキラキラと輝く石だったが、それは陶器のようにつややかで、空色の光を静かに放っている。

きれい……とつぶやくと、史絵里が笑った。

「きれいね。ターコイズブルー。スカイブルー。私、この石、大好き」

「ブルーが青で、ターコイズがトルコ石って意味？」

「そう、それでスカイが空ね」

石を眺めていた史絵里がいたずらっぽい視線を向けてきた。

「スカイブルーっていえば、あの空井先生のきれいな刷り物、お弟子さんの作品集なんですってね」

「えっ？　刷り物って？」

「やあだ。さっき先生からいただいていたじゃない。それでね、知ってる？　あの最優秀の作品は彼が書いたんですって」

「どちらの彼？」

「ほら、荻野先生のところで会ったじゃない？　自転車の君よ。でもあの方、出征なさったのね」

うなずきながら、彼は小説を書いていたのかと波津子は考える。空井に親しくしてもらったというのは、指導を受けていたという意味だったのか。

親しみがわいたが、それ以上に恥ずかしくなってきた。

さきほど見た優秀作品たちは、どれも難しい科学用語だらけでよくわからなかった。

よくもまあ……。あんな人たちのなかに……。

史絵里が果物店を見て、宝石みたいな枇杷が並んでいると指差した。形がそろった美しい果実を見たら、この店で果物の盛り合わせを買って、空井の家に行ったことを思いだした。


二ヶ月前、有賀に頼まれ、空井家の家事の手伝いをかねて、原稿を取りに行った。空井の原稿はほとんどできあがっているのだが、夫人が風邪をひき、空井は五人の子どもたちの世話に追われて、仕上げができないでいるという。そこで空井家の子守をしながら原稿を待つことになった。

昼前に空井家に行き、昼食にサンドウィッチを作った後、子どもたちと公園でピクニックをした。それから家に戻り、三時のおやつにシロップを作って果物を薄く切って浮かべ、フルーツポンチを作った。

子どもたちはたいそう喜び、その顔を見ていたらうれしくなった。ところが食べたあとでお話をしてとせがまれて弱った。空井家ではいつもおやつの後に大人が子どもにお話をする決まりがあるらしい。

地球の話は聞き飽きたから宇宙や深海探検の話がいいと言われて、苦しまぎれに宇宙船の話をすることにした。船の名前を聞かれて、「フルーツポンチ号」と答えたら、子どもたちが身を乗り出してきた。誰が乗っているのかと聞かれて、果物三銃士だと答える。幼い子どもたちが声を立てて笑った。

それで？と聞かれたが、あとが続かない。そこで思いつくまま、果物三銃士の歌を作って歌ってみた。

それは単純なメロディに宇宙船や三銃士の名を連呼するだけの簡単な歌詞だが、そのおかげか子どもたちはすぐに覚えた。楽しくなって、みんなで歌っていたら、書斎から空井が出てきた。

あわてて騒がせたことを詫びる。空井が軽く手を振った。

「僕は音には慣れているのですよ。ただあまりに可愛い歌なので出てきました。こんな曲で始まるラジオドラマがあったら、子どもたちは喜ぶでしょうね」

「とんだお耳汚しを……」

子どもたちがスカートを軽く引きながら、果物三銃士の話をもっと聞きたいと言いだした。

幼い娘を抱き上げて、空井が微笑む。

「フルーツポンチ号の仲間の話、僕も聞きたいな。書いてみませんか？　あなたのところは上里編集長以外は皆さん、書くではありませんか、詩や小説、童謡を。あなたも書いてみてはいかがですか？　女流で科学の小説家。素敵ですよ」

子どもを床に下ろすと、空井が書斎に入っていった。しかし小さな冊子を持ってすぐに戻ってきた。ページをめくりながら、近所の蕎麦屋で科学や小説に興味がある人を集めて勉強会を開いているのだと空井が説明した。月に一度、締切に合わせて会員たちは小説を提出し、優秀な三作はガリ版刷りのこの冊子に掲載されるのだという。

「先生はお弟子さんを取っていらっしゃるのですか？」

弟子とは呼んでいないと空井が恥ずかしそうに言った。

「仲間です。みんな科学や空想が大好きで、豊かな着想を持っている仲間たちなのです。ただ小説を書くのにはちょっとしたコツがいりますから、そうした話をお伝えしているだけです」

「コツ？　お料理みたいにコツがあるのですか？」

「本当にちょっとしたことです。まずは登場人物について紹介文を書いてみるとか。登場人物のことを、なんでもいいんです。声や外見、好きな色、好きな食べ物、得意なこと。思いつくことをすべて書く。それからストーリイの起承転結。これを心がける。それぐらいです」

起承転結を心がけるというのは、『乙女の友』で初めて記事を書いたとき、有賀が教えてくれた。最初は意味がわからずに悩んでいたら、歌曲の構成と同じだと丁寧に説明してくれた。

雑誌の記事も小説も皆、同じことを心がけている。そう思ったら、小説に興味がわいてきた。

「でも、物語の場所とか……登場人物のことを考えるの大変そうです」

「最初は身近な人々をモデルにして、夢の場所に置きかえて活躍させればよいのです」

「夢の場所とは、なんですか？」

「自分が行きたかったところ……宇宙じゃなくてもいい。深海でも地下でも古代でも未来でも」

空井の言葉を聞いたら書けるような気がして、果物三銃士にまつわる話を書いてみた。再び空井の家に手伝いに行ったとき、その原稿を見せると意外なことに、ほめられた。勉強会に作品を提出してみないかと誘われたので、知恵を絞ってまた書いた。ところが締切までに全部の清書ができず、物語の半分からは平仮名だらけの作品だ。しかし話の内容は自分では面白いと思った。

その期待が大きくて、空井が冊子を渡してくれたとき、提出した作品が掲載されているのかと思った。しかし思えば、あんな体裁の悪い原稿が優秀作品に選ばれるはずがない。

最優秀作品を書いた、あの青年の筆名を波津子は思い出す。

ハツという名前をほめてくれた人。彼は今、どこの空の下にいるのだろう。

ハッちゃん、と呼ばれて波津子は顔を上げる。

「ハッちゃん、どうしたの？　黙り込んじゃって」

「ごめんなさい、ぼんやりしてた」

いいのよ、と史絵里が照れくさそうに言った。

「私のほうこそゴメンネ。こんなことに付き合わせちゃって……。なんだって憲兄様は二人で行けって言ったんだろう。おわびにアンミツおごるわ。帰りに食べていかない？」

「でも、まだお仕事中だし。それにおごっていただくのは……」

堅いこと言わないで、と史絵里がウインクをした。

「マチよ、マチ。アンド私のキモチ。コーヒーやビアーが許されるなら、マチでアンミツ食べたって誰も文句言わないってことよ。そうよ、それだわ！　憲兄様、私たちに銀座でアンミツ食べてこいって言いたかったのよ」

それとも、と史絵里が首をかしげた。

「ひょっとしたら徳永先生が危険な色男、ヘェインサムでデインジャラスだから用心しろってことかしら」

英語の意味を聞こうとして波津子は困る。史絵里の発音は外国人のようで、声に出しにくい。

「へ、ヘンサムが危険で、デインジャラが色男？」

「逆、逆。ヘェインサムが色男」

「徳永先生はヘンサムでディンジャラ……」

そうらしいのよ、と史絵里が声をひそめた。

「先生がそばに来ると、女の人たちは心臓が早鐘を打ち、息もできなくなっちゃうんですって。本当かしら？　お手並み拝見ね」

徳永治実（はるみ）は東京の美術学校を出てから欧州に留学し、昨年に帰国したという人物だ。

最近、有賀はこの画家に続けて挿画を依頼しており、読者の間でもじわじわと人気が上がってきている。

徳永先生は本職は彫刻家なのだと史絵里がほがらかに笑う。

「この間から、主筆の部屋に飾られてるあの彫刻、あれは先生がパリやフィレンツェで実物をご覧になって自ら模写なさったお品らしいわ。美蘭先生のお話だと本当にあのダヴィデ像みたいな方なんだって」

ダヴィデ、とつぶやいて、波津子は軽く顔をしかめる。

「それってあの、裸ん坊の人？」

「いやあん、ハッちゃん。そんなこと言い出したら、お隣のミロのヴィーナスだって裸ん坊じゃない？」

「そうだけど……」

徳永が贈ったというその五十センチほどの彫刻は、ミロのヴィーナスと、ミケランジエロのダヴィデと呼ばれている。そのダヴィデは、筋骨隆々の青年で下着をつけていない。しかも急所が精密に作られていて、朝、はたきで掃除をするたびに、たいそう決まり悪い思いをする像だ。

「あれはね、私たち、下は見ちゃだめ。見るべきはお顔……あら、着いたわ」

徳永のアパートメントは六階建ての立派なビルで、ドアを開けるとモザイク張りの床が広がっていた。奥にはエレベータがあり、管理人室の隣にはモダンな内装の電話室も設けられている。

素敵なお住まいね、と史絵里がささやき、二人でエレベータに乗る。最上階で降りて長い廊下を歩き、徳永の部屋の呼び鈴を押した。しかし反応がない。

軽くノックをしてみた。ドアは開かないが、かすかに声が漏れてくる。

ご在宅のようね、と史絵里がつぶやき、今度は強くノックをすると、ドアが開いた。

思わずあとずさった。

目の前にはダヴィデ像さながら、たくましい裸体の男がタオルを腰に巻いて立っていた。扉の奥には寝乱れたベッドが見え、女が裸の背を向けている。

なるべく下を見ないようにして、「乙女の友」編集部の者だと挨拶をして名刺を渡す。

「もう、そんな時間か」

徳永が前髪をかきあげ、名刺を腰のタオルにはさんだ。それから靴箱の上に置いた大きな封筒を差し出す。

「悪ぃ、すっかり忘れてた。おい、奥のお嬢さん、そんな目でにらむの、やめてくれない？　コトの真っ最中にドカドカ扉を叩かれて怒りたいのはこっちだよと言いたいが……ああん？　ううむ」

徳永が大きな身体を丸めて顔を寄せてきた。一歩あとずさったら、二歩迫ってくる。

スンスン、と鼻を鳴らす音がした。徳永が襟足や頰の匂いをかいでいる。

「生娘の匂いがする。『乙女の友』の使いは処女なんだねえ」

徳永が史絵里の前に立った。

「ああ、こっちのお嬢ちゃんからも、いーいニオイがする」

「先生、やめてください」

史絵里を抱きしめそうな勢いに驚き、波津子は徳永の腕を思いきり引っ張る。徳永が振り返り、唇の端でニヤリと笑った。しかしその瞬間、床に崩れ落ちていった。

「この破廉恥男（はれんちおとこ）！」

史絵里が叫んだ。

「恥を知れ！　その、むさいもの、とっととお仕舞いなさい！」

おぉ……と声を漏らして、徳永が前を押さえてうずくまっている。その仕草に史絵里が急所を蹴り上げたことに気が付いた。

「佐藤さん、この人、一応、先生だよ」

「一応とはなんだよ」

徳永がうめくと、ベッドで背中を向けていた女が起き上がろうとした。その両手首は荒縄で束ねられている。

キャー、と史絵里とともに上げた悲鳴が、二重唱のように響き渡った。

史絵里が腕をつかみ、駆けだした。

「ハッちゃん、逃げよ、逃げなきゃ。この人、変！　キケン！　デインジャア！」

「待って。あの人、大丈夫？　あの女の人は？」

モデルだよぉ、と徳永の声がした。

「何のモデルだよ、この野蛮人！」

史絵里の声が廊下にとどろいた。手をつないで二人で階段を駆け下り、絵を抱えたまま銀座の通りを夢中になって走る。心臓が早鐘を打ち、息が苦しくなってきた。

「しんっじられない、信じられない、もう本当、いや、何なの、あの人！」

「まあまあ、佐藤君、落ち着きたまえ」

主筆の部屋のソファに座った社長が、手のひらでクルミを回しながら苦笑している。その隣で上里は不愉快そうな顔をしており、向かいの席には純司が目を閉じて腕を組んでいた。

編集部に戻ると、史絵里は主筆の部屋に駆け込んでいった。部屋には社長と上里、純司がいたが、お構いなしに徳永の所業を訴える。

話を聞いた有賀はすぐに徳永のアパートに電話をした。最初は謝罪をしていたが、今は仕事の話になっている。

通話が終わり、有賀が受話器を置いた。

「ありがたいことに、先生にお怪我はないようです」

「本当に大丈夫なのかね」

「笑っておいでででした。あのあと実戦に及んだが水陸両用、異常なしとのこと……なんて表現だ」

「まあまあ。笑いで済んでよかったヨ」

「ひどいわ！　皆さん、どちらにお味方されてるの？」

どっちもどっち、と社長がクルミを回した。

「たしかに彼の行動は非常識だが、だからといって男の魂を蹴ってはいかん、佐藤君」

さよう、と上里がうなずいた。

「ご婦人方にはわからぬ痛みでしょうがね。そもそも女だてらに男の職場に進出すれば、こういうことは多々あるわけで。それにいちいちヒステリイをおこされてはたまりませんな」

皆さん、と有賀が机に両肘をつき、顔の前で手を組み合わせた。

「注意すべき点は僕から伝えますから、お言葉を少し控えてくれませんか」

それなら戻りましょ、と上里が立ち上がり、社長が純司に声をかけた。

「先生、表紙の件はあらためて検討しましょう。そのうちお食事でもどうですか」

そうですね、と組んでいた腕をほどいて、純司が力なく答えた。

ようやく話ができる間を見つけて、波津子は有賀の前に立つ。

徳永の絵が入った封筒を渡し、ことのしだいを説明しようと口を開きかけたとき、うしろから史絵里の声がした。

「もう、なんだって、憲兄様はあんな人にお仕事を頼むの？　ろくでなしよ。女の人を縛ってたわ。モデルとか言っていたけど本当かしら」

有賀が封筒から絵を出した。太陽の下で朗らかに笑っている少女の絵だ。小麦色に日焼けした肌を持ち、果樹園で桃を収穫している。ふっくらとした頰と桃の実が瑞々しく、とても明るい絵だった。

「作品さえよければ、博打を打とうと、女性とふしだらなことをしようと関係ない。逆に聖人君子では何も描けないだろう」

「でも憲兄様たちは違う。そうじゃなくって？」

有賀が史絵里に背を向けた。窓際の光で絵を検分しているようだ。

ソファに座っていた純司が有賀の隣に行き、徳永の作品を眺めている。

「あんな……あんな汚らわしい人。聞いてる？　純司先生、何かおっしゃって」

「くやしいけれど、腕はいい。これが王道を歩んできた人の輝き、正統派の光なのだね」

「純司先生の絵のほうが、私、百倍も千倍も好きよ」

徳永の絵を食い入るように見ていた純司が、横を向く。

「明るい。しかもなんて迷いのない線だ」

「私……帰ります。見損なったわ、憲兄様」

史絵里、と有賀が冷めた声で言った。

「子どもじみた振る舞いをするなら、ここにはもう来るな」

「私たちのことは何も心配してくれないの？」

有賀が窓辺から主筆の席に戻った。

「佐倉君、君はさっきから黙ったままだが、何か言うべきことがあるんじゃないか」

「申し訳、ありません」

「憲……、有賀主筆。佐倉さんはちっとも悪くありません」

帰りなさい、と有賀が強い口調で言った。

「佐藤君。君は職業人の自覚ってものがないんだね。そうかといって、ただの学生ではあきたらないのだろう。だけどここは自分の道を探す場所ではないし、ましてや学校でも遊びの場でもないんだよ」

史絵里が何かを言いかけたが、黙って帽子を取ると出ていった。

佐倉君、と有賀がまっすぐに見た。

「君がついていて、一体これはどういうことだ。上里編集長が言った言葉は史絵里だけじゃない。君にも言ったんだ。この類のことはこれからもたくさん出てくる。それにいちいち泣き言を言っていては始まらない」

泣き言など言っていない。しかし、たしかに別のやり方があったのかもしれない。

「君がするべきことは、史絵里のはねっかえりに引っ張られることではなかった。徳永先生がどうあれ、史絵里の行動をあの場で毅然（きぜん）として詫び、収拾を付けてくるべきだったんだ。名刺を持っていくようにと言っただろう」

黙ってうなずくと、有賀の目がさらに険しくなった。

「見習いであろうと、編集部の名前が入った名刺を出した以上、君は『乙女の友』の代表者だ。それにさきほどの態度も問題だ」

「はい……あの、態度、と、おっしゃいますと？」

「史絵里がワアワア叫ぶに押されていないで、君はまず冷静に僕に報告をするべきだ。この部屋に入ってきて、君はさっきから立ってオロオロしているだけだ」

はい……と答えた声が、恥ずかしいほどに震えた。

「もし君が徳永先生に史絵里の行動を詫びていたら、僕は電話で謝るだけではなく、君たちに対する態度への抗議も入れられた。今回みたいに騒いで逃げてきては、子どもじみた振る舞いをただ詫びるしかない。それではあの人は面白がって、これからも君たちにいろいろなことをする。何の進展もない。なぶられ損だ」

「申し訳ありません」

有賀が引き出しから封筒を出すと、軽く投げてよこした。

「それから、君はいつの間に空井先生の門下に入ったんだ」

封筒を開けるように言われてなかを見ると、空井に渡した原稿が入っていた。

「君が創作をすることに反対はしない。しかし他の先生に師事するなら、ひとこと僕に言って欲しかった」

「シジ、と申しますと」

「他の先生に小説の書き方を習うのなら、僕にひとこと言って欲しかったと言っているんだ」

「別に、そんな……ただ、少し……文章の、書き方を」

「空井先生から僕のところに君の原稿がまわってきた。科学小説の書き方なら指導できるが、君の原稿は手にあまると」

「怒っていらしたのですか」

有賀が黙った。あらためて自分の原稿を見る。平仮名だらけの原稿は、漢字への修正を示す線や語句で埋め尽くされて、真っ赤だった。編集者見習いがろくに字も書けないとは、有賀にも恥をかかせたのかもしれない。

「創作を始めたいなら、やればいい。だからといって仕事をなおざりにしてはいけないよ」

「なおざりになんて。そんなつもりじゃ、ありません」

原稿を返せというように、有賀が手を伸ばした。封筒に入れて渡すと、有賀が文箱から便箋を出した。

「空井先生は手にあまるとおっしゃっていたが、君がどうしてもと望むなら、僕はお願いの手紙を書こう。しかしそれなら僕のもとで働くより、彼のところで書生になったほうがいいかもしれないね」

「ここにいたいです……ここに置いてください」

涙がこぼれそうになったとき、ソファから声がした。

「そろそろいいかな、有賀主筆。僕の打ち合わせはまだ終わっていないよ」

失礼、と有賀が純司に声をかけた。

「申し訳ない、純司先生。……先生からも佐倉に何か」

「なぜ？　あなたの部下に僕が言うことなど何もない」

冷ややかな口調に、見捨てられたような気がした。

※

佐倉ハツの足音が遠ざかっていくと、ソファに座っていた長谷川純司がぽつりと言った。

「逃げないように、小鳥の羽にはさみを入れたかのようだ」

黙って有賀憲一郎はコーヒーを飲む。自分で淹れたのに、今日はやけに苦い。

僕は、と純司の小さな声がした。

「空井先生がおっしゃったことは少し違うニュアンスでとらえていたけれど……。可哀想に、あれではもう二度と創作をしないね」

「これぐらいでやめるのなら、その程度の覚悟でしょう」

手厳しい、と純司がコーヒーのカップを両手で包み込む。

「徳永君の件、あれは気の毒だよ。彼みたいな野性児が裸体で現れたら、男だって目のやり場に困るさ。史絵里ちゃんぐらいの反応がちょうどいいんだ。おそらく今日の一件で、完全に手なずけられただろうね」

どちらが？　と聞くと純司がかすかに笑った。

「徳永君のほうさ。史絵里ちゃんは良い猛獣使いになる。ハッちゃんより彼女のほうが編集者には向いているかもしれないね」

純司がコーヒーを一口飲み、目にかかった髪を軽くはらう。二年前の純司は髪を淡く茶色にし、西洋画の天使のように波打たせていた。しかし奢侈(しゃし)を戒める時世に合わせ、今は黒髪を素直に肩へ流している。色白の顔にそれは似合っていたが、髪の色とともに表情も暗くなり、笑顔を見せることが少なくなった。

「つれないね、純司君。佐倉を編集部に入れろと言ったときはあれほど熱弁をふるっていたのに」

「まあね。でも見ているとわかる。原稿を依頼して書かせるより、自分で書く方に興味があるみたいだ。あなたもそう感じて、彼女を指導していたように思えたけれど」

純司がソファの背に身を預け、天井に顔を向けると目を閉じた。

「それより、若さと健康美か……」

同じ言葉を有賀も心中で繰り返し、一時間ほど前のことを思い出す。

史絵里と佐倉の二人がこの部屋に入ってくる前、編集長の上里を加えて、二号先の附録の打ち合わせをしていると、社長がふらりと入ってきた。

コーヒーを飲みにきたと言ったが、目的は純司に注文をつけることだった。これから夏に向けて「乙女の友」の表紙を、「若さと健康美」あふれるものにしてほしいという。

今年から表紙は健康美を心がけ、戸外での活動を描いたものが多いと純司が言った。まだ不足かとたずねると、「おおいに不足」という返事だった。「はちきれるような若さと健康美」が欲しいのだという。

純司が黙り込み、場が沈んだ。その空気を一掃しようと思ったのか、上里が笑った。

それならば稲刈りをしている少女の姿が良いのではないかという。豊かな胸をした少女が汗ばんだ胸元をくつろげ、前かがみで稲を刈る姿など、まさに「はちきれるような若さと健康美」そのもの。見ている者の士気が高まると上里がうなずき、純司に言った。

「つまりあれですナ。先生の絵に若干、欠けてるものは豊満さ、つまりこれですよ」

上里が胸に手をあてて揺らした。

「……ということですよネ、社長」

下品だ、と答えて、今度は社長が黙った。たしかに下品だが、上里の言うことは当たらずといえど遠からずだ。

産めよ殖(ふ)やせよ。

開国以来、富国強兵政策とともにあるこの風潮は最近とみに強くなっている。健康的という言葉は言外に、未来の兵士を量産すべく、少女たちに心身を頑強に整えろと強いているかのようだ。

人が思いを通わせ、子をなすのは、国家のためだけではないはずだ。

そう考えて、この雑誌の理念を大事にしたいと社長に伝えた。

子どもから大人になるわずかな期間、美しい夢や理想の世界に心を遊ばせる。やがて清濁(せいだく)併(あわ)せ呑まねばならぬ大人になったとき、その美しい思い出はどれほど心をなぐさめ、気持ちを支えることだろうか。そうした思いをもとにこの雑誌は続いてきたはずだ。

わかっているがね、と言ったきり、社長がまた黙った。対応に困っていたときに史絵里と佐倉が飛び込んできた。

厳しいことを言ってしまったが、あのタイミングで入ってきたことは、ある意味、助かったとも言える。


思い返しているうちに出そうになったため息を、有賀はかみ殺す。

純司が立ち上がり、部屋の隅にある台割りやゲラなどを広げるための大きな作業台に向かっていく。そこには史絵里たちが持ち帰った徳永治実の絵が置いてあった。

純司が徳永の作品を手にした。

果樹園で収穫をしている娘の絵は洗練や優美には程遠いが、社長が言う「はちきれるような若さと健康美」がある。

半年前に紹介状を手にして編集部を訪れた徳永は、本業は彫刻家だが絵も巧みだ。女と博打が好きだと公言し、絵は身過ぎ世過ぎの手段と割り切っているので、描いて渡してしまえばあとは興味がない。純司が印刷の色の出方にこだわるのと対照的に、徳永は色の修正の指示をほとんどしない。しかし絵の仕上がりは確実で速い。この三ヶ月間、詩画集において、まったく雰囲気の違う絵を一枚ずつ発注したが、こちらが思っている以上の質で迅速に描き上げてきた。

「どうだろう、徳永君は」

「いいんじゃないですか」

純司が手にした絵を作業台に戻した。

「空井先生の次の連載は、彼に絵をお願いしようと思っているんだが」

いいんじゃないですか、と、感情のない声で、純司が再び繰り返す。

「どうしたんだい？　いつものように意見を聞かせておくれよ。今、お願いしてる画家とのコンビも悪くはないから、迷っているんだ」

「上野の学校を出て官費留学までしている芸術家に、僕が何を言えると言うんです」

純司が振り返り、両腕を軽く広げて、作業台にもたれた。

「何を言い出すんだい。純司君はうちの雑誌の全ページの意匠、デザインを統括しているんだ。君が誌風に合わないというのなら、僕は考え直す。でも、できることなら……」

わかってる、と純司が苛立たしげな顔をした。

「徳永君はいろいろなところの覚えがめでたいからね。頼まれれば戦車に乗った少年も、槍で人を突き殺す訓練をする少女も雄々しく気高く、しかも健康的に描く」

純司君、と言って、有賀はドアを見る。声が漏れるとは思えないが、他の編集部員にあまり聞かせたくない発言だ。

「有賀主筆、あなたは僕の後任の画家の確保を始めた。そう思うのは、ひがみだろうか」

「誤解だよ」

「あなたはこれまで連続でいろいろなタイプの絵を徳永君に注文してきた。僕はよく覚えている。浅草でフランス人形を作っていた僕をたずねて、あなたがそうやって絵の発注をしてくれた日のことを」

あのときも詩画集だった、と力ない声がした。

「今の徳永君への注文の情況とまったく同じだ。僕はうれしくて、うれしくて。絵の仕事ができるのが本当にうれしくて。あなたのためなら自分の才能のすべてを捧げてもいいと思った。今もそう思っている。だけどあなたは、新しい才能を探し始めたんだね」

「偶然だよ、本当に。もしそうであったら、彼に依頼するかどうかなんて、君に相談をしますか？」

純司がうつむいたとき、ドアが軽やかに四つ鳴った。

どうぞ、と言うと、美蘭が顔をのぞかせた。

「社長はお帰りになられたようね」

「つい、さきほどね」

「入りづらくて給湯室にいたのだけれど……。お待たせしました。附録の打ち合わせはどこまで進みまして？」

まだ途中だと言うと、「間に合ったのね」と美蘭が部屋に入ってきた。

純司がソファに戻った。その様子に安堵して、有賀はゆっくりと姿勢を正す。

「いつでも遠慮なくいらしてくれてよいのですよ、美蘭先生。弊社の社長もあなたに会えるのはうれしいでしょうし」

だからよけいにね、と美蘭がレースの手袋を取り、小粋なクロッシェ（帽子）をソファに置いた。

美蘭に縁談が持ち上がっていたことを有賀は思い出す。社長の知人からの紹介だというその話は海外生活が長い年配の実業家の後妻の口だった。

美蘭が作業台に目をやった。

「あら、バロンの絵ね」

「なんですか、そのバロンというのは」

「徳永先生のあだ名よ。さる男爵家のご落胤というお噂。否定をしないところを見ると、本当にそうなのかもしれないわ。あら？　上里さんは？」

今日は打ち合わせをしたくないという視線を純司がよこした。その表情に憔悴が浮かんでいる。申し訳ないが、打ち合わせは日を改めようと美蘭に言うと、純司が無言で部屋を出ていった。

「純司先生はどうかなさったの？」

「ご気分がすぐれないのですよ、いろいろあってね」

美蘭が徳永の絵を指差した。

「あの絵のせいかしら。純司先生はバロンが苦手でしょう？」

「どうしてそう思うんです？」

「似てますもの。バロンは彫刻、純司先生は人形。二人とも立体の造形から絵に進んだ方だから。同じ匂いがするのではないかしら」

「そんな理由で苦手になるものなのかな？」

「同じ匂いを嗅ぐと、人は好意を持つか嫌悪するかのどちらか。純司先生は繊細な方だから、そのどちらでもない。苦手な意識を抱き、不安になるのではないかしら」

不安ね、と有賀はつぶやき、純司が置いていった企画書を見る。

それは夏に発売する号の附録で、アンニー・ローリーや宵待草などの歌を集めた楽譜集だ。手のひらに載るほどの小さな歌本に純司は三通りのデザインを描き、そのデザインに応じて、収録内容にもさまざまなアイディアを提案していた。

奥歯をかみしめ、有賀は企画書を引き出しに入れる。

時局さえ良ければ、真摯で才能豊かな男を、これ以上憔悴させずにすむのに。

お疲れね、と美蘭が優しく言った。

「ご心配をひとつ減らしてさしあげましょう」

なんですか、と聞くと、美蘭が微笑んだ。

「空井先生のおたずねは全部解決しましてよ。あなたにご挨拶したいとおっしゃっていたけれど、即刻、仕上げにかかりたいからって、さきほどお帰りになりました」

「よかった。お手間をかけてすまなかったね」

「ご自宅に戻られたら、あらためてお電話をくださるそうだけど、今夜八時頃に来てくれれば、原稿を渡せるそうです」

よかった、と再び声が漏れた。

「どうなるかと思った。明日の朝までに印刷所に入れないと、三十二ページ白紙になるところだった」

美蘭が艶やかに笑った。

「私もいつか、あなたをそこまで待たせるような書き手になりたいものだわ。ところでいかがでした？　この前お預けした作品は」

黙っていると、まだ読んでいないのかと美蘭が聞いた。

「いや、失礼。拝見しましたよ」

席から立ち上がり、有賀は机の左に置かれた棚から水色の封筒を出す。

昨年の末、欧米の少女小説のような作品を書かないかと美蘭に強くすすめたところ、その原稿が仕上がったと一週間前に渡された。しかしその内容はこれまでの何作かと同じ、美蘭が傾倒する古代ギリシャをモチーフにしたものだった。

「美蘭先生、僕は四人姉妹の『リトル・ウィメン』や孤児院の少女が進学する『ダディ・ロング・レッグズ』みたいな作品が欲しいとお願いしたはずですが」

「主筆がおっしゃる、恵まれない境遇から大学へ行く少女のお話。『ダディ・ロング・レッグズ』を私風に解釈したのがこの作品ですの」

その原稿には古代ギリシャの教育機関、アカデメイアで学ぶことを夢見る少女が描かれていた。

「悪くはないのですが……あなたはもう少し読者に近づいてみたらいかがでしょう」

近づいていますわ、と美蘭が目を怒らせた。

「私のまわりにいる少女たちにも読んでもらいましたが、この作品はたいそう評判が良うございましてよ」

「あなたの信奉者にはね。でも読者は年々、新しくなっていくのです」

「私が古くなっているとでも？」

答えに困って有賀は黙る。霧島美蘭の熱狂的な愛読者層は二十歳を越え始め「乙女の友」をもう読まない。新しい読者たちには、美蘭の文体は古めかしく感じられるようだ。

美蘭先生、と呼びかけ、慎重に有賀は言葉を選ぶ。

「詩ではなく、あえて小説を書くというのなら、新風をおこしてほしい。現代の少女たちを描いた学園小説をお書きになるお気持ちは」

ありません、ときっぱりとした返事が戻ってきた。

「その分野はすでに荻野先生がお書きになっています。天下の荻野紘青と同じ土俵で勝てるはずがありません」

「勝ち負けではないのですよ」

美蘭が右手を軽く挙げた。議論はもう終わりだと言っているかのようだ。

「有賀主筆。一度掲載してみてくださいませんか？　読者の反応を見てみたいのです」

美蘭がまっすぐに目を見据えてきた。

拒みきれず、「検討しましょう」とだけ答えると、美蘭が微笑んだ。

「はしたないことを言ってしまって、お許しくださいまし。私、あせっていますの。この先、筆で身を立てていけるか」

縁談……と言いかけると、「賭けていますの」と美蘭が言葉をかぶせてきた。

「私、この作品に賭けていますのよ。これが長年、『乙女の友』を見守ってきた、私なりに解釈した新風なのです」

ドアがノックされ、上里が押し入ってきた。忙しいときのくせで、耳に鉛筆を差している。

「主筆、有賀さん、空井先生が……」

「どうしました」

空井先生が、と上里が繰り返した。

「検挙されたって今、警察に。ちょうど帰ったところをご自宅の前で」

「落ち着いてください、何の容疑で」

わかりません、と上里が首を振った。

「夫人も動転していて。今、編集部に電話が入っています。そちらで出てもらえますか」

電話に出ると、空井の妻は声を震わせていた。

※

緊張した思いで美蘭は手洗いの鏡を見る。

引き直そうとしたルージュを持つ手が震えている。スティックで塗るのを諦め、紅を指に取り、美蘭は唇を彩る。

三時間前、空井量太郎が警察に連行された。国家転覆を目論む集会を開き、危険思想を煽動した容疑だ。明日の朝までに入稿しなければならない空井の原稿百枚は押収されていた。代わりの原稿、略して代原にはどの原稿を入れるのか。これからその打ち合わせに参加する。

ついさっき、自分が有賀に掲載を依頼した作品は原稿用紙八十枚。空井が渡す予定だった百枚には満たないが、残り二十枚分など、雑誌のページにすれば微々たるものだ。

ルージュをバッグに戻し、美蘭は鏡を見つめる。これだけ規模の大きい原稿が落ちると、代原は小説でしか埋められない。誰の原稿が候補に上るだろうか。

「乙女の友」には、詩を書く編集者は有賀のほかに三人いるが、小説を書いているのは浜田良光という男だけだ。彼の作品は少女たちに訓示を垂れているようで、読者から不評をかい、近年は誌面に掲載されていない。

編集長の上里はおそらく部下の浜田を推す。有賀は誰を推すだろうか。

化粧は女の戦支度だ。色香で籠絡できる男たちではないが、自分を奮い立たせるために、強く美しくありたい。練り香水を耳のうしろにすりこみ、美蘭は化粧室を出る。

編集部に入ると、浜田が視線を投げかけてきた。その視線に背を向け、主筆の部屋のドアをノックする。有賀は黒檀のデスクに向かい、上里は応接セットのソファに深く腰掛け、足を組んでいた。

「おお、真打ち登場。美蘭先生、どうぞ」

上里にうながされ、美蘭は上里の隣に座る。

「僕ぁね、言ってたんですよ」

馴れ馴れしく、上里が笑いかけてきた。

「強ーく主筆に推していたところ。今こそ我らが伝家の宝刀を抜くべきときだってね」

「伝家の宝刀……」

「何をためらってるんですか、有賀主筆。美蘭先生の父上、先々代の主筆もそりゃァ喜びますよ」

有賀が腕を組む。しょうがないなア、と上里が笑った。

「執筆者がゴチャゴチャ言ってきたり、誌面に穴が空きそうになったら、いいよ、代わりに俺が原稿を入れてやるヨ。お前らの代わりはいつだって埋められるんだぜ。それを言うがための主筆制度でしょう」

主筆が埋める？　と美蘭は聞き返す。さよう、と上里がうなずいた。

「なんのために詩や小説を書く編集者がうちのトップにいるんですか。ここまで引っぱって空いた大穴は有賀主筆が責任持って埋めてくださいヨ」

「詩で百枚は無理よ」

原稿用紙百枚分の穴は、この雑誌で言えば三十二ページ近くある。それだけの分量の詩と絵を今から揃えるのは難しい。

「小説を入れてください。やれるでしょう、有賀さん。自分でボツにした原稿がそこにいっぱいあるんじゃないですか。今こそ、眠れる本領を発揮ですよ」

「何も眠らせてはいません」

有賀が立ち上がると机の脇の棚に手を伸ばした。

「僕の作品でなくとも、小説の代原のストックが、いくつかあります」

「浜田君のあの作品ですか?」

そうです、と有賀がうなずき、水色の封筒を手にした。

「それから……美蘭先生の作品も」

「美蘭先生が小説を。あらま、これまた」

驚いた、というような顔で上里がこちらを見た。耳にはさんだ鉛筆が妙に下品だ。

「それはいいかもしれない。美蘭先生の初小説。これは空井氏の穴を埋めて、おつりが来るほど華やかだ」

「ただ、それでも若干、枚数が足りませんが。これです」

上里が立ち上がり、有賀が差し出した原稿を受け取った。

「美蘭先生は浜田君の作品を読むかい?」

「もちろん、拝見するわ」

有賀に渡された浜田の原稿を美蘭は読む。それは出征する兄に小さな贈り物をしようとする少女の話だった。

手強(てごわ)い。文章も構成も自分の作品のほうが練り上げられているが、今の時代に合っているかという点では浜田の作品は強い。

上里がうなった。感心しているというより、迷っているようだ。

「古代ギリシャの時代、アカデメイア……うーむ。もう一度、浜田君の作品も読み直してみますかネ。いただけますか、美蘭先生」

何も言わずに美蘭は浜田の原稿を渡す。上里がさっと目を通すと、再びうなった。

「机を並べる仲だし、正直、僕ぁ浜田君を推したいが……この作品はなあ。物語の起伏にとぼしい。どちらだと問われれば、まあ、これは美蘭先生ですな」

「空井先生の門下生の作品もあるのです」

有賀が水色の冊子を上里に渡した。

「その巻頭、宇宙船で操舵手を務める三つ編みの少女の話が面白い。主人公に躍動感があります」

なるほど、と上里が冊子をめくった。

「ふむ。これが最優秀。悪くはない。しかし空井先生がどうなるかわからない以上、彼の門下生の作品はまずいでしょう」

そうですね、と有賀が自分の机に目を落とした。そこにも原稿用紙がある。

「美蘭先生、上里さん。煙草を吸ってもいいですか」

黙って美蘭はうなずく。上里が「もちろん」と笑った。

「ここは主筆の部屋なんですから遠慮なく。どれ、僕も一服」

煙草をくわえた有賀がマッチを擦り、上里に火を差し出した。立ち上がった上里が、有賀の手の内で煙草に火をつける。火をはさんで、二人の男が顔を寄せ合った。

「それ、有賀主筆の原稿ですか」

いいえ、と有賀が机にある原稿を上里に渡した。

ソファに戻って読み出した上里が、小さく笑った。

「くだらない話……」

言葉とは裏腹に、面白そうに上里が原稿をめくっている。

「サトウミヅって……。ナシダヨネ？　なんて、くだらん」

こらえきれないというように上里が笑い、煙草の灰が床に落ちた。

銀糸を織り込んだクラッチバッグから扇子を出し、美蘭は男たちの煙草の煙を追いやる。

上里が再び笑い、原稿用紙をめくり終えた。

「ああ、もう終わりか」

「それで五十枚です」

「あっという間だ。続きを読んでみたいものですな」

有賀がもう一束の原稿をよこした。これは、と上里がつぶやく。

「どこかで見た字だと思ったら、この平仮名だらけ、うちの佐倉でしょう」

有賀がうなずき、煙草を消した。

佐倉ハツが小説を書く？　上里が読み終えた原稿に美蘭は手を伸ばす。

「フルーツポンチ大同盟」というタイトルのその話は、田舎から東京の女学校の寄宿舎に入った主人公、安井桃を中心に、ルームメイトの赤木千江里、梨田ヨネという三人の少女たちの物語だった。三人はモモ、チェリー、ナシダ、という愛称で描かれ、寮の舎監を務める美しい女教師、佐藤美津を困らせたり、意地悪な上級生を驚かせたりして物語は進んでいく。

二話目を読んでいる上里が吹き出した。

「やあ、主筆、この中風持ちのクルミ校長ってのは、うちの社長ですかね。そして、英語教師のプリンスってのは、純司先生だ」

「たぶん」

「この砂糖水こと、佐藤美津は美蘭先生かな」

読み終えた上里が、第二話の原稿を美蘭に手渡した。

「誤字が多くて粗削り。構成にも難がありますナ。ただ低学年の読者はこのフルーツ三人娘に親しみを持つでしょう。上級生たちは佐藤美津の装いやたたずまいに惹かれる。もうひとつ読者が喜ぶ点は」

上里が煙草で第一話の原稿を指し示した。

「この話の小物は純司先生の香りがする。寮の上級生が捨てた絹の風呂敷でおそろいの髪飾りを作ったり、薔薇の花びらを乾かして匂い袋を作ったりだとか」

二話目の原稿を見て、美蘭は手を止める。物語に出てくる薔薇の花びらと香草を乾燥させて作った匂い袋「サシェ」は昨年のクリスマスに佐倉ハツと佐藤史絵里に贈ったものだ。そのとき佐倉に教えたことを、小説のなかで佐藤美津が話している。

上里が原稿用紙を軽く叩いた。

「こうした小物の作り方を純司先生がご指南するページを作ったら面白いでしょうナ。ま、初めてにしては佐倉君、大健闘だ」

でも粗すぎる、と上里が首を振る。

「このままではとても人前には出せませんよ。ここは無難に美蘭先生の八十枚と……」

「無難？」

「失敬、失敬。安定感のある美蘭先生の処女作と主筆の詩、残りは自社広告で埋めましょう」

有賀が机に肘をつき、両手を顔の前に組み合わせた。考え事をするときのこの人のくせだ。

そろそろ決めないと、と上里が腕時計を指差す。

台割りを、と有賀がつぶやく。

弾かれたように上里が立ち上がり、編集部へのドアを開けた。

「誰か！　台割りを持ってきて！」

浜田が転がるように走ってきて、台割りを差し出す。

浜田君、と有賀が呼びかけた。ハイ、と浜田が大声で答える。

「佐倉君の席の後ろのロープを引いてくれ」

長谷川純司を呼ぶ気だ。美蘭の心は高鳴る。

純司は依然として圧倒的な人気を得ているが、昨年から表紙と附録の制作に専念している。彼が挿絵を担当するのは文壇の至宝、荻野紘青と主筆の有賀の原稿だけだ。

代原に、純司の絵が入る。

有賀が立ち上がり、上着を脱ぐと椅子に掛けた。

作業台に上里が台割りを広げている。シャツの袖をまくりながら有賀が歩いていき、彼の隣に立った。

「上里さん、佐倉を呼んでください」

※

佐倉君！　と上里に呼ばれて、オーバル席で電話番をしていた波津子は立ち上がる。

「ハイ！　お茶でしょうか？」

「お茶はいいヨ。主筆がお呼びだ」

主筆の部屋に入ると、有賀が作業台を見つめていた。そのまわりに上里と美蘭、編集部員の浜田が立っている。

有賀を除いた全員が一斉にこちらを見た。

私、何か……した？

おそるおそる近づいていくと、作業台には台割りが載っている。有賀の下書きをもとに清書をしたのは自分だ。

お呼びでしょうか、と波津子は有賀に声をかける。しかし返事はない。

ノックの音がした。ハトゴヤで眠っていたのか、シャツのボタンを留めながら、長谷川純司が入ってきた。

台割りに目を落としたまま、「純司君」と有賀が声をかけた。

「急で申し訳ないけど、空井先生の代原が入った。タイトルは『フルーツポンチ大同盟』、原稿用紙百枚、一挙二話掲載」

　えっ、と言ったつもりの声が、かすれて消えた。

　浜田が顔を伏せ、足早に部屋を出ていく。

「この土壇場に僕らは新人を送り出すことにしたんだ。純司君、君が絵をつけてくれる？」

「了解」

　有賀が原稿の束を純司に渡した。その原稿を純司が手早くめくっていく。

　扉の絵は、と有賀の声がした。

「フルーツポンチというタイトルの語感を活かして、ポンチ絵、漫画のようなユーモラスな雰囲気が欲しい。抒情性と対極にあるわけだけど、やってもらえる？」

「誰に聞いてるんですか。僕の戯れ絵は可愛いよ」

　純司の言葉に応えず、「扉の惹句は」と有賀が上里を見た。上里がメモを出し、耳にはさんだ鉛筆を取る。

「どうぞ、書きとります」

「新風、乙女の友から、軽やかな学園小説をお届けします」

　読点をテン、句点をマルと言いながら、有賀が口述する。上里が素早く書き取って、メモをちぎった。

「続いて……巻末の僕のコメントも差し替えを」

どうぞ、と上里がまたメモに向かった。

「『お茶目な三人組と美しい寮の舎監が巻き起こす、ちいさな学園の春の嵐。あなたのお心をつかんで離しません。モモ、ナシダ、チェリー、果物の愛称を持つこの三人が、あなたの良き心の友となりますように。有賀憲一郎』。これで百字です」

上里が文字数を数えた。

「行頭、アキを含めて九十九字です」

「『小さな』を漢字にしていませんか。大きさではなく、愛らしさを強調したい。そこは開いてください」

浜田君、と上里がドアを開けて叫んだ。

「有賀主筆のコメントを差し替え。大至急、これを入れといて！」

上里が戻ってくると「扉の絵はカラーページ、見開きで」と有賀が続けた。

色刷りで見開き、と上里が聞き返し、有賀がうなずいた。

「今からどうやって？」

「詩画集の口絵の最後の見開きは、僕と純司君の原稿だ。そいつを佐倉の原稿の扉絵に差し替える」

震えのようなものが背に走って、波津子は姿勢を正した。

小説のタイトルと執筆者の名前が入る「扉絵」は通常一ページで縦長の絵だ。しかしその扉絵が「見開き」と呼ばれる二ページになると、横長の大きな絵になる。

まるで映画のタイトルバックのような豪華な扉絵、しかも色刷りという破格の待遇を見たのは、大ブームを巻き起こした荻野紘青の「花の調べ」の最終回だけだ。

それから、と有賀が台割りに指を走らせた。

「第二話の始めに再度、見開きで扉絵を」

「もう一回、見開きで絵を？　本気ですか？」

上里の言葉を聞き流し、有賀が純司を呼ぶ。原稿を手にした純司が有賀の隣に並んだ。

「第一話の扉絵は制服、第二話の見開きの扉は私服で。和装、洋装、パジャマなどを取り交ぜて、小さな絵を散らしてほしい」

「要は、たくさんの可愛い服を着せたらいいんだね」

「そう。読者たちが切り抜いてノートに貼りたくなるものを。三人の外見の特徴はノッポ、小柄、ふくよか。書き分けのイメージは、おしゃま、快活、おしとやか。全員姿形は愛らしく」

ＯＫ、と純司がうなずくと、有賀がこちらを見た。

「佐倉君、空井先生はまず登場人物の紹介文を書けとおっしゃっただろう。書いたか？」

はい、と答えたら「見せて」と鋭く言われた。

あわてて自分の席に行き、引き出しの奥に入れた原稿を持っていく。

有賀が素早く原稿用紙に目を走らせた。

「この紹介文にある三人の好みや特徴を百字でまとめてくれ。二回目の扉絵にそれを掲載する」

「百……百字に？」

「多少の文字数の前後はいい。純司君」

「なんでしょう」

「この百字は活字で組まずに、君がデザインした書体で三人の絵の脇に入れてもらいたい。佐倉」

「はい」

「すぐに百字の原稿を書け。純司君が手で書いた文字は直せない。だからここは一度で決める。書いたら僕にまず見せろ。上里さん、純司先生の入稿の時期は」

「調整します。お電話を拝借」

上里が印刷所に電話をかけ始めた。

挿絵は二十三枚目からのシーンで、と有賀が純司に指示をしている。自分が書いた原稿なのに、そこはどんな場面なのかわからない。

「どう描くかは純司君におまかせするよ。扉絵を二つ、挿絵を二つ、以上四点」

「オーダーはそれですべて？　全体の雰囲気だけど……」

佐倉先生、と純司が原稿を見ながら言った。

「佐倉先生のご要望は？」

「せ、先生だなんて……」

純司が原稿から顔を上げた。時間が惜しいと言いたげな目だ。

「ないです。何もかも、おまかせします」

「主筆のご要望は？」

「読者の目を釘付けに」

　了解、と軽く純司が言う。上里が電話口に手を当て、声を上げた。

「主筆、金曜の十四時に入稿でどうですか」

「二日後。純司君、やれる？」

「やりましょう」

　純司が原稿を見ながらメモを取り始めた。上里が小走りで編集部に戻っていく。

　自分が書いた原稿を中心に何かが竜巻のように吹き荒れている。現実感が無く、そっとあたりをうかがうと、美蘭と目が合った。この編集部で働き始めて以来、美蘭は折に触れ、「乙女の友」の歴史や、社内の事情などを教えてくれ、いつも励ましてくれた。

「美蘭先生……」

　すがる思いで美蘭を見る。美蘭が横を向いた。

　佐倉君、と有賀の声がする。

「このままではとても入稿できないから、これから原稿を直す。ゲラでもやれるが、大きな修正になるから、僕が指示する箇所を今すぐ直せ。朝までに」

「えっ？　朝？　朝までにどうやって？」

「手を動かせ」

　有賀が自分の机に戻って、何かを紙に書き付けた。

「僕ならこうする。これを参考にしろ。なに、難しいことじゃない、エピソードの順番を入れ替えて前後をならすだけだ」

「えっ……ならす？　ならすって、どうすればいいんですか？」

それは難しいのか簡単なのか判別もつかない。しかも渡されたメモに書かれた指示は短くて、意味がわからない。

「こ、これだけでは、どうしたらいいのか」

ひったくるようにして有賀がメモを取り返し、鉛筆の音高く、指示を詳しく書き始めた。

「それからね、君のペンネーム……これは何だ？　なんて読むんだ？」

「香純鈴蘭」と書かれた文字に波津子は目を落とす。

「カスミ、スズラン、です」

凝りすぎだ、と、書く手を休めずに有賀が言った。

「筆名は雅号（がごう）ではない。もっとこれからの時代に合う名前になさい」

お言葉ね、と冷たい声がした。美蘭の声だった。

「私は過去の遺物と言いたげだわ」

「そういう意味じゃない」

有賀が手を止め、顔を上げた。

いつまで待たせるの、と美蘭の唇が震えた。

「何本書いたら、あなたは認めてくれるの？」

「路線を変えないかと僕は何度も言った。少女小説や学園物を書いてくれないかと。この作品はその路線に乗った。ただそれだけだ」

フルーツポンチ大同盟、と美蘭の顔にうっすらと笑みが浮かぶ。

「なんてくだらないタイトル」

「タイトルや設定は軽やかだが、この作品には少女たちの寂しさや喜びがあふれている。新風だ。僕らには新しい風が必要なんだよ」

「お聞きになりまして？　純司先生」

美蘭がクラッチバッグをつかみ、帽子をかぶった。

「新風ですって。他人事みたいに私を見ているけれど、あなたもいずれこうなるのよ。若い描き手に場を奪われるんです」

奪われない人もいる、と純司が小声で言い返す。

「荻野紘青は御年六十を越えても、いまだに少女はおろか、日本中の人々の心を捉えていますよ」

「あなたもそうなれるという確証がどこに？　永遠に表紙を描き続けられる人などいない。いつかあなたも古びて降板するのよ」

「それはない」

有賀が鉛筆を置いた。

「僕がここにいる限り、それはない。長谷川純司が降板するときは、僕がこの部屋を去るときだ」

純司と美蘭の視線が有賀に集まった。そう、とつぶやき、美蘭がうつむいた。

「わかりました。でも有賀主筆、いいこと？　あなたは今日、芸術よりも娯楽、通俗性を選んだのです」

もう二度と来ません、と毅然とした表情で美蘭が顔を上げた。

「金輪際(こんりんざい)、私は『乙女の友』には関わらない。それでもよろしくて？」

「君はそれでいいの？」

有賀と美蘭の視線がぶつかった。堪(た)えかねたように純司が「作業にかかるよ」とつぶやき、部屋を出ていく。

「上にかけあってくる」

上着を手にして立ち上がり、有賀がメモをよこした。

「君、何をぼやぼやしているんだ。急げ、時間がない。とにかくこの原稿、明日の朝までになんとか入稿できるように直せ」

有賀が部屋を出ていった途端、波津子は床に座り込む。入れ替わりに編集長の上里が入ってきた。

「おいおい、大丈夫か？　君、こっちに来なさい」

上里に引き立てられるようにして主筆の部屋から出ると、オーバル席に背広を着た男たちが座っていた。この会社の看板雑誌「大和之興業」編集部の人々だ。

そりゃ、有賀君も泡食うさ、と笑う声がした。

「こんなギリギリまで待って落とされては。まあ、いざとなったらどうとでもなるがね」

「なるよ。で、この子が、その救世主？」

見世物じゃないヨ、と上里が男たちを手で払う仕草をした。

「せっかくのお誘いだけど、今日は麻雀（マージャン）どころじゃなくなった。ほら、佐倉君、座れ」

上里が両肩に手を置いた。

「いいかい。君、大抜擢受けてるんだぞ。巻頭、しかも見開きカラーでデビューなんて聞いたことがない。大博打だ。主筆は君に賭けたんだよ。大恩ある美蘭先生をさしおいて」

「ええ……そ、そんな……」

気にすんなよ、お嬢ちゃん、と誰かが言った。

「多少、ヘチャムクレの原稿でも、あの長谷川純司がなんとかしてくれるさ」

「ヘチャムクレ……へ、ヘチャムクレですか、やっぱり私の原稿」

そういう意味じゃないって、と別の声がした。

「もののたとえ。ほらァ、上里さんが脅すから。この子、もうペシャンコになってるよ」

「これぐらいで潰れるなら、早いうちに潰れたほうがいいでしょう」

冷たい声がした。その方向を見ると、浜田が帰り支度をしている。

浜田に挿絵を取りにいくように頼まれていたことを思い出し、波津子は腰を浮かせる。

「浜田さん、私がお使いに……」

いいよ、と浜田が帽子をかぶった。

「新風、佐倉先生に使い走りをさせては恐れ多い。自分で取ってきますよ」

顔を伏せるようにして浜田が歩いていく。

「浜田さん！」

思わず立ち上がると、上里が再び両肩を押さえた。

「いい、座れ、佐倉君。それよりどうするんだ？　朝までに直せるのかネ。主筆は軽く言ってらしたけど、彼には簡単でも君にとっては……」

「わかってます、わかってます。ほんと、本当にそう」

「できないって言え。今なら美蘭先生にあやまればなんとかなる」

無理です、と他の編集部員の声がした。

「それでは主筆の面目が丸つぶれ。今だって上層部にかけあってる最中だろうに。退けませんよ、今さら」

まあ、そうか、と上里がつぶやいた。

「じゃあ、落ち着け。平仮名でいい。文章はちゃんとしてるから、まずはとにかく書け」

「ぶ、文章はちゃんとしてるんでしょうか」

上里が大きくうなずいた。

「大丈夫だ。ただ原稿の見ためがおっそろしく不細工なだけだ。そんなの漢字に直して刷っちまえばわかんねエ。気が散るだろ、会議室で書け」

夜の八時をまわった大和之興業社の会議室で一人、波津子は原稿用紙を前に座る。目の前には有賀のメモがあるが、読んでも文章が頭に入ってこない。

鉛筆を手にしたら、自分が震えているのに気が付いた。

フルーツポンチ大同盟というタイトルが浮かんで書きだしたときは、楽しくてたまらなかった。鉛筆を持つと、あふれでるように主人公たちの会話や様子が浮かんだ。

だけど今は鉛筆を握っても何も浮かばない。

原稿の表紙に書いた香純鈴蘭という筆名を波津子は見る。

最初は有賀の賀と純司の純を足して、賀純鈴蘭としていた。しかし空井が見たら筆名の由来に気付かれるし、賀純ではガスミになるらしいので香の字に変えた。鈴蘭というのは、霧島美蘭に憧れての一心だった。しかし、それがきっかけで、美蘭の気持ちを害してしまった。

目を閉じると、夜の静けさが迫ってきた。彼方からかすかに車の音が響いてくる。

突然、背後で何かが倒れるような音がした。震え上がるようにして波津子は目を開ける。

あーら失礼、と声がした。

「ごめんあそばせ。立て付け悪いから思いっきり引いたら、すごい音がしちゃったわ」

会議室のドアを開け、魔法瓶と盆を持った佐藤史絵里が入ってきた。今日は珍しく着物姿だ。

「聞いたわよ！　ハッちゃん。憲兄様が電話をくだすったの。だから不肖ワタクシめ、愛しの汝のために駆けてきたわよ、白馬ならぬ東海道線で」

「東海道線？」

「そうよ。取るものも取り敢えず、おやつを抱えて家から飛んできた」

史絵里が笑うと、茶道具の載った盆をテーブルに置いた。

「さあて、話は聞いてる。書いて！　そうしたら片っ端から私が漢字を当てて清書するから……オー、ラ、ラ」

ウララともオララともつかぬ声がした。

「あらやだ。ハッちゃんたら、震えてるの？」

史絵里が椅子を引いて隣に座った。

「まあ、いいや、まずお茶飲んで。おせんべい食べて。これが原稿？　どらどら、拝見いたしましょう」

史絵里にすすめられ、せんべいを口にしたら、震えが少しおさまってきた。

原稿を読み始めた史絵里が笑った。

「ねえ、この赤木千江里って私の名前に似てるね」

「名前……お借りした」

「光栄だわ。赤きチェリーって可愛い。梨田ヨネは『そんなのナシダヨネ～』ってからかわれてるんだ、ふふふ、安井桃ちゃんは『お安いモモ』ね」

原稿を一気に読み終え、史絵里が笑った。

「フィ、フィー、フォー、ファム。こいつは人気沸騰のニオイがするぞ！　私、このお話大好き。だって出てくる子がみんな可愛いもの。それにプリンス先生が最高。ねえ、憲兄様は出てこないの？　三話で出して」

三話、と言ったら、また震えてきた。

「む、無理、三話なんて。続き書けない」

「なんで？　いくらでも話は続けられそうじゃない」

「だって……私、女学校のこと何も知らない」

自分が行きたかった夢の場所を舞台に、身の回りの人をスケッチして書けばいい。空井にそう教わったから、憧れの場所を舞台にした。しかしそれは自分にとって、宇宙や地底と同じぐらいに未知の場所だ。

「き、寄宿舎だって……女学校の寄宿舎なんて書いたけど、どんなところか私、よく知らない」

なあんだ、そんな理由、と史絵里が笑った。

「じゃあ音楽にも強い学校ってことにすればいいじゃない。ハッちゃんは音楽の勉強をしてたんでしょ」

「が、学校じゃないのよ……」

学校ではなく私塾で、しかも女中をしながらレッスンをしていた。それを史絵里に言いづらく、波津子はうつむく。

そんなこと？　と再び史絵里が笑った。

「ハッちゃんったら寂しいコト言うのね。女学校のことなんてこのワタクシめにおまかせあれ。私でわからないことは、他の学校のお友だちにお話を聞いてもいいし。それにね、寄宿舎って本当にこんな雰囲気よ。よく知ってるじゃない？」

「うちは下宿屋だったから。昔、工場で働いている女の子たちがいっぱい住んでて、それで……でも……でもね」

史絵里が手を伸ばすと、波津子の両手を握った。

「いい？　ハッちゃん。何を臆してんの？　日本中の女学生が束になったって、誰もこんなに面白くって可愛いお話、考えつかないわ。知らないことは取材すればいいじゃない。一緒に行きましょうよ。それに、わくわくしない？　扉と挿絵は本邦初公開、純司先生の漫画絵よ」

「それは……見たいかも、すごく」

「そうでしょ！　私ね、前々から純司先生が時々メモのはしっこに描いてくださるユーモラスな絵が好きだったの。お手柄よ！　ハッちゃん。純司先生はあれを戯れ絵って呼んでいらしたから、こんな機会でもなければ絶対、世に出さないもの。日本全国の『友』を代表して、この手を取っちゃうわ。私の手はみんなの手よ！」

史絵里が両手に力をこめた。

「一人じゃないのよ、力になるわ。なあに、命をとられるわけじゃなし。ドーンと構えて参りましょ！」

うん、とうなずいたら、本当にそう思えてきた。

「それにね、憲兄様がここまでやるんだもの、自信を持って。みんな面白いって言ってるわ、あの上里さんでさえ」

「上里さんが？」

「原稿を読んで一番笑ったのはシェン様って話よ。あのオジサン、ちょっぴり見直しちゃったわネ」

　思わず笑ったら、史絵里が男の子のような声色を出した。

「ほら書きたまえ！　清書するから。人物紹介を百字にまとめるってのはこれかい？」

　史絵里が人物紹介の原稿を手にした。

「オウケイ、ハッちゃんは小説の直しをやって。百字はとりあえず私がまとめる。こっちが書き上がったらハッちゃんが手直しをしてよ。そうしたらその間に、私が小説の清書をする、よおし」

　史絵里が拳を握って、天へと突き上げた。

「ポンチを世に出そう！　我らが『フルーツポンチ大同盟』を！　ほら、ご一緒に」

　つられて小さく手を上げたら、史絵里が笑った。

「そうよ、その意気。甘い旋風、おこしましょうぞ！」

　甘い旋風という言葉に励まされて、波津子は鉛筆を握る。震えはいつの間にか止まっていた。

「フルーツポンチ大同盟」が掲載された三週間後、掲載号を三冊と読者からの手紙を抱え、波津子は空井の家に向かう。

この号が発売された翌日、空井は釈放された。証拠不十分という言葉が、上里と有賀の会話から聞こえてきたが、詳しい事情はよくわからない。

これをきっかけに空井の一家は東京を離れ、夫人の実家がある九州の山間部で暮らすことを決めた。都会にいると、これからも同じような嫌疑をかけられる可能性もあるし、なによりも子どもたちをのびのびと育てたいと、編集部へ謝罪に来た空井は語っていた。

事務上の用があり、今日、波津子が空井のもとに電話をすると、夫人と子どもたちは昨日、九州に出立しており、空井も明日には旅立つという。

手伝えることはあるかとたずねると、ためらいがちに、可能であれば、今号の「乙女の友」を三部購入したいと言った。空井の三人の娘たちは「フルーツポンチ大同盟」の純司の漫画風の絵を気に入り、塗り絵にしたいと、取り合いをしているうちに破れてしまったのだという。書店で買おうとしたが、すでに売り切れてしまい、手に入らないそうだ。

呼び鈴を鳴らすと、空井が出てきて、軽く両手を広げた。

「よく来てくれました、佐倉君。いや、これからは波津子先生と呼ばなくてはいけませんね」

「滅相もない。空井先生に先生と呼ばれるなんて」

「何を言っているのでしょうね。純司先生とがっちり互角に組んで、堂々たるデビューでしたよ」

黙って波津子は頭を下げる。もし純司と互角に組めていたとしたら、それは原稿の修正箇所を細かく指示してくれた有賀のおかげだ。

「荷物を出したんで、もう何もないんですが、どうぞお上がりください」

空井に導かれて家に入ると、室内には家具はなく、開け放した書斎のドアから、二人の青年が大量の本を紐で束ねているのが見えた。

空井が「仲間」と呼んでいる、小説教室の門下生だ。

応接室に通されると、ソファ代わりに大きな出窓のカウンターに座るようにすすめられた。カーテンが取り払われた出窓からは、六月の曇り空がのぞいている。

空井がキッチンからレモンを浮かべた炭酸水を運んできた。空井自らが作った炭酸水だという。

さわやかな味だと飲み物の感想を伝えたあと、波津子は「乙女の友」と読者の手紙を空井に渡す。三冊とも編集部からの贈呈だと伝えると、「かたじけない」と古武士のように空井が頭を下げた。

空井が「乙女の友」を手に取り、表紙を見つめた。

「本当のことを言いますとね、僕は今号を見るのが死ぬほどつらい」

無念です、と空井がつぶやき、読者からの手紙の束を見た。

「最終回の原稿を落とすなんて、こんな悔しいことはない。そのうえ読者をガッカリさせるどころか、こんなに心配させて」

「先生は、お原稿を落としたわけではないです」

「結果としては同じだ。僕の落ち度なのです。申し訳なかった。読者にも編集部の皆さんにも」

空井がページをめくると、「フルーツポンチ大同盟」の見開きの扉絵が出てきた。

長谷川純司の漫画風の絵が評判を呼び、この号は久々に完売に近い部数が売れている。

「だけど、代わりに入った佐倉君の原稿がめっぽう明るかったから、救われた。読者は湿っぽい気分にならなかったでしょう。みんな、笑顔で僕を待っていてくれるような気がしました」

「お待ちしています」

そう言ったが、空井が「乙女の友」に復帰するめどは立っていない。夏から新連載が始まる予定だったが、空井は有賀に辞退を申し出ていた。

いかがですか、と空井がグラスを軽く掲げた。

「おいしゅうございます」

「あ、いや。僕としたことが、まことに抽象的なおたずねをしてしまいました。いかがでしたか、作品が雑誌に掲載されたのを見て」

炭酸水を一口飲んだら、急にレモンの酸味が唇に痛く感じた。

「実感、ないんです。反響は……純司先生の漫画には読者さんからの反響が大きいんですけど」

純司が描いた扉絵の少女たちは抒情画のときとは打って変わって、ずいぶん大胆で誇張されたポーズを取っている。しかしその線は流れるように優美で、しかも少女たちがページから飛び出してきそうな勢いがあった。

「それなのに……小説にはまったく反響がなく」

黙殺されてるね、と浜田は冷笑し、やっかみがあるのだと上里は分析した。女性の執筆陣で純司と組んで妬まれないのは、霧島美蘭だけなのだという。

「お察しします。僕も初めて作品が掲載されたときはまったく反応がなかった。しかし発売から四ヶ月と十七日が経過したとき、編集部にファンレターが届きましてね。ハガキのまんなかに『ツヅキ、ハヤクヨミタシ』と大きく書かれていただけなのですが、届いたんだって思いました」

「届いた？」

そうです、と空井がなつかしそうな目をした。

「この広い世界に、僕の話を面白いと思ってくれる人がいる。山に登っておーいと言ったら、おーいって返事が戻ってきた。それも山彦じゃない。僕とは違う誰かの声で。あんな嬉しいことはなかったです」

あせらなくてよいのです、と優しい声がした。

「この広い空の下、佐倉君の物語を面白いと思ってくれる人が必ずやいます」

いるんでしょうか、とつぶやいたら、不安が吹き出してきた。

「書けて嬉しい、雑誌に載って夢みたい。だけど先生、私、この先どうやって書いたらいいんでしょう。すべて、まぐれなんです」

空井が炭酸水を一気に飲み干した。

「ご心配はいりません、有賀主筆がいる。彼が指導してきたのだから、間違いはありません」

「ご指導いただいているのは、編集のことだけです」

門下生が来て、空のグラスを下げていった。向けられた冷たい目線に、身がすくんだ。

贅沢（ぜいたく）なことを言っていますよ、と空井が笑う。

「まぐれで雑誌に小説を載せてもらえたなんて。それを目指して一途（いちず）に研鑽（けんさん）を積んでいる者が聞いたら、いたたまれない話です」

すみません、と思わずあやまったが、門下生の姿はもう見えない。

「あなたは有賀さんのそばで作家の原稿が推敲を経て世に発表されるさまを、ずっと見てきたのでしょう。僕はともかく、御誌の執筆陣は我が国の文化の最前線にいる人々だ。そんな彼らの創作の過程を教材にして、この三年間あなたはつぶさに学んできた。あの荻野紘青ですら一目置く青年作家から、小説技法の分析と解説を手取り足取り説明されながら。それが指導以外のなにものだというのです？」

「青年作家……有賀主筆は詩人でいらっしゃるのではないですか？」

「僕にとって彼は詩人ではなく小説家。それも恐ろしいほどの才能のきらめきを見せた人物です」

空井が「乙女の友」を手に取り、誌面に目を落とした。

「習作のときに見たあなたの話の運びは荻野紘青、端正な日本語は有賀憲一郎、随所に登場する洒落た場面は長谷川純司と霧島美蘭。彼らの薫陶を色濃く感じました。とても僕の手に負えるものではない。僕は科学屋ですから。そう思って有賀さんに原稿を渡して、意見を交換しました」

たしかにこの三年間、有賀は数多くの質問に丁寧に答えてくれ、最初に言い渡されたとおり、自分はその答えをすべて記録して実践を心掛けている。

それが空井の言う指導というものなら、たしかに学びは積んでいる。

電話が鳴った。空井を呼ぶ声がする。駅前の蕎麦屋からだという。

「おっと、いけない。ツケの勘定に行く約束をしていたのに」

「私もそろそろおいとまします」

ソファ代わりの出窓から立ち上がり、波津子はハンドバッグを持つ。

「駅までお送りしますよ、一緒に出ましょう」

家の前の坂に出ると、空はさらに曇っていた。

歩き出した空井が、本格的に梅雨に入る前に引っ越しをしたかったのだと言った。

「先日、銀座の書店で美蘭先生に会ったら、同じことをおっしゃっていました」

「美蘭先生もお引っ越しを？」

「いいえ、長期のご旅行です。大連に行かれたのです。マチに入ると言っていました」

「マチ、ですか」

「御誌の執筆陣もこうして少しずつ入れ替わっていくのでしょう。ところで、徳永先生のことをご存じですか」

「徳永先生が何か？」

連絡がつかないのです、と空井が顔をくもらせた。

「夏からの新連載で僕と組む予定をふいにしてしまったから、お詫びを申し上げたいのですが、電話をしても、伝言を残してもまるで連絡がつきません。編集部の方々は彼がどちらにいらっしゃるかご存じですか」

最近、徳永は交際中の女たちの家に週替わりで滞在しているという噂だ。しかしそれを話したら、悪口を言っているようだ。

有賀に聞いておくと伝えると、空井が安心した顔をした。

「お目にかかって、彼にお詫びを申し上げねば。それが終われば、僕もけじめをつけて新生活に進めます」

道を曲がると、立ち話をしていた女たちが空井を無遠慮に見た。空井が挨拶をしたが誰一人返事をしない。

家の門から子どもが出てきて、親しげに空井の本名を呼ぶ。若い母親が出てきて、あわてて子どもを門の内に引っ立てると、扉を閉めた。

国家転覆の容疑をかけられたことは大きく報道されたわけではないが知れ渡っており、誰もが空井と関わるのを避けている。

いたたまれず「空井先生」と波津子は呼びかける。呼びかけたものの、続ける言葉に困った。

「あの……あのう……。あ、有賀主筆はどんな小説をお書きだったのでしょうか」

「ご自身で聞いてみてはいかがですか」

よそよそしい口調に、足が止まりそうになった。空井が軽く咳払いをする。

「つれない言い方をしましたね。つまり、こういうことです、彼が封印した過去を僕が勝手に語るわけにはいきません。ただ……そうですね、今の名前では活動されていませんでした」

「ペンネームをお持ちだったんですね」

有賀はどんな筆名を自分自身につけていたのだろう?

ここだけの話ですが、と空井が微笑む。

「あの彼に原稿を見せるのは毎回とても怖かった。それだけに面白いと言われると心底うれしい。またその言葉を聞きたくて必死になる。その繰り返しでした。彼がなぜ筆を折ったのかわかりません。だけど今、その心情が僕も少しだけ理解できます」

マチに入ったのでしょう、と空井がつぶやいた。

「理由は違えど、僕も同様。長い、長いマチに入ります。今の世のなかでは僕はもう書けない」

「そんなことをおっしゃらないでください」

空井がため息をついた。

「争いを賛美する作品はいやなのです。科学は争いではなく、未来を切り拓くため、幸せのために使ってほしい。有賀さんにそう言ったら、それでいいとおっしゃってくれた。だけど、こうした方向性はこれから難しくなってくる。だから僕はマチに入るのです」

「いつ、マチから戻られるのですか？」

飛べるようになったら、と空井が天を見上げた。

「もっと自由に、もっと天高く。おっと、僕としたことが。またもや抽象的な言い方をしてしまいました」

道を曲がると、駅に出た。空井に別れの挨拶をすると、お詫びすることがあると言われた。

かぶっていた帽子を空井が取る。

「有賀さん……有賀主筆と意見を交換したときのことです。彼はあなたの作品を見て、我が国ではユーモア小説の地位はまだ確立されていないから、折を見て別の方向に導いていきたいとおっしゃっていた。僕は、だからこそ優れた書き手が現れて、地位の底上げをはかるべきだと反論した。場が険悪になるほど強く。僕はそう思って仲間たちを増やしてきた。科学小説もユーモア小説同様に分が悪いのです」

「主筆は、そんなことをおっしゃっていらしたのですか」

そうです、と空井がうなずいた。

「でも、あなたは若い、若すぎる。今思うと時期尚早。有賀主筆のおっしゃる通りだったのかもしれない。あなたが不安がっているのを見て、心が痛みました。僕の不始末をあなたに拭わせて、本当に申し訳なかった」

空井が深く頭を下げた。

「先生、おやめくださいまし。私、困ってしまいます」

頭を上げた空井のロイド眼鏡の奥が潤んでいる。背の高い人だとその顔を見上げた。

「佐倉君、準備ができていようと、できていまいと、始まった話は終わらさなければいけません。これは新人であろうと、ベテランであろうと変わりません。だけど……」

不安がらないでいいのです、と空井の目が優しく見下ろした。

「有賀さんは大胆だが慎重な人だ。その有賀主筆がやれると踏んだのなら、やれる。あなたはできるのです。だから、突っ走ってください、有賀さんを信じて」

はい、と勢いよくうなずき、感謝をこめて波津子は空井にお辞儀をする。

「頑張れ、波津子先生。僕もワイフも子どもたちも、みんなハッちゃん先生の大ファンだ」

顔を上げると、空井が人混みのなかにまぎれていくところだった。

人々より頭ひとつ高い空井が振り返り、こぶしを三度振り上げた。

「空井先生！」

彼の描く作品に登場する冒険者たちが、再会を願ってする別れの挨拶だ。

同じ仕草をそっと返して、その方向に波津子は頭を下げ続ける。

顔を上げたら、泣いているのがばれてしまう。


その翌日の昼前、上里に頼まれたお使いから戻ると、荻野の家での打ち合わせを終えた有賀が出社してきた。さっそく空井の妻子が九州に出立したことと、空井が徳永の居場所を探していたことを波津子は有賀に伝えた。

背広の上着を脱ぎながら、有賀はそれを聞き、席に座ると腕を組んだ。有賀も先週から徳永と連絡が取れずにいるという。

「急ぎではないが頼みたいことがあってね。心あたりをいくつかたずねてみたが、どこにもいらっしゃらないのだよ」

主筆の部屋のドアがノックされて、上里が顔を出した。ついさっき、警察から編集部に電話が来たという。

「どういった用件ですか？」

上里が言いづらそうに、波津子を見た。

「いやあ、嫁入り前の娘にはチト聞かせにくい話でして」

「佐倉君、席を外してくれるかい？」

「いや、でも聞いてもらわないと困るんです」

下町の娼館の裏手のどぶ川で、身元不明の死体が見つかったと上里が言った。

「ほとんど裸の状態で……酔ってケンカでもしたのか、窓から落ちたのか、顔面がひどく腫れ上がって、特徴がよくわからない。ただ、ずいぶんと体格がよい男らしく」

徳永の姿が心に浮かび、波津子は有賀を見る。まなざしを受け止めた有賀が上里を見た。

三人とも、同じ人物のことを思っている。

「で、あたりをさらってみたら、上着が落ちていたらしいんですが、財布やらなにやら一切合切なくて。ただ上着の内ポケットに佐倉君の名刺が入っていたそうです」

「君、最近誰かに名刺を渡したかい？」

「いろいろな人にお渡ししています。……徳永先生にも」

そうとしか思えんよなァ、と上里が小声で言う。

有賀が電話のダイヤルを回した。アパートメントの管理人らしき人と話を始めている。会話から察するに、徳永はしばらく帰っておらず、一昨日、旅に出るという連絡があったようだ。

電話を終えた有賀が立ち上がり、上着を手にした。

「佐倉君の名刺があるということは、僕らとつながりがある人物でしょう。ひとまず僕がその署に行ってみる。もし佐倉君に事情を聞きたいということであれば電話を……」

ついたてに囲まれた小部屋の電話が鳴った。

小走りで自分の席に戻り、波津子は電話に出る。代表電話の交換手が佐倉さんあての電話だと言った。

続いて「よう、ハッちゃん」と声がした。父の遠縁であり、下宿人でもある望月辰也だった。

「望月さん、どうしたの？　何？　今、どこにいるの？」

「内地にいるんだがね。ちょいと火急の用だよ。君んとこの主筆に代わってくれる？　大至急、内密の用だ」

内線で回すのがもどかしく、送話器の部分を手で隠して、波津子は有賀を呼ぶ。

「主筆、お電話です、私の親戚が大至急、内密の用でって」

「君のご親戚がなぜ？」

「わかりません。でも火急の用だと」

有賀がついたての内側に入ってきて、受話器を取った。どういうことですか、と押し殺した声がする。

「来るなってどういう意味ですか……」

有賀が受話器を離した。

「切れた。君の親戚って、何者だ」

「うちの二階に下宿している鉱山技師のおじです」

彼か、と有賀がつぶやいた。

「君に僕の記録をつけさせた人物か」

「で、その人物がなんと言ってきたんですか」

「ご遺体は空井先生だという話だ」

まさか、と上里が首を横に振る。

「いくらなんでも、それはないでしょう。あの空井先生が悪所に出向くわけがない」

「署に来るなと言われたが、それならなおさら僕はご遺体を確認にいかねば」

有賀が上着を着ると、帽子に手を伸ばした。

主筆の部屋のドアを押し開けて誰かが入ってきた。

大和之興業社の社長だった。いつもは飄々（ひょうひょう）とした様子でこの部屋に現れるのに、今日はそんな気配は微塵(みじん)もない。

　どこへ行く気だね、と社長がたずねた。

「君、空井先生のところへ行くつもりか？」

「なんですか、いきなり……」

　つぶやいた有賀がすぐに声を張った。

「どうしてそれをご存じなんですか」

「ある筋から連絡が来た。関わるなというご忠告だ。行ってはいけないよ」

「ある筋ってどちらですか。今だっておかしな電話が」

　社長がこちらをちらりと見たが、すぐに有賀に視線を戻した。

「彼女の就職を斡旋(あっせん)してきた筋といえば、わかってもらえるかね。でも我々を心配してのご注進だ」

「僕にはまったく話が読めません」

「空井君は娼館で酔ってケンカをして、窓から落ちたということになっている」

　なっているとは？　と有賀が険しい表情で聞いた。

「そういうことにしておこうということだ」

「身元不明の死体としてこのままにしておけと？」

「あと二時間もすれば、身元が判明してご家族に連絡される。奥さんだけではなく、兄君にも。つまり、そういうことだ」

　空井が亡くなったという話が信じられず、「そういうことって？」と波津子はつぶやく。

悪い夢を見ているような気がして、もう一度つぶやいた。

「そういうことって……あの、なんですか」

つまりだね、と、嚙んで含めるように上里が言う。

「空井先生の兄君は危険思想の持ち主で仲間が大勢おられる。兄君にもしものことがあったら、仲間たちが黙ってはいないだろう。でも弟さんならどうだ？　こういう形でなら、各方面に申し訳がたち、しかも警告ができるということじゃないかね」

「警告、みせしめってことですか？　そのために何の関係もない先生が亡くなったってことですか」

関係があるかないかはわからない、と社長が言った。

「今となっては。なんらかの関与をしていたのかもしれないし。空井先生の妻君は子どもを連れて田舎に引っ込んだというじゃないか。ひょっとしたら彼自身、何か予期するものがあったのかもしれない」

あるいは、と上里が腕につけたアームカバーの皺を直した。

「妻子が留守の間に羽目をはずすなんてこと、男だったら誰でも身に覚えがあることで。本当に酔って遊んで落ちたということだって……」

「それならば、僕が行ったところで問題はないでしょう」

社長が首を振り、ソファに座った。

「警告だとしたら、彼の身内だけではない、彼を庇護し、活動の場を与えた者たちにも発していると考えるのが妥当だ。君の署での言動が今後どう利用されるかわからない。ことは、君個人の問題ではないのだよ」

有賀が横を向いた。

顔がひどく腫れているらしい、とつぶやく声がした。

「拷問を……」

「それはわからんよ」

「そうじゃなかったとしても、撲殺されたってことじゃないですか」

声が大きい、と社長が言った。

「有賀君、座れ、私の前に」

もう一度「座れ」と有賀に短く命じて、社長がソファの背から身を起こした。

「信念を貫こうとする姿勢は実に立派だ。強い男だよ、空井君の兄君は。だがそれによって傷つき、犠牲を強いられるのは当の本人ではない。まわりにいる力弱き者たちだ」

ドアがノックされ、「有賀主筆」と声がした。

表紙の下絵を抱えて、純司が入ってきた。徹夜明けなのか、色白の顔がいつにも増して血の気が薄い。

「すみません、遅れてしまって。次の表紙の絵ですが……」

上里が純司の前に立った。

「すみません、純司先生、打ち合わせはまた後で。今、少々取り込んでまして」

それなら出直しますが、と純司の心配そうな声がした。

「どうかなさったんですか、有賀主筆は。お加減が悪そうだ」

上里がドアに手を掛け、純司を押し戻している。

「すみません、純司先生。主筆は今、社長に叱られてる真っ最中でしてね」

「それは、本当に失礼しました」

上里がドアを閉めると、部屋に静寂が漂った。

純司が閉めたドアを社長が見つめる。

「命を取るまでもない。指を潰されたら、君の秘蔵っ子はおしまいだよ」

有賀が顔を手で覆った。

「一人にしてくれませんか」

「いや、ここにいる。君が先走ったことをしないと、確証が持てるまで」

自分あての電話をすべてこの部屋につなぐようにと、上里に命じたあと、ここで聞いたことは一切口外するなと社長が言った。

上里に眼差しでうながされ、波津子は部屋を出る。

窓の外に目をやると、澄んだ青空が広がっていた。

第三部　昭和十五年　晩秋

ハツさん、ハツさん、という声に波津子は耳をすます。

あわてている声は史絵里のようだ。しかし彼女ならハッちゃんと呼ぶ。

顔を上げると、ピンクのポロシャツを着た施設のスタッフが立っていた。彼女が波津子の目の前で小さく手を振る。

「ハツさん、だ、大丈夫ですか？　これ、見えます？」

「見えます。だい……じょうぶ」

「びっくりしちゃった。声をかけても、まったく反応しないから」

昭和の時代ははるか遠く、気が付けばここに一人でいる。

「お、さわがせ……しま、した」

「お加減が悪くなければいいんですよ。ご朝食、お持ちしますね」

男性スタッフが食事を載せたワゴンを押してきて、居室のテーブルにセッティングを始めた。

「あ、そうだ、それからね、昨日の夜、またハツさんに会いたいって方が来ました」

スタッフの言葉によると、昨夜七時過ぎ、自分が寝ているときに人がたずねてきたのだという。

戦前の雑誌について調べているので、時間があるときに会ってほしいと言っていたそうだ。

「お断り、して、くださった？」

「はい、いつものように。ただ……」

その人物は花束と小さな包みを託していったのだという。

「なんの……お花？」

「鈴蘭です。とても小さな鈴蘭の花束。花瓶に活けてあるので、あとで持ってきますね。それから、こちらを」

差し出されたのは緑の小箱だった。そっと開けると、二つ折にされたカードがたくさん入っている。鈴蘭を手にした少女が表紙のそのカードは、どれも黄ばんだり、ふちが破れたりしていた。

「昭和十五年　東京　友の会」と書かれたカードを波津子は広げる。

カードの見開きの右側には「アンニー・ローリー」というタイトルと歌詞が書かれていた。

その左側には日本橋（にほんばし）にたたずむ、赤い着物姿の少女の絵が色鮮やかに描かれている。きれいなカード、とスタッフが手元をのぞきこんだ。

「アンニー・ローリーって？」

「歌、です。アニー……ローリー、と、も、いう」

「ああ、歌詞カードなんですね」

ふるえる指で波津子は他のカードを広げていく。

それはどれも表紙の絵は同じで、歌詞もすべてアニー・ローリーだが、見開きの左には福岡、広島、岡山、京都、大阪、名古屋（なごや）、神戸、横浜といった、各都市の名所旧跡を背景に、和服姿の少女たちが微笑んでいる。

「乙女の友」の愛読者たちが主催していた交流会、「友の会」の参加者のために、長谷川純司が作っていた歌詞カードだ。

もっとも傷みが激しいカードを手に取り、波津子は鈴蘭を持つ少女の絵を眺める。色もあせるだろう。しわも寄る。長い長い歳月を旅してきたのだ。

ベッドサイドに置いたフローラ・ゲームを波津子は指差す。

「お持ち、くだ、さった、のは、この前の方？」

「いいえ、若いお嬢さんです。それよりお食事……あらあら、眠いんですか？」

「今日は……寝て、いたい」

「それなら、せめてジュースだけでも」

りんごのジュースを飲み終えたあと、波津子はアンニー・ローリーの歌詞カードに手を伸ばす。

これを持ってきた若い娘とはどんな子だろうか。帽子をかぶっているだろうか。髪にリボンを結んでいるだろうか、歌は好きだろうか。

どこからか鈴蘭の香りが漂ってきた。

とぎれとぎれにピアノの音が聞こえてくる――。

※

――ハトゴヤからピアノの音が流れてくる。

純司が弾くアンニー・ローリーのメロディだ。頭のなかで一緒に歌いながら、波津子はカードを二つに折る。

畳むとちょうどハガキの大きさになるそのカードは、明日、都内の愛読者が集まる「東京　友の会」で配るもので、一昨日、印刷所から刷り上がってきたばかりだ。

「友の会」とは「乙女の友」の愛読者たちが自分たちで企画する、読者と編集部、執筆者との交流会のことだ。

その会は東京のほか、全国の県で定期的に行われており、会を主催する幹事たちは「乙女の友」巻末にある地方別の投稿欄「読者の広場」の常連の投稿者たちが務めている。

ひとつの県の愛読者たちが学校の枠を越えて集まり、編集部へ連絡して会の開催を打診し、自分たちで会場を探して交渉するというのは、他誌では見られないならわしだ。有賀によると、三代前の主筆が女子の自立を願い、こうした機会を奨励したのが始まりだそうだ。

彼女たちからの招待を受けると、どれほど忙しくても、主筆は執筆者と編集部の人々に声をかけ、彼らとともに会へ出席する。それも大正の時代から続く伝統だ。

すべてのカードを折り終え、波津子は一枚を手にする。

「友の会」とはどんなことをするのかと、かつて「神奈川　友の会」の幹事長を務めていた史絵里にたずねると、内容は幹事の意向で毎年違うが、必ずあるのは編集部と執筆陣が参加者の質問に答える「歓談の会」と、「歌の贈り物」だという。

「歌の贈り物」とは会の最後、「乙女の友」から参加者へ、その日の記念として「アンニー・ローリー」の美しい歌詞カードが贈られ、参加者は返礼として皆でその歌を斉唱して、再びの出会いを約束するという内容らしい。

どうしてこの曲を歌うのかと史絵里に聞くと、理由はわからないけれど、昔からそうなのだと言っていた。同じ質問を有賀にすると、史絵里と似た返事が戻ってきたが、少し考えたのち、おそらく「永遠に変わらぬ思い」を歌っているからではないかと言い添えた。

「永遠に変わらぬ思い」とは何かと聞くと、「永遠に慕い続ける思い」だと、今度はすぐに答えてくれた。

永遠に慕い続ける思い……。

カードを広げ、じっくりと波津子は歌詞を読む。

もう一度読み返そうとして、作業がすっかり止まっていることに気付いた。あわてて手にしたカードを積み重ねた場所に戻し、今度はそこから二部ずつ取って、リボンで束ねていく。

鈴蘭のブーケを持った少女が表紙のこのカードは毎回、全員に二部が贈られる。一部は参加者のために、もう一部は参加できなかった友人にプレゼントできるようにという趣旨だ。

束ね終えた「東京　友の会」のカードを運搬用の箱に入れたあと、波津子は母から譲られた鈴蘭の香水を箱の四隅に吹き付ける。こうしておけば、明日、カードを配る頃には、かすかに花の香りが移っている。ささやかだけれど、参加者への敬愛のしるしだ。

「佐倉君、こちらへ来てくれないか」

ついたての向こうから有賀の声がした。はい、と答え、波津子はデスクの前に立つ。大きな黒檀の机の向こうで、手帳を眺めながら、有賀が考えこんでいる。

「君、明日の予定だけど、急ぎの用はあるかい？」

「いいえ、特にはございません」

「それなら君、明日の『友の会』に参加してくれないか？」

「かしこまりました」

そう答えたものの、波津子は戸惑う。参加者の数が急に減ったのだろうか？

明日、東京で行われる友の会は主筆の有賀のほかに、編集部からは浜田良光が、執筆陣からは荻野紘青と長谷川純司、女流作家の丘千鳥（おかちどり）が出席の予定だ。

今回は新連載が始まったばかりの荻野紘青と挿画の長谷川純司のコンビが出席するので、参加者の数が減るという事態はあまり考えられない。

「あのう、主筆。どうして私が参加を……」

「鎌倉の丘先生が感冒にかかられ、明日は出席できないらしい。浜田君は親戚にご不幸があったとかで、今日から忌引きだ。二人とも急すぎて、他の執筆者も編集部の人々も都合がつかない。申し訳ないが、君、頼むよ」

「えっ？　参加って出席者ということですか？　読者として参加するのではなく」

「どうしてそんなことを頼まなければいけないんだ？　君は読者じゃないだろう」

「丘先生の代理って、私は何をしたらよいのでしょうか？」

「僕らと前に並んで座って、読者たちの歌や発表を見て、最後の質問会で答えてくれればよい」

無理です、と即座に声が出た。

「友の会」の幹事や熱心な参加者でもある常連の投稿者は、教養が高い。「フルーツポンチ大同盟」が掲載されて五ヶ月がたち、隔月で少しずつ作品を掲載してきたが、そうした教養ある読者からは「新人編集部員にして新人作家」の「佐倉波津子」はまったく歓迎されていない。今朝もこの作品は「乙女の友」の品格をいちじるしく下げているという抗議のハガキを受け取ったばかりだ。

それにくらべて丘千鳥は、霧島美蘭が誌面に登場しなくなった今、「乙女の友」の執筆陣で一番人気がある女流作家だ。彼女の耽美的な作風を好む読者たちは自分たちのことを「チドリスト」と名乗り、「読者の広場」を通して同好者の会を作っている。今回の参加者にはそのチドリストが多く、友の会を楽しみにしている。

「質問をいただいても、私、うまく答えられません。第一、丘先生の代わりに私が来たら、皆さん、がっかりされます」

「僕もフォロウするし、毎回どこの会でも質問は純司先生……、今回は荻野先生もいらっしゃるから、この二人に集中するはずだ。それほど心配しなくてもいい。君は編集部の一員であるし、執筆陣の一人でもあるのだから、堂々と座っていればよいのだよ」

「執筆陣と言っても私、か、隔月ですし。反響もないです。くだらないとか、馬鹿馬鹿しいってのは、たまにありますけど」

「反発も反響のひとつだ」

「それに、着ていく服が。私、そんな席に出られる服がありません。荷が重すぎます」

「そうか……無理か」

有賀が手帳に再び目を落とした。霧島美蘭がいたら、と波津子は考える。

こんなとき美蘭だったら、何があっても都合を付けて、有賀の頼みを引き受ける。そして参加者は丘千鳥が出席する以上に喜ぶはずだ。

それほどの執筆者がこの編集部と絶縁したのは、自分のせいだ。

代理の出席者を探して、有賀が手帳をめくっている。美蘭ならば手帳を見るまでもなく、電話のダイヤルをまわせるのに。

不意に、今は亡き空井の声が耳によみがえった。軽くうつむき、波津子はその言葉を思い出す。

彼は言っていた。「有賀主筆がやれると踏んだのなら、やれる」と。

顔を上げ、「あのう」と波津子は声をかける。電話に手を伸ばそうとした有賀が、途中でやめた。

「本当に……私なんぞでお役に立てるんでしょうか？」

「そう思ったから、お願いしたんだ」

お願いという言葉を聞いたら、心が決まった。

「かしこまりました。つつしんで承ります」

「そんな大袈裟なことじゃない。編集部でも執筆者の間でも持ち回りなんだから、いずれにせよ、君に順番は来るんだよ。でも……」

有賀が手帳を閉じた。

「助かった、ありがとう」

それを聞いたら、勇気がわいてきた。この人の言葉は魔法のようだ。

「佐倉君、それからもうひとつ、頼んでいいか」

はい、と答えると、純司のために果物を買ってきてほしいと有賀が言った。

「純司先生はどうかなさったのですか？」

天井を見上げ、波津子はピアノの音色に耳をすます。

さきほどから途切れ途切れに聞こえてくる純司のピアノはどこか悲しげで、テンポも乱れがちだ。そのうえいつもなら窓の外に下がっている金色のロープが、今日はずっと巻き上げられている。

誰とも会いたくないという意味の印だが、めったにないことだ。

「お疲れなのだよ。あとでご様子を見てくるから、水菓子をいくつか取りそろえて、カゴに盛ってきてくれないか。それから、これを小包で……」

有賀が引き出しから油紙で包装されたものを出した。荷造り紐で丁寧にくくられたその品を受け取り、波津子は黙ってうなずく。

籐のカゴに包みを隠して銀座の街に出ると、木枯らしが吹き付けてきた。空井が亡くなったときは梅雨前だったが、今はもう冬が近づいている。

郵便局で有賀に頼まれた荷物を送ったあと、波津子はため息をつく。

空井の死後、有賀は毎月、遺された子どもたちに何かを送り続けている。佐藤サヤという女性の名前で出されるその小包を郵便局に運んで送り出すのは波津子の役目だ。

純司が好きな果物店、千疋屋に行こうとして、波津子は書店の前で足を止める。

「乙女の友」のライバル誌、「乙女画報」が書店の店先にずらりと並べられていた。

肩を並べて歌を歌っている三人の少女が描かれた表紙には、「響け！　三国同盟の歌！」、「美蘭先生のご自宅訪問」という文字が並んでいる。

大連に長期旅行に出かけた美蘭は夏の終わりに帰国して、ライバル誌の「乙女画報」で小説の執筆を始めた。

連載を始めた作品は大連の音楽学院で学ぶ貧しい日本人の少女が、同盟国のドイツとイタリアの少女と友情を育みながら、寄宿舎生活を送る話だ。

徳永治実による、はつらつとした少女の扉絵も目を惹き、その連載は人気を集めている。その影響か、最近「乙女画報」は「乙女の友」をしのぐ勢いで売れ始めていた。

店頭の目立つ場所に置かれた「乙女画報」のその場所は、これまではずっと「乙女の友」が独占していた位置だ。

眺めていたら辛くなり、波津子は再び歩き出した。

下宿人であり、親戚でもある望月辰也は最近、しばしば家の二階に戻ってくる。そのたびに切符制になった砂糖やマッチを持ってきてくれ、相変わらず朗らかに親切に接してくれる。

しかしどうして空井が亡くなったとき、電話をくれたのか聞いても決して答えない。

千疋屋へ向かう道をたどりながら、波津子はショールをかきあわせた。

誰が敵で、誰が味方なのか、わからない。

それとも、人と人との関係は、時の流れとともに変化していくものなのだろうか。

※

どこからか鈴蘭の香りがする。

主筆の部屋で手紙を書いていた有賀憲一郎は机にペンを置く。

席を立ち、有賀は花の香をたどる。部屋の隅にある、佐倉波津子こと、佐倉ハツの机のあたりに近づいたとき、ノックの音がした。

どうぞ、と言うと、社長が入ってきた。軽くあたりを見回している。

「なんだ？　ミュゲの香りがするぞ」

「ミュゲ……鈴蘭ですか」

主筆の席に戻ると、社長が応接セットのソファに腰掛けた。

「五月のパリの匂いがする」

「今日は詩人ですね」

「君と欧州へ視察旅行に行ったとき、そんな話を聞いたじゃないか」

「そうでしたっけ」

とぼけるね、と社長が笑った。

「五月一日に恋人に鈴蘭を贈ると幸せになるとかどうとか。君、いたくその話を気に入って、サヤさんに贈る鈴蘭の香水を探しに行ったじゃないか」

「忘れました」

「忘れたってのは……まあ、いいか、おっと……」

背広の隠しから煙草を出した社長が、何かを探すかのように服の上を数回なでた。

「火を貸してくれ。いい、私がそちらに行く」

マッチを擦り、有賀は社長の煙草に火をつける。

社長が机の上を見た。

「手紙かね？」

「鎌倉の丘先生に。明日の友の会に参加していただく予定だったのですが、たちの悪い感冒にかかられたそうなので、お見舞いをと」

丘千鳥、と社長が笑うと、煙をふかした。

「彼女、逃げたんだな。感冒なんておそらく嘘さ。あちらにお住まいの、とある財界人とさきほど電話で話をしたのだがね。今朝方も彼女が犬を連れて散歩しているのを見たと言っていた」

「見間違いではありませんか？」

「そう祈りたいがね。悪目立ちする洋犬と若い男を連れて、得意気に反っくり返って歩いていたって話だから、まず間違いはないだろう」

丘千鳥が最近、子犬を飼いだしたと言っていたのを思いだし、有賀は書きかけの手紙を机の隅に置く。

社長が手を伸ばし、明日の友の会の資料を手にした。

「丘千鳥ね。いつだって一番に注目を浴びたい女だからな。長谷川純司はともかく、参加者の関心が同業の荻野紘青に行くのが面白くないのさ。代打に立つのは誰だ？」

「佐倉です」

しめ縄君か、と社長が、がっかりしたような声を出した。

「もうしめ縄ではないですよ」

佐倉は今、肩につかない程度に髪を切り揃え、片方だけ耳にかけたスタイルをしている。長谷川純司が薦めたその髪型は、耳にかけていないほうの髪が揺らめき、生真面目な顔にいきいきとした表情を付けている。佐倉は美しい杏仁形の目をしているから、その目が強調される髪型がよいのだと純司は言っていた。

「美蘭君がいたら、丘千鳥の代わりに彼女が入って、純司、紘青、美蘭、そして主筆の君。壇上に並んだら、『友』たちは大喜びするだろう」
「佐倉も健闘していますよ」
社長が書棚から「乙女の友」の今月号を取り、ページをめくりだした。
「否定はしないが、いかんせん霧島美蘭や丘千鳥にくらべると小粒だ。それなのにな
あ」
なぜだろう、と社長が「乙女の友」のページを繰る。
「印刷所から見本が上がってくると、真っ先に果物娘の話を読んでしまう。何かの術に
でも、はまったような心地だ」
屋上から途切れ途切れにピアノの音が響いてきた。ショパンの夜想曲だ。
「ところで純司先生はどうかしたのかね。今日はずっとピアノを弾いているね」
お疲れなのですよ、と有賀は答える。しかし疲れているというよりも、衝撃を受けて
いるというほうが近い。
一週間前に読者から、この国家の非常時にあなたが描いているものは軟弱で不謹慎だ、
恥を知れという内容の手紙が何通も届いた。
編集部に来た読者からの手紙は、通常は担当編集者が選別して、好意的なものだけを
執筆者に渡す。文面から憎悪が吹き出ているような今回の手紙は、純司に見せる必要は
ないと判断してすぐに処分をした。ところが処分したはずのその手紙がなぜか純司の手
元にすべて渡ってしまった。
ハトゴヤのドアの下から、手紙が入った封筒がすべりこませてあったという話には、

明らかに純司への悪意があり、おそらく編集部の関係者、あるいはこの雑誌の方針に異を唱える者の仕業だ。

天井を見上げ、ピアノに聴き入っていた社長が視線を戻した。

「ところで新雑誌の件はどうなった？」

「企画書を書いているところです。まだ途中ですが」

「今の段階でいいから、見せてくれ」

書きかけの企画書を有賀は引き出しから出す。雑誌名はどうするのだと、社長がたずねた。

「まだ、これといったものが浮かびません。令女の友、明日の友。いっそ友という言葉から離れてもいいかもしれませんが……今のところは『婦女の友』と仮タイトルをつけています」

社長が企画書を戻してきた。

「早急に頼む」

「何かお急ぎになる理由でも？」

ため息のように長く、社長が煙草の煙を吐いた。

「紙がな……出版用紙の配給制度がいよいよ本格的に始まるらしい」

「それは、つまり……」

途中まで言いかけて、有賀は言葉をのみこむ。

社長がうなずいた。

「雑誌を作りたくとも刷る紙がない。それから今後、当局の覚えよからぬ社や雑誌には紙がまわされない。そうなると完全に干上がってしまうな。兵糧攻めの始まりだ」

いつからとたずねると、今すぐというわけではないと社長が答えた。

「でも大丈夫だ。大和之興業。社名が示すとおりに殖産興業を掲げている我が社は各所の覚えが決して悪くない。その方面に強い人材を経営陣にも引き入れているから、おそらく紙に困ることはないだろう。ただ……」

ただ？　と聞き返すと、社長が煙草を消した。

「あちこちの意向を著しくそこねない限り、ということだ」

「五の要求のうちの三から四は呑んでいます」

「その残りの一と二が重要だ。この間も呼び出されただろう？」

ソファの背にもたれて、社長が屋上のほうを見上げた。

ピアノの音はショパンの夜想曲からシューマンのトロイメライに変わっている。

一節を弾いては、純司は手を止める。小さなその音は壊れかけのオルゴールのようだ。

トロイメライ。夢想、夢見心地という意味の曲に有賀は聴き入る。

どれほど現実が冷たくとも、誌面を眺めるひとときだけは温かい夢を。

そうした思いが許されない時代が来たのかもしれない。

「お言葉ですが……」

消え入りそうな音をつなぐように、有賀は声を張る。

煙草を消すと立ち上がり、机の上の最新号を広げて、社長に指し示した。

以前はバラやスミレの絵を描いていたカットは、最近は桜や藤をモチーフにしたデザインを使っている。

「時世にあわぬ装飾とは言われましたが、きちんと説明しました。これはもとは琳派の意匠。モダンに見えても、発祥は江戸時代で、尾形光琳が創作した模様をベースにしたものです」

続いて来月号の告知のページを有賀は広げる。

「作品名も外来語は避けるべしという風潮に合わせて、『フルーツポンチ大同盟』は『果物三勇士』に名前を変更すると予告しています」

今年の三月、「風紀上不真面目な芸名や不敬に当たるもの、外国人と紛らわしい芸名」は改名せよとの内務省からの通達が出て、ミス・ワカナは玉松ワカナ、ディック・ミネは三根耕一といった形に、総勢十六名が芸名を変更した。英語を敵性語として排斥する動きはそこからさらに広がっていき、先月には煙草のゴールデンバットは金鵄、チェリーは桜へと改名されている。

フルーツポンチ大同盟もその風潮を考慮して、上里と佐倉をまじえて三人で新しい名前を決めた。

「琳派か……日本の古き佳き意匠なら良いというのではなく、おそらく装飾自体が気にいらないのだよ。質実剛健。紙に字が刷ってあればよいわけだ」

「食物は飢えを満たせばよく、衣類は裸でなければよいと？」

「そういうことだよ。すべてを切り詰めて、余力は国家のために」

「そのうち鉄瓶や釜の類まで召し上げて、鉄砲玉にするなんて言い出さなければいいですがね」

社長が声をひそめた。

「そんな軽口をむやみに言うな。そういう計画があるという噂だ」

「そんな余裕のない状況なら、書物や雑誌など不要ではないですか」

だから紙を統制するのさ、と社長が煙草の煙を吐いた。

「そうかといって全雑誌を潰してしまっては文明国家としての体裁が悪い。おそらく次に来るのは競合雑誌の合併、統合だ。『女学生倶楽部』、『少女の世界』、『女学時代』、『乙女の苑』、あらゆる少女雑誌のなかでおそらく一誌か二誌が生き残って、あとはすべて消える」

「どれもそれぞれに色合いが違う。何を基準にして決めるのですか」

わからん、と社長がぽつりと言った。

いつになく弱気な声に、有賀は机の端に置いたゲラを手に取る。

紙不足を理由に、これから多くの雑誌が統廃合される。それならばいっそ自分たちの手で引き際を決めようと、休刊を選ぶところも出る。

それがこの「乙女の友」ではないと、言い切れるだろうか。

「それなのに……新雑誌を計画するんですか」

だからこそだ、と社長が声を強めた。

「生き残りをかけるためには、我々には上質で、読者の心身を高めるものを継続的に届ける用意があると知らしめたい。女学校と『乙女の友』を卒業したら、『婦女の友』へ。読者を惹きつける一連の流れを持っていれば、万が一、雑誌の統廃合が行われたとしても、他誌よりも強い」

心配するな、と社長が腕を組んだ。

「我々は残る。我々は勝つ。紙不足も統合も、他社に先んじてあらゆる予測をして手を打ち、人を引き入れてある」

社長の言葉を遠いことのように有賀は聞く。

空井量太郎が亡くなったとき、いらぬ動きをするなと牽制をしたのは、そうした人々の意見だ。

「……とはいえ、そうやって守れるのは我が社の看板雑誌、『大和之興業』に限っての話だ。真っ正直に言うとこれだけ布石を打っても、『乙女の友』は正直、当落が微妙だ」

社長がポケットからクルミを出し、手のなかで回し始めた。

「頼むよ、生き残ってもらわねば。そのためにも新雑誌にはスタアが欲しい。霧島美蘭のような華のある執筆者が。丘千鳥を守り立ててもいいし、大御所に声をかけられたら、もっといい」

「華のある執筆者、ですか。外部に依頼するより、社内で優れた執筆者を育てたほうがよい気もしますが」

「誰だ？　浜田君か？　史絵里君か？　いっそ君がやるか？」

佐倉は？　と問うと、社長が首を振った。

「君、娯楽小説では困るよ。新雑誌の顔には文化と教養の薫り高き作品が欲しい」

「本人の成長とともに徐々に大人向けのものを書かせて、将来的には……」

無理無理、と社長が笑った。

「フルーツポンチの作者が笑いのない話を書いたところで、何を気取って、大物ぶってと言われるのがおちさ。しめ縄君に美蘭君や史絵里君のような、読者が憧れる要素があればまだしも……」

ドアが控えめにノックされた。

入るように言うと、赤茶色のショールを頭からかぶった佐倉波津子が入ってきた。

社長があきれた顔をした。

「佐倉君、どうした？　そんな赤頭巾みたいな恰好をして」

雪が降ってきたのだと波津子が言った。

雪か、と有賀は立ち上がり、窓の外を見下ろす。

小雪の合間から銀座が見える。

神武天皇の即位から二千六百年目を迎えるという、紀元二千六百年祝典の影響で町は先日まで賑わっていた。しかしその式典が終わった今は「祝い終わった　さあ働こう！」という標語のもとに、町は以前よりさらに静かに、色彩を失っている。

背後にいる佐倉がショールを取る気配がした。

振り返ると、水仙の花と蜜柑が入ったカゴを大切そうに抱えている。純司の差し入れに果物を買いにいったところ、はしりの水仙を見つけたので求めてきたのだという。

佐倉からカゴを受け取ると、清楚な花の香りがした。たしかに純司が喜びそうな取り合わせだ。

おかしそうに社長が笑った。

「蜜柑と水仙、そこに餅とウラジロを添えたら、まるで正月だな。君ら、そうして並んでると、暮れの支度をする若夫婦みたいだぞ」

「職場でそういう冗談は笑えませんね」

「どれ、赤頭巾が帰ってきたから、狼は退散するとしようか。しめ……」

しめ縄と言いかけた社長が軽く咳払いをした。

「使命重大だ、佐倉君。明日の友の会、しっかり頼むよ」

はい、と佐倉が緊張した顔でうなずいた。

純司への差し入れを持って、有賀は社長とともに部屋を出る。

外が冷え込みだしたのか、廊下の窓がくもっていた。

最上階にある社長室へと並んで歩くと、社長が小声で言った。

「君はそろそろ身を固めたらどうかね。さっき見て思ったんだが……史絵里君はどうだ？」

親戚ですよ、と有賀は答える。今年の正月にそうした話が出たが、丁重に断ったばかりだ。

「今年の春、美蘭君に縁談をたきつけたっけ。君があわてるかと思って」

「どうして僕があわてるのですか」

お似合いだと思った、と社長がつぶやいた。

「サヤの姉さまですよ」

「わかっているがね……でも泉下のサヤ嬢もそれを望んでいるような気がしてならないよ。君は年上の女性がきらいではないようだし」

先代の主筆の末娘であり、美蘭の妹でもある桐嶋サヤとは、入社二年目の秋に婚約を交わす予定だった。

しかしその年の夏、友人たちと避暑に出かけた先で、サヤは盲腸炎から腹膜炎を併発して亡くなった。同行の友人たちに心配をかけたくないとぎりぎりまで腹痛を我慢したうえ、別荘の近くに適切な医療施設がなかったことが手遅れの原因だった。

それはあまりにあっけなく、朝露のように儚(はかな)くて、サヤとともに自分の感情の一部も消え去ったかのようだ。

気を悪くしたのかと社長がたずねた。

「いいえ、別に」

「もう何年になるかね？」

答えずに有賀は階段を上り続ける。

「慕い続ける気持ちはわかるが……恋人の姉だという理由で美蘭君を避け、親戚だからと言って史絵里君を退ける。この先、どんな素晴らしい人が現れても、理由をつけては君は自分の心を抑えていきそうだ」

老婆心ならぬ、老爺心だと、ため息まじりの声がした。

「所帯を持ったら、君も少しは安らぐかと思うのだよ」

「たいして変わりませんよ」

ハトゴヤへ向かう階段の手前で社長が足を止め、屋上を見上げた。

「まあ、いい。それはまた、いずれ話をしよう。純司先生にも、それから明日は荻野先生にもよろしく伝えてくれ」

軽く手を上げると、社長が自室に向かって歩いていった。

※

紺色のワンピースの裾を机の下で軽く引っぱりながら、佐倉波津子は背中に冷たい汗をかく。

「友の会」の第一部は参加者有志による合唱と活人画だった。

続いて行われたのは「歓談の会」で、執筆陣と編集部が参加者の質問に答える時間だ。ステージの上にテーブルと椅子が置かれ、執筆陣の一人として純司の隣に座ったのだが、背が伸びて、小さくなったワンピースの裾から膝が見えそうで落ち着かない。

目の前ではこの会の司会を務めるという少女が、参加者を代表して挨拶をしている。

日本全国で行われている「友の会」での「歓談の会」は、参加者に恥ずかしがり屋が多くて質問がなかなか出ない。主筆の有賀は二ヶ月前の号に、そうした傾向を嘆き、女子であっても意見を求められた際は、堂々と思うところを述べたほうがよいと書いていた。

司会の少女は、その記事の言葉を引用し、今日は参加の「友」一同、ふるって質問をするつもりなので、ご覚悟召され、と有賀に言って、話を締めくくった。

質疑応答が始まると、質問はまず有賀に寄せられた。少女たちが主筆の一日について たずねている。それから質問は荻野紘青に移った。執筆時間についての質問に荻野が答えたあと、次に挙手した少女が純司に質問をした。

純司先生が今、一番欲しいものは何ですかと、恥ずかしそうに聞いている。

少し考えたあと、純司が答えた。

「……猫の気持ち、かな？」

猫の気持ち？　と司会者が聞き返すと、場内に笑いがさざめいた。

その笑いに応えて、有賀が純司の言葉を補足する。

「最近、純司先生は猫を飼いだしたのですよ」

そうなんです、と純司が微笑んだ。

「寂しくなると猫を抱きしめています。でも最近、いやがって逃げるのです」

不謹慎な言葉のような気がして、波津子は身を固くする。

編集部に入って初めて知ったが、「乙女の友」は恋愛を思わせる内容や仕草を表す言葉は原則として誌面で使ってはならない。清らかな乙女の時代に、異性との交際はまだ早いからという理由だ。

純司が質問をした少女に目を向けた。

「いつも、僕がかまってばかりで、猫は僕につれない。たまには優しくされたいと思うのです。だから……欲しいのは猫の気持ち、猫の愛情です」

どんなふうに優しくされたいかと司会者が聞いた。

「そうですね、かなうことなら抱きしめられたい。骨がきしむほどに」

有賀が少し困った顔で純司を見た瞬間、なんという名前の猫かと司会者が聞いた。

「秘密です。僕がこの世で一番愛するものの名前がついているのですが……」

パリ？　リボン？　ボンボン・ショコラ？　と声が続いた。

その声に荻野が相好を崩す。

「やあ、君たち、それではしりとりだよ。東京の『友』は実にウィットに富んでるね。有賀君」

くだらない発言！　と声が上がった。

「おお、それは失敬、失敬。元気もいいぞ」

皆さん、と有賀が場内に呼びかけた。

「僕の提言を受けて、活発に発言してくださるのは嬉しいのですが、口々に叫ぶのでは野次になってしまいます。発言は挙手をして、しかるべき手順を踏んだ後、思うところを述べてくれたら、さらに僕らは嬉しく思います」

次の質問は、と司会者がたずねると、手が上がった。

セーラー服姿の参加者が勢いよく立ち上がった。

「長谷川先生と有賀主筆に質問です。さきほどからうかがっていますと、場内のくだらない発言の数々、耳を疑ってしまいます。何がパリ、リボン、ボンボン・ショコラですか。あなたがた、恥ずかしくはないのですか。どれも敵性語でしょう！」

前に座っていた参加者たちが振り返り、後方にいる発言者を見ている。

その視線にあらがうように、発言者が軽くあごを上げた。

「わたくしたちはもっとお国のことを考えて質素倹約、華美なことを戒めるべきではないでしょうか。そうした虚飾のない服装を長谷川先生や有賀主筆は推進すべきではありませんか」

ぱらぱらと拍手が起きたがすぐに消え、場内が静まりかえった。

それに腹を立てたかのように、発言者が声を上げた。

「ねえ、間違っていてよ。あなた方の誰も、お父様やお兄様が戦地に行っていないの？恥ずかしいと思わなくって？自分の身を飾ることばかり考えて」

発言しようとした有賀を制し、純司が口を開く。

「身だしなみを整えることと、身を飾るということは違うのではないでしょうか。僕らは……別に華美な装いをすすめているわけではありません。清潔で簡素な衣類で身だしなみを整えるなかに少しの……ほんの少しの工夫で一匙（ひとさじ）の夢や心の潤いを得られればと願っているだけです」

「そういう姿勢が軟弱。恥ずべきことなんです！」

発言者が手にしたプログラムを床に叩きつけた。そのまま出口に向かっていく。同じ制服を着た数人の女学生が立ち上がり、あとを追った。

　会場が静まりかえるなか、司会者がうろたえた様子で話し始めた。

「そ、それでは……あの、あの、今度の質問は『フルーツポンチ大同盟』の、そうだ、これ……名前が変わるんでしたっけ」

「果物三勇士」だと、有賀が出口に目をやりながら答える。

「その『フルーツポンチ大同盟』あらため、『果物三勇士』の佐倉波津子先生にお答えいただきましょう。どなたか挙手……」

　すぐに手があがって、今度は白いブラウスを着た少女が立ち上がった。

「ええっと、波津子先生のフルーツポンチは寄宿舎の様子がとてもいきいきと描かれていると思います。先生はどちらの学校のご出身なのですか？」

「あ……あのう学校は……取材して、書いてます」

　私のいとこが音楽を勉強していたと白いブラウスの少女が言い、マダムの音楽院の名前を出した。

「波津子先生はそこの女中のハツじゃないかしらって、いとこは言うんです。ハツならお茶のお給仕をしてもらったり、靴の泥を拭いてもらったりしたことがあるって。もしそうなら、まさにサンドリヨンのようね、よろしくって申しておりました」

「サン……サンドリヨン？」

　灰かぶり姫、と小さな声がした。隣の純司だった。

「シンデレラのことさ……」

シンデレラ、と言ったきり、波津子は黙る。

たしかに魔法で身なりをととのえ、お城に繰り出していった女中と自分は似ている。

霧島美蘭が「乙女の友」への掲載を望んで書いた小説を、有賀がボツにしたのを何度か見かけたことがある。そのたびに美蘭は洗面所でうつむきながら、口紅を引き直していた。その姿を見てなかに入れず、席に戻ってきたこともある。

空井量太郎の代原に「フルーツポンチ大同盟」が採用されたとき、編集部の浜田良光と美蘭の原稿も候補にあがっていたそうだ。二人とも長年、小説を書いてきた人たちだ。それを横からさらうようにしてデビューをし、有賀の助言という魔法で小説の体裁をととのえ、今この場に座っている。

魔法がとけたら。この職場をやめたら、女中に戻る。たしかに、シンデレラだ。

佐倉君は、と有賀の声が聞こえてきた。

「……働きながら音楽を学んでいたのです。いとこのお嬢さんに悪気はないのでしょうが、あてこすりをおっしゃっているのなら感心しませんね」

有賀が話題を荻野の新連載に変えた。話はやがて荻野が今年から担当しているラジオの人生相談に移り、放送局の様子や番組のこぼれ話などがユーモラスに語られた。会場には何度も笑いがおき、プログラムを叩きつけた少女の衝撃が少しずつ薄れていく。瞬く間に閉会の時間が近づき、名残惜しいがそろそろ「歌の贈り物」に移ろうと有賀が司会者の少女に声をかけた。

その言葉をきっかけに、今回の会の幹事たちが、鈴蘭を持つ少女の絵が表紙を飾る歌詞カードを二枚ずつ配っていった。

　客席から大きな声が上がった。

「司会者、司会者様！　質問、質問。私のカードから変な匂いがします」

　私も、私も、という声が次々と上がった。

「菊？　防虫菊？　線香？」

「殺虫液の匂いがする」

　リリイ　オブ　ザ　バレイ、と凜とした声が上がった。

「谷間の百合……鈴蘭の香りではありませんこと？　私は清楚な良い香りだと思いますけれど」

　鈴蘭？　清楚？　何の百合？　と口々に参加者が言い、司会者が声を上げた。

「皆さん、お静かに。発言は挙手をしてください」

　かしましいねえ、と荻野が笑い、歌詞カードを広げた。

　カードのなかに描かれた絵は、純司が東京の会のために描き下ろしたものだ。それは日本橋にたたずむ赤い着物姿の少女で、手絡と呼ばれる髪飾りや帯揚げの鹿の子の風合いにこだわり、純司は細部まで綿密に描き込んでいた。しかし今や会場の誰も絵を見ず、カードを広げて熱心に匂いを嗅いでいる。

　鼻をかんでいるみたいだ、と力なく純司が言い、うなだれた。その隣で波津子もうつむく。

　香りの贈り物をしたつもりなのに。たしかに言われてみると、防虫剤の匂いに似ていた。

純司君、と有賀が小声で呼びかけた。

「君が伴奏をする予定だけど、大丈夫かい？　誰か代わりに……」

やれるよ、と純司が立ち上がると、ふらふらとピアノに向かっていった。

それを見た荻野がマイクを取った。

「純司君がピアノの腕をご披露なら、佐倉君もどうだい？　最後に得意のノドを披露してみては。せっかく来たのに、君ときたら何も話してないぞ。ねえ、みんな」

ぱらぱらと拍手が鳴った。

「えっ？　私が？　何を？」

「無伴奏でアンニー・ローリーを一節、歌うのはどうかね？　そのあと、みんなが続いて歌うという手順でどうだい？」

拍手が響いた。

ほら、と荻野にうながされて、波津子は立ち上がる。ステージの中央に立つと、膝がかすかに震えてきた。

その震えを抑え、静まりかえったなか、波津子は大きく息を吸う。

朝(あした)、露おく、野の静寂(しじま)に

いとしアンニー・ローリー、君と語りぬ

声量がまったく足りない。これでは音楽を勉強していたというのが、嘘ではないかと思われてしまう。必死で波津子は声を張り上げる。

とこし……え

そう歌ったところで息が切れた。

「すみません。もう一度、歌い直してもいいですか?」

司会者が腕時計を見た。

「ごめんなさい、閉場の時間が迫ってきました。もう合唱してもいいですか?」

いいえと言えず、「はい」とうなずくと、純司がピアノの演奏を始めた。

流れ出した歌声に、荻野は目を閉じて聞き入り、有賀は歌詞カードを見つめている。

永久(とこしえ)まで、心変えじ

誓いしアニー・ローリー、わがいのちよ

少女たちの歌声が優しく講堂に響きわたっていく。

その澄んだ声を聞いていると、歌い損ねたことがますます恥ずかしく、顔が上げられない。

気が付くと歌は終わり、有賀が別れの挨拶を始めていた。

ステージを降りて控え室に戻ると、今回の幹事の一人だという少女が紅茶を出してくれた。従姉妹がマダムの音楽院にいたという娘だ。

出されたお茶に手をつける気になれず、黙って座っていると、純司が少女に声をかけた。参加者はもう帰ったかと聞いている。

全員、すでに講堂から出ていると少女が答えると、純司が立ち上がった。

「それなら少しここを離れてもいいですか？　軽く頭を冷やしてきたいのです」

純司が部屋を出ていくと、「その間に」と有賀がメモに何かを書いた。

「佐倉君、悪いがここに電話をして、タクシーを二台、呼んでくれ」

私がやります、という幹事の少女の申し出を丁寧に断り、波津子は管理人室に向かう。

電話を借りて、タクシー会社に連絡をした。すると今は車が出払っているので、三十分ほどかかるという。

それでいいかと聞かれて答えようとしたとき、少し待つようにと電話の向こうで声がした。

受話器を手にして待っていると、外から悲鳴が聞こえた。

管理人室の窓からのぞくと、目の前の道に着物姿の少女と洋装の少女が立っていた。二人の行く手を阻むようにして若い憲兵が立っている。彼の背後にはサイドカーが止められ、年かさの憲兵が座っていた。

若い憲兵が洋服の少女の髪をつかんだ。その髪には赤いリボンが付いている。腕には「乙女の友」の名前が入った封筒を抱えており、友の会の参加者だ。

着物の少女が若い憲兵の腕に取りすがった。この子の髪は緑色のリボンで束ねられている。

「ごめんなさい、リボンならすぐ取ります、取りますから。妹から手を離してください」

若い憲兵が腕を振り払うと、姉とおぼしき少女が道へ叩きつけられた。着物の裾が乱れて、白いすねがのぞいている。

年かさの憲兵が眼鏡をはずしてその様子を見ると、レンズを白いハンケチで拭きだした。

電話の向こうから声がした。

「もしもし、お客さん、ヤマコウさん？　あのね、今、車の手配がすぐにつきそうなんでね……もうちょっと切らないで待っててくださいよ。もしもし聞こえてます？」

聞こえていると答えると「リボンだけじゃないぞ」と若い憲兵の声がした。

若い憲兵が妹らしき少女のコートの襟をつかんで一気にはだけると、ピンクとオレンジのネッカチーフがこぼれでた。

「なんだ、これは、え？　何のつもりだ？」

胸ぐらをつかむようにして、憲兵がネッカチーフを引き上げる。勢いに引かれ、赤いリボンの少女の身体が軽く浮く。その足が地面についたと同時に、崩れ落ちるようにして少女は倒れていった。

激しく窓を叩き、波津子は叫ぶ。

「誰か！　大変！　人、人が倒れてる！」

男が走ってきて、憲兵を突き飛ばした。純司だった。

電話の向こうから声がした。

「ハイ、ヤマコウさん、聞こえてますか？　車が二台、すぐ行けますよ。社のほうじゃないよね。念のためにもう一回住所を言ってくれ……」

会場の名前を大声で二回言って、波津子は電話をたたき切る。裏口から飛び出すと、純司が倒れている少女を抱え起こしていた。

サイドカーから降りてきた年かさの憲兵が「心配ない」と言って、少女のみぞおちを押した。

「ちょっと落ちただけだ」

なんですか、その言いぐさは、と純司が言った。

「大の男が少女の首を締めて、心配ないという言葉はないでしょう」

赤いリボンの少女が薄目を開けた。緑のリボンをつけた姉が妹の肩にすがる。

お、恐れ入りますが、と勇気を振り絞り、波津子は憲兵に声をかける。

「な、何が、何のおとがめがあったのでしょうか。私、私はここの、この会の雑誌の編集部の者です、一体……」

乱れた風紀を正しただけだと、若い憲兵が答えた。

「派手なリボンを取れと言ったら、何の迷惑をかけているのかと聞き返されたので」

姉が妹を抱きしめ、赤いリボンをむしり取った。

「この子は、気持ちが高ぶっていたのです。ご無礼をいたしました」

あやまる必要はないでしょう、と淡々と純司が言う。

「何の迷惑をかけているというんです。気絶させるほどのことですか」

若い憲兵が声を張り上げた。

「こんなチャラチャラした布で身を飾って。お前たち、奢侈をあらたむべしということを知らないのか」

純司が道に落ちた赤いリボンを拾った。

「ぜいたくは敵だ。知っています。でもこんな小さな彩りにどうしてそこまで目くじらをたてるんです？」

「蟻(あり)の穴から堤(つつみ)も崩れる。服装の乱れは心の乱れでもある」

純司が手にしたリボンに目を落とした。

「菊立涌(きくたてわき)の地紋の綸子(りんず)。これはおそらくリボンの素材ではない。古い長襦袢(ながじゅばん)を解いて、色を染めたのではないですか」

「私が染めました。ネッカチーフもそうです。妹が悪いんじゃない。悪いのは私です」

赤いリボンの少女の前に純司が膝をついた。薄目を開けた少女が、かすかに驚いた顔をしている。そのコートの袖に、純司がそっと触れた。

「この生地は極上だけれど、男物だ。おそらくお父上か兄上の上着を解いて作ったものでしょう」

「父の外套です。父の形見を、母がよそいきに仕立て直してくれたんです」

たいして贅沢はしていない、と純司が立ち上がった。

「髪飾りなど、ささやかな工夫ではないですか。そんなものまでも奪うというんですか」

「戦地の兵隊にはそんな余裕もない」

「そういうあなたはここで何をしているんですか。僕もあなたも戦地にはいない、この東京にいるじゃないですか。年端も行かない少女に制裁を加えることが戦地の兵士が喜ぶことなんでしょうか。この子らはみんな、彼らの妹や娘さんたちですよ」

先生、と波津子は声をかける。

「おやめください、落ち着いて」

「そんな兵士の子どもたちを、小さな言いがかりひとつで気絶するほど痛めつけて。あなた方がやっていることは、ただの弱い者いじめだ」

「先生、やめて」

純司を背にして、憲兵の前に波津子は進み出る。

「ごめんなさい、先生は今、具合を悪くしていらして」

後ろから波津子の両肩をつかむと、純司が優しく脇へ追いやった。

「僕はどこもおかしくはない。おかしいのはこんな世の中だ」

ゆっくりと手を叩く音がした。

年かさの憲兵がサイドカーにもたれて、拍手をしている。

「ご高説、拝聴しましたよ、長谷川純司先生。でも少々お言葉が過ぎやしませんかね」

長谷川純司、と若い憲兵が唇をゆがめた。

「あんたが長谷川か。知ってるよ。俺はよく知ってる。妹が壁に絵を貼っていた。どこで拾ってきたんだか知らないが。俺の妹は朝から晩まで、こいつら女学生が履く靴の中敷きを毎日毎日、のりで貼りつづけて病んで死んだよ。楽しみは俺が週末に買ってやる駄菓子を食うぐらいで」

憲兵が制帽のひさしを深く下げた。

「あんたが描くなよなよした女の絵は知ってるけどな、あれ一冊の値段で、場末でどれだけメシが食えるか知ってるか。日本の大部分の貧乏人はあんたらの世界とは無縁だ」

「そんなことないです」

そんなこと絶対ない、と波津子は言葉を重ねる。

「貧乏な家の子だって、女中だって、きれいなものは好きです」

波津子君、と純司の声がした。

「私には父も、お菓子を買ってくれる兄もいない……なんにも……何も。私も貧乏人です、女中でした。でも純司先生の絵にどれほどなぐさめられたことか。妹さんは先生の絵がお好きだったんでしょう？」

佐倉君、と背後から声がした。振り向くと有賀と幹事の少女たちが立っている。

「どうした？　僕が責任者ですが、何があったんですか」

若い憲兵が有賀に答えようとしたとき、「おやおや」と甲高い声が響いた。

荻野紘青……と年かさの憲兵がつぶやく。

黒いインバネスコートを着た荻野が近づいてきた。

「やあやあ、声だけでわかってしまうとは。ラジオ番組に出るのも考えものだね。何がおきたんだ？」

安心したように姉妹が泣き出した。年かさの憲兵が若い憲兵に目配せをする。

これぐらいにしておいてやる、と若い憲兵が言い、有賀に目を向けた。

「以後、厳重に注意をするように」

服装だけではなく、と年かさの憲兵が薄笑いをした。

「敵性国家の歌を大勢で斉唱する会というのも厳重な注意が必要ですな、有賀主筆」

憲兵を乗せたサイドカーが去っていくと、道の向こうから二台のタクシーが走ってきた。

荻野がそのタクシーに軽く手を挙げ、有賀を呼ぶ。

「有賀君、送ってくれると言っていたが、今日はいい。私は一人で帰る。この子たちをなんとかしておやりなさい」

荻野がタクシーに乗り込んだ。その車に軽く一礼して、有賀が少女たちを見た。

「みんな、ひとまず講堂に戻って。佐倉君、管理人から救急箱を借りて手当を」

大丈夫です、と気を失っていた少女が、唇を震わせる。

「私、もう、大丈夫です。姉もおりますし……。ここでおいとまいたします」

有賀が腕時計を見て、住まいはどこかと姉妹にたずねた。

「車でお送りします。事情を説明して、家の人たちに僕からもおわびを」

姉妹が顔を見合わせると、姉がやさしく首を横に振った。

「私ども、家に内緒で来ましたから、お気遣いをいただきますとかえって困ってしまいます」

赤いリボンの少女が目をぬぐった。

「有賀先生と純司先生にこんなに間近でお目もじかなって。でも……この騒ぎが母に知れて、ご迷惑をかけることになっては……」

道に停まっているタクシーの運転手が窓から顔を出した。早く乗ってくれと言いたげだ。

サイドカーが去っていった先を有賀が見て、軽く顔を曇らせた。その視線の先を波津子は追う。

何を見て表情を曇らせたのかわからないが、有賀がグレイのマフラーを外すと、純司の肩に掛け、車に乗るように言った。

「荷物と外套はあとで届けますから、純司先生はひとまずここを離れてください。佐倉は先生に付き添って」

別にいい、と抑揚のない声がした。

「僕は逃げも隠れもしない。ことの行く末を見届けたいよ」

「後生だから、純司君。戻っていてくれ」

無言で純司が車へと歩いていった。

自宅ではなく、ハトゴヤに純司を送るように有賀に言われ、波津子はタクシーの助手席に乗り込む。後部座席を見ると、肩に掛かった有賀のマフラーの下で、自分を抱きしめるようにして、純司がうつむいていた。

翌日、出社すると、有賀はすでに主筆の部屋にいた。昨夜は会社に泊まり込んでいたようで、服装が昨日と同じだ。

しばらく一人にしてほしいと言われ、筆記用具を持って波津子は編集部のオーバル席に座る。

校了が近づいた編集部は文字の校正をする人々や、次号の取材の打ち合わせに来ている記者たちが集まっており、とてもにぎやかだ。

十一時になったので、編集部に届いた郵便物を取りに、波津子は受付に向かう。いつものように大量の手紙や小包を受け取って、編集部で仕分けをしていると、波津子あてに消印のない封筒が届いていた。

編集部員の机に郵便物を配ったあと、波津子はオーバル席に戻ってその封筒を手にする。

「佐倉波津子先生」と書かれた文字を、しばらく眺めてから、封筒を開けた。

鈴蘭の香りが鼻をくすぐった。昨日配った歌詞カードがぎっしりと入っている。虫除(むしよ)けの匂いがするカードはいらないということだろうか。

がっかりしてカードを広げると、字が書かれていた。こわごわとその文字を目で追う。

「Ｄｅａｒ　波津子先生
お目にかかれて、いとうれし。私はチェリーちゃんが大好き。また、いらしてね。銀河の花より」

あわてて二枚目のカードを広げた。

「親愛なる波津子先生。いえ、茶の子ちゃんが書いているように、ハッちゃん先生と呼ばせて。（モチ、敬愛の心をこめて）。ナシダヨネのアップル・パイのお話、ヨダレをたらして読みました。先生の書くお菓子って素敵ヨネ。七色の虹子」

三枚目のカードを広げたら、文字がにじんで見えた。

「ハッちゃん先生
来年は私たちが幹事に立候補します。イジワル姉さんたちに、まかせておけませんワ。逆境に負けないシンデレラは私たちのあこがれです。森の泉」

激励のメッセージが書かれたカードをすべて出すと、ノートをちぎった紙が最後に出てきた。

「おうちへ帰る前に私たちこれ、会社のユウビン受けにほうりこんでいきます。お手もとにちゃんと届くかしら。もし届いたら、今度の三人娘のおリボンは水玉もようにしてくださいナーンチャッテ、ごムリは言いませんけど。これからも我ら勇士ならぬ、有志一同、おうえんしています。

　東京の友より

　だいすきな波津子先生へ」

　空井の言葉を思い出し、波津子はカードの束に頰を寄せる。

　おーいと呼びかけた声が、山彦ではなく、この東京に住む誰かのやさしい声で。戻ってきた……。

　淡くにじんだ涙を、そっと指でぬぐうと、向かいの席に上里が座った。

　箸を口にくわえて、弁当箱のふたを開けている。

　主筆の部屋のドアが開き、有賀が編集部に入ってきた。

「皆、少しの間、手を止めて、僕の話を聞いて欲しい」

　皆が仕事の手を休め、有賀を見た。

「長谷川純司先生が本日付けで『乙女の友』を降板される」

　人々が顔を見合わせた。

　そうなったか、と上里がつぶやくと、弁当箱のふたを閉めた。

「紙の話をされてはな……」

　箸箱に箸を戻した上里に、有賀が視線をよこした。

「上里さん、今、進行中の絵ハガキの件は全部、止めてください」

「表紙は？」

「今号で最後になります。今、自社広告が入っているところに、僕が読者に向けて、長谷川先生降板の理由を書きます」

浜田と打ち合わせをしていた、ブックレビュー担当の執筆者が立ち上がった。

「教えてくださいよ。どうしてですか、有賀主筆。失礼ながら御誌の誌面や意匠の水準の高さは、長谷川純司抜きでは今後、とても維持できないでしょう」

有賀は黙っていた。

そうしないと……と史絵里の澄んだ声が編集部に響いた。

「空井先生の二の舞になるってこと？」

有賀が険しい視線を史絵里に送る。

空井先生の噂は本当なのかと、重ねて執筆者が聞いた。有賀は答えない。

場がざわめくなか、純司は無事かと史絵里がたずねた。

「ご無事です。理由は僕ら……いえ、編集部の都合です」

「主筆は降板しないんですか」

浜田の皮肉っぽい声がした。

「噂で聞きましたよ。純司先生が降板するときは、僕が降りるときだって、言ったとか言わなかったとか」

目に力をこめて波津子は浜田を見る。仮に降りたとして、誰がこの人の代わりを務められるのだろう。

浜田が落ち着かない様子であたりを見回した。

「やあ……すみません」

周囲を見ると、皆の視線が浜田に注がれていた。

「いや、本当にすみません。口が滑りました」

誰かの机から鉛筆が床に落ちた。その鉛筆が跳ね返り、転がっていく音が聞こえる。軽やかなその音が止まると、廊下を行く人々の声が聞こえてきた。

編集部は静まりかえっていた。

これから……と有賀が口を開いた。

「多くの雑誌が消えていく。あるいは我が手で幕を引いていく。時流に添えない罰のように。あるいは己が信念に殉ずるかのように」

人々が軽く顔を見合わせる。有賀の声が強く響いた。

「だけど僕らは切腹も殉死もしない。生き残ることを選ぶ。なぜならこの雑誌は少女、乙女の友だからだ。たとえ荒廃した大地に置かれようと、女性はそれに絶望して死にはしない。一粒の麦、一握の希望、わずかな光でもそこに命脈がある限り……女たちはそれをはぐくみ、つなげていく」

はいつくばろうと、ぶざまであろうと、と有賀がつぶやいた。

「未来へつなげていくことに光を見いだす。それが女性たちの力だ。僕らは男だけれど、女性にはそうした力があることを今だからこそ声を大にして伝えなければいけない。なぜなら彼女たちの声は今はあまりに小さく、あまりにか細い。この時代のなかで簡単に潰されてしまうから」

有賀が目を閉じた。しかしすぐに目を開け、編集部を見回した。

「去るべきときが来たら、僕も去る。それまでは皆、変わりなく僕と仕事を続けて欲しい。歩みを止めるな。以上だ。各自、仕事に戻りたまえ」

有賀が主筆の部屋に戻っていった。

心を静めて、波津子は小刀で鉛筆を削る。

純司はずっと前から、降板を考えていた気がする。ふんわりとした茶色の髪が黒くなり、笑顔が消えたあたりから。

アームカバーを外して机に放り投げると、上里が主筆の部屋に入っていく。

あのドアを開け、有賀を支える力は、今の自分にはない。

こみあげる思いを抑えながら、波津子は二本目の鉛筆を削る。

書こう、笑顔になる話を。逆境に負けない少女たちの物語を。

有賀がやれると言うならやれる。やれなくても、やってやる。

涙がこぼれそうになり、波津子は立ち上がる。

洗面所に向かうと、男たちが大きな机を六人がかりで持って階段を降りてきた。そのあとをマダム・バタフライとカルメンの人形が入った大きな箱が続いていく。

ハトゴヤから運び出された荷物を波津子は見送る。

人形を入れた箱が目の前を過ぎていく。一昨日買った水仙の香りが、別れの挨拶のように淡く漂っていた。

第四部　昭和十八年

老人施設の食堂に乙女たちの歌声が響き渡っている。

車椅子に座り、波津子は澄んだその声に耳を傾ける。

歌っているのは近所のミッションスクールに通う女子学生たちだ。クリスマスが近いので、慰問に来てくれたのだという。

女子学生たちが一緒に歌おうと呼びかけている。メロディにあわせて、波津子は唇を動かす。

ここ一週間、なるべく身体を動かし、施設のイベントにも参加するようにしている。定期的に自分をたずねてくる人が現れたからだ。その人々は皆、「乙女の友」について話を聞かせてほしいという。

九十歳を超えてから、面会者はすべて断っている。その原則を変えるつもりはない。しかし彼らは思い出深いものをたずさえ、やってくる。

最初に訪れた人は、「乙女の友」新年号の附録「フローラ・ゲーム」を持ってきた。次に現れた人物は鈴蘭と、昭和十五年に開催された「東京　友の会」で配られた歌詞カード。

そして先日、三度目の面会を求める人物から連絡があった。

電話をしてきたのは年配者で、先日、「フローラ・ゲーム」を届けた者だという。可能であれば一目会いたかったが、自分はもう足腰が弱ってきたので外には出られない。そこで代わりに若い人たちが行くので、どうか会ってやってほしいという。

その電話の主は話せるものなら、一声だけでもいいから波津子の声を聞きたいと言ったらしい。しかし面会と同様に電話の取り次ぎも断っているうえ、ちょうどそのとき自分は眠っていたので、施設のスタッフは断ってしまった。

目覚めてからその話を聞き、そのときだけは電話に出てもよかったと思った。

しかし施設のスタッフが念のため聞いてくれた先方の名前と連絡先は、まるで覚えがない人物と場所……だったような気がする。

最近、新しい記憶はすぐに薄れていく。だからこの瞬間も、先日、聞いたその人の名が男か女かも思い出せない。

清らかな女子学生の声に合わせ、「ジングルベル」を途切れ途切れに口ずさみながら、波津子は考える。

どなただろう。「フローラ・ゲーム」を届けてくださったのは。

でも、もしかしたら……。なつかしい品々をたずさえ、誰かがたずねてくる。その状況すらも、自分が見ている夢なのかもしれない。

歌声はクリスマスソングから賛美歌に変わっていった。

乙女たちの声に聞き入りながら、波津子は目を閉じる。

この子たちの学校にも礼拝堂はあるのだろうか。そして今、歌っている乙女たちの幾人かは、いつかそこで結婚式を挙げることを夢みているのだろうか。

遠い昔、婚礼を控えた佐藤史絵里と語らったことを、波津子は思い出す。

少女時代を過ごした横浜の学校の礼拝堂で、結婚式を挙げるのが夢だったのだと史絵里は言っていた。

あれは昭和十八年。忘れられない。あの夏から続いた日々は。

乙女たちの歌声がやんだ。皆が退出していく気配がする。

女性スタッフの声が聞こえてきた。

ハツさんは眠っているようだと言い、このまま部屋まで静かに連れていこうと言っている。

車椅子が動き出した。その振動に身をまかせていると、国防色と呼ばれた、暗い緑色に塗られた木炭バスのことを思い出した。

固いその座席に、二十代の自分が目を閉じて座っている——。

※

バスのエンジンから漂ってくる煙の匂いが強くなってきた。

軽く顔をしかめて、波津子は薄く目を開ける。

外を見ると、わびしくなった銀座の光景が広がっていた。

この街を美しく彩っていた街路灯は、昭和十八年に入った今年の四月、軍需用の鉄の資材として回収されてしまった。街路灯だけではなく、郵便ポストや広告塔など、街にあった鉄類や金属類も姿を消している。

時期を同じくして、鉄などを使った家庭用品や貴金属類の供出がたびたび呼びかけられるようになった。そのたびに家からは火箸や鉄瓶、文鎮（ぶんちん）や風鈴などを出していたが、先日はとうとう出す物がなくなり、母から譲り受けた金の指貫（ゆびぬき）を供出した。

その母は半年前に、二階の下宿人であり、遠縁でもある「辰おじさん」こと望月辰也の尽力で、山梨の療養所に入った。

数年前に父が買い付け、辰也に託していたというダイアモンドの原石の取引が成立したので、その代金を向こう三年分の療養費として前納しての入所だ。取引額が大きいので、何度も商談が流れていた品だが、時局の不透明さに現金を宝石に換えたい外国人の金満家が現れ、ようやく売れたという。

母の入所とともに、辰也は下宿を引き払ったので、波津子は今、一人で暮らしている。

バスは銀座を抜け、神田方面へと向かった。窓から視線を戻し、波津子はうつむく。

大和之興業社「乙女の友」編集部に勤めて、今年で六年目になる。最初は無我夢中だったが、最近は少しずつ周囲を見る余裕ができてきた。

大和之興業社において、「乙女の友」は一番売れている雑誌ではあるが、本業は「大和之興業」、すなわち日本の経済を盛んにし、国を富ませるために必要な情報を提供する誌面づくりが使命だという。社長によると、女性向けの雑誌を作るのも、やがて妻となり母となる女性たちの心身を健やかに育むことで、日本の国力を増大させる願いがあるからだそうだ。

その言葉を聞いてから、最近、わからないながらも、この国の状況について、新聞を読んだりしながら考えるようになった。

給仕として勤め始めたそのときから、この国は戦闘状態に入っていた。そして編集者見習いから、編集者兼執筆者と「乙女の友」のなかで自分の居場所ができていくにつれ、戦局もどんどん拡大していった。

二年前の昭和十六年の年末には、海軍によるハワイ・真珠湾の空襲と、陸軍によるマレー半島の上陸によって、米国、英国とも開戦し、今や戦地はアジアの全土、海、空にまで広がっている。

米英との戦いは最初は連戦連勝だった。

なかでも英国領のシンガポールを陥落させた昨年、昭和十七年の二月は華やかだった。このときは日本全国が戦勝の雰囲気に華やぎ、銀座通りで数々の祝賀行進が行われていたのを、会社の窓から皆で眺めた。

しかしその二ヶ月後の四月には、東京、名古屋、神戸が、初めて米軍機から空襲を受け、今年に入ってからはアリューシャン列島のアッツ島の日本軍が玉砕している。

「玉砕」とは「全滅」という言葉を美しく言い換えただけと、有賀はそのとき言っていた。

木炭バスの煙が再び強く舞い込んできて、波津子は咳き込む。

いつもなら自転車なのに、雨が降っていたから今日はバスでの通勤を選んだ。しかしその雨は昼前に止み、今、窓の外はおだやかな夕べが広がっている。

ハンケチを鼻に当てながら、再び波津子は窓の外を見る。見上げれば茜色の空が広がっていた。九月に入ったが日はまだ長く、六時を過ぎてもまだ明るい。

史絵里はどうしているだろうか。

八月の中旬に、史絵里は八歳年上の実業家の子息と結婚し、彼が事業をまかされている満州（まんしゅう）の奉天（ほうてん）に旅立っていった。

軽く目を閉じ、先月の初め、編集部からの祝いの品を届けに、横浜に行った日を思い出す。

横浜には何度か取材で行ったことがある。しかし遊びにいったのは初めてのことだった――。

午後三時前に横浜市内の駅に着くと、日傘を差した史絵里が改札近くで待っているのが見えた。

国民服を着た男性や、暗い色合いの服の女性が多いなか、白いブラウスに水色のスカートをはいた史絵里は、とても清楚で明るく見える。

しかし行き交う人々のなかには非難めいた目で史絵里を見る男や、足を止めて、わざわざ史絵里をじろじろと見る女性もいた。

改札を出て、波津子は史絵里に軽く手を振る。

駆け寄ってきた史絵里と手を取り合うと、ズボンを穿（は）いた女がにらみつけてきた。

いやあネ、と史絵里が軽く肩をすくめた。

「そんな華美な恰好しているわけじゃないのに……。ねえ、ハッちゃん。最近、長いもとの着物で歩いていると、お袖を切れって言われるのって本当？」

そうらしいけど……、と波津子は口ごもる。

今年に入ってから、着物の袖は活動的ではないし、虚栄にまみれたものとして、街頭にハサミを持ち出し、袖の切り落としを迫る婦人たちがいるらしい。

「……私はまだ会ったことがないわ」

よかったわね、と史絵里が言った。

「人に強制されてお袖を切るなんてガマンならないわ。お母様やお姉様から譲っていただいた大切な一枚かもしれないのにね」

日傘をくるくるとまわして歩き出した史絵里が、ひょいと傘を差し掛けてきた。

「あのね、ご提案していいかしら？　お家にお連れしようって思っていたんだけど……お天気もいいし、ちょいと二人でバスに乗って海までお出かけしないこと？」

「海？　いいですね」

「ここから歩いても行けるんだけど、良い場所があるのよ」

停留所につくとすぐにバスが来た。さっそく乗り込み、並んで座る。

都内の女子大を一昨年、卒業した史絵里は、大和之興業社へ就職して「乙女の友」で働き出したが、今年の初めに家の事情で退職した。実家の貿易会社で働く若者たちが次々と召集され、人手が足りなくなったので、家業を手伝うことになったのだという。

史絵里は「乙女の友」から離れることを悲しんでいたが、家業を立て直すことにも意欲を燃やしており、明るい笑顔で編集部を去っていった。

しかし史絵里が去ったあと、上里がぽつりと言っていたが、家業を支えるために史絵里に一番期待されているのは働くことではなく、有力者との結婚だった。

その三ヶ月後、史絵里と実業家の子息との婚約が整った。そしていよいよ今月の中旬、都内で式を挙げたら、新郎とともに奉天へ移り住むことになっている。

すぐに着くという言葉のとおり、バスが海沿いに出た。

道の向こうにはきれいに整備された公園と港が広がっている。

史絵里とともにバスから降り、ひとつの日傘を二人で分け合ってゆったりと歩いた。

風通しが良い木陰のベンチに座ると、「ごめんなさいね」と史絵里がすまなそうな顔をした。

「潮風がべたつくかしら？　でもね、私、ハッちゃんと二人っきりで、何の気兼ねもなくおしゃべりしたかったのよ」

夏の日差しを受けて輝く海を見ながら、波津子は微笑む。史絵里の家はおそらく素敵な邸宅だろう。見てみたい気持ちはあるが、この場所も視界が開けて、かなり素敵だ。

「私も……ここのほうが気楽かも」

「でも暑いわね！　あとでちゃんとおもてなしするから、少し堪忍して。家は今、人でごったがえしてて、静かにお話できる環境じゃないのよ」

「婚礼のお支度で？　いなくて大丈夫なの？」

平気よ、と投げやりに言ったあとで、史絵里が笑った。

「私の意見など何も通らない。母校のチャペルで結婚式をあげるのが夢だったのに、そう言ったら一笑に付されちゃったわ」

ごめんね、暗い話をして、と史絵里が軽く首を振った。

「それより、ハッちゃん、読んだわ。いいじゃない！　果物三勇士の新シリーズ。漫遊記ってタイトルがまたお茶目よね。第一回目から、私、大興奮よ」

ありがとう、と波津子は頭を下げる。

「でも……早くも……二話目で困ってる」

「ハッちゃんったら、いつもそんなこと言ってるのに、鉛筆削って、ふうっと粉を吹いたら、すぐに何かカリカリ書いてるじゃない。そんなときは鉛筆を削りなさいよ」

「そうか、鉛筆……鉛筆ね」

言われてみれば、鉛筆の芯を削ると文章の進みが速くなる気がする。

「たぶんあれがハッちゃんの気分転換なのね。私、隣で見てて、いつも不思議に思ってたもの、困ったら鉛筆削って、粉吹いて！」

その言葉に笑ったら、遠くから汽笛の音が響いてきた。

沖合を船が進んでいく。

こんなしゃれた港町から、史絵里は編集部に通ってきていたのだ。

そう感じたら、「フルーツポンチ大同盟」が急遽、代原に起用されたとき、史絵里が東海道線に飛び乗って、駆けつけてきたことを思い出した。

あのとき、たった一人、会議室でふるえていたところへ、ドアを蹴飛ばすようにして現れた史絵里を見て、どれほど勇気づけられたことだろう。

汽笛の音がまた鳴り響いた。隣を見ると、史絵里が沖を行く船を眺めている。

「私ね、ハッちゃんの担当は有賀主筆だったけど、私もハッちゃん先生の担当編集者の一人だっていつも思ってた。ずっと一緒にお仕事したかったな……お式にだって」

史絵里が軽くうつむいた。

「編集部の皆さんが無理なら、せめてハッちゃんだけでもお招きしたかった……」

いいの、いいの、と波津子はあわてて手を振る。

史絵里の婚礼は大和之興業社の社長と親族の有賀が出席することになっていて、編集部の人間は誰も招かれていない。

ないことにしたいんだって……と寂しげに史絵里が笑った。

何を？　と聞いたら、「働いていたことを」と小さな声がした。

「深窓のご令嬢として、働いたことがなかったようにしたいらしいの。変ね。私、働く自分に誇りを持っていたのに」

いやだわ、と力なく言うと、史絵里が深くうつむいた。

「結婚とか、家の結びつきとかって、わからないことばかりで」

史絵里がしょげていると、寂しくなってくる。

かたわらを見たら、編集部の皆から託された祝いを包んだ風呂敷包みが目に入った。

こんな話のあとで、出してもいいものだろうか。

「どうしたの、ハッちゃん。急にもじもじして」

「あのね、編集部のみんなからのお祝いがあるんだけど」

「ああ、そんなにしていただいて。どうしよう、いよいよ申し訳なくなってきちゃった」

「そんなこと気にしないで、受け取って」

編集長の上里が伝手をたどって探してきたという包みを波津子は差し出す。

礼を言って、史絵里が包みを開ける。中身は陶製の薔薇に囲まれた置き時計だ。

「佐藤さんがご主人様と楽しい時間が過ごせますようにって、願いをこめて時計を」

史絵里が時計を撫でた。

「ありがとう。こんな素敵な時計、本当にありがとう」

それから……と波津子はピンクのリボンを掛けた薄い包みをカバンから取り出す。

「これは、ささやかなんだけど……私から」

なあに？　と言って史絵里がリボンを解き、包みを開けた。

まあ、と驚く声がした。

「レース編み。ドイリーね……。あら、コースターまで……」

「レース糸があればよかったんだけど、ごめんね、実はそれ、凧糸なの」

昨年の夏、近所の駄菓子屋の店主が高齢を理由に店を閉めるとき、季節はずれで売れ残った凧と糸を安く売っていた。

店先でそれを見かけたとき、以前、「乙女の友」でレース糸の代わりに、凧糸をかぎ針で編み、ドイリーと呼ばれる花瓶敷きや、コースターと呼ばれるコップ敷きの作り方を紹介していたことを思い出した。

そこでたくさん買い求めたのだが、忙しくて押し入れにしまったままでいた。今回、史絵里に贈り物をしたいと考えたとき、いつか編もうと思っていた、あの糸のことが浮かんだ。

おそらく史絵里は本物のレースの品々をすでに持っており、凧糸で編んだ贈り物などあまり喜ばないかもしれない。

それでもここ一ヶ月、糸とかぎ針を持ち歩き、昼食後の休憩時間や、家に帰ってきてからの一時間、懸命に編み続け、直径二十センチの星の形をしたドイリーと、星の形をしたコースターを七枚作り上げた。

史絵里がレースのコースターを手にした。

「きれい……。これ、ハッちゃんが編んでくれたの？」

うなずくと、史絵里が今度はドイリーを手にした。

「こんなの編む時間がいつあったの？」

「ちっちゃいものだから、持ち歩いてほうぼうで編んでた……どうしたの？」

気が付くと、ドイリーを膝に置いて、史絵里が泣いていた。

「私ね……私……ずっとハッちゃんに、きらわれてるんじゃないかって思ってて」

「どうして？」

だって、と史絵里が小声で言った。

「史絵里って呼んでねって言ったのに、私のことを佐藤さんって呼ぶし。私はハッちゃんのことが大好きで、ハッちゃんって呼んでるけど、これって馴れ馴れしいのかしらって、たまに申し訳なく思ったり」

「そんなことない。ただ……」

まぶしかったのだ、あなたが。

そう言いたいが、言葉に出すのが照れくさくて、波津子は黙る。

「アンミツ食べにいこうって誘っても、仕事中だからっていつも断られてしまうし。私ね、ハッちゃんと銀座でアンミツ食べたかったの」

行けばよかった……。

まぶしくて、怖かったのだ。横浜育ちのお洒落なお嬢様と、差し向かいで甘味を食べるのが。

史絵里が涙をぬぐった。

「いろいろ思い出してきちゃった。……びっくりしたわよネ。徳永先生のアトリエ。先生ったら、お腰にちっちゃなタオル一枚巻いただけで現れて」

ほぼ全裸で玄関に現れた徳永を思い出したら、二人で吹きだしてしまった。

「ハッちゃんは、私が先生にからかわれて動けずにいたとき、先生の腕をぐいっと引っぱってくれて。私、あれでシャンとして、撃退できたのよ。……荻野先生をかっさらってきたときも」

かっさらうという言葉に笑ったら、史絵里も笑った。

「うれしかったわ。窓を開けたら、ハッちゃんが荻野先生を乗せて、一生懸命自転車こいできて。佐藤さん、佐藤さんって、必死で私の名前を呼んでるんだもの。あれ見たら、よおし、荻野先生、何するものぞ。ふんじばってやるワって思ったの」

あのときは無我夢中だった。だけど六年を経た今、思い出すと、その夢中さがおかしくて笑ってしまう。

ああ、でも、と史絵里が空をあおいだ。

「私たち、友だちより深い仲かもね。仲間だもの。一緒に、あの雑誌の……私が関わったところなんて長い歴史のなかの、ほんのちょっとだけど、一緒に作ったんだものね。忘れないわ」

忘れないわ、と言われたとたんに別れを実感した。

軽くこぶしを握り、波津子は悔やむ。

どうして……。名前で呼ばなかったのだろう。

「やだ、ハッちゃん、泣かないでよ。あらやだ、私も目から何かが」

湿っぽいの、きらいよ、と、史絵里がハンケチを出すと、涙を拭いてくれた。

「史絵里、ちゃん」

うん、とハンケチに顔を埋めながら、史絵里がうなずいた。

「奉天へ、おたより書くわ」

「書いてよ。ディア史絵里って。つづりはD、e、a、r。親愛なる史絵里って意味よ」

わかった、と波津子はうなずく。

史絵里が顔を上げて、涙をぬぐった。

「終わりじゃないのよ。私たちの新しい始まり、第二章よ。それは第一章より深くて面白いに違いないわ。そうじゃなくって？」

「そうね、そうに違いないわ」

二人で顔を合わせて微笑んだら、遠くで汽笛の音がした。

それから二週間後の日曜日に史絵里は結婚式を挙げ、夫とともに旅立っていった。

東京から下関に行き、そこから釜山(ぷさん)に渡って、列車で奉天に向かう旅は四、五日かかるのだという。九月に入った今なら、もう満州の新居に到着して、荷を開けている頃だろうか。

バスの窓から波津子は外を見る。

空は一面の朱色で、不気味なほどに赤い夕焼けだ。それでも日が明るいうちに帰ってきたのは、本当に久しぶりだ。

今週は残業をしないで帰るようにと有賀に言われて、今日で二日目になる。

バスは家の近くの停留所に近づいてきた。沈んだ気持ちで、波津子はバスを降りる。

大通りを渡ろうとしたら、背後から男に呼び止められた。

「よう、ハツ公」

なつかしい呼び方に振り返ると、幼馴染みの春山慎（はるやましん）が立っていた。指先には吸いさしの煙草を持っている。

「慎ちゃん……。何？　煙草を吸うようになったの？」

「会っていきなりそれはないだろ」

苦笑いをして、慎が煙草を足元に投げ捨て、軽く踏んだ。

煙草の残り香とともに、慎が近寄ってきた。

波津子の家の裏手にある、製本工場と自宅を兼ねた家で育った慎は、同居の長兄夫婦に子どもが相次いで生まれ、家が手狭になったことから、数年前に新宿のほうで下宿をしている。

家を出た当時は印刷工場で働きながら、夜学に通っていたが、そのあと専門学校入学者検定という難関の試験に合格し、今は大学の法学部に通っている。その学資は印刷工場に勤めている間に、必死で貯めたらしい。

元気？　と聞いたら、「元気元気」と明るい声がした。

「さっきハツ公の家に挨拶に行ったら、留守だったからここで待ってた。大当たりだな」

慎が立っていたあたりを波津子は眺める。ずいぶん待ったのか、煙草の吸い殻がたくさん落ちている。

「どうしたの、慎ちゃん。何かあったの？」

　裏の家を引き払った、と慎が言った。

「正確に言えば倉庫に貸したんだけど……。だからもう、この先、ハツ公に会うことはそんなにないよ」

「今だって、そんなに会ってないじゃない」

「でも俺、ときどき家に帰ってきたとき、裏のハツ公は息災かなって、お前んちのあかりを見ていたよ」

「おかげさまで息災に過ごしています」

　なによりだ、と慎が笑うと、歩き出した。

「おふくろさんが療養所に入ったって話も聞いたよ。一人で寂しくないのか？」

「寂しいけど、お母さんが戻ってくるまであの家を守らなきゃ」

「そうだろうけど」

　慎の家では製本工場を継いでいた二人の兄が召集を受けて戦地に赴いていたが、半年前に長兄の戦死の通知があった。それから二ヶ月後に父親が心臓の病気で倒れて、今は工場を閉めている。

　兄の戦死の報を受けたとき、大学をやめて工場を継ぐことを考えたと、慎が話している。

　しかし家族でいろいろ話し合った末、結局、近所の同業者に倉庫兼工場として建物を貸し、慎の両親は母方の実家がある八王子に移り住むことになったそうだ。

　一昨日、両親を八王子に送ってきたと、慎が言った。

「山のなかなんだけど、小さな家を借りてさ。庭があるんで、二人分ぐらいなら食い物も作れそうな場所なんで、安心して帰ってきた」

淑子(よしこ)さんは、と慎が兄嫁の名前を出した。

「……昨日、子どもたちを連れて、群馬の実家に行ってもらった。親父たちは一緒に住みたいって言ったんだが、群馬のほうが安全そうなんでね」

「ずいぶん、急なお引っ越しだね」

仕方がない、と立ち止まり、慎が煙草に火をつけた。

「東京に万が一のことがあったら、親父は走って逃げられないし。せめて兄貴の忘れ形見だけでも安全な所に置いておかないと。これで安心して行けるよ、出征するんだ」

さらりと言われて、一瞬、息が止まった。

「慎ちゃん……卒業がまだじゃない」

高等学校や専門学校、大学に通っている学生は徴兵が猶予(ゆうよ)されており、卒業するか、二十六歳になるまでは戦地に行かなくてもよいはずだ。

「文系の学生は徴兵猶予が解かれるそうだ。仕方がないかもな。女子学生が工場に動員されるような状況では……」

その先を言わず、慎が煙草をくわえると歩き出した。

夕焼けの色が薄れ、あたりに闇が迫り始めている。

行くしかないよな、と声がした。

「おふくろとか兄貴の子どもとか見てると、そう思う。本土が戦地になる前に」

不意に、玉砕とは全滅を言い換えた言葉だと有賀が言ったことを思いだした。日本軍が全滅したというアッツ島でも、誰かの父や兄や弟や、幼馴染みの青年たちが戦っていたのだ。

思えば、この日本も島だ。

本土での戦いがあるのだろうか。

昨年の春に空襲を受けて以来、敵機は来ない。しかしそれ以来、大きなビルや会社のなかでは、空襲にそなえて防護団が組織され、大和之興業社でも防空演習をたびたび行っている。

数日前には空襲の際の混乱に備え、上野動物園のライオンたちが薬殺されたという記事が新聞に載っていた。

「東京……空襲されるのかな」

慎が軽くこちらを見た。

「心配するな」

あってたまるか、と独り言のように言うと、慎が肩掛けにしたカバンから、封筒を出した。

「忘れてた。大事なことを。知ってるか？　長谷川純司が店を出したのを」

まだ行ってないけど……と答えて、波津子は封筒を見る。茶色の封筒の隅には、「風花（かざばな）」という店の名前が書いてある。

長谷川純司は先月、目白（めじろ）駅の近くに店を開いた。

そこは純司の手によるレターセットや絵ハガキ、ハンケチ、ノートといった、小間物を売る店で、「乙女の友」の愛読者が足繁く通っているという。訪れてみたいが、純司と編集部は断絶状態で行きづらい。

慎が封筒を差し出した。

「これ、ほんの気持ちだ。時局が落ち着いて、みんながまた家に戻ってこられたら、どうかおふくろや姪っ子のこと、気に掛けてやってくれ」

小さな封筒を開けると、「皇国　四季こよみ」と書かれたレターセットが出てきた。便箋の片隅にはそれぞれ「永遠の桜」、「奮起の向日葵」、「知性の秋桜」、「鍛錬の水仙」という、絵とは少々不釣り合いなタイトルが優美な文字で刷ってある。

「こんなきれいなもの、いただいていいの？」

慎がうなずいた。

「しかし……やたら女の子がたくさんいる店で、俺はまことにきまりが悪かった……でも姪っ子にも何か気晴らしになるものを持たせてやりたくてさ」

本当はフローラ・ゲームのようなカードゲームが欲しかったのだと慎が笑った。

「さすがにないな、あんな豪華なものは」

「編集部でも二度と作れない附録って言われてる」

そうだろうな、と慎がなつかしそうな目をした。

「あれはきれいだったなあ。俺が拾ってきた、あんなちっぽけなカードで、お前、飛び上がるほど大喜びしてさ。俺、あのとき日本中の『乙女の友』を買い占めてハツ公にやりたいと思ったよ」

でも、もう大丈夫だな、と慎が優しい顔をした。

「今や、あの雑誌を作って、中身まで書いてるんだもんな」

「そんな、たいしたものじゃない……」

先月の初め、史絵里に行き詰まっていると告白した新シリーズの第二話は、入稿日に書き上がらず、ぎりぎりまで待ってもらったが、初めて原稿を落としてしまった。

代理の原稿、五十枚分は主筆の有賀が自作の散文詩と、ドイツの小説を翻訳したものを入れて埋めた。しかし印刷が間に合わなくなる直前まで有賀は待ってくれ、そのあと代原の入稿の作業をしているのを見たら、身が細る思いがした。

原稿を落としたことを、有賀はとがめなかった。そのかわり、これから一週間はしばらく定時で帰って休むようにと言った。

「本当に私……役立たずで……」

ご謙遜だね、と慎が言ったあと、急に真顔になった。

曲がり角が近づいている。この先を曲がると、家だ。

「あのさ、ハツ公」

うん、と答えたら、慎が足を止めた。

「いろいろ落ち着いて、あと二、三年して……俺が帰ってきたらさ……」

足を止めて波津子は振り返る。

「俺は……思うんだが、お前はどうなっているんだろうな」

「何よ、いきなり」

「結婚して、赤ん坊とか背負ってたりして。お前、太っちゃって、肝っ玉母ちゃんみたいになってるの……ハハ」

乾いた笑いのあと、「いや、待てよ」とほがらかな声がした。

「その頃にはお前、ハッちゃん先生じゃなくて、佐倉大先生と呼ばれているかもしれないぞ」

まさか、と答えたら「励め、ハッ公」と慎が背中を叩いた。

「俺も励む」

「出征、決まったわけじゃないでしょ」

「でも近いうちに行く」

「励まなくていいから。慎ちゃん、弾が来ないところにいてよ」

そういうわけにはいかないや、と慎が笑った。

「俺のよけた弾がハッ公や姪っ子に当たったら、どうするんだ」

慎が歩き出すと、道を曲がった。その先に、家の門が見えてきた。

軽く手を挙げ「じゃあな」と言うと、慎が来た道を駆けていく。

さよなら、と言いかけて、波津子は黙る。

それを言ったら、もう二度と会えなくなる気がした。

翌日、大和之興業社に出社すると、机の上に有賀の伝言があった。満州に渡った史絵里のもとに、最新の「乙女の友」を二冊、送ってほしいとある。

編集部の隅にある本棚から今月号を手にして、波津子は席に戻る。

有賀が書いた伝言の字を指でなぞると、ゆっくりと顔に血がのぼるのを感じた。最近、毎晩読んでいる小説のせいだ。

日本を発つ前に、史絵里が家に小包を送ってくれた。中身は有賀が小説家として活動していたときの初版本で、秘蔵の品を贈呈と書いてあった。

史絵里の旧姓と同じ、佐藤という筆名で書かれた有賀の作品は、一文、一文が魅入られるように美しく、ページを繰る手が止まらなかった。恋愛や男女の秘めごとについて描かれた箇所も多く、主人公の性的な衝動や仕草は有賀自身の告白を聞いているようで、読むたびに顔に血がのぼる。

しかし読み返すうちに、人の些細な行動やその裏に潜む心情を、作者が常に冷静に観察していることに気付いて怖くなってきた。その一方で、むきだしの有賀の心に触れているようで、「乙女の友」では決して見せない部分に触れたくなってくる。

触れたくなる?

突然心に浮かんだ言葉に波津子は動揺する。

その言葉に、この会社に勤め始めた頃、徹夜明けの有賀がシャツを替えていた姿を思い出した。

いつもはきれいになでつけられているのに、夜が更けて疲れてくると、有賀の前髪は額に落ちて乱れてしまう。しかしあのときは風呂から上がってきたばかりで、前髪はすべて額にかかり、髪の先からはしずくが落ちていた。羽織ったシャツの間から、たくましい胸と引き締まった腹がのぞいていたのを覚えている。

その記憶に有賀が、滝壺の裏にある洞窟で、水の精霊のように儚げな美女と激しく情を交わした作品を書いていたのを思いだした。

青年の濡れた髪と、引き締まった身体。あのとき見た有賀に、主人公の姿を重ね合わせると、顔にさらに血がのぼってきた。

ほてった顔を両手で押さえ、波津子はうつむく。

最近の自分はどこかおかしい。しかし、手に伝わる熱から、わかることがある。

この熱さが、きっと恋。憧れではなく、心がはっきりと求め、望んでいる。

あの人にもっと近づいてみたい。

いつか純司が言っていた言葉を思い出す。骨がきしむほど強く。

かなうことなら、抱きしめられたい。

ふしだらな思いを抱いた自分が恥ずかしく、波津子は軽く頭を振る。

「乙女の友」に恋の感情はご法度だ。それなのに史絵里の結婚以来、自分は浮わついている。

深呼吸をして心を静め、奉天の史絵里に送ろうと今月号を手に取ると、ため息がこぼれた。

純司が去ったあとの「乙女の友」は、高名な洋画家が表紙を担当して、少女の半身像を描いている。それはたいそう芸術的に感じられるが、純司の頃のように胸がときめかない。
ページをめくると、フィリピンを行軍する兵士のグラビヤ写真が掲載されていた。
純司がいた時代、あれほど避けていた戦争の話題は今は誌面の三分の一を占め、執筆者も作家や詩人にまじって、海軍や陸軍の軍人が非常時の心構えや戦況などを書いている。

そして読者である「友」たちがもっとも楽しみにしていると言われた投稿欄は今年から「読者の広場」から「広場」という素っ気ない名前になり、有賀が「友」たちの投稿に返信を書くことはなくなった。

編集後記で戦争へ言及するのを長年避けていた有賀は、昨年から戦局についての文を書くようになった。戦況に触れないと、印刷する紙を割り当ててもらえなくなるからだ。

そうしたなかでとりわけ深く心に響いたのは昨年、日本軍がシンガポールを占領したときに有賀が寄せた文だ。

戦局の進展をことほぎつつも、その陰でどれほど多くの血汐が流されたことかと有賀は書き、このたびの栄光はそうした犠牲のうえにあることを忘れることなく、日々を邁進していこうと締めくくっていた。

その編集後記を思い出すたび、心が迷う。

逆境に負けない、読者が思わずクスッと笑ってしまうような明るい少女たちの物語を書こうと励んできた。しかしそれを今、誰が求めているのだろう。

不謹慎ではないか。この瞬間も、戦地で亡くなっている人がいるのに。

そう思うと、原稿を書く手が止まってしまう。

「乙女の友」の最新号を見るのをやめ、波津子は机の引き出しから、新シリーズ「果物三勇士・漫遊記」のあらすじを書いたものを出す。

これまでは果物の愛称を持つ三人娘の学園生活を描いていたが、今回のシリーズから新機軸を求め、主人公たちが学校の資料室にあった銅鏡をのぞくと、時間を超えて、日本のさまざまな時代や場所に冒険にいけるという「漫遊記」という設定を考えた。

歴史学者の監修を受けて書いた第一回の原始時代の話は、三人娘が火をおこしたり、森へ果物を取りにいったりという内容で、我ながら面白いと思った。

しかし第二話は「大和時代」に出かけた三人の姿を面白おかしく描くつもりであらすじを決めたのだが、どうしても文章が進まない。

あらすじを読み直して、波津子は不安になる。

もう一度、原稿を落としたら、どうなるのだろう……。

有賀や編集部に続けざまに迷惑をかけておいて、このままここで働き続けられるのだろうか。

それよりも、と波津子は原稿用紙を見つめる。

いつか……小説が書けなくなったとき、編集者としてこの場で働かせてもらえるのだろうか。高等小学校しか出ていない自分が。

気分を変えようと、波津子は昨夜、慎からもらったレターセットを取り出す。

史絵里に教わったとおり「Ｄｅａｒ史絵里」と書いたとき、有賀が出社してきた。

おはよう、と声がする。

あわてて立ち上がった拍子に、机に置いた薄い封筒が、床にふわりと落ちた。

有賀がその封筒を拾い、じっくりと見た。

「おや、この絵のタッチ……、純司君の店のものかい？」

「はい、知り合いからいただきました」

繁盛しているのだろうか、と有賀がつぶやいた。

「きまりが悪いほど、たくさんの女の子がいたそうです」

有賀が封筒を波津子の机の上に置いた。

「それなら、よかった。久しぶりにコーヒーを淹れてくれないか。君もどうだい？」

遠慮はいらない、と有賀が部屋の奥に歩いていく。ついたてのなかから波津子が出ていくと、帽子と上着をコート掛けに掛けていた。

「気分がのらない時は普段と違う動きをするといい。いわゆるマチだね。昔みたいに濃いものを頼むよ。気分転換に君も飲みなさい」

「でも……私がお相伴（しょうばん）にあずかっては、コーヒーが減ってしまいます」

有賀が行きつけにしていたコーヒー豆の店は、二年前に商いをやめてしまった。それ以来、有賀は別の店で買っていたが、昨年からコーヒー豆を手に入れること自体が難しくなり、最近は買いためたものを惜しみ惜しみ飲んでいる。

いいんだ、うんと濃くして、と有賀が言い、主筆の席に座った。

有賀の席の横に置いてある銀盆の前に立ち、魔法瓶の湯を使って、波津子は二人分のコーヒーを淹れる。

　有賀が椅子の背もたれに身を預けた。

「きまりが悪いほど女の子がいた。その弁では、君にあのレターセットを贈った人は男性なんだね」

「昔、私にゲラやフローラ・ゲームを持ってきてくれた幼馴染みです」

「今、どこの部署にいるの？」

「印刷所はやめて、大学生になりました。働いてためた学資で、大学に通っているんです」

　そうか、と有賀が沈んだ声で答えた。

　コーヒーをテーブルに置くと、有賀が目の前のソファを指し示した。

　コーヒーカップを手にして、波津子はソファに座る。潤沢に豆を使って淹れたおかげか、カップからふくよかな香りが立ちのぼる。

　有賀もそう感じているのか、コーヒーの香りを楽しんでいた。

「さっきは何か、思い悩んでいたのかい？」

「いいえ……それほど」

　有賀が軽く笑うと、コーヒーを口にした。

「君は悩んでいると、一点を凝視して身動きしないから、非常にわかりやすい。何だ？　僕でよければ聞こう」

　自分が書くものは不謹慎ではないか。このままでいいのか、どうして書けないのか、書けなかったらどうなるのか。

浮かんでは消える悩みを素直に相談してよいものか、波津子は迷う。

しかし黙っているのは、失礼だ。そう考えたとき、すぐに言える疑問が心に浮かんだ。

「あの……とてもくだらないことなんですけど」

続けるように、という眼差しを有賀が向けた。

「あのう……史絵里さんに、ディア史絵里、って手紙を書いてって言われたんですけど……」

ついたての内側に戻り、書きかけのレターセットを持って、波津子は有賀の前に出す。

「Ｄｅａｒ、これでつづりは合っていますでしょうか？」

有賀が便箋を手にして、「大丈夫」と言った。

「それであの……ディア、だれそれって手紙を書いたら、最後に終わりの言葉があるんでしょうか。敬具とか草々みたいなものが」

有賀が手元のメモ用紙にペンを走らせた。

「たくさんあるが……礼儀正しい言い方だと、これかな？　シンシアリイ、ユアズ」

ソファから立ち上がり、有賀の机の上を見る。

メモには「Ｓｉｎｃｅｒｅｌｙ　ｙｏｕｒｓ」と書いてあった。

「これで……シンシィ……」

シンシアリイ、ユアズ、と有賀がフリガナを振った。

「こう書いておけばまず失礼はないよ」

「どういう意味ですか？」

「シンシアリイで、誠実な、あるいは心から。ユアズで、あなたのもの。だからあなたの誠実なるしもべ、とでも訳すのかな。でも日本語の敬具にたいして意味がないように、この言葉にも大きな意味合いはないよ」

ただ……と有賀が言ったので、「ただ？」と聞き返した。

「乙女の友というか、そうだな、詩画集風に訳すなら……、シンシアリイ、ユアズ、で、私はあなたのもの……私は永遠にあなたのもの、とでも訳すかな」

「ディア、宛先の人で手紙を書きだし、シンシアリイ、ユアズ、で手紙の最後を締めくくる」

有賀がうなずいた。

「親愛なる人。私は永遠にあなたのもの。ディアとシンシアリイ、ユアズと書くだけで恋文みたいですね」

相手がそう取ってくれればいいが、と有賀が笑った。

「普通は拝啓、敬具としか思わないからね。無精をせずに本文を書きなさい」

「でも……紙が無駄かも」

こんなに美しい言葉の意味があるのなら、本文などいらない。

「そもそも恋とは無駄なものなのだよ」

無駄なんですか？　と聞いたら、有賀が永遠の桜と名付けられた便箋を眺めた。

「無駄さ。永遠にあなたのものと何度思いをこめたところで、永遠なんてものはその実、どこにもない」

有賀が便箋を差し戻すと、机の上にあった原稿を持ってくるようにと言った。

「えっ？　何の原稿でしょう？」

「新シリーズのあらすじを出してあっただろう。本当はそちらで悩んでいたのではないのかい？」

再びついたての内側に戻って「果物三勇士・漫遊記」を手に取り、波津子は有賀に渡す。

有賀がひととおり原稿に目を通すと、机の上に置いた。

「三人娘たちがいろいろな時代に飛ぶという設定は面白いが、古代から順に行く必要はない。監修の牧田（まきた）先生は順を追うことを好まれるだろうが、書くのは君だ。君が純粋に面白いと思った時代と場所を切り取ればよいのだよ。大和時代はやめておいたらどうだい？」

でも……と口ごもると、有賀が東京の地図を机に広げた。

「漫遊記なのだから、現代の日本、たとえば浅草や銀座でもいいし、横浜や鎌倉、そうした町に三人娘が出かけていって、その風物を紹介するというストーリイ仕立てでもいい」

「それでは……ユーモア、いえ『美笑小説』にならないです」

果物三勇士の物語は当初、「乙女の友」のなかでユーモア学園小説という副題がついていた。しかしユーモアという言葉が敵性語になることから、三年前に「フルーツポンチ大同盟」を改題したとき、微笑をもじって「美笑」という言葉を作り「学園美笑小説」という副題になっている。

「美笑小説も乙女の友も、君はそろそろ終わりにしたほうがいいのかもしれないね」

えっ、と言った声が思わず大きくなった。

「終わりって……終わりというのは……」

「ユーモア小説もいいが、もうひとつの道を君はそろそろ歩むべきだ」

「おっしゃっていることが、よく……わかりません。道とは、なんですか？」

わかりにくい言い方かな、と有賀が少し考えた。

「学園小説ではなく、自分が直面していることを真摯に小説に書いたほうがよいのではないかと僕は思う。たとえば君なら、働く若い女性の話を書いてもいいだろう。あるいは音楽や、そうだな……恋愛に関わる話でもいい」

「『乙女の友』で、ですか？」

「そのときは『婦女の友』で、と思っている」

「婦女の友」とは、二年前に有賀が立ち上げた新雑誌で、「乙女の友」を卒業した二十代の女性たちを対象にしている。有賀はその雑誌の主筆も兼任していた。

「異動するということですか？　『婦女の友』に」

今すぐではないが、と有賀が冷静な口調で言った。

「君の愛読者たちもいつか大人になる。時期が来たら、彼女たちと足並みそろえて、君も『婦女の友』へ異動だ」

だから、いいかい、と有賀の声が柔らかくなった。

「あせらなくていい。今回のシリーズは、自分の心に響いたことを、三人娘を通してわかりやすく、美しい文章で、的確に、読者に伝えることを大事にするんだ。諧謔はいらない」

「カ、カイギャクって、なんですか」

「ユーモアはいらない。そこにとらわれるな」

　僕は来週からいなくなるのでね、と有賀が言った。

「今言ったことを、君の心に留め置いてほしい」

「どこかへお出かけですか……」

有賀がコーヒーを飲み干すと、「召集された」と言った。

「今月末には入営する」

「戦地に行くってことですか」

有賀が空のコーヒーカップを見つめた。

「僕にはいろいろな事情があって、今までは入営しても数日でここに戻ってきたのだけれど、今度はそのまま出征する」

「どうしてですか？」

「ここでの役目はもう終わったから。新雑誌も軌道に乗ったしね」

本当のことを言うと、と有賀が微笑んだ。

「主筆がいなくても雑誌は作れるんだよ。編集長がいれば。『婦女の友』も『乙女の友』も、有能な編集長がいる。ここに残って、次の時代を作るのはその方々だ」

「でも……有賀主筆のほうが、お若いです」

「若いから行くのさ。学生たちほど若くはないが。こんな状態は、もう終わらせなくてはいけないんだよ」

同じような言葉を、昨日慎からも聞いた。

「果物三勇士」の原稿用紙をそろえると、卒業証書のように有賀が手渡した。

「よくここまで来たな、佐倉」

受けとった手がかすかに震えた。その震えをしずめるように、有賀が手を差し出した。

「波津子先生、最後に握手を。ありがとう」

有賀の指に、編集者が使う赤と青のペンのインクがにじんでいた。

※

佐倉が泣きながら部屋を出ていくのを、有賀憲一郎は黙って見送った。

かすかに鈴蘭の香りがする。その香りに、乙女が流した涙が鈴蘭になったという伝承を思い出した。

軽いノックの音がして、編集長の上里が顔をのぞかせた。

「主筆、お時間を頂戴していいですか」

「もちろんです」

「泣いてましたよ」

上里が親指を立て、背後に向けて軽く振った。

そうでしたね、と答えたら、「色気も何もない」と上里がどっかりとソファに座った。

「鼻をちんちんかみながら歩いていきましたよ。年頃の娘がヨヨと泣いたら、なぐさめる男も出てくるだろうに、あれじゃ、鼻水以外は何も出てこない」

「出てくる若い男も昔ほどいないでしょう」

そりゃそうですがね、と上里が背広の隠しからセルロイドの煙草入れを出した。

「最近は煙草も貴重品になってきて、いやになってしまうナ。いかがですか、一服」

「いいえ、結構です」

「遠慮なく吸ってくださいよ。あなた、社内じゃあまり吸わなかったでしょう。職場で吸う煙草ってのは、うまいもんですよ」

煙草の先を軽くテーブルに打ち付けて葉を均等にならすと、上里がマッチを擦った。

鈴蘭の香りがマッチの臭いにかき消されていく。

ここで一緒に煙草を吸うのも最後かもしれない。上里の煙草入れから有賀は一本取る。

「それでは遠慮なくいただきましょう。火をもらえますか」

互いに顔を寄せ、煙草の先を合わせて、火を移す。煙草以上にマッチも貴重になってきた昨今、何の気兼ねもなく火をつけて喫煙できた時代が嘘のようだ。

佐倉に伝えたんですね、と上里が小声で言った。

「ええ、編集部のみんなには明日伝えます」

「どこから聞きつけたのか、浜田君が机の整理を始めていますよ。あなたのその席に引っ越す気満々。後任は誰になるんです？」

軽く煙草を吸い、有賀はゆっくりと煙を吐く。上里が視線を向けてきた。

「上里さんがやりませんか？」

「ご冗談を。主筆は作家か詩人がやるのが決まりでしょう。誰が穴埋め原稿を書くんですか？」

「別に主筆が書く必要はないでしょう」

いやいや、と上里が軽く手を振った。

「これほどの書き手が編集部にいるのだから、執筆者一同、おさおさ怠りなく原稿に励むように。要するに少女雑誌だからって、なめてかかったら君たち承知しないぞとにらみをきかすのも主筆の役目です。書ける人間じゃないと困る。その点、浜田君は小粒だ」

しかし浜田の書くものは好戦的で、軍部に受けがいい。本人もそれを意識していて、最近は編集会議でもあからさまに「乙女の友」の誌面が軟弱だと批判をしている。

「時流には合っているかもしれません」

「でも買うのは大人じゃない、乙女たちですからね。彼女らに総スカンをくらっては、僕らはおまんまの食い上げだ。先代主筆は急病で亡くなったから仕方ないとして、あなたはちゃんと後任のめどをつけてくださいよ」

「僕は名前だけでもいいから、荻野先生に就任してくれないかと頼みにいったのです。でも断られました」

荻野は抱えている仕事を減らし、夫人の実家がある長野の田舎に移り住むそうだ。そこで長年あたためてきた歴史小説の執筆に取り組むつもりだという。

そうなると、と上里が軽く思案した。

「鎌倉の丘千鳥あたりですかね。主筆にふさわしいのは」

「彼女に頼むぐらいなら、七重の膝を八重に折って、僕は霧島美蘭に頼みますよ」

「そんなに膝を畳んじまったら、バネみたいに飛んでいきそうですな」

「上里さん……」

「失敬、失敬」

指にはさんだ煙草ごと、上里が軽く手を上げて詫びた。

「でもね、後任に美蘭先生ってのは、昔ならあり得ましたが、今はないでしょう。美蘭先生より、うちの佐倉のほうが面白い。そりゃあ、おすましなご令嬢の話を書いたら美蘭先生には勝てませんよ。でもここ一番、パンチの効いた話となりゃ、うちの佐倉はめっぽう強い」

「拳闘みたいなことをおっしゃらないでください」

「一緒でしょう、拳闘も雑誌も小説も。知性の殴り合いですよ」

「そんな括り方には賛同できませんね。僕は少なくとも読者に乱暴を働こうとは思いません」

「読者以外なら殴る気満々ってことですかね」

面白そうな顔で煙を吐くと、「まあ、いい」と上里が言った。

「……噂ですけどね、ご気分を損ねちゃまずい、とある御方のお孫さんが果物三勇士の大ファンらしいですよ。どこで何が受け入れられるんだか、まったく想像つかない時代だ。しかしその佐倉が不調では……。今月も原稿を落としそうだって話じゃないですか」

「もうストーリイはできているのです」

椅子から立ち上がり、有賀はついたてに囲まれた佐倉の席をのぞく。机の上にあった「果物三勇士・漫遊記」の原稿を持ち出すと、上里が手を伸ばした。

「どれ、ちょいと拝借。うん？　本当だ、もう、できてるじゃないですか。ここまで書けてて、どうして仕上がらないのか不思議だな」

「臆しているのですよ。今年から読者の投稿欄も変え、全体的に硬いつくりにしたでしょう。自分の書くものが柔らかすぎて、合わないのではないかとおびえているのです」

長い目で見てやってください、と、有賀は上里に頭を下げる。

「今は少し息切れしているだけ。僕はむしろ、よくぞここまでやってこられたと思うのです。これからは上里さんによろしくお導きいただければ」

「何を言っているのやら」

上里が軽く手を振ると、棚に置いてあるラジオのつまみを回した。海軍飛行予科練習生のことを歌う曲が流れてくる。

どうしてラジオをつけたのだと、軽い非難をこめて有賀は上里を見る。名残惜しげに短くなった煙草を吸うと、上里が灰皿に押しつけた。

「主筆、今からでも遅くはないでしょう。これまでみたいに、また戻ってきたらいい。あなたには実績もある。我が社に必要な人材だということで引き続き、ここで仕事をすることも可能だ」

誰かが残っていないと、と上里が声をひそめる。

「すべてが終わったときにどうやってこの国を立て直すんですか。言っては何ですが、あまり勝ち目はないですよ。僕ぁこの間、ざっくり計算してみたんです。何もかも……特に物資の量が敵さんと違いすぎる。僕らが勝てるのは精神力だけです」

「めったなことを言うものじゃないですよ」

「聞こえませんって。仮に聞き耳たててる輩がいたって、あれにまぎれてわかりゃしません」

上里が大きな音で鳴るラジオを指差した。

「いいですか、主筆。前線に行くばかりが戦いじゃない。銃後の生活を固める人材も必要。そういう見地から、召集されても、あなたは一日入営しただけで帰されてきた」

いいんです、と上里の口調が熱を帯びた。

「今回もそれで。雑誌のことだけじゃない。あなたはまだ全身全霊をこめて何かを書いたことはないはずだ。手慰みの詩作に気をまぎらわせ、ずっと逃げ続けてきた主題があるでしょう。経済や科学だけじゃない。優れた文化の担い手も残らないと、戦後、この国の精神は荒廃します」

「今や戦後のことより、国家が存続するかどうかのところに来ている気がします。学生まで駆り出されるなんて」

戦死した長兄が遺した息子が昨年、修業年数を半年繰り上げる措置を受け、入隊していった。現在、大学の法科に在学中のその弟も、徴兵延期の措置が解かれるかもしれない。そして海軍にいる次兄は長らく音信不通になっていたが、先月、戦死の報が来た。

上里には言えないが、ここ一年、編集部で仕事をしながら、何度か手が止まった。こうした時代だからこそ、美や芸術、音楽や文芸の香りを届け、少女たちの心身を健やかに育むことは大事だ。しかしその任に自分が当たることが適切なのだろうか。

煙草を消して、有賀は姿勢を正す。

この社の名前でもあり、看板雑誌でもある「大和之興業」の主筆は「乙女の友」と違い、作家や詩人であるべきという縛りがない。

上里は「大和之興業」のすぐれた経済記者だったが、十年前に主筆争いに敗れ、左遷のような形で「乙女の友」に異動してきた。そのせいか一貫して乙女の雑誌にも詩や小説にも興味がないと言っているが、実は部内で一番優れた読み手だ。そして実務に関してはおそらく社内でもっとも長けている。

部内で一番若く、末席にいた自分が主筆として長年続けてこられたのも、この人が編集長にいたおかげだ。

「上里さん」

さきほど熱っぽく語ったことを恥じるかのように「なんですか」とぶっきらぼうな声が戻ってきた。

「実業や政治の世界の裏表を見てきたあなたにとって、少女雑誌への異動は忸怩(じくじ)たるものがあったんじゃないかと思います」

「諸手(もろて)を挙げて大喜びではなかったですね、それは」

「それなのに若輩者(じゃくはいもの)の僕をときには鍛え、ときには支えてくれて。あなたと仕事ができて、僕は幸せでした」

「何を言ってるんですか、聞きませんよ、そんな言葉」

上里が部屋を出ていこうとした。その背中に有賀は続けて声をかける。

「今号の見本誌が刷り上がったら、入営先に一部、送ってくれませんか。それから編集部の誰も見送りはいりません」

本当に何言ってるんですか、と怒ったような声がした。

「いいんです、皆に見送られたら、二度と帰ってこられなくなる気がする。ここでお別れします」

返事をせずに上里が部屋を出ていった。

佐倉の机に原稿を戻しにいくと、長谷川純司が開いた店の便箋が目に入ってきた。

桜の絵が描かれた便箋を有賀は手にする。

別れの挨拶をしておきたい人が、もう一人いる。

純司が開いた「風花」という店は、間口は狭いが、なかは広く、うなぎの寝床のようなつくりだという。入るとすぐに大きな日本人形が置いてあると聞き、ハトゴヤのようだと思った。その人形は、おそらくマダム・バタフライだろう。

純司はその店の奥にアトリエを構えて、仕事をしている。売り子は一人で、年配の女性が編み物をしながら、店番をしていると聞く。純司が奥で仕事をしているので、店内にいる間はどんなに心躍るものを見ても決して騒がず、店を出てから静かに語り合うのが乙女たちの間でひそかに取り決めた「風花のお約束」らしい。

駅から歩いていくとすぐにその店は見つかった。しかし扉を開けづらくて、有賀は店の前を通り過ぎる。しばらく歩いてから足を止め、店を振り返った。

純司は電話番号も住まいも変えてしまい、連絡がつかない。一度、人づてに手紙を送ったが、返事はなかった。

純司は現在の「乙女の友」の誌面をどう思うだろうか。

今さら、という思いがこみあげ、再び歩き始めると、横合いから出てきた男たちに左右を挟まれた。足を止めると、「よう」と後ろから声がする。振り返ると、麻のスーツを着た背の高い男が立っていた。

軽く冷えてきたね、と親しみ深げに言う顔に見覚えがある。

「迷ってるなら行けば、彼の店。なんだったら一緒に行こうか、有賀主筆」

「あなたでしたか」

わかるのかい？　と男が答えて目配せをすると、左右にいた男たちが歩き去っていった。

「初めてですね、お声をかけてくれたのは」

あんたには少し貸しがある、と男が笑った。

純司の店から遠ざかる方向に、有賀は足を進める。友人のように、男が隣に並んだ。

慎重に言葉を選びながら、「あなたには……」と有賀は言う。

「ちょくちょく、お目にかかってますね。純司先生が憲兵といざこざを起こしたとき……電信柱の陰で、僕に見えるようにちらりと姿を現して。その前も……。昔、資生堂パーラーに佐倉といたときも、二人組で僕を見ていた。すぐに他の二人組と交代しましたが」

「危ないよ、って警告してたんだよ。それで実際、君は難を逃れただろ」

「僕を見ていたのか、佐倉を見ていたのか」

両方だね、と男が笑うと、ライターで煙草に火をつけた。舶来のものらしいオイルライターの匂いが鼻につく。

「それから一度、僕に電話をくだすった」

そうだったかな、と男が晴れやかに笑う。胸のすくような笑顔で、平穏な時代だったらおそらく好感を持ったに違いない。

「仕事柄というほどではありませんが、僕は興味を持った人のお顔や声はよく覚えているのです。あなたは佐倉の遠縁を名乗った人でしょう。鉱山技師をしているという下宿人」

「興味を持っていただけたとは光栄だね。どのあたりが好奇心をくすぐったんだい？」

「彼女の家の下宿人は外地にいて、あまり家には帰ってこないと聞いています。国内にいてもすみかは何箇所かあり、名前も複数あるのでは？　違いますか」

　それで？　と男が煙草の灰を足元に落とした。それで、と有賀は同じ言葉を繰り返す。

「その鉱山技師のおじさんは、僕らから鉱物を掘り当てたんですか？」

　男が肩をすくめた。

「率直に聞くね。それなら当方も率直に答えるが。有賀主筆は危険分子と通じている。そんな告発があったんで、あの子をつけたけど、暗号で記録を付けられて、お手上げさ」

「ということは、僕の疑いは晴れずじまいですか」

「濡れ衣なのはわかっていたけど、そういう事情でもなければ、小学校出の女の子を雇うこともないだろうからね。ありがたく利用させてもらった」

「佐倉の暗号はそんなに高度なのですか？」

　どうってことない、と男が笑った。

「暗号だと気が付けば。ただ、音楽家なので、楽譜なのか暗号なのかがわからない。そのうえ解読した中身がキノミだのフワリだの、彼女にしかわからぬ符帳で、またしてもお手上げ」

仲間を売るようなことはしないのさ、と男が笑った。

「父親もそういう男だったから」

「佐倉君のお父上は大陸にいると聞きましたが」

「顔も名前も国籍も変えて、ある場所に入っていてね。裏切ることがないように、妻子を人質にとって監視していたのが、俺の役回り」

「どうしてそんなことを気軽に僕に話すんです？」

男が煙草の煙を吐いた。

「懺悔の気持ちも少しはあるのかな。あの子の父親はとっくの昔に死んでいる。見殺しにしたのは俺だ。それからどうして、こんなことを話すのかという問いには」

引き抜きに来た、と男が人なつっこく笑った。

「銀座のお城から出て、出征すると聞いたんでね。若い水兵にまじって、砲弾を運ばせるより、もっと、向いている仕事をしてもらおうかと」

ここまで聞かされた以上、断るという選択肢はおそらくない。歩くたびに遠ざかる純司の店のことを思いながら、ためらわずにあの店の戸を開ければよかったと有賀は後悔する。

「挨拶していかないのかい？　純司先生には」

「通りがかっただけです」

純司が作り上げた空間に、あやしい人物を連れていくわけにはいかない。

男が手をあげると、角から黒い車が静かに出てきて停まった。

後部座席のドアが開き、男装の女が顔をのぞかせた。黒髪に、コーカソイド特有の白い肌。混血の麗人だ。

釣れたのかい？　という麗人の問いに、「寄せ集めだがね」と男が答える。

「席を詰めろ、コジマ。行こう、有賀君」

「うすうす察しはつくのですが、どういう仕事ですか」

「詩人みたいに答えようか」

先に乗りこむように指し示すと、男が笑った。

「絶望を希望に変える仕事さ」

※

有賀が出征するという話を聞いた翌日、武運長久と書かれた国旗が編集部に置かれ、訪れた人々が自分の名前を白地の部分に書き入れていた。最初は名前だけだったが、誰かが絵を添えたことから、しだいに激励の言葉や絵も増えていった。いつもは社外で打ち合わせをすることが多い画家や執筆者たちも次々と編集部を訪れ、一筆書き入れていく。

金曜日の深夜、皆が帰った編集部で、波津子は文字と絵で埋め尽くされた旗を眺める。一つひとつの書きこみを見終わったあと、小さなため息がこぼれた。

純司の名前がどこにもない。

有賀が出征することと、武運長久の旗を編集部で作っていることを手紙に書いて純司の店に届けたが、結局来なかったようだ。それどころか有賀自身も編集部に姿を現さない。

お休みをとっているのかと上里に聞くと、各所に挨拶回りに行っているという話だと不審そうに言っていた。有賀が挨拶に行きそうな人々が編集部に来て、本人の不在にがっかりしながら旗に字を書いているところを見ると、どこかおかしい。

旗の四隅に書いた小さな五線譜を波津子は指でなぞる。全国の読者、彼方の「友」たちを代表して、音符にはメッセージをしのばせた。他の執筆者の絵や署名のなかでまったく目立たないし、おそらく誰も解読できないが、きっと日本中に、同じ思いを持つ「友」たちがいる。

編集部から主筆の部屋に入ると、いつもと変わらぬ空間が広がっていた。有賀の荷物はそのままで、今日も銀色の魔法瓶には湯を満たしてある。

主筆はどこへ行かれたのだろう?

不安な思いを抱えながら、自分の席に座る。落ちつかないので、鉛筆を削った。

果物三勇士の原稿は相変わらず進まない。しかし鉛筆を削ると、アイディアが浮かぶ気がする。

持っている鉛筆をすべて削り終えると、午前一時を過ぎていた。

肺の具合があまり良くない母は、半年前、望月辰也の尽力で山梨の療養所に入った。

家に帰っても一人なので、今日は会社に泊まり込んで、原稿を仕上げるつもりだ。

鉛筆を握りしめ、波津子は原稿用紙に向かう。ところが一行も進まない。あせって時計を見ると、午前二時をまわっていた。

少し眠って気分を変えようと、波津子は仮眠室から持ってきた綿の掛布にくるまり、床に横たわる。突然、揺り動かされて目が覚めた。

「君、佐倉君、こら、こんなところで寝るのはやめなさい」

薄目を開けると有賀がかがんでいる。黒っぽい上着を着て、帽子をかぶったままだ。

死体かと思った、と有賀がつぶやいた。

「すみません……」

「なんだってこんな煮染めた掛布にくるまってるんだ？」

「仮眠室にこれしかなくて」

ソファで寝なさい、と有賀が帽子を脱ぎ、上着を椅子の背に掛けた。

「こんな夜更けにどうなさったんですか？」

「君のほうこそ……あぁ、原稿か。僕は荷物を取りに来た」

「何のお荷物を」

「この部屋を明け渡さなければ。いいよ、君は寝ていなさい」

「お茶、淹れます」

掛布から這い出すと、有賀があきれた顔をした。

「君、蓑虫みたいだな」

「蝶のさなぎには見えませんか？」

思いがけなく、有賀が笑った。

「君も言うようになったね。お茶よりコーヒーがいい。潤沢に豆を使って淹れてほしいな。君もどうだい？　眠気のさなぎから脱皮だ」

有賀が部屋を出ていき、木箱をたくさん積んだ台車を押して戻ってきた。そのなかのひとつを手にすると、デスクの中身を次々と木箱に入れていく。

次の主筆に明け渡すため、私物を片付けていることに気付き、波津子はカップにコーヒーを注ぐ手を止める。

黙って有賀を見つめていると、目が合った。あわててコーヒーをデスクに運ぶ。

有賀が黒い万年筆を差し出した。

「これは先々代の主筆からいただいたものでね。ずっと僕のお守りだったけど、君にあげよう。女性の手には太くて、執筆には向かないかもしれないが、著書にサインをするとき使うといい」

万年筆を持った有賀の手を、波津子はそっと押し戻す。

「お守りを手放しては駄目です」

「でも君、これはとても験が良いのだよ」

「だったら、なおさら。もし私に何かをくださるのなら、いつもお使いになられているものがいいです。……そうだ、鉛筆がいい」

鉛筆？　と有賀が不思議そうな顔をした。木箱のなかにあるちびた赤鉛筆を波津子は指差す。

「その赤鉛筆。私は鉛筆が好きなんです」

「おかしなものを欲しがる人だね。赤鉛筆では君、恋文が書けないよ」

「赤字が、校正ができます」

初めて聞いた単語のように、「校正って……」と有賀がつぶやいた。

「佐倉君、仕事熱心はよいのだがね、君は恋をしなさい。『友』たちにはすすめなかったけれど」

「恋、ですか？」

「人を愛して、世界を広げるんだ」

「恋なら、しています」

そう？　と有賀が微笑む。話の内容のせいか、あたたかい笑みだ。

「無粋なことを言ってしまったね。考えてみれば、史絵里ももう人の妻で、君たちは立派な大人なはずなのに。おさげの頃から見ているから、いつまでも少女のように思えてしまう。印刷所の彼かい？」

あなたに、と心のうちで波津子はつぶやく。

慎からもらったゲラに書かれていた、この人の赤字に触れ、胸をときめかせた日を思い出す。

出会う前から恋していた。

だけど有賀から見ると、自分はとうてい恋の相手にはならない子どもなのだ。

有賀が別の引き出しを開けると、もう一本、黒い万年筆を取りだした。キャップの頭の部分に白い星が描かれた、太いペンだ。

「では、これをあげよう」

「これは主筆が原稿を書くときにお使いのペンではないですか」

他にも同じものがある、と有賀が答えた。

「ただ、あくまでも僕の主観だけれど、こいつのペン先が我が社の原稿用紙といちばん相性が良い」

受け取ってくれ、と有賀が差し出した。

「次に僕が原稿を書くときには、別の紙に書くかもしれない」

「よその雑誌社に行かれるってことですか?」

まさか、と笑って、有賀が再び引き出しの中身を木箱に移していった。そのなかに空井量太郎の名前入りの原稿用紙がある。

スカイブルーの罫線の原稿用紙を切ない思いで見ていたら、有賀もまた、自分の筆名入りの原稿用紙を持っている可能性に気が付いた。

「果物娘の話は書けたのかい?」

額に落ちてきた前髪を、有賀がかきあげた。

「いいえ、まだ……」

「いいよ、代原の手当てはしてある。もう上里さんに渡してあるよ。あまり自分を追い詰めないで、ゆっくりと考えてごらん」

「何を、どう書いたらいいのか……私の文は幼稚じゃないでしょうか」

幼稚？　と有賀が軽く首をかしげた。

「難しい言葉や言い回しを入れれば、高尚そうに見えるがね、君の持ち味は素直でやさしい文章なのだから、気にしなくてもいい。書き手にとって、いちばんの力量が求められるのは、知的で高尚なことを素直にやさしく伝えるときだ」

有賀が手にした原稿用紙を差し出した。

「ごらん、荻野先生の原稿を。難しい言葉は何ひとつ使ってないのに気品があり、読んだらすうっと心に染み入ってくる。君が目指す頂きはここさ」

もっとも、と有賀がコーヒーに手を伸ばした。

「先生は何十年も書いていらっしゃるわけだから、いくら励んでも明日や明後日には届かないが」

「気が遠くなってきました……」

「気を楽にさせるつもりが、かえって絶望させてしまったかな」

だけど君……と有賀がつぶやいた。

「絶望と希望は紙一重。気持ちの持ち方なのかもしれないよ」

コーヒーをじっくりと味わったあと、有賀がカップをデスクに戻した。

無理に書けとは言わない、と声がした。

「僕にそんなことを言う資格はない。それでも君には書き続けてほしいと願うよ。本当のところをいうと、果物娘ではないものを」

木箱に入れようとした国語の辞書を、有賀がめくった。

「僕らの国の言葉はこよなく美しく、そして、魂が宿ると言われている」

「たましい？　生きてるということですか？」

「言霊（ことだま）というんだ。良きにせよ、悪しきにせよ、口に出した言葉には力があり、ものごとはそのとおりになるという考え方だ。だから縁起の悪い言葉は言わないほうがいいと僕らの先達は考えた」

「ナシをアリの実、スルメがアタリメみたいなこと、ですか？」

そうだね、と有賀がうなずいた。

「魂が宿るという不可思議な言葉を用いて僕らは互いの意志を確認し、心を通い合わせる。あいうえお、かきくけこ……五十音というだろう。僕らの言葉は五十の音色を鳴らして作る歌だ」

書くんじゃない、と有賀が見つめた。

「君は歌え。佐倉の目線は誰よりも低くて、あたたかい。その歌は同じような立場にいる小さき者、立場弱き者の心をあたため, 勇気づけるだろう。君はここで腕を磨いて、そういう力を得たんだ。丘千鳥にも霧島美蘭にもない、それこそが佐倉波津子、君の魅力だ。忘れないで」

デスクをへだてて、有賀が微笑む。

「難しく構えるな。彼方の友たちはいつだって待っているよ。そして僕も」

有賀が腕時計を見て立ち上がった。

「ところで、君の家はお母様がサナトリウムに入ったんだってね」

「どうしてご存じなのですか？」

誰にも言っていないのに、有賀はどこで知ったのだろう。

主筆の部屋を出ていくと、有賀はグラビヤ撮影で使った屛風を持ってきた。

「それなら家に一人でいるより、ここにいたほうが安全かもしれないな。目隠しを作ってあげるから、ソファで休みなさい」

有賀が屛風を広げて、ソファの前に立てた。

「僕は君のことを鍛えるばかりで、執筆者として大事にしたことがない。最後ぐらいは大先生扱いしてあげよう」

有賀が茶色の掛布を手にして、顔をしかめた。

「しかし……この夏掛けはひどい。酒と煙草の匂いがしみついてる」

仕方がないな、と有賀が上着を手にした。

「君、僕の上着を掛けるといい。着古しで悪いけど、これよりはいくぶんましだ」

「いいえ、主筆のお召し物が汚れます」

「女の子をこんな寝具で寝かせるわけにはいかないよ」

「女じゃありません。男の人と一緒で結構です」

「働いているときはね。でももう終わったんだ。早く横になりなさい」

せきたてられて、波津子はソファに横たわる。有賀が上着を掛けてくれた。

「重たい？」

いいえ、と言ったが、薄手なのに少し重い。しかしその重みを感じたら、胸のうちがとろけそうに熱くなった。

男の人の服は広くて大きくて、少し重い。

何時に起こせばいい？　と有賀が腕時計を見た。

「一時間ほど……」

「ここで作業をしていてもいいかな」

「もちろんです」

有賀が手を伸ばし、顔にかかった髪を払ってくれた。やさしく撫でられているようで、思わず目を閉じる。

一瞬の間を置き、「おやすみ」とささやくと、有賀が去っていった。

大きな上着をそっと肩に引き上げる。かすかにぬくもりが残っていた。

まるで、有賀に抱きしめられているようだ。それはとても甘い心地がするのに、静かに涙があふれてきた。

屏風の向こうから物音がする。目が覚めたら、きっとこの部屋から有賀の私物は消えている。

次の主筆のために空けられた部屋を見るぐらいなら、有賀のぬくもりに包まれ、このままずっと目を閉じていたい。

佐倉君、と有賀の声がした。

「机の上に万年筆を置いておくよ」

いつか恋文を書くときのために、有賀は万年筆を贈ってくれたようだ。だけど恋文なら、もう書いた。

武運長久を願う旗の四隅に書いた五線譜のメッセージを、波津子は思い出す。

愛読者たちを代表して有賀に書いた思いには嘘はない。でもあれはそのまま、自分にとって初めての恋文だ。

心のなかで暗号の音符を歌うと、メロディに託した思いが言葉になった。

「かなたのともから　ありがさまへ

いつまでも　おしたいしております」

有賀が会社から私物を引き揚げた三日目の朝、主筆の部屋の隅にある自分の席で、波津子は清書したばかりの「果物三勇士・漫遊記」を読み直した。すべてに念入りに目を通したあと、原稿を抱えて立ち上がる。

これまではついたての向こうにいる有賀に一声かけて、原稿を見せていた。しかし有賀の出征にともない、「果物三勇士・漫遊記」の担当は編集長の上里となった。

主筆の部屋から編集部に出ようとして、波津子は振り返る。

有賀がいなくなったとたん、この部屋は色を失ってしまった。棚にあった書類や本はすべて消え、がらんとした空間のなかで、黒檀の大きなデスクばかりがやけに目立つ。その脇に置かれた小机も片付けられ、銀色の魔法瓶やコーヒーを淹れる道具も姿を消してしまった。

淋（さび）しい夢のなかにいるようだ。

だけどそれが夢ではないとわかるのは、有賀が愛用していた万年筆が自分の机の上にあることだ。その万年筆を目の前に置き、昨夜はずっと原稿用紙に向かい続けていたら、なんとか「果物三勇士・漫遊記」の第二話を最後まで書くことができた。

上里によると、今日の正午までに印刷所へ原稿を渡せば、前号に引き続いて「落ちる」のは避けられるそうだ。間に合って、ほっとしたけれど、もっと早く書き上がっていたら、上里にも有賀にも心配をかけずにすんだのにと思い、気が沈む。

いいえ、それより前にこのお話……。

原稿に目を落として、波津子はうつむく。

有賀の「気構えず、歌うように書け」という言葉を心にとめ、とにかく手を休めずに書き続けたら、規定の枚数には達した。しかしそれが「乙女の友」へ掲載するに足る水準に達しているのか、自信がない。

上里はなんと言うだろうか。

迷っている気持ちを断ち切るようにドアを開け、波津子は編集部に足を踏み入れる。

朝日を浴びながら、上里が煙草を吸っていた。昨日は明け方まで編集部で働いていたのに、もう出社している。「果物三勇士」の原稿を気に掛けてくれたのだ。

上里さん、と声をかけ、波津子は原稿を差し出す。煙草を灰皿に押しつけると、上里が上着を脱いで椅子の背に掛けた。

「あがったのかい、お疲れ。どれどれ、早くよこせ」

　黒いアームカバーを両腕に付け、上里が原稿を読み出した。その横顔を見ているうちに、不安になってきた。

　史絵里によると、上里は「校了」と呼ばれる誌面の最終点検の折、「果物三勇士」を読んで笑っているときがしばしばあったそうだ。

　シェン様は落語がお好きだから、面白いお話が好きなのよ、と史絵里が言っていたが、今日の上里はまったく笑わない。

　諧謔はいらない、という有賀の言葉を受け、今回の話はユーモアの要素が少ない。しかしまったく無いわけでもなく、上里を見ていると、読者を微笑させようとした試みが、ことごとく上滑りをしているようだ。

　読み終えた上里が、原稿用紙をそろえて、手の甲で軽く叩いた。

「OK。いいでしょう、このまま入稿で」

「え、あの……」

　上里が赤鉛筆を握り、印刷所に手渡すために、原稿内の句読点やカギ括弧に印をつけだした。

「なんだよ？　有賀君じゃなく僕がやるんじゃ、不安があるとでも？」

「いえ、まさか。でも、あの……第二話、これでよかったでしょうか」

「結構なお手前で」

　ほめられているのだろうか、皮肉を言われているのだろうか。判別がつきかねていると、制作部の女性がインクの匂いがする雑誌を抱えて入ってきた。今月号の見本誌が刷り上がったという。

上里が手を伸ばし、見本誌のページをめくると、腕時計を見た。

「ヨッシャ、行け、佐倉」

「え、どこへですか？」

東京駅、と、上里が会社の紙袋に手早く見本誌を入れると突き付けた。

「有賀主筆をお見送りしてこい」

「今日、出征されるんですか？」

「編集部からの見送りは一切いらないと固辞されたんで黙っていたがね。でも一人ぐらい、我らが代表が行ってもいいだろうさ」

上里が再び腕時計を見た。

「あとでお送りするが、とりあえず、見本誌が上がったのを見せてこい。ついでに原稿が上がったってのも伝えてこい」

上里が背広の隠しから財布を出すと、紙幣を差し出した。

「いいから、行け、大至急」

走れ、と言った上里の声に「ハイ！」と応え、波津子は見本誌を抱えて編集部を出る。階段を駆け下り、通りに出たがすぐに引き返した。バスを待つのがもどかしい。会社の駐輪場に走って、自転車を引きだした。

この自転車に乗るのは久しぶりだ。裏手の小道から大通りに自転車を進ませ、波津子は懸命にペダルをこぐ。車と競うような気持ちで自転車を走らせていたら、有賀は本当は男子を給仕に採用したかったこと、そのためにこの自転車を用意したことを思い出した。

あれから六年。今の自分があるのは何もかも、あの人のおかげだ。

涙のようなものがこみあげたが、向かい風に散った。

泣くもんか、と波津子はペダルの回転を速める。

泣いてる暇なんてない。

東京駅に着くと丸の内の広場は人であふれていた。郵便局の裏手にまわり、人目につきにくい路地に自転車を置いて波津子は走る。

出征兵士を乗せる列車はプラットホームに入っていた。しかし日の丸の小旗を振った人たちが詰めかけていて、何も見えない。

すみません、と波津子は声を上げる。

「通してくれませんか、すみません」

何を言っているのかという顔で、前にいる男が振り返った。その顔に、誰もが列車の近くに行きたいのだと気が付いた。

たとえ通してもらえても、やみくもに進んだところで、有賀に出会える可能性は低い。周囲を見回し、柱の陰にあった「非常用」と書かれた腰ほどの高さの木箱に波津子は膝をついて乗る。何を入れたものかわからないが、女一人の体重ぐらいは支えられるだろう。

柱に右手をかけて列車を眺めた。国民服を着た男たちが列車の窓から身を乗り出し、人々と別れを惜しんでいる。どの窓に有賀はいるのだろうかと目で追っていくと、列車の近くに「大和之興業」の社長の恰幅のよい姿が見えた。

その前に立つ長身の男を、食い入るようにして波津子は見る。

背を向けているが、有賀だ。国民服を着た後ろ姿は軍服のようで、あまり似合わない。

社長の隣に紺色の紬を着た年配の女性が並んだ。彼女に手招かれて、カーキ色の洋服を着た女性が現れた。紬の女性は誰かわからないが、洋服を着ているのは霧島美蘭だ。

「美蘭先生が……」

足元の箱が揺れた。誰かが服を引っ張り、「降りろ」と言っている。

降りたくない。柱をつかむ手に波津子は力をこめる。その拍子に片方の手に持った紙袋がすべり落ちた。

あわてて箱から降りて、袋に手を伸ばす。しかし人々の足の間に入って、なかなか拾えない。踏まれそうだと思ったとき、誰かの手が伸び、紙袋を拾った。

「すみません、それ、私のです」

わかってるよ、と男の声がした。

優しいその響きに顔を上げると、長谷川純司が立っていた。白いシャツの上にゆったりと灰色の着物を着て、書生風だ。

「機転の利くアマゾネスがいると思ったら、君じゃないか」

非常用の資材の上に乗っていたのを見られたのだと思うと、恥ずかしくなってきた。

「先生、どうしてこんなところで。純司先生がお見送りに来てるってわかったら、主筆は……」

いいんだ、と純司が言葉をさえぎると、ホームのほうを見た。

「有賀氏は見えたの？」

「ここから左斜め前方に。でも、背中を向けていらっしゃいます。先生、前へ、どうか前へ」

純司が紙袋のほこりをはらうと差し出した。

「いいんだ。お身内や近しい人たちと過ごすことのほうが大事さ……これは見本誌だね」

「さきほど刷り上がってきたばかりです」

「編集部からの見送りを断ったと聞いているけど、僕は君に会えるんじゃないかなって思っていた……というより、君を待っていた」

「どうしてですか」

「僕らは同志だからさ」

「ドウシ？　同志……お仲間ってことですか」

純司が淋しげに微笑んだ。

「僕も君もあの人に見いだされた者同士。僕らと彼の絆（きずな）は愛情や血縁じゃない」

純司がホームの方角を見た。武運長久を願って人々が振る小さな国旗の向こうに列車がかすんで見える。

純司が着物の袖をまくりあげた。

「僕らは仕事でしか、彼と絆を結べないんだ。だから願ってた。君と一緒に見送りたいと」

純司が波津子の前にかがんだ。

「乗れ、波津子先生。僕の肩に」

肩車をすると言っているのに気付き、波津子は戸惑う。男とはいえ、純司の体格は華奢（きゃしゃ）だ。

いいから、と純司がうながした。

「乗れよ、ハッちゃん。僕の肩に乗れ。掲げるんだ、君の小旗を」

袋から見本誌を出し、波津子は純司の肩に乗る。一気に視界が開け、日の丸の小旗の向こうに有賀の背中が見えた。

「主筆、有賀主筆！」

有賀の背に向かって波津子は叫ぶ。しかしその声は旗を振る音と、人々が上げる万歳（ばんざい）の声に紛（まぎ）れてしまう。

「あ、り、が、しゅ、ひつ」

叫ぶだけでは駄目だ。短い言葉を叫ぶだけでは、あたりの音にかき消される。そう思ったとき、唇から歌が流れ出た。

「友の会」の終わりに、再会を願って歌われたあの歌だ。

強くまろやかな声が出た。

ずっと忘れていた。でも思い出した。

私の声は強い。

私の声は強く、何にも負けない。

大きく息を吸い、有賀の背に語りかけるように、波津子は歌う。

前にいたおさげの少女が、振り返った。そのあと彼女の声らしき響きが重なった。斜め前にいた少女が振り返ると微笑んだ。清らかな鈴の音のように、見知らぬ少女たちの声が次々と重なっていく。どこから流れてくるのかと、前方の人々が振り返る。その視線を受け止め、波津子は歌い続ける。

まことこめたる　君がささやき

とこしえまで　とこしえまで、忘れじ

アニー・ローリー……と歌ったら、列車の脇にいる有賀が振り返った。

「有賀主筆！　見本誌ができました！」

有賀と目が合った。その顔へ向かい、懸命に波津子は声を張り上げる。

「純司先生……純司先生もここにいます。それから私、書けました、あの話の続き……」

紬を着た女性が有賀の腕をつかみ、すがるように何かを言った。彼女に応えるために有賀が再び背を向ける。続いて美蘭と社長が有賀に話しかけている。

発車のベルが鳴る。万歳三唱のなか、ホームにいた出征兵士が次々と列車のステップを上がっていく。

最後に乗り込んだ有賀が振り返り、ステップの上からこちらを見た。

「純司先生、主筆が私たちを見てる！」

「うん、見えるよ。ステップに上がってくれたからね」

純司が左手を高く掲げて振る。その手の先に黒い小箱がある。赤いリボンが掛かったその箱はフローラ・ゲームだった。

何かをこらえるかのように有賀が、目を閉じた。しかしすぐに目を開けると微笑んだ。

ゆっくりと列車が走り始めた。

「有賀さん！」

こらえかねたように純司が叫ぶ。

「また作ろう、また一緒にやろう。こんな仕事を」

有賀をのせた車両が行き、加速した車両が次々と目の前を通過していく。その音をかき消すかのように、万歳の声が轟く。本当は別の言葉を言いたいけれど、うっかり口にしないように、皆が必死で叫んでいるみたいだ。

どうかご無事で。どうか生きて帰ってきて。

それは誰もが抱く思いなのに、大きな声で言えない。

肩車をしていた波津子を降ろすと、純司がつぶやいた。

「有賀さん、微笑んでいたね」

「はい……」

フローラ・ゲームの小箱を純司が見つめた。

「あんな笑顔、初めて見た」

列車が去っていった方角に純司が目をやった。

「僕はもう、一片の悔いもないよ」

悔いとは何だろう。たずねたくなるのをこらえ、波津子は見本誌を紙袋に入れる。

口に出してはいけない思いが、最近は多すぎる。

東京駅で純司と別れて、波津子は再び自転車に乗った。ハンドルの前についたカゴには来たときと同じ重さの紙袋が入っている。

有賀に見本誌を見せる手助けをしてくれた純司に、一冊を贈呈するべきだったかもしれない。しかし別の人が表紙を描いている「乙女の友」をどうしても純司に渡せなかった。

それでよかったのだ。堀沿いの道を銀座に向かって走りながら、波津子は考える。

おそらく純司も受け取らない。

「友へ、最上のものを」という有賀の方針は変わっていない。しかし時流に添って少しずつ内容の変化を余儀なくされた結果、フローラ・ゲームを附録にしていた頃と今では、誌面の内容がまるで違っている。

なんて華やかなときに編集部に来たのだろう。

並木を見上げ、波津子は当時の誌面をなつかしむ。

あの頃の「乙女の友」は発売と同時に飛ぶように売れ、四ヶ月連続で完売が続いていた。刷った部数は今の状況から考えると、信じられないような多さだ。

当時のことを「お札を刷っていたようだった」となつかしむ声をたまに社内で聞く。有賀はその言い方をきらっていたし、上里も「お品がないネ」と言っているが、刷った部数も、それを四ヶ月にわたって連続で完売したという記録も、六年たった今も破られていない。

並木の向こうに大和之興業社のビルが見えてきた。コンクリート造り五階建ての社屋は、周辺のどの建物よりも大きくて壮麗だ。

間近に迫ってきたビルを見上げると、荻野紘青をこの自転車に乗せ、走った日のことがよみがえった。ペダルを踏み続けるのが辛くなったとき、屋上に社名を掲げたこのビルを見たら、あと少しだと力が湧いてきた。

あと少し。あのとき自分に活を入れた言葉を、波津子は心のなかで繰り返す。

今をしのげば、きっと良い日がやってくる。有賀や純司が戻ってきて、「紙の宝石」のように美しい誌面や附録がよみがえる日がきっとくる。

会社の裏口に自転車を置き、波津子はゆっくりと編集部へ向かう。

ささやかな力かもしれない。でも、いつか来るその日のために、力を磨こう。そう思わないと、くじけてしまう。

編集部に戻ると、オーバル席に唐草模様の風呂敷包みが二つ置いてあった。結び目の間から、一メートルの物差しが二本、飛び出している。校正紙に線を引くときに波津子が使っている物差しだ。あわてて結び目を解くと、引き出しの中身がすべて風呂敷に突っ込まれていた。

「これ……なんですか？　誰が一体こんなこと」

編集部にいた人にたずねると、「浜田さんが……」と言って、主筆の部屋を見た。

「浜田さんがどうして私の荷物を……」

国民服を着た浜田が主筆の部屋から出てきた。社内の人々は半分近くがまだ背広を着ているが、浜田は社員全員が国民服を着用すべきだと強く言っていて、ここ数年、毎日この服装だ。

ずいぶんごゆっくりだ、と浜田が皮肉っぽい笑みを浮かべた。

「社長はとっくの昔にお帰りで、上里さんと打ち合わせに入りましたよ」

社長は車だから、早いのは当たり前だ。言い返したいが、先に聞きたいことがある。

「浜田さん、どうして私の荷物をこんなところに放り出したんですか」

「どうしてって？　だっておかしいじゃないか。有賀さんがいないのに、有賀さん付きの小間使いがいつまでも部屋に居座ってるのは」

「居座っているつもりはありません」

「おっと失敬、新風、波津子先生に失礼なことを」

「勝手に私のものをいじらないでください。言ってくだされば自分で片付けましたのに」

目障りだから、と浜田が軽く腕を組んだ。

「君ね、女の子だから優遇されていたけど、有賀さんがいなくなったらそうはいかないよ。僕は完全なる実力主義者だから」

編集部員たちが心配そうに視線をよこす。しかし目が合うと、気まずそうに視線をそらしてしまう。面倒なことに関わりたくないという雰囲気だ。

「総務に連絡して、デスクとパアテエションは明日引き取ってもらうよ」

「では、私はどちらで仕事をしたらよろしいのでしょうか？」

「オーバル席か、校正さんが使っているデスクを使えばいいでしょう、しばらくの間は」

上里が編集部に入ってきて、オーバル席を見た。

「やあやあ、なんだね、この唐草模様」

「私の荷物です。浜田さんが勝手に」

浜田が軽く咳払いをした。

「佐倉君のデスクですが、いつまでも前の主筆の匂いが残るのでは、新しい方が入りづらかろうと思いまして」

「ああ、そのこと」

上里が袖に掛けた黒いアームカバーの位置を直した。

「ふうん、意外だネ。浜田君はそんなに美蘭先生に来てもらいたいのか」

浜田が苦々しげな顔をした。

「霧島美蘭？　彼女が主筆に？」

「有力候補だね」

「どの面さげて戻ってくるつもりですか。そもそも競合誌の執筆者じゃないですか」

霧島美蘭が執筆していた「乙女画報」は雑誌統合のなかを「乙女の友」と同じく生き残ったが、最近、誌面で名前を見かけない。噂好きな丘千鳥が編集部に来て語ったところによると、画家の徳永治実と交際していたのだが、徳永が従軍画家の仕事に忙しすぎて、最近別れたそうだ。

「どの面さげてって、得意満面でしょうよ。うちの社長みずから美蘭氏に次期主筆を打診したそうだから。でも条件をつけられたそうだ。編集部内の目障りな人物を切るなら引き受けると」

「切るってどういうことですか？　クビ？　異動？　横暴な。誰のことです？」

面倒臭そうに上里が首を横に振る。

「さあ、誰のことだろう。美蘭先生に目障りと言われるほどの力があるっていうのは、ある意味光栄かもしれないがね。ところで佐倉君、チョイと会議室に来てくれるか」

私？　もしかして私がクビ？

上里のあとに続いて、波津子は編集部を出る。上里が会議室のドアをノックしているのを見て、偉い人たちがいるのだろうかと緊張したが、なかに入ると誰もいなかった。

さて、と上里が会議室の椅子に座った。

「そこいらに座って。人払いをしたい話だったんでね。話といえば、有賀君とはじかに話はできなかったらしいね」

「人が多くて。でも見本誌は表紙だけ見てもらいました。……純司先生もいらしていたんです」

「そうらしいね。社長が君らを見たとおっしゃってた。でも、ここに呼んだのはその件じゃないんだ」

「クビ？　私、もしかしてクビなんですか」

それに答えず、「君、お母様はどうしてる？」と上里がたずねた。

「母？　母のことですか？　山梨に転地療養というか……疎開をしております」

「ふむ、聞いたとおりだね。それで君は今、家に一人なわけだ。危なくないの？」

「隣のおうちの方が気に掛けてくださってますが……」

ふうむ、と再びうなりながら、上里が背広の隠しから煙草を出した。

「これは社長の提案なんだが、君、家移りしないかね」

「家移り、と申しますと」

「この社から目と鼻の先、銀座の裏通りのところにチョイと小洒落た仕舞た屋があってな。そこにその……なんだ？　先代社長のコレが」

上里が小指を立てた。校正をしていたのか、指に赤いインクがにじんでいる。

「左褄取ってたコレに小店を持たせていたんだけど、もういい年でね。一人暮らししてるんですよ」

話の先が読めず、「はい」とも「はあ」ともつかぬ返事を波津子は漏らす。

それでね、と上里が続けた。

「君ぃ、そこに引っ越さないかね」

社長の知人の家に棲まわせてもらうなら、一人暮らしを心配していた母も安心する。ただ、どうしてそんな話が出たのかわからない。

「引っ越す、それはあの……住み込みの女中になれということですか。私はここで働きたいんです、なんでもします。目障りって、もしかして私のこと？　それならどうか美蘭先生におとりなしを」

「何言ってるんだろうねえ。どうしてうちが女中奉公の斡旋（あっせん）を」

上里が煙草に火をつけた。

「それに馬鹿言ってるんじゃないよ、自分と作風が似ている編集部員を切れなんて、誰がそんな条件呑むものか。美蘭先生の条件を聞いた有賀主筆は、それなら結構と即座に断ったらしいよ。社長は少しお悩みだけど、腹を括りつつある。で、珍妙だけど、福利厚生を考えたわけだ。君の場合、若いし元々給仕で採用しているので、サラリーをそんなに上げられないものでね。サテ、君、主筆をやらないか」

「え？　なんですって。今、なんと？」

主筆、と上里がゆっくりと言った。

「君がやらないかい？」

「やれと言われましても、そんな……簡単にできることでは」

まあね、と上里が煙草の煙をふかした。

「だけどこの一年、うちの台割りは全部君が切ってただろ？　僕は知ってるよ」

「有賀主筆のご意向を汲んで、叩き台を作っていただけです。全部、主筆がチェックして、修正をしていますし」

「どうやって修正をしたか、お得意のメモでとってるだろう」

それはそうだが、だからといって代わりはできるものではない。

「ご冗談はやめてください」

冗談じゃない、と上里が冷静な口調で言う。

「有賀君が主筆になったのは、入社四年目だ。君、何年？」

「六年……」

やれるだろ、と上里が笑った。

「無理です」

「有賀君も新人のときは主筆の使い走りとして、鍛えられたそうだよ」

「私の場合は本当に使い走りです」

「ああ、うん、わかってる、わかってるが」

降参というように、上里が両手を挙げた。

「だけどね、国家の非常時だから、そういうことがあってもいいだろう。乙女主筆。戦時下、銃後の乙女が主筆を務める『乙女の友』。うん、心に響くネ」

自分のことではないのなら素敵だ。史絵里がそうした役を担うというのなら、乙女主筆を守り立てるため、必死で頑張るだろう。

「丘千鳥も霧島美蘭もどうせお飾りだ。すっかり主筆気取りの浜田君は鼻につく。荻野紘青ならともかく、誰も有賀氏の代わりはできないんだよ。なら、素直なのがいいネ」

「素直で、お飾りになりやすいのが私ってことですか」

そうだ、と上里が口の端で笑った。そうやって笑うと冷酷そうだ。

「それがいやなら、そうじゃないように励みなさいよ。ま、考えてみろよ。乙女主筆。いいじゃないか。読者から編集部員、そして執筆者へ。さらには『乙女の友』、生え抜きの主筆に。いいね、気分が高揚する」

「私はしません。無茶、無茶です……怖い」

「怖い？　ハテ、どうして？」

「この会社の人はみんな帝大や……立派な学校を出られた人ばかり。女の人たちだって、ほとんど女学校や女子大を出ておいでです。小学校しか出ていない私が主筆になるだなんてみっともない。『乙女の友』がいい笑いものにされます」

「そんなに卑下しなくてもよかろうよ、君は執筆者なんだから。実務は僕がまわす、今と変わりはない。笑いもの？　……帝大なら僕が出てるヨ、大学院まで。不足かね？」

からかっているのだろうか。断ったらどうなるのだろう。会社を辞めることになるのだろうか。会社を辞めたらどうやって母に仕送りをしたらいいだろう。なによりも「果物三勇士」はどうなるの……？

会社を辞めて、一人の執筆者となったとき、「果物三勇士」の原稿料だけで身をたてていけるのだろうか。それ以外の原稿の注文はあるのだろうか。

「あれ、まあ。すっかり縮み上がっちゃって。ぐるぐる考えがめぐってる感じだね」

わかりやすい、と上里が肩を揺らして笑った。しかしそのあとすぐ、真顔になった。

「いいかい、『乙女の友』の主筆は詩人か作家がやる伝統だ。学歴なんぞ関係ない。才能はすべてを凌駕(りょうが)する」

「わ……私にそんな才能があるかどうか」

「それは正直、僕にもわからん、社長にも聞かれたけど」

嘘でもいいから「ある」と言ってほしい。しかし上里はわからないというのを強調するように、首を横に振っている。

「……そもそもそんな眼力があったら、乙女を相手にしないで、よそに移って文芸をやったよ。誘われなかったわけでもないし。しかし、どうもイカン」

「どうもイカンって、どういう意味ですか？」

「有賀君に書かせてみたかったな、小説を。あの手、この手でつついてみたが、まったく気持ちを動かさなかった。僕が根っからの文芸畑の編集者なら、少しは耳を傾けてくれたんだろうか」

何かを思い出しているかのように、上里が煙草を吸った。目の前に波津子がいるのを忘れているような表情だ。

主筆か……と深い声がした。

「僕ぁ、個人的にはこんな制度はいらないと思うがね。だが、この編集部に関しては、いたほうがいいんだろうナ。主筆は『乙女の友』の顔にして、カラー、つまり雑誌の色合いを決める」

「そんな大役……」

　上里が物思いから戻ってきたかのような表情で笑った。

「おっと、失敬。少しぼうっとしていた。まあ、順当に行けば、学園美笑小説の波津子先生にお鉢が回ってくることは、まずないんだが。主筆は教養と芸術性にあふれたものを書くべきで……」

　わかってます、と波津子は上里の言葉をさえぎる。

「だから私は……」

「話は最後まで聞きなさいよ」

　学校の先生のように上里がたしなめ、話を続けた。

「『友へ、最上のものを』。有賀主筆が敷いたこの路線、僕ぁ、たいそう高く評価している。でもこの路線を支えてきた人たちは雑誌社も印刷所も、製本所も紙屋も本屋も、今やほとんど残っていない。みんな出征しているか一線を離れている」

　掲げようじゃないか、と上里がぽつりと言った。

「みんなが帰ってくるまで、有賀君がともした灯を。雑誌の『顔』となって、それができるのは、間近で彼の薫陶を受けた君じゃないかと思ったワケだ」

　私……と言ったきり、波津子は黙る。

　できないと断るつもりだ。しかし有賀がともした灯を掲げようと上里が言ったとき、コンクリート造りのこのビルディングが灯台のように思えてきた。

その光を目指して、みんなが無事に帰ってくる。ここから送り出される一冊の読み物が、暗い世相のなかでもほんのひととき、「友」たちの心に光を届けていく。

上里が煙草を消して、立ち上がった。

「主筆候補は他にもいるんで、どうなるかわからないがね、僕ぁ、君を担ぐつもりだ。それから家移りの件。主筆になってもならなくても、こいつは悪い話じゃない。母上とも相談したまえ。先代のコレは」

上里が軽く小指を立てた。

「気っぷのいいばあさまで、居心地はいいと思うネ」

「私の席はこれからどちらになるんでしょう。机は明日、運び出されるそうです」

面倒だな、と上里が顔をしかめた。

「浜田君の言い分も一理あるけど、いきなりあれはなかろうネ。調整するから、君、外でメシでも食っておいで。さっきのおつりで」

「その件ですが、自転車で参りましたので、全額お返しします」

「いいよ。その分、うまいものを食っておいで。それから今日は早く帰って寝なさいヨ。徹夜したんだろう」

上里にうながされて、波津子は会社を出る。最近は安く食事ができる店が少なくなったうえ、食欲もわかない。あてどもなくただ、銀座の街を歩いた。

この六年間、主筆の部屋の片隅にいて、有賀の仕事を見つめてきた。世相が激しく移り変わるなか、有賀が大切にしてきたこと、変えずに守りぬこうとしてきたものは、誰よりもわかっているつもりだ。

主筆なんて、到底つとまりそうもない。しかし有賀がともした灯を守る。その役目は誰にも渡したくない。それが霧島美蘭でも丘千鳥でも、編集部の先輩、浜田良光であっても。

身の程知らず……。

水路にかかった橋の中程で足を止め、波津子は水面を眺める。

流れる水音は、出征兵士を見送る人々が一斉に振った小旗の音とどこか似ていた。

※

有賀憲一郎は本当はもっと早い時期から召集に応じることを考えていたと思う。それをとどめていたのは、年の離れた妹や長兄の遺児の存在だ。

広島県・呉市のはずれにある閑静な宿の一室で、霧島美蘭は鏡台の前に座る。

この宿は総檜の浴室が評判を呼んでいる。宿帳を書いていたら、仲居が教えてくれた。午後の早い時間から湯を満たしているので、到着したらすぐ旅の疲れを癒やすことができるそうだ。

さっそく化粧が落ちぬように気を配りながら、湯を使った。入浴のおかげで血行が良くなったのだろう。鏡を見ると、頬が上気して肌に照りがのっている。

階段を上がるひそやかな足音がする。

有賀様、とふすまの向こうから仲居の声がした。

「お食事のお時間は、いかがいたしましょうか」

有賀志津と書かれた宿帳の名前を見て、宿の人間は妻だと思うかもしれない。しかしそうではなく、志津とは有賀の継母の名前だ。

鏡から目をはずし、美蘭はしとやかに答える。

「決めかねておりますの。またあとでお願いしてもいいかしら」

「かしこまりました」

「少し休みたいのだけれど」

「お床をのべましょうか」

「それにはおよびませんが……ただ、しばらく、そっとしておいてくださるかしら」

「心得ました」

仲居の気配が消えた。化粧道具を片付け、美蘭は窓の障子を開ける。

窓の外には小さな庭があり、白と赤紫の花が揺れている。その先は竹林で、清々しい緑の向こうに海が見えた。

呉は海軍の根拠地である鎮守府と、造船をはじめとした各種兵器を開発、製造する海軍工廠を擁した東洋一の軍港だ。

そうした場所柄、さまざまな用途の料亭や旅館があるのかもしれない。この宿の室内は障子にせよ、欄間の細工にせよ、さりげないが、たいそう上質な資材で作られている。

軍関係の人々が密談や密会をする場なのだろうか。しかし床の間に飾られた花はたいそう愛らしい。浴室に置かれた湯桶も女の手が使いやすいように配慮された、こぶりのものだった。

密談をするには優しげで、逢い引きをするには清楚すぎる。東京でもあまり見かけない上品な宿だが、こうした場所の存在を知り、継母のために用意するというのが、いかにも有賀らしい。

慕われてるのね、と美蘭は心のうちでつぶやく。あるいは愛されている。

有賀志津に再会したのは、出征する有賀を見送った東京駅だった。数えてみると八年ぶりだ。

志津は有賀が大学へ進学した年に父親が迎えた後添いで、当時、三十代半ばだったと思う。有賀の父親の趣味でもあった短歌の結社の同人で、病気がちで婚期を逃した人だ。

父の再婚を機に有賀は家を出た。彼の小説が体験を元にして書かれていたのなら、その時期はかなり放埒な暮らしをしていたようだ。しかし「乙女の友」主筆を務め、外国文学に造詣が深かった父、桐嶋文吾をたずねてくるときは、そんな素振りはまったく見せなかった。

やがて有賀の父と志津の間には娘が生まれた。有賀にとって二十歳年下の妹だ。

それを聞いた当時、妹のサヤと目を丸くした覚えがある。あの頃は志津の年回りの女性が子どもを産むとは思わなかったのだ。

その翌年、有賀の父が他界した。有賀の妹は身体が弱く、家にいるより病院にいるほうが長いという状況で、彼が勤め人になったのは、妹と継母を養うため。そんな話をのちに有賀の恋人となった妹のサヤから聞いたことがある。

そのサヤは有賀との婚約を目前にして二十歳で死んだ。有賀の妹も四年前に他界している。しかし「大和之興業」の社長の話では、妹と入れ替わるように、今度は長兄の遺児たちに有賀は学資の支援をすることになった。

娘を失った志津が実家の小田原（おだわら）に帰ったあと、有賀は通いのばあやに家のことをまかせて一人で暮らしていた。それでも彼の収入で養う人数は多く、所帯を持っているのと変わりがない。

有賀が結婚しなかったのは、そのせいなのだろうか。それとも……サヤのことが忘れられなかったのだろうか。

窓に顔を映して、美蘭は着物の衿をそっと直す。合わせた衿の間から胸元の肌に触れると、薄く笑ってしまった。

指に触れる肌は吸い付くようで、二十代の頃よりも深く甘く、男の昂（たか）ぶりを絡め取る。出会った頃の志津の年回りに近づいてわかった。女の花がもっとも艶やかに咲き誇るのは、この年代だ。

窓際から離れて、美蘭はバッグから薄紙に包んだものを取り出す。

有賀が出征した二週間後、志津に連絡が来た。

出征前に有賀は小田原に住む志津のもとに荷物をいくつか疎開させていた。送った箱のなかに「フローラ・ゲーム」が三個、入っているので、すべてを入営先に送ってほしいという。

依頼を受けた志津が箱を開けて探したが、どこにも見当たらない。東京の留守宅を預かるばあやに連絡をしたが、それらしきものはないのだという。

有賀を見送った折に連絡先を交わしたこともあり、その志津から相談の電話を受け取ったのが一週間前。自分が関わった「乙女の友」は附録も含めすべて、大事に保管している。そのうえ、このゲームは、暮れの挨拶として限定品が関係者に配られたことから、二つ持っていた。

その旨を志津に電話で伝え、二品とも譲ると伝えたところ、とても喜んでいた。有賀は召集された部隊とは現在、別行動を取っており、二週間後に呉から外地に向かうのだという。その前に外出が許されているので、届けにいくつもりらしい。

一緒に行きませんか、と志津に誘われて戸惑った。有賀が宿を手配してくれたそうだ。

その時は断ったが、先日、再び志津から電話が来た。

有賀の外出日に合わせて呉に行くつもりだったが、体調を崩してしまった。もし都合がつくなら、カツ子さんが私の代わりに彼に会い、望みの品を届けてくれないか――。

美蘭ではなく、カツ子さんと呼ばれたとき、志津はすべてを知っているのだと悟った。

美蘭と名乗る前から、心に秘めていた思いを。

サヤの姉だから、仕事上の付き合いだからと抑え続けた恋慕の情を。

目の前に置いたフローラ・ゲームを見ながら、明日、有賀に会ったら何から話せばよいのかと美蘭は考える。

言葉を扱う仕事をしてきたのに、この思いをどう伝えたらいいのかわからない。

階段を上がってくる足音がして、ふすまの前で止まった。

仲居だろうか。そっとしておいてほしいと言ったのに。

苛立ったとき、男の声がした。

「お早いお着きだったのですね……憲一郎です」

外出日は明日だったはずだ。動揺しながらも「どうぞ」と美蘭は声をかける。

静かにふすまが開いた。その向こうに端然と、廊下に正座をした有賀がいた。

ごきげんよう、と美蘭は声をかける。平静を装ったつもりが、ほんのわずかに声がうわずった。

「あなたでしたか」

有賀が穏やかに答え、部屋に入ってきた。落胆はしていないが、歓迎もしていない口ぶりだ。

「驚かないのね」

「さきほど継母(はは)から連絡が来たのです。体調を崩したので、届け物は代わりの人に託しましたと……。連絡を取った人間が要領を得ず、誰が来るのかわからなかったのですが」

「それで様子を見にいらしたの？」

「そういうわけではないのですが」

「お継母(かあ)さまとの面会は明日のはずでしょう？　軍のことはよく存じませんけれど、そんなにお時間の自由がきくものなのですか？」

何も答えず、有賀が卓の向かいに座る。茶を淹れようとすると、「お構いなく」と断られた。

「どうして？　お茶を飲む時間もないの？」

「そういうわけでもないのですが」

「さっきから同じことをおっしゃっている。まるで言質をとられるのがいやみたい。それとも私が淹れたお茶には毒が入っているとでも？」

「いただきましょう」

有賀が抑えた声で言ったあと、国民服の衿もとを軽く開けた。

「この部屋はずいぶん暖かいですね。暑いぐらいだ」

不思議な思いで美蘭は有賀を眺める。軍装をしているのかと思ったが、有賀は東京駅で見送ったときと同じ装いで、民間人のようだ。それなのに身体がずいぶんと絞られ、張り詰めた気配が漂っている。

軍の訓練というものは人を短期間のうちに変貌させてしまうのだろうか。

「暑いとまでは思いませんけれど。……どこか寒いところにいらしたの？」

「どうしてそんな詮索をするんです？」

詮索？　と聞き返して、美蘭は茶を淹れる手を止める。有賀を見ると苦笑いをしていた。

「失礼。僕のほうがおかしいのかもしれない。今日は気持ちが昂ぶっていて」

「何かあったの？　と聞いたら、それも詮索になるのかしら」

海鳥が啼く声がした。同じ港町だからだろうか。横浜に似ている。

一ヶ月半前、横浜の山手にある実家にて、妹、サヤの年忌法要を母とささやかに営んだ。その折に「大和之興業」社長と有賀が香を手向けにきた。来訪の理由はほかにもあり、有賀が召集に応じることと、次期の「乙女の友」主筆にならないかという打診だった。

軽く聞かれたから、軽く答えた。

果物三勇士がいなくなったら考えてもよろしいですわ、と。

それは無理だね、と有賀が即答した。「そうでしょう」と応じたら、かすかに笑っていた。

「でも今のシリーズを終えたら、彼女はそろそろ違う傾向の話を書くべきね。『婦女の友』に移るか、しばらく筆を休めて、大人向けの文芸作品に腰を据えて取り組むべきじゃないかしら」

有賀の笑みが消えた。それを見て、当たったのね、と思った。

佐倉波津子が文芸作品を書くべきだと言ったのは本心ではない。有賀が考えていることを推量しただけだ。

「他の主筆候補には丘千鳥先生があがっているでしょうけれど、丘先生も果物三勇士が苦手よ。私以上に自分の都合を押し通されると思いますわ」

困った顔で、社長が話題を変え、そのあと二人は帰っていった。

しかし後日、有賀が横浜の実家に英書を何冊か送ってきた。何かに役立つようだったら、使ってほしいという。

有賀と二人きりでは何年も話をしていなかったが、本の礼を言うために銀座で会った。お互い、仲違い（なかたが）いの理由になったことには触れず、父がいた頃のように文学の話ばかりをした。

そのときの話が印象に残っていたのだろうか。出征を控えた有賀から、再び書物が送られてきた。どれも稀少な本で、そのなかの一冊は本を保護するために、サヤが手ずから布を張って外箱を作ったものだった。

譲ってくれると言ったが、預かるのだと答えて、東京駅へも見送りにいった。古くからの友人であり、サヤの「姉」という立場で満足しているつもりだった。

ところが見送りにいった有賀が東京駅を離れていく瞬間、佐倉波津子の姿を探したのを見て、後悔が湧き上がった。

佐倉を見つめた有賀の、あんな表情を見たことがない。美しい花を愛（め）でるかのように、彼は微笑んでいた。

これでよかったの？

あれから自分に何度も問いかけた。

対等に議論が交わせる女。亡き恋人の姉。

そんな立場でいて、本当にそれでよかったの？

自分が心底、欲しかったものは有賀の友情でも尊敬でもない。あんな眼差しで見つめられたかったのだ。

そんな思いを抱えて、呉まで追いかけてきたというのに。有賀を前にすると、いつもと変わらぬ勝ち気な女に戻ってしまう。

有賀が茶を飲みほし、湯飲みを卓に戻した。

「冷えているのかな……」

空になった湯飲みに有賀が目を落とした。

何が、と聞きたくなるのをこらえていると、続けて声がする。

「僕は身体がどうかしているのかもしれません。さきほどまで冷蔵庫のようなところにいたのです」

「もう一杯、お茶をいかが？ 足も崩して、楽になさったらいいわ」

有賀が足を崩した。心許した雰囲気に美蘭は言葉を継ぐ。

「さきほどは『あなたでしたか』とおっしゃっていたけれど、どなたが来ると思っていたの？」

「僕は純司君かと。それなら今日は泊まらず、早くお帰りなさいと言うつもりで出てきたのです」

「純司先生でなくて残念でしたね」

フローラ・ゲームのことを思うと、素直にそう言えた。あの作品を前にしたら、純司との話は尽きなかったに違いない。

いいえ、と有賀が首を横に振った。

「あなたでよかったのかもしれない。何もなかった頃の自分に戻れた気がする」

「何もなかった頃に戻るのなら、その堅苦しい言葉遣いはやめていただきたいわ」

「僕はあなたにぞんざいな話し方をしたことはないですよ」

「主筆になる前は、もっとフランクに話していたけれど。その頃に戻らなければ、ご所望の品は差し上げませんよ」

「それなら美蘭先生じゃなくて、カチと呼ぶけどいいのかな」

カチという呼ばれ方は好きではないが、仕方なく美蘭はうなずく。

持ってきたフローラ・ゲームを二箱渡すと、有賀が箱を開けて中身をあらため始めた。

卓の上に色とりどりの花模様のカードが並んでいく。純司が描いた花はアルフォンス・ミュシャの影響を受けた華麗な絵で、一枚でも美しいが、ずらりと並ぶと、卓上にアールヌーヴォーの花の装飾が広がっているようだ。

このカードゲームが雑誌の附録として配布されたことに、あらためて美蘭は感心する。この品は売り物ではなく、ほんの一ヶ月、雑誌の販売期間に流通しただけなので、長谷川純司の店を好む人々の間では、幻の名作として語り継がれている。手に入れるのは無理だとしても、一目でいいから実物を見てみたいという女性たちも多いと聞く。

有賀が主筆に就任する以前の「乙女の友」は、雑誌の附録は紙製であるべしという国家の規制にのっとり、紙のハンドバッグや髪飾りなどをつけていた。そうした実用性のない附録を廃止し、紙であることの特性を生かして、美しい絵入りの歌本や絵ハガキ、便箋をつけるようになったのが、主筆になった有賀が最初に手を付けた改革だ。それは長谷川純司という画家であり、すぐれた意匠家でもある才能を得て、ますます芸術的なものに昇華していった。この「フローラ・ゲーム」はその最高峰だ。

有賀が二つの箱からすべてのカードを並べ終え、安心した顔をした。

「すべてそろっているね、よかった……編集部には三箱あったのだが、全部、カードが欠けていてね。僕のせいなんだが」

「どうして欠けてしまったの？」

「このカードの説明書の三番を地でやったのさ」

有賀が差し出した説明書を見ると、三つの遊び方が書いてあった。

一の遊び方　別紙2のカード遊びができます。

二の遊び方　好きなカードを二枚引きましょう。花の女神フローラからアドバイスがもらえますよ。(別紙3をごらんください)

三の遊び方　友へのお手紙に一枚しのばせましょう。一輪の花を添えるようにお使いください。

三の遊びにならい、読者への手紙にしのばせたのだと有賀が言った。読者からのたよりには、投稿欄を通してのみ返事をするというのが原則ではなかったかと聞くと、軽くうなずいている。

「もちろんそうですが、なかには、どうしても返事を書かねばならないという逼迫(ひっぱく)した状況にいる読者もいて。その折にこのカードを手紙に添えたのです」

「ひとつの箱に限って、お取りになったらよかったのに」

「カードそれぞれに意味があるので、手紙の内容に合わせたくて。そうなると、毎回使いたくなるカードがあって、それを求めて次々と箱を開けたものだから……」

「あなたらしいけれど、あなたらしくないという気もするわ」

たぶん、僕らしくないのでしょう、と有賀がカードを見た。

「フローラ・ゲームを探していると、上里さんに相談したら、どうして編集部の資料は全部カードが欠けているのかとひどく嘆くし、佐倉君にいたっては編集部のすみずみまでひっくり返して、欠けたカードを捜索したらしくてね。今さら僕が犯人ですと言えなくて難儀した」

思わず笑ったら、有賀も笑った。

「カチさん、ようやく笑いましたね」

「あなたのほうこそ」

自分が笑ったのを確認するかのように、有賀が軽く頰に手をやる。その頰は少し削げているが、その分、精悍な雰囲気がした。

有賀の変化に触れるのがためらわれ、美蘭はカードを手で示す。

「詮索してもよくって？　答えたくないなら黙っていて。一体、何に使うの？」

「さる御方のご息女がこれを探していて。軍とは無縁な民間人という顔をして、僕らはそこへ食い込んでいくのです。一人はシャム、一人は蘭印」

「お二方とも異国のプリンセスたちかしら。そんなお話をしてくださっていいの？」

有賀は答えずに、フローラ・ゲームの箱を眺めた。

「本当は……三箱あればと思ったのだけれど」

「お探ししましょうか」

「いや、いい。もう一箱は編集部の佐倉君の分さ。東京を離れたときに純司君がフローラ・ゲームを掲げていてね」

「ええ、そうでしたね」

「ずいぶん昔にあげると約束したきり、彼女に渡していなかったのを思い出した。あのときは純司君に予備をもらうつもりだったのだけど」

「純司先生なら声をかけたけど、ご自分の資料の一箱しか持っていないそうよ。『乙女の友』を離れたときに、見ると辛いからってすべて人に差し上げたらしいの」

そうか、と有賀が短く答えた。いろいろな思いがこもっていそうな声だ。

「心残りでいらっしゃるの？」

「心残りはいろいろあるのだけれど……もっとも心残りなのは、あなたが主筆を引き受けてくださらなかったことですね。会社は今、主筆人事でもめていますよ」

風の噂では、どこから漏れたのか、霧島美蘭に先に話を持っていったのが気に入らないと、丘千鳥は主筆の話を断ったそうだ。その代わりに編集部員の浜田良光を熱烈に推したという。ところが編集長の上里善啓が佐倉波津子を担ぎ出したので、事態は複雑になった。丘千鳥は「お笑い小説」の作者が主筆になる誌風なら連載を降りると言いだし、仲の良い他の執筆者にも声をかけている。

「あなたは丘先生、浜田さん、佐倉さんのうち、誰が適任だと考えているの」

どうでしょうね、と有賀が答えをはぐらかした。

「さて、僕はこれでお暇しますが、ここは良い宿です。どうぞゆっくりしていってください」

「明日は？　お食事でもご一緒してくださるの？」

「あなただから正直に言いますが、僕は今、そんな心境になれないのです。継母がフローラ・ゲームを届けにきてくれると言ったときも、二割はうれしく、八割はもてあましていたのが本心で。今日、ここに来られたのも思わぬことが起きて、午後からの予定がすべて消し飛んだせいなのです」

「良いこと、悪いこと？」

「良いことなど、ひとつもありません」

「では、もう会えませんの？」

「今、こうして会っているではないですか」

有賀が卓上のカードを集め始めた。素早く片付けた一箱を服の胸にある隠しに入れ、残りの一箱に手を伸ばしている。その腕をつかんだ。

「それならせめて一度、このカードで遊んでみませんこと？　昔、よくサヤや父と一緒にトランプ遊びをしましたよね」

そうでしたね、となつかしそうな返事が戻ってきた。

「クリスマスが近づく頃になると、よくやりましたね。ご家族みんなと」

「なつかしく思っていらっしゃるのなら、一度だけ童心に返りましょうよ」

いいでしょう、と有賀がトランプのようにカードを切り始めた。

「知性にあふれたご夫妻と美しい姉妹。姉さまのカチは智恵と戦いの女神アテーナー、月のさやけき夜に生まれたサヤは女神アルテミス。桐嶋家にうかがうことは、僕にとってこのうえなく心洗われる時間でした」

有賀が卓にカードを並べている。有賀が書いた小説の主人公と同じく、この人もカードを操るのが巧みで、ポーカーが強い。勝負事に通じる彼の引きの強さと大胆さが、「乙女の友」を少女雑誌の覇者(はしゃ)に押し上げた要因の一つだ。

「二番の遊びをしましょう。カチ……美蘭さん。ここから二枚を引いてください。花の女神からのアドバイスを聞きましょう」

裏返したカードから二枚を引き、美蘭は花の絵を確認する。

「カトレアと鈴蘭だわ。なんと出ています?」

有賀が「フローラ・ゲーム」の箱から折り畳まれた紙を出した。

「カトレア……『勇気をふるいおこしなさい』。鈴蘭は覚えている。読者の幸運を願って、僕はよくこのカードを同封したものです。この意味は『しあわせは、すぐそこに』」

手にした花の絵を美蘭は見つめる。

勇気をふるいおこしなさい。しあわせは、すぐそこに。

このカードの言葉を遊びと取るか、女神の託宣と取るか。純司がカードに割り当てた言葉に意味はない。そこになんらかの意味を感じて行動するかしないかは、受け取った人間の意思に託されている。

有賀がカードを集めて箱に入れ始めた。

「美蘭さん、そのカードをいただけますか」

差し出した手を、美蘭はつかむ。

「渡したくない。あなたを帰したくないわ」

カチさん、と有賀が手を引っ込めた。

「継母がどうしてあなたをよこしたのか、僕はわかっています。僕が独り身のまま出征するのを沢田さんも」

有賀が大和之興業の社長の名を出した。

「……継母も不憫がっていることも。だけど僕はそれでいいと思っているのです。僕は身内の暮らしを支えるために一人でいたわけではないのですよ」

「不憫ではなく、みんな、あなたが風のように去っていくのではないかと不安に思っているのよ」

「あなたなら、僕をつなぎとめておけるとでも？」

有賀が立ち上がった。同時に立ち上がり、その腕を再び美蘭はつかむ。

「そんなこと、どうでもいい。どうでもいいの。私はあなたにもう一度会いたかっただけ。……いいえ」

違う。会うだけでは足りない。

カトレアと鈴蘭のカードが告げた言葉を美蘭は繰り返す。

勇気をふるいおこしなさい。しあわせは、すぐそこに。

「あなたが欲しいの、何もかもすべて」

有賀がそっと手を振りはらった。

「そういうことを言わないでほしい。僕の予定が今日空いたのは、会うべき人物が急に亡くなったからだ。昨日も一昨日も、僕が間接的に関わったことで立て続けに人が亡くなっている。一人は訓練中に、僕の目の前で」

カチさん、と有賀がつぶやく。

「今、僕は心底、自暴自棄でいて、自分が死んでいるのか生きているのか、実感がない。生を確認したくて、ひどく欲望がたかぶるのだけど、それをあなたにぶつけたくはないのです」

「では、どこにぶつけるの？」

「口にしたくない。猥雑で野蛮で、欲望に正直で。でもそれが僕の本性なのでしょう。そんな自制心を欠いた自分がいやで、もてあましているし、それをあなたに見られるのはもっといやだ」

僕は……、と有賀が苦しげに言った。

「あなたの前では最後まで紳士でいたいのです」

腹部に手をすべらせ、帯締めと帯枕の結び目を美蘭は解き放つ。だらりと落ちた帯をはずして、他の紐を一気に取ると肩から着物がすべり落ちた。

「おあいにくさまね。私は淑女じゃないの、紳士などいらない。自制心を欠いているなら、その姿を見せて。見たいわ、それともこの私では欲情しない？」

眉のあたりに動揺が走った気がしたが、有賀がかすかに笑う。

「微塵もそんなことを思っていないくせに。男なら誰でも落ちると自信に満ちた目だ」

「だったら落ちなさい。あなた、男でしょう」

肩を震わせ、有賀が笑う。「『乙女の友』主筆の有賀憲一郎ではなく、無頼の青年作家、佐藤秋明の顔だ。

「男の扱いをわかっているようで、まるでわかっていない。そんな言い方されたら、始まるものも始まりませんよ」

でも、と有賀が笑いをおさめて、優しい目で見た。

「そういうところが僕は好きでした」

「はぐらかさないで、逃げる気？」

有賀が煙草に火をつけようとしたが、途中でやめた。

逃げはしないが、と抑えた声がした。

「僕は今、まともじゃない。最下等の娼婦のように君を扱うよ」

望むところよ。思いをこめて美蘭は微笑む。

「ねえ、本当のあなたを見せて。もう何年もあなたは、誰にも裸の自分を見せたことがないはず。脱いでよ、何もかも」

「君が先に脱げ」

有賀が冷静に言うと、煙草に火をつけた。屈辱を与えたら、この女は帰ると踏んだのか。

わかってないのね、と美蘭はすべての衣類を足下に脱ぎ落とす。

衣服を脱ぐなど、どうということもない。

あなたに会うときはいつだって、私の心は裸よ。


夕食はいらないと帳場に伝え、有賀と部屋にこもると、瞬く間に時は過ぎていった。互いの身にさまざまなことを許した交わりのあと、とろけるように美蘭は眠る。目を覚ますと、夜はすっかり更けていた。

眠り続ける有賀を残して、風呂に向かう。湯で身体を浄めて二階に上がると、有賀はまだ眠っていた。

疲れているのね、と有賀の寝顔を眺める。

まともじゃないと警告した有賀の行為は情熱的で、身体の芯がしびれるような快楽を引き出した。歓びは波のように手足の先まで甘く広がり、折々に有賀がささやく言葉は感覚を鋭敏にして、悦楽をいっそう深みへと導いていく。呼吸を忘れ、溺れそうになってたくましい背に手を回したとき、この人が書く言葉は詩となり、日本中の乙女を夢中にさせたことを思い出した。

ずるい人。

「乙女の友」は恋愛や性に関することは掲載せず、清廉な誌風が持ち味だ。その主筆である有賀自身も色恋の匂いを一切させず、高潔な司祭のようだった。その雰囲気は有賀の小説と落差があり、小説家時代の作品について問われると、創作と作者はまったくの別物だと答えるのが常だった。

しかしあれは創作ではなく、実体験だったのではないか。鮮烈な描写で描かれた主人公は誰もが、深読みすれば、人間の身体にひそむ歓びを揺り起こし、解き放つ性の冒険者たちだった。

軽く日に焼けた有賀の顔を美蘭は見つめ続ける。

どんな男も女に心許して眠る姿は幼子のようだ。額にかかった有賀の髪にそっと触れると、薄目が開いた。

どうした？　とささやく声がする。

「寝顔を眺めてましたの」

「君……それは反則だよ」

軽く右腕で顔を隠すと、有賀が裸の背を向けた。

「ルールなんてあるの？　男と女の間に」

「ない……だけど決まりが悪い。それに良からぬことを考えていそうだ」

枕元から離れて、美蘭は鏡に向かう。髪を梳（す）いていると、寝返りを打った有賀が、こちらを見ているのが鏡に映った。

「女性は強靱(きょうじん)だね。ことがおわると、みんな身繕いをする」

「男はいっとき。女はそれから。命を育むんですもの」

「だから強いのだろうね」

鏡のなかの自分の顔に、サヤを思った。いつまでも妹は少女のままで、三十代になった姿が想像できない。

「サヤとも……こうしたことをなさったの?」

いいえ、と有賀が天井を見つめた。

「お嫁に行くまでは、と彼女が言ったので。僕はそれまで放蕩(ほうとう)の限りを尽くしていたので新鮮でした。彼女となら穏やかな家庭人になれる気がして」

虫のいいことを……と有賀が両手で顔を覆った。

「サヤが死んだとき、ふと、いにしえの物語を思いました。葵(あおい)の上(うえ)と六条御息所(ろくじょうのみやすどころ)の話を」

「美しき後家と関係があったの?」

「まさか。そのときはサヤ一人だけです。ただ……あなたは気付いたと思うが、僕の主人公は作者と同一に近いのです。小説のとおり、僕と関わりを持ったことで、その後の人生が大きく変わったり、身を持ち崩したりした女性がいる」

「過去に交際した女たちがサヤに取り憑(と)いたとでも? あなたらしくないわ」

「そう思ってしまうほど、あっけなくて。友の会でアンニー・ローリーを聞くたび、朝露のように消えたサヤを思い出すのです」

「だからあなたは一人でいたの？」

有賀が目を閉じた。

「そういう関係に興味が持てなくなって。永遠を誓ったところで、永遠などというものはどこにもない」

息苦しくなってきて、美蘭は櫛を鏡の前に置く。

サヤのことから話をそらせたい。

「アンニー・ローリー……東京駅で女の子たちが歌っていたわね」

歌っていた、と有賀が相づちを打った。

「このうえなく清らかな声で。あんな喧噪（けんそう）のなかでも、佐倉君の声はまっすぐに僕らの耳に届いた。隣にいた男は舌打ちしたが、あの歌に泣いた若者もいました。僕はとてつもなく幸せだった。『乙女の友』を象徴するあの曲に送られて。あの瞬間、編集部で過ごした日々がよみがえりました」

おかしな話、と独り言のように有賀がつぶやく。

「……生活のためと割り切って勤めに出たはずなのに、いつの間にか雑誌作りに夢中になって。あれ以来思い出すのは、仕事のことばかり。夢にまで出てくる」

「どんなことが夢に出てくるの？」

鏡に布を掛け、美蘭は有賀に身体を向ける。

その夢のなかに霧島美蘭は出てくるのだろうか。

「些細（ささい）なことばかり。台割りはこれでいいかとか、精算するから領収書をくれとか言われている。主筆のあの部屋は僕にとって、桐嶋主筆、あなたのお父様の部屋という気がしていたけれど」

「失礼かもしれないけど、私もいまだにそう感じるの」

「だけど佐倉君にあれこれ言われているのが夢に出ると、僕の部屋という気がするんだ」

あの子は大丈夫だろうか、と有賀がつぶやいた。

「ちゃんと書けてるか。きちんと寝ているのか。いくら一人暮らしになったといえど、会社の床で蓑虫みたいに寝ているのはいかがなものか。弟子を持つとはこういうことなんだろうね。僕はもう少し世間的なことも教えるべきだったのかもしれない」

「世間的なことって？」

「酒の飲み方とか……。技術的なことを教えるのに手一杯で、僕はそこまで気が回らなかった。……本当に仕事のことばかりだね」

仕事ではない。彼が思い出しているのは佐倉波津子との記憶ばかりだ。

「他に思い出すことはないの？」

他？　と物憂げに有賀が問い返して、笑った。

「浮かぶよ、純司君に空井先生、ふふ、霧島美蘭も。朝になると、僕のポットに湯が満たされ、机や椅子が羽根ばたきで清められる……なつかしい場所だ」

場所ではなく、そこにいたあの子がなつかしいのだ。

「もう……仕事のことを思い出さないで」

そうだね、と有賀がため息のように言った。

「思い出してもきりがない。でも、本当に好きだったんだ」

この人は気付かないのだろうか？　本当は何が好きだったのか。

愛と自覚できぬほどに深く、心を寄せていた相手がいたことを。

有賀がゆっくりと身を起こした。

「僕は誰とも関係を結ぶ気はおきなかったけれど、まぎれもなくカチ……霧島美蘭は僕にとってかけがえのない人でした。僕らは議論を交わすのに夢中になりすぎて。もしかしたら、それ以外のことも、もう少し早く交わしてみるべきだったのかもしれません」

「あなたって悲しい人ね」

有賀に背を向け、髪を梳いた櫛を美蘭は見る。櫛に絡まった髪をはずしていくと、

「どういう意味だろう」と有賀がたずねた。

「何もかも見通せる強くて賢い人なのに、愛についてはひどく鈍感で、臆病者なの」

「鈍感とは、どこを見てそう言う？」

櫛に絡まった髪をはずし終わり、美蘭はうつむく。

気付いていないのだろうか。東京を離れるとき最後に目を向けたのは、身内や近しい人々ではなく、はるか彼方にいた佐倉であることに。

「臆病とはどういう意味だ？　この期に及んで、謎かけはやめてほしいな」

「生きて帰ってきたら、教えてあげるわ」

手にした櫛に涙がこぼれ落ちた。目を閉じたら、立て続けに涙が頰を伝った。

「鈍感な憲一郎君。早く気付いて勇気をふるいおこすのね。積年の友、アテーナーからのご託宣」

「何を泣いてる?」

有賀が近づき、うしろから抱き寄せた。

「どうしたら泣き止んでくれる?」

泣いているのは、あなたが悲しい人だから。気付かずにいる愛の深さを知ったから。

泣き止まないのは、それでもそんなあなたが好きだから。

振り返って、有賀の胸に美蘭は頬を寄せる。

この人の胸のうちに住み着いているのはあの子でも、今、この瞬間、彼が愛しているのは私だ。

それでいい。それで構わない。

燃え上がるような思いに、美蘭は有賀の背に両腕を回す。

勇気をふるいおこした。だから今、しあわせはこの腕のなかにある。

※

有賀が編集部から去った翌月。春山慎が言っていたとおり、学生たちの徴兵猶予が停止され、二十歳以上の文科系の大学生と高等専門学生たちが戦地に赴くことが発表された。発表の十九日後には出陣学徒の壮行会が明治神宮外苑陸上競技場で行われることになり、巻頭のグラビヤページで紹介するため、カメラマンとともに波津子は競技場に向かった。

雨で競技場の周辺がぬかるむなか、学徒を見送るために集合した女学校の生徒たちが制服姿で並んでいる。彼女たちが粛々とスタンド席に向かう写真を撮ったあと、競技場内部に向かった。

許可をもらった学校の女学生たちに取材をして顔写真を撮る。最後に、行進する学徒を写真におさめるために競技場内のトラックへ向かった。

狭い通路を歩いてトラックの脇に足を踏み入れると、息が止まりそうになった。女学生と徴兵前の男子学生で埋め尽くされたスタンド席は人の壁のようだ。その奥底を戦場へ向かう学生たちが隊列を組んで行進していく。雨足が強くなるなか、学徒のゲートルを巻いた足は濡れそぼち、学生服には泥がはねていった。見送る女学生たちも傘をささず、雨に打たれたままだ。それを見ていると、胸が苦しくなってきた。

冷静に、感情を抑えて取材をしようと努めてきた。しかし気分を高揚させる音楽と勇ましい言葉と裏腹に、悪い予感と不安で押しつぶされそうだ。出陣学徒が持っている銃剣は最初のうちは本物だったが、しだいに木銃と呼ばれる銃の形をした木剣になり、その数はどんどん増えていく。

こんな装備で戦地に赴くのだろうか。それともこの日に間に合わなかっただけなのだろうか。

目の前を行く隊列は女学生と同じく学校別に組織されていた。校旗を掲げた学生が先導するなか、たいして自分と年の変わらぬ青年たちがやってくる。幼馴染みの春山慎もこの行進にいるはずだ。学徒たちの様子をメモに書き取りながら、雨のなか、波津子は目を凝らす。

髪も服もずぶ濡れになり、冷たいという感覚がわからなくなった頃、慎が学んでいる大学の旗が現れた。続く隊列に波津子は慎を探す。それらしき姿はない。

もしかしたら兵役を免除されたのかもしれない。そう思ったとき、最後尾に慎がいた。まっすぐに前を見て、足並みそろえて近づいてくる。

雨足はさらに激しくなり、大きな雨粒が慎の肩に落ちている。その姿にたまらなくなり、「春山さん」と叫んだ。気付かないので、さらに大きく名字を呼んだが、スタンド席からの声にまぎれて、慎には届かない。

隊列を撮影していた「乙女の友」のカメラマンが「知り合いがいるの?」と聞いてきた。

「あの隊列の最後尾。手前から二番目の小柄な人です」

そうかい、とカメラマンが答えて、シャッターを切っている。その間にも慎がどんどん近づいてくる。

「春山さん、慎ちゃん」

もう聞こえるかもしれない。そう思って声をかけたが、あとに続く言葉が見つからない。

無事に帰ってきてという言葉は、公然と口に出せない。待っていると言いたいが、家族でも恋人でもない女が言う言葉でもない。

「春山さん、春山さん！」

慎が目の前に来た。視線を動かさないように言い渡されているのか、まっすぐに前だけを見ている。

「ハツ公よ、ここにいるよ！」

視線を動かさぬまま、わずかに慎の口元がほころんだ。聞こえていることがわかったら、なつかしい呼び方を叫んでいた。

「慎ちゃん！　慎ちゃん！」

隊列が行き過ぎ、新たな大学の旗を掲げた学徒が歩いてきた。涙がこぼれていることに気付いて、波津子は腕で顔を拭う。

その間にも、ぞくぞくと若者たちが行く。いつまでも途切れぬ行進に、出陣する学生たちがこの会場だけで二万人以上という数の膨大さが、心に押し寄せてきた。

これほど多くの男子学生が慎と同様、学業なかばに戦場へ行く。この壮行会は東京近郊の学生たちのものだ。これから同様の壮行会が全国で行われる。その数をすべて足したら、どんな数字になるのだろう。

長い取材を終えて編集部に戻り、波津子は乾いた服に着替えた。主筆の部屋に入って黒檀のデスクに触れてみる。

有賀なら、今日の光景をどう書くのだろう。

ドアがノックされ、上里が入ってきた。

「どうだったね、主筆としての初の取材は。巻頭グラビヤは盛り上げねばならんよ」

ハイ、と答えた返事は、我ながら力がない。

「おいおい、佐倉主筆、しっかりしてくれよ。何、ぼんやりしてるんだネ。それから、編集後記がまだですよ。主筆就任の挨拶文は書いた?」

「あちらにあります……」

ついたてで囲まれた場所に入り、机に置いてあった原稿を波津子は手にする。

「上里さん、見ていただけませんか」

原稿を受け取った上里がうなずいた。

「いいでしょう。素直な文です」

「幼稚じゃないでしょうか」

「誰が幼稚だと言ったんだか。浜田君かね」

「そういうわけではありません」

「その言い方、有賀君そっくり。この間、電話で話したら、そんな返事ばかりしていたよ」

有賀の次の主筆は当初、丘千鳥の後押しを受けた浜田が優勢だった。しかし広告・宣伝部から「乙女主筆」に強い後押しがあり、最後は社長の一声で波津子に決まった。

就任が決まったと同時に波津子は執筆者に手紙を書き、東京近郊に住む書き手のもとには仕事場まで挨拶にいった。たとえお飾りであったとしても、有賀が掲げた灯をつなげようとする熱意だけは伝えたい。

そこで耳にしたのは、「果物三勇士」のシリーズはすべて有賀の手になるもので、佐倉波津子自身の文章はきわめて幼稚だと、丘千鳥が各所で吹聴(ふいちょう)しているという話だった。

「あのね、佐倉君。君の文を幼稚と言った人物の力量はどれほどだ。有賀氏よりもお目が高いか」

「いいえ、私はまったくそう思いません」

「それならいいでしょう。少しは自信を持ちなさいよ。決まったからには、堂々と主筆の席にも座りなさいナ。自分をおとしめるのは、師匠の有賀氏のことも、おとしめるってことですよ」

上里にうながされ、波津子は黒檀のデスクに座る。大きな机の上には何もなく、引き出しもほとんどが空だ。ただ、一番上の引き出しにはレースのハンケチを敷き、フローラ・ゲームのヒヤシンスの札と有賀の万年筆をお守りとして入れてある。

原稿を持った上里が部屋を出ようとして戻ってきた。

「おっと、肝心の名前を忘れているよ、佐倉君」

机の上に置かれた原稿に署名しようと、波津子は一番上の引き出しを開ける。万年筆を手にすると、上里の声がした。

「おや、ホワイトスタア。良いペンをお持ちだ」

「有賀主筆からいただいたんです」

「まるでバトンのようですな」

編集長を呼ぶ声が聞こえ、上里がそれに応えて部屋を出ていった。

万年筆のキャップを軸につけ、波津子は「友」への挨拶文に向かう。

乙女の友　主筆　佐倉波津子。

ふるえる心を抑えて名前を書く。万年筆にそっと唇を寄せると、有賀とともにいる気がした。

第五部　昭和二十年

「ハツさん、もしもし、ハーツーさーん」

薄く目を開けると、若い女性が顔をのぞきこんでいる。

「ごめんなさいね、起こしちゃって。でもこの間、おっしゃっていたでしょう。今度、人がたずねてきたら、起こしてほしいって」

「いつもの……方？」

「そうです。以前に一度来た方。『乙女の友』についてお話を聞きたいとおっしゃっていた人」

「すみません……もう少し、大きな、声で」

ごめんなさい、と女性スタッフが軽く手を合わせたあと、大きな声で話し始めた。

「ええっと……お客様が来てるんですけど、どうしますか？　談話室に行かれますか？　それともこちらにお通しします？　もう、ドアの外にいらっしゃるけど」

「お通し……して。ベッドを起こして、くれますか」

「高さはどれぐらいがいいですか。動かしますから、ストップと言ってくださいね」

スタッフがベッドを操作すると、少しずつ上半身が起き上がっていった。すぐにストップと声をかけたつもりが、思った以上にベッドが起き上がってしまい、波津子はため息をつく。

夢のなかではすらすら話せるのに、現実に戻ると話しづらい。こちらが夢であればよいのに。

スタッフがドアに向かって声をかけると、ベージュのスーツを着た女性が入ってきた。襟なしのツイードのジャケットがとても上品だ。

女性が名刺を差し出している。

すみませんが、と波津子はゆっくりとサイドテーブルを指差す。

「名刺、机に、置いて、いただけますか。お名前を……もう一度」

恐縮した様子で、女性が名前を名乗ると、サイレンの音がした。

火事？　とスタッフが窓から外を見る。

「消防車の音みたい、あら、どんどん近づいてくる」

大きなサイレンの音に、波津子は身をこわばらせる。この音には聞き覚えがある。

「火事、じゃない」

「なんですか？　ハツさん？」

「これは火事じゃ、ない」

火事じゃないんですか？　とベージュのスーツを着た女性が不思議そうに言った。その顔に波津子は訴える。

「あれは、警報……」

警報？　なんの？　とスタッフが驚いた顔になった。

「空襲……警報」

　まさか、とスタッフが優しく言った。

「違いますよ、大丈夫です。安心していいんですよ、ハツさん。私、ちょっと見てきますね」

「行っちゃ、だめ……」

　あのう、とスーツの女性がためらいがちに言った。

「佐倉さんはもしかして、もう、ご記憶のほうが……」

「いつもはしっかりした方なんだけれど、今、起きたばかりだから。まだきちんとお目覚めではないのかも」

　起きてます、と波津子は叫ぶ。叫んだつもりが、言葉は途中でかすれて消えた。しかたなく、吐く息に声を乗せる。

「おき、て、ます」

　起きている。寝てなどいない。だけど今、この瞬間も夢のようだ。夢と現実の境目がわからない。

　両手で耳を押さえて目を閉じると、大和之興業社の給湯室で、うずくまっている自分の姿が浮かんだ。臙脂色の着物に紺色のもんぺを穿き、耳に手を当てている。思い出したくない。それなのに勝手に記憶はよみがえる。

　忘れはしない。

　あれは昭和二十年、三月のことだ。

誰か来て、と遠くから声がする。

――ハツさんが……ハツさんが……

※

防空壕（ぼうくうごう）に入ったら、両腕を使って耳と目をふさぐ。爆発の衝撃から鼓膜と眼球を守るための動作だ。だけど今はすべてに疲れはて、心を守るために目と耳をふさいでいる。

給湯室の隅で、波津子はうずくまる。

「乙女の友」の編集会議の途中、議論が長引いたので、化粧室に行くといって部屋を出た。手を洗って編集部に戻ろうとしたが、足が動かない。そこで給湯室の物陰に入って、うずくまった。

最近、何をしてもことごとく他の編集部員、特に浜田良光に否定されてしまう。そのうえ他誌から異動してきたベテラン編集者の言動が苦手だ。

耳から手を離して、波津子は立ち上がる。

もう大丈夫、なんとか行ける。あまり長く席をはずしていると、逃げていると思われそうだ。

負けるものか。

両手で軽く頬を叩き、波津子は編集部に戻る。ドアを開けると、オーバル席には編集長の上里善啓、副編集長の浜田良光、そして先月、二月付で経済誌「大和之興業」から異動してきた五十過ぎの男性、池島亮の三人が座っている。

有賀が主筆を退いた頃の編集部には、波津子を含めて八人の部員がいた。あれから一年半近くが過ぎた昭和二十年の今、男性は召集されたり、女性は結婚退職をしたりで、編集部にいるのは上里、浜田、池島、そして波津子を含めた四人だ。

あーあ、と池島が手製の煙草をふかしながら、椅子の背にもたれた。

「ようやくのご帰還か。女の便所は長いですなあ。あ、メンス？」

黙っていると、この男は調子に乗って絡んでくる。社内で「本誌」と呼ばれている看板雑誌から少女雑誌に異動させられたのがよほど不服らしい。

動揺を悟られぬよう、波津子は池島を見据える。有賀が昔言っていた、「ポーカーフェイス」だ。

「メンスにご興味があるんですか？」

池島が居心地悪げに目をそらした。

池島さん、と上里がため息をつく。

「そういう発言はやめてもらいたいですナ。我が編集部の品位に関わります」

池島が煙草の煙を勢いよく吐く。

「いやだね、上里もすっかり乙女の色に染まっちゃって。情けなや……一時は本誌の主筆候補だった男が、こんなところで朽ちちゃって」

「あなたほど朽ちちゃいませんがね」

池島が黙って煙草を灰皿に押しつけた。毒を吐くくせに、打たれ弱い。

品位というならば、と今度は浜田が皮肉っぽく笑う。

「月のものに関する言葉を男の前で平気で口に出すとは、主筆として、大和撫子(やまとなでしこ)としていかがなものかと思いますが」

浜田に言い返すと倍になって戻ってくる。聞き流すのが一番だ。

ここで働き始めて八年目、二十四歳になった今、他の編集部員との接し方もわかってきた。

「申し訳ありませんが、皆さん」

低めに声を落ち着かせ、波津子は男たちに語りかける。

「お手洗いに立つ前のお話に戻っていいですか」

なんでしたっけ、と池島が退屈そうに聞いた。

「表紙の標語の件です」

ああ、と池島がだるそうな声を上げる。その声を聞いたら、力が抜けてきた。机に顔を伏せたくなるのを抑えて、波津子は今号の「乙女の友」を手に取る。

有賀が主筆を退いたときの「乙女の友」は三百五十二ページと、かなりの厚みがあった。しかし紙やインクの不足から、しだいにページ数が減っていき、今ではたった三十二ページしかない。雑誌というより、冊子と呼びたくなる薄さだ。

さらにつらいのは昨年の終わりから、物資不足の影響を受け、表紙も含めてすべてがザラ紙と呼ばれる紙に印刷されることになり、「乙女の友」の特長でもある美しい色刷りの表紙が消えた。

そこで色のない寂しさを補うために、新年号からは表紙に標語を掲げ、絵もその内容に合わせたものを描いてもらうことにした。ところが毎回、標語の方向性で問題が持ち上がる。

あれ？　と不思議そうに浜田が言った。

「議論はもう出尽くしたと思うんですけど。あの標語は変更でしょう。佐倉主筆の標語はおとなしすぎる。あれでは挺身隊（ていしんたい）の女学生たちの心に響きません」

浜田が自分が書いた標語の原稿をオーバル席の中央に出す。

「見よ　我ら乙女の心意気！　熱き血の一滴までもお国に捧げ、敵を粉砕することを誓います！」

長い。そして感嘆符が多い。これでは標語ばかりが目立ってしまう。何度もそう言っているのだが、浜田は強硬だ。

浜田さん、と遠慮がちに波津子は声をかける。

「標語は短いほうが、表紙の絵が引き立つかと思うのです。『若き力をお国に捧げて勝利の花を咲かせましょう』。私はこちらの標語がよいと思います」

絵を引き立てる、ですか、と池島が軽く鼻を鳴らす。

「内容ではなく、表紙の絵に左右されるってところが、いかにも女、子どもらしい蒙昧（もうまい）、いや無邪気さだ」

上里が軽く手を挙げた。

「折衷案を出します。『見よ　我ら乙女の心意気！　若き力をお国に捧げて　勝利の花を咲かせましょう』。どうです？　主筆と浜田君の標語をくっつけて一本にするってのは」

「美しくありません」

「僕は賛成しかねます」

「でもね、主筆。今回は、僕ぁ浜田君を推しますナ。読者の心を鼓舞する勢いある標語が今は必要でしょう。こんなに本土が爆撃されちまっては」

上里が部屋の窓を見た。この部屋の三つの窓は、二つが戸板でふさがれ、あとの一枚はひびが入ったところを補修してある。一月末に受けた空襲のせいだ。

荒れはてた編集部を見回し、波津子はうなだれる。

「わかりました。浜田さんの標語に変更します」

そんなに落ち込まなくても、と池島が笑った。

「標語なんて誰も見てないって。休刊したら国民の士気にかかわるってんで、社長は意地でも休刊しないっていうけど、正直、読んでいないでしょ、誰も」

「そんなこたぁ、わかりませんよ」

「暴言だ、池島さん。撤回してください」

「少ないながらも、きちんと売れています。ちゃんと待っている友たちがいるんです」

そいつは失敬、と池島があやまった。

「でも今の主筆の言葉の、読者を友と呼ぶ？　そういう感覚も馴染めない。おお、ぶるぶるする。背中に何かが走る。上里ならわかるだろ」

池島に答えず、上里がテーブルの資料を片付けだした。

「会議はこれでお開きにしましょう。いいですか、佐倉主筆」

「はい、結構です」

「じゃあ、主筆、僕はもう帰るよ。いいだろう、上里」

池島が席に戻ると、カバンを手にした。

待ってください、と思わず波津子は声を強める。

「まだ勤務時間中ですよ、池島さん」

こんなことを自分の父よりも年上の男に言うのも、おかしな話だ。

池島が帽子を取ると、指の上でくるりと回した。

「仕事はもう終わったよ。すみません、畑を広げたいって愚妻に言われておりまして。日が高いうちに家に帰って、庭を掘らなくては」

「なんたる勤務態度！」

浜田が声を荒らげたが、池島は動じない。

「畑を作るのもお国のためですよ。青臭いことを言っているひまがあったら、浜田君も畑を作ったらどうだい？　言葉じゃ腹はふくれない。……問題があるならいいですよ、佐倉主筆。社長に告げ口して、僕をよそに飛ばしてくれれば。少なくともここよりはマシだ」

「いくらなんでもそれはない、池島さん。大先輩に言いづらいが、編集長として、これは僕も見過ごせない」

「今度、作物を持ってくるから大目にみろ、上里。主筆にも贈呈しますよ」

「そうですか。お礼を申し上げたほうがいいのでしょうね」

精一杯の皮肉を言ったつもりが、「いいね」と池島が笑った。

「乙女主筆は礼儀正しくて。こういうところは話せるな。では皆様、失敬」

帽子をかぶると、池島が編集部を出ていった。

参ったな、と上里の声がした。

「あんな調子だから、あの人、本誌から出されたんだヨ」

「本当に畑を作っているんでしょうか」

しっかりしてくださいよ、と浜田が憎々しげに言った。

「問題はそこじゃない。だったら会社を辞めて畑を作ってればいいんだ。佐倉主筆、女でも、そこはガツンと言ってくださいよ」

すみません、と口にしそうになった言葉を、波津子は奥歯でかみつぶす。

オーバル席から立ち上がり、波津子は主筆の部屋へと向かう。

「それでは私、房江(ふさえ)先生のところに取りにいくものがありますので、あわせて表紙の絵の相談もしてまいります。標語が変わったのなら、先生の絵のイメージも変わるでしょうし」

「僕が行ってきますよ。僕の標語だし、房江先生の家は近所だ」

いいえ、と波津子は首を横に振る。

「お届けしたいものもありますし……。それに先生の下宿は女性ばかりですから、私のほうがよいかと思います」

なるほど、と浜田が鷹揚(おうよう)にうなずいた。

「それなら、おまかせしましょう」

主筆の部屋に入り、波津子は大きな黒檀のデスクに顔を伏せる。

編集部内では自分が一番後輩なのだから、意見が採用されなくても別に落ち込むことはない。しかしたとえお飾りの存在でも、主筆として懸命に考えて出した案がことごとく却下されるとさすがに辛い。

有賀が主筆となったときも、まわりはすべて先輩ばかりだった。

今より多くの編集部員のなかで、あの人はどうやって、仕事をすすめていったのだろう。

銀座から木炭バスに乗り、波津子は画家の結城(ゆうき)房江が住む両国(りょうごく)へと向かった。

現在「乙女の友」の表紙を担当している房江は、三十歳を出たばかりの穏やかな物腰の女性だ。当初は読者投稿欄などの挿画を描いていたが、今年に入って、表紙を担当していた有名な画家が従軍することになり、社長と上里の意向で急遽(きゅうきょ)、房江の起用が決まった。乙女主筆と新進女性画家のコンビで、銃後を守る女性たちが作る乙女の雑誌という雰囲気を打ち出すためだ。

その意向は房江も薄々わかっており、自分は実力で表紙の担当をかちとったのではなく、女だから起用されたのですねと、寂しげに言っていた。

その言葉を聞き、有賀と純司のゴールデンコンビとは行かなくとも、二人で誌面を守り立てていきたいと思ったが、ページ数が減ったので、房江の絵の魅力を活かす企画をたちあげるのが難しい。

バスの座席に身を預け、波津子は流れていく景色を眺める。

銀座の街は建物が崩れ落ち、バスが進むにつれて焦げた瓦礫で埋まった平地が次々と現れる。

一ヶ月半前、一月末の土曜の午後、この街は大規模な空襲を受けた。

あの日は執筆者のもとへ原稿を取りにいき、有楽町から大和之興業社へ歩いて帰る途中だった。あと少しで社に着くところで空襲警報のサイレンが鳴り、待避する間もなく、爆発音がした。

とっさに耳をふさいで路上に身を伏せたが、たったこれだけで鼓膜が守れるのかと思うほどの響きだった。顔を上げると、人々が争うように道の脇にあった待避壕に向かっていく。あわてて立ち上がり、そのあとに続いたが、壕が一杯になり入れない。やむを得ず壕から路上に戻ったが、その間にも上空から爆弾や焼夷弾の風切り音がする。爆発音が腹に響いてきて、柳の木の下にうずくまると、「こっちに来い」という男の声がした。

すがるような思いでその方角を見ると、道の向かいにある建物からだった。転がるように通りを横切り、その建物の防空壕に入れてもらった。

不安なまま二時間近くをそこで過ごし、警報が解除されて壕を出ると、あたりの建物は倒壊して、有楽町方面から凄まじい黒煙があがっていた。逃げてきた人の話だと、有楽町駅と銀座駅に爆弾が直撃し、駅構内は死傷者であふれかえっているようだ。

膝の力が抜けるのを必死でこらえ、会社へ走った。焼夷弾から飛び散った大量の油が引火して、崩れた建物から炎が噴き出している。バケツリレーでは到底消火できない規模の火災が道のあちこちで起きていた。

ふるえながら銀座一丁目にある会社につくと、建物は無事だった。しかし、ほとんどの窓が割れ、路上にガラスが散乱していた。

この一月の空襲で銀座、有楽町界隈で亡くなった人の数は二百名近いと聞く。なかでも銀座四丁目、五丁目界隈で上がった火の手の勢いは強く、四丁目の交差点付近は服部時計店を残して、焼け落ちてしまった。

バスを降り、隅田川に沿って波津子は歩く。

あれから一ヶ月半がたち、暦は三月になった。春は近いが風は冷たく、戦況は芳しくない。

房江が住んでいるのは、隅田川沿いにある小さな一軒家の二階だ。

門をくぐると、二階の窓が開く音がした。見上げると、房江が顔をのぞかせ、軽く手を振っている。色白でふっくらとしたきれいな手だ。

「佐倉主筆、いらっしゃい。見てましたのよ、川沿いを歩いてきなさるの」

「お恥ずかしい。ずいぶん険しい顔をしていましたでしょう」

寒いですもの、と房江が微笑んだ。

「誰だってお顔が強ばりますよ。早く上がっていらして」

二階の房江の部屋に上がると、あたたかい空気が身体を包みこんだ。房江が火箸で火鉢の炭をならしている。

「どうぞ、早く火のおそばに」

オーバーをかたわらに脱ぎ、火鉢に近寄って波津子は手をかざす。

ああ、と声が出たら、身体もゆるんできた。

「あったかい。気が安まります、房江先生」

「今日はことのほか冷えますものね。あら？」

火鉢の向かいで手をかざしていた房江が興味深そうな顔になった。

「佐倉主筆のモンぺって、どうなっていますの？　ちょっとお立ちになって」

言われたとおりに立ち上がると、房江が腰のあたりを見た。

「なるほど、お腰の紐の幅が広いから、そうやっておリボンみたいに紐が結べるわけね。ねえ、うしろも見せてくださる？」

房江に背を向けると、「なるほど」と再び声がした。

「すらりとして見えるのはこれね。腰のまわりにいくつかダーツが取ってあるんだわ」

「ニッカーズというズボンの作り方を応用したモンぺなんです。洋裁の先生から教わって、試しに作ってみたんですが、見映えも按配もよくて。次号で仕立て方を掲載する予定です」

前を向き、波津子はかがんで火鉢に手を当てる。部屋に入ってきたときはあたたかく感じたが、室温に慣れるとやはり冷えこむ。

「紐の結び方も、ふっくらとしてきれいですわね」

「コツがあるんです。純司先生から教えていただいた、リボンを髪に結ぶときの応用です」

「純司先生も……この間、出征なさいましたね」

「画家としての召集ですから、絵のお仕事をされるかと思うのですが……」

それほど身体が丈夫ではなく、疲れがたまると寝込んでしまう純司にとって、軍隊の生活は厳しそうだ。

誰もがみんな、それぞれの持ち場で耐えている。そう考えると、浜田の勇ましい標語はたしかに時代が求めているものかもしれない。

標語の変更の件を房江に切り出し、波津子は浜田の原稿を渡す。

見よ、我ら乙女の心意気、と房江が標語を読み上げた。

「わかりました。血の一滴までもお国に捧げるというお言葉に合わせて、もっと強い目をした乙女を描いてみましょう」

「よろしくお願いします。それから先日お願いした挿画の件は……」

「全部仕上がっておりますわ」

それはこの間急遽、依頼したもので、半分だけでも仕上がっていればありがたいと思っていた分だった。

「いつもながら、ありがとうございます、房江先生」

絵を風呂敷で包むと、「もう少しあたたまっていきません？」と房江がいたずらっぽく言った。

「佐倉主筆とご一緒したくて、今日はとっておきのものをご用意してありますの」

房江が机の上にある小箱を手に取ると、そっと開ける。

「まあ、おまんじゅう！」

思わず声がはずんだ。箱のなかには蒸しまんじゅうが二個入っている。最近は日々の食料すら配給がとだえがちで、甘いものを口にすることなどめったにない。

「昨日、下のご家族からお裾分けをいただいたんです。お嬢さんが明日から学童疎開をするので、大事にとっておいた砂糖と小豆でこさえたんですって」

房江が机の下から網と小鍋を出した。

「皮が固くなってしまったから、お湯に溶かして、お汁粉にしません？　そっちのほうがより長く甘味を味わえましてよ」

素敵ですね、と言ったあと、自分も「とっておき」を持ってきたことを波津子は思い出した。

「忘れておりました。私もささやかですが……」

袋のなかからあられ菓子を波津子は取り出す。

「ひな祭りは過ぎましたが、可愛いあられが手に入りましたので、ぜひ房江先生にと」

まあ、うれしい、と房江が目を細めた。

「お汁粉にあられを浮かせましょうよ」

いいですね、と言ったら、砂糖に飢えていたのか、腹が鳴った。

さっそく火鉢に網をかけ、小鍋に水を入れてまんじゅうを煮溶かす。箸で鍋をかきまわしながら、房江が言った。

「ねえ、佐倉主筆。あの噂、お聞きになりまして？　明日の陸軍記念日に、大規模な空襲があるってお話」

「編集部でもちらりとその話は出たのですが、デマだという意見もありました」

「デマならいいんですけど……」

房江が鍋をかきまわす手を止め、廊下のほうを見た。

「下のお母様がとても気になさっているんです。明日、お嬢ちゃんが列車で移動をするのに、大丈夫だろうかって」

でも……と房江が言い、再び鍋に顔を向けた。

「真実だとしても、一体いつ、どこへ逃げたらいいのでしょう。安全な場所など、どこにもないように思うのです」

「房江先生のご実家はどちらでしたっけ」

「私は田舎には帰れない身なんです」

うっかりしていた、と波津子は悔やむ。本人から聞いたわけではないが、房江は地方の名家の出身で、親が決めた結婚に逆らい、挙式前日に書生と駆け落ちしたという噂を聞いたことがある。

「ごめんなさい……立ち入ったことを聞いて」

「気になさらないで。ですから、もしものときに頼れる親族のことを考えると……いとこが一人、立川（たちかわ）の近くにいるのですが」

立川ですか、と波津子は口ごもる。立川は飛行場をはじめとして軍需工場が多く、先月も大規模な空襲を受けたばかりだ。

「……あのあたりも決して、安全ではないのかもしれませんね」

そうなんです、と房江がうなずき、鍋にひとつまみの塩を入れた。

「佐倉主筆のご実家は？」

「東京です。でも母が山梨の療養所にいるので、今は社長のお知り合いのところに下宿をしています。最近、山梨に来ないかという手紙を母からひんぱんにもらうのですが」

「どうなさるの？　疎開を考えていらっしゃる？」

「いいえ、東京にいます。友……十代半ばの女学生たちが挺身隊として工場で働いている以上、大人の私が主筆のお役目を離れて疎開をするわけにはまいりません。たとえ……お飾りの主筆であっても」

お飾りじゃありませんよ、と房江が強い口調で言った。

「果物三勇士のハッちゃん先生が、並みいる諸先生方を前にして、一番お若いのに主筆をお引き受けなすった……私、あのときは驚きました。でも、有賀主筆が目指した高みを、編集部一丸となってさらに目指していく。主筆就任のあのお言葉を読んで、今度は誇らしく思いました。そういう場所でお仕事をさせていただける自分のことを」

房江の言葉に強ばった心がゆるんできた。小鍋からは甘い香りがたちのぼってくる。

「乙女主筆の奮闘ぶりを見て、勇気付けられている人はいます。少なくともここに一人」

「房江先生……」

「頼りないかもしれないけど」

房江が鍋を火鉢に掛けた網から下ろした。

「全身全霊で支えます、ハッちゃん先生。『乙女の友』を守りましょう。こんな状況で世の中から読み物が消えたら、いよいよこの国はどうなるのかって、友たちは思いますよ。どんな形でも、出し続けることが希望につながると思うんです」

「希望、ですか?」

房江が小鍋の中身を茶碗に注いだ。

「希望です。新しい靴や服がなくても、ひもじくても、そこに読み物や絵があれば、少しは気持ちもなぐさめられる。明日へ向かう元気もわいてきます。腕をふるって絵を描きますから、友へ希望を届けましょう」

「ありがとう、房江先生」

涙がこぼれそうになるのを必死で止め、波津子は笑ってみせる。

「元気が出てまいりました」

「励みましょう。見よ、乙女の心意気。ほら、お汁粉ができあがった」

房江が茶碗を波津子の前に置く。それから机の下から漆塗りの小箱を取ると、なかから箸を二膳出した。

「いただきましょう、ひなあられをのせて。お汁粉パーティとしゃれこみましょう」

茶碗にピンクのあられを二粒入れて、波津子は汁粉を口にする。

久しぶりの小豆の風味に笑みが浮かぶ。明日、疎開をするという娘のために、母親が真心をこめて作ったのだろう。潤沢に小豆や砂糖が使えた頃の、なつかしい味がした。

「おいしい……。お汁粉ってこんなにおいしいものだったんですね。昔は何も考えずに食べていましたけど」

「あられもね。おひなさまを前にして、あられを食べていた頃がなつかしいわ」

階下から「ただいま」という女の子の声がした。明日、学童疎開をするという子だろう。

房江が封を開けたあられを見た。

「佐倉主筆、いただいたものを恐縮ですが、このあられを下のお嬢ちゃんにあげてもいいですか」

「もちろんです」

「あられは日持ちがしますものね。疎開先でのなぐさめに」

房江が机の上の手箱を取って、ふたをあけた。なかには色鮮やかな千代紙や包装紙がたくさん入っている。

「まあ、なんてきれいな紙」

「私のコレクションです。実は『乙女の友』の附録の千代紙もあるんですよ。純司先生がデザインした千代紙は私の宝物……でもお餞別だから、宝物の千代紙で箱をこさえてあげましょう」

薄緑の地色に薔薇の花をちらした千代紙を手に取り、房江が器用に箱を折っている。

数年前のものなのに、今も人の心を惹きつける雑誌の附録を波津子は眺める。自分は歴代の主筆や編集部の人々が作り上げてきた世界を引き継げているのだろうか。

附録もなく、内容も様変わりした誌面を思うと、心が痛む。時代のせいにしてしまえば、楽になれるのだけれど——。

日が暮れる前に、両国の房江の家から波津子は会社に戻った。編集部に顔を出したが、誰もいない。戸締まりをして、屋上へ向かう。

一月末の銀座への空襲で、賄いつきで下宿をしていた社長の知人の家が半壊した。波津子が入っていた部屋は無事だったが、風呂やトイレが吹き飛んでしまったのには困ってしまった。

家のあるじはトミという名の六十代の女性で、通いのお手伝いを使って、悠々自適の暮らしをしていた。籍こそ入れていなかったが、先代社長は妻を亡くしたあと、トミを夫人のような扱いをしていたそうだ。さらには彼女に株を残したので、トミは会社の主要な株主の一人でもあった。

トミの家が半壊すると、社長はすぐに修繕をすると言った。しかしあたりがこれほど焼け落ちては、波津子と二人、女だけで住むのは物騒なので、時局が安定するまで、会社の屋上にあるハトゴヤに住みたいと、トミは社長に交渉を始めた。あのハトゴヤは実はトミが先代社長にねだって、作らせたものらしい。

特定の社員と身内に便宜を与えるわけにはいかないと社長は渋ったが、大株主であるトミの意向を無視するのも辛い。そのうえ話の端々から察するに、どうやら社長は若い頃、トミにいろいろ助けてもらったことがあるようだ。

そうしたなか、夫の出征後、八丁堀で一人で暮らしていた経理部の女性社員、堀田倫子の家が全焼していたことがわかった。そこで焼け出された銃後の女性たちの救済策ということで、しばらくの間、女三人でハトゴヤで暮らすことになった。

屋上への階段をあがり、波津子はハトゴヤの扉を開ける。

おかえりなさいまし、と通いのお手伝いが一礼した。

「おかえり、ハッちゃん」

純司が打ち合わせに使っていた部屋から声がする。なかに入ると、トミが食事をしていた。

「お先にいただいてますよ。今日は芋粥ね。いやになっちゃう。びしゃびしゃしたご飯ばかりで」

「ご飯がいただけるだけ、ありがたいです。だってこの間は二日分の配給がコッペパン一個だったから」

「配給は配給、これはこれさ。ハッちゃんたちには、ここ一番のときに荷物を運んでもらわなきゃいけないからね、遠慮なくお食べ」

配給の食料だけならひもじいところだが、トミは長年、自宅で茶道、華道をはじめ諸芸全般を教えており、東京近郊に住む弟子たちがしばしば差し入れを持って訪れてくる。

三人の荷物は今、会社の倉庫の一角に置いてあるのだが、それ以外にもトミは手放したくない荷物をハトゴヤに持ち込んでおり、何かあった際には、倫子とともにそれを運ぶことを頼まれている。

そうした事情から、トミは配給以外で手に入れた食料を賄いとして気持ち良く振る舞ってくれる。こうした気っぷの良さがおそらく、弟子たちが今もトミを慕い、何かと差し入れを持ってくる理由なのだろう。

食事を終えると、トミはハトゴヤの一番奥にある部屋に入っていった。

純司が使っていた頃は打ち合わせの部屋と、そこに続いている仕事部屋しか入ったことがなかったのだが、実は仕事部屋の奥には隠し部屋のような四畳半があった。純司はそこを寝室に使っていたようだ。

その四畳半は今はトミが使い、仕事部屋は棚や屏風で仕切って、波津子と倫子がそれぞれの小部屋を作っている。

片付けものを終えたお手伝いを見送ってから、波津子は屏風で目隠しした部屋に入る。

布団を敷いて横になると、ため息が出た。

ここでの生活は慣れてきたが、唯一、寂しいとしたら電話がないことだ。

電話、と波津子はつぶやく。

こうして静かに一人でいるといつも思い出すことがある。有賀からの電話だ。

去年の春、どこで番号を知ったのか、トミの家に有賀から電話がかかってきた。トミは友人宅に出かけており、一人きりの夜だった。

胸の鼓動が速くなってきて、波津子は目を閉じる。有賀のことを思うと、甘い思いが胸にこみあげてくる。それは砂糖よりも甘く、何度思い出しても薄まることはない。

一年近く前のことなのに、有賀の声は今も鮮明だ。

――有賀が家に電話をかけてきたのは初めてで、波津子は受話器を握る手に力をこめる。トミの家の電話は一階の廊下にあり、電話機の隣には小さな籐椅子があった。

そこに座って、「有賀主筆」と呼びかけたら、「僕はもう主筆ではないんだよ」と有賀の声がした。

「私にとっては、いつまでも主筆です」

電話の向こうで、有賀が微笑んでいる気配がする。

――でも、僕はもう会社を離れた身だからね。主筆と呼ばれると、里心がついてしまう。

「では、なんとお呼びしたらよいでしょう」

――有賀でいい。親しい人は憲一郎と呼ぶけれど。

「お名前で呼ぶのは緊張します」

そうか、と有賀が答え、少し黙ったのち「元気かい」とたずねた。

「はい、おかげさまで。編集部は鈴木さんが出征されて、それから今度、敦子さん……佐久間さんが結婚で退職されます。人は減っていますけど、残っている人はみんな元気です」

――あなたにも結婚の話が出ていると聞いたけれど。

「それは敦子さんのことです。アッコとハツコを荻野先生が聞き間違えて、私にお花とお砂糖を送ってくれたんです……」

有賀がまた黙った。その沈黙が怖い。それでいて、心が高鳴る。

電話線の向こうに有賀がいる。この一瞬を、二人で共有している。胸の鼓動がどんどん速まっていき、「あのう」と声をかけたとき、有賀の声と重なった。

「どうぞ、お先に」

――佐倉主筆の就任挨拶を読みました。

「読んでくださったんですか？」

――力強くて美しい。あなたの文に、僕は感銘を受けました。

本当ですか、と言いそうになるのをやめる。この人は嘘を言わない。

――あなたの言葉に救われた。自分が為してきたことは、決して無駄ではなかったように思えて。

「無駄であるはずがありません。何をおっしゃるんですか」

ありがとう、と静かな声がした。

「有賀主筆は今、どこにいらっしゃるんですか？」

少したためらったのち、有賀がまったく別のことを言った。

――大事な用があって、電話をしたんだ。

「なんでしょう」

――僕は君に言い忘れたことがあった。僕が鈍感で臆病だったから、ずっと伝えられずにいたことだ。

「誌面のことでしょうか？」

「乙女の友」の誌面は、有賀がいた頃の面影はまるでない。詩画集や、暮らしに関する楽しい提案の読み物はすべて消え、雑誌のほとんどを占めているのは女学生が挺身隊として活動している工場のレポートと、彼女たちのインタビューだ。唯一の文化的な読み物は、国文学の研究者と果物三勇士が対談するという形式で、日本の古典文学を楽しく紹介したものだ。

もっと勇気を出して、検閲官と争うぐらいの姿勢を持って、誌面を作るべきだったのだろうか。

誌面のことではないよ、と有賀が答えた。

――もっと個人的なことだ。今度会ったら伝えるよ。

「いつですか？　待ってます。待ってますから」

――待たなくていい。いつになるかわからないから。

いいかい、と有賀の声が深くなった。

――君はそのときどきで、常に最上と思われる道を選んで、いつまでも元気に、幸せに暮らしていくんだ。それでいい、それがいい。

「今度会ったら、ということは、必ず帰ってきてくれるってことですよね」

有賀は黙っている。その間を埋めたくて、波津子は続ける。

「以前、言霊という言葉を教えてくださいました。口に出した言葉には、そうなる力が宿っているという……あれは古典、万葉集に出てくる言葉だったんですね。この間、そういう原稿を書いたんです。『磯城(しき)島の、大和の国は言霊の……』」

それから先が浮かばず、言葉に詰まる。電話の向こうから歌の続きが聞こえてきた。

――言霊の助くる国ぞ、ま幸(さき)くありこそ……柿本人麻呂(かきのもとのひとまろ)だね。

「そうです、柿本人麻呂。『磯城島の大和の国は言霊の助くる国ぞ、ま幸くありこそ』」

「ま幸く」とは「ご無事に」という意味だ。そこに「あり」と「こそ」がつくと、相手の無事を祈る言葉になるのだという。

「歌の意味は『日本の国は言葉の力が人を助ける国だ。だから私はあなたに申し上げます、どうかご無事でありますように』。いい歌ですね」

そうだね、と有賀が答えた。耳元でささやかれているみたいだ。

「私、原稿を書きながら、感じ入りました。千年以上も前、はるか古代の歌なのに、どうしてこんなに胸に迫ってくるんだろう……そのとき思ったんです。有賀主筆は『永遠なんてない』とおっしゃったけれど、もしかしたら、永遠ってあるんじゃないかって」

――そうであればと願うけどね。

「あるような気がするんです」

静かな時間が流れた。まるで有賀に見つめられているようだ。

心をこめて波津子は語りかける。

「私、この歌のとおりであるようにと願っています。言葉の力が働きますように。どんなときでも『ま幸くありこそ』、有賀主筆」

――僕は、憲一郎という名だったんだよ。

「ま幸くありこそ……憲一郎様」

――佐倉君も、ま幸くありこそ。

有賀主筆、と呼んだら、電話は切れた。

顔に血が上り、その熱を奪うように涙がこぼれた。熱い涙が頬をしたたり落ちる。

「待って……」

何を伝えてくれようとしたの？

今度会ったら、と言っていた。そのとき、何を伝えてくれるの？

「私の名前は、波津子っていうんですよ」

つぶやいたあとで思った。ハツでもいい。有賀が呼んでくれるなら、ハツという名前もきっと好きになれる。

――軽く目を閉じていたつもりが、気が付いたら眠っていた。肩が冷えていたのに気付いて、波津子は毛布を身体に巻き付ける。

屏風の外から、おさえた声がした。

「ハッちゃん、ハッちゃん、佐倉主筆」

「何……なんですか？」

「寝てた？　ごめんね」

目をこすりつつ、小部屋の仕切りから波津子は顔を出す。

暗い部屋の窓際に、堀田倫子が立っている。背が高くてすらりとした倫子は「ヤマコウの金庫番」の異名を持つ、経理の達人だ。

「どうかしました、倫子さん」

「何か聞こえる。外というか、空のほうから」

倫子のそばに立ち、波津子は耳をすます。音と言われても、よくわからない。

「私にはわかりませんが……窓を開けてみます？」

窓を開けると、冷たい風が吹き込んできた。今夜は風が強い。

風の音かしら、と倫子がつぶやいた。

「ごめんなさいね。私、最近、音に神経質になっているのかも」

「ひとまず休みましょうか」

布団に戻ると、風が鳴るような音がして、あたりが一面に明るくなった。昼間のような明るさに驚くと、「起きて」と倫子が叫んだ。その声と同時に爆音が響いて、建物が揺れた。

　再び外が明るくなり、耳をつんざくような爆音がした。奥の部屋から、防空頭巾をかぶったトミが転がるように出てきた。

「逃げよう、みんな、早く、外へ」

　空襲警報のサイレンが鳴り始めた。警報をかき消すように轟音が迫ってきて、建物が揺れる。防空頭巾をかぶって外に出ると、頭上に飛行機がいた。一機は通り過ぎたが、次々と別の機が低空飛行で頭上に迫ってくる。

　あまりの距離の近さに波津子は悲鳴を上げる。しかし声が出ない。トミが崩れるようにうずくまり、倫子がハトゴヤのなかに駆け戻っていった。

　うずくまったトミを抱きしめ、波津子は空を見上げる。

　うなりとともに爆撃機B29が五、六機ずつまとまって頭上に迫ってくる。その集団は絶え間なく増え続け、瞬く間に数えきれないほどの爆撃機が東京上空を飛んでいた。夜だというのに照明弾で外は昼間のように明るく、どの爆撃機も大量に爆弾を投下してい く。目をこらすと落ちていく爆弾にはそれぞれに布がついていた。それらは落下する間に布に火がつき、火の雨が地に降り注いでいく。焼夷弾という言葉そのもの、まさに何もかもを焼き尽くす爆弾だ。

　激しい爆音がして、建物が揺れた。トミが悲鳴をあげる。

　ハッちゃん、佐倉主筆、と倫子の声がした。ハトゴヤの扉を開け放し、倫子が風呂敷包みを抱えている。

「トミさんの荷物、投げるから受け取って！」

「わかりました」

いいよ、とトミが倫子に向かって叫んだ。

「いいんだよ、倫子ちゃん、荷物なんて」

振り回すようにして倫子が風呂敷包みを放り投げる。しかし中身が重いのか、波津子の手前、二メートルほどのところに落ちた。取りにいこうと、波津子が立ち上がるとトミがすがりついた。

「いいから、ハッちゃん。ここにいて、あたしを離さないでおくれ」

「トミさん、やれることはやっちまいましょう。あれ、大事な荷物でしょ」

「いいんだよう、命あっての物種だよ、倫子ちゃん、いいから逃げといで」

ハッちゃん、と倫子が叫び、両手で二つの風呂敷包みを持ってきた。

「続けていくわよ。何してるの、佐倉主筆、しっかりして」

トミさん、と波津子はトミを引き剝がし、周囲を見回す。夢中になってハトゴヤから出てきたが、屋上には身を隠す場所がまったくない。もしかしたらハトゴヤにいたほうが、屋根があるだけいいのかもしれない。

熱風が激しく吹き上がってきた。ハトゴヤを振り返ると、建物が揺らいで見える。顔を戻して、前方を見た。ハトゴヤへ戻る距離のほぼ二倍になるが、屋上中央に階段室がある。あの場から階下に逃げたほうがいい。

腰が抜けたのか、トミの全身が震え始めた。その震えを吹き飛ばすような大声で、波津子は再び呼びかける。

「トミさん、三、二、一で立ち上がって、あそこの階段室まで走りましょう。そうしたら先に下に行ってください。防空壕……地下室、そうだ、お風呂がある地下室、あそこならきっと安全。先に下りて」

「ハッちゃん、一緒に行こう」

「私たち、すぐに行きますから。いいですか、サン、ニ、」

イチ、と叫ぶ声とともに、立ち上がったトミをひきずるようにして波津子は階段室に走ってドアを開ける。そこへトミを入れると、すぐに一個目の風呂敷のところに駆け戻り、階段室に向かって投げた。いいから、いいから、とトミが叫ぶ。

「みんな、荷物はいいから。本当に、逃げよう」

「あとちょっとですから。トミさん、受け取って！」

続けて波津子は、二個目、三個目の風呂敷を走ってつかみ、階段室へ放り投げる。その瞬間、頭上を一機の爆撃機が通っていった。

悲鳴を上げてうずくまると、倫子の声が聞こえた。

「佐倉主筆、これで最後。これはあたしたちの避難袋！」

枕元に置いていた、避難用のズックの肩掛けカバンを倫子が放り投げたとき、すさまじい音とともに足元が激しく揺れて、身体が横に投げ出された。わけがわからぬまま床に手を突くと、再び建物が激しく揺れて、ガラスが割れる音がした。揺れがおさまってから顔を上げ、あたりを見回す。

ハトゴヤにいた倫子の姿がない。

「ミチさん、倫子さん、大丈夫ですか。どこ？」

大丈夫、と倫子の声がしたと同時に、背後の階段室からトミの絶叫が上がった。

「トミさん！　どうしたの？」

「ビル、ビルが、ああ、ああ！」

振り返ろうとしたが、頭上をまた爆撃機が通過していく。熱風が身体を取り囲む。それは飛行機の熱なのか、地上からの炎熱なのか、もはや判別できない。顔を上げておられず、がたがたとふるえながら波津子はうずくまる。

怖い。爆撃機の下に、身一つでいるのは。あまりの無防備さに震えがとまらない。

それでも倫子とトミが心配で顔を上げると、倫子がよろよろとハトゴヤの戸口に現れた。その目が見開かれ、口に手を当てている。

「さ、さ、佐倉主筆、うしろ」

倫子の言葉に背後を見て、波津子は悲鳴を上げる。ハトゴヤは東西に長いビルの西の端にあるのだが、振り返ったら、ビルの東の端の柵がなかった。爆風で吹き飛んだようにも、一部が崩壊したようにも見える。

自分と倫子の分の肩掛けカバンを拾いあげ、波津子はハトゴヤに声をかける。

「倫子さん、一緒に階段室へ行きましょう」

ＯＫと言った倫子が掛け布団を頭にかぶって走ってきた。驚くほどの速さだ。

「入って、佐倉さん」

二人で掛け布団を持ち、階段室まで走る。

街のあちこちで天を焦がすほどの火柱が立っている。その火柱の近くには今の自分たちと同じく、あたたかな寝床で眠っていた大勢の人たちがいる――。

階段室にたどりつき、扉に手を掛けたとき、倫子が動かなくなった。

倫子が両国の方向を見て、呆然としている。

「佐倉主筆……あれ見て」

紅蓮（ぐれん）の炎が柱となり、やがてうねりだし、竜巻のように動き始めた。そのひとつが地を這っていく。火の川だと思ったとき、川ではないと気付いた。道に沿って炎が走っているのだ。倫子が指を指した。

「佐倉さん、あれ……あれは？」

倫子の指先を見る。隅田川とおぼしき場所からも炎が上がっている。

「川……。川が燃えてる……？」

トミが階段室から出てきた。じゃりじゃりと音がするのは割れたガラスのようだ。

「何もかも燃えてるよぅ」

倫子が力なくその場にしゃがみこんだ。

「私、もう……だめ」

「ち、地下に行きましょう、皆さん」

「地下に行ってどうなるの、佐倉さん。ビルが崩れたら終わりじゃない？」

「このまま降りて、防空壕に行くっていうのは」

「危ないわ、見てよ、あんなに火の手があがったら、防空壕に入っては逃げ場を失うわ」

「じゃあ、どうしたら」
五、六機で編成された隊列が再びこちらに向かってきた。
金庫室に行こう、と倫子が言った。

「三階の、総務の奥の部屋。あそこには四隅に柱があるから、たぶん、どこよりも頑丈なはず」

「行きましょう。トミさん、歩けますか？」

「歩くよ。貴重品は階段下に投げこんじまったし」

倫子とともにトミの腕を取り、波津子は三階の総務の部屋へと階段を降りる。四階に降りたとき、再び爆発音とともに建物が大きく揺れた。

投げ出されるようにして、三人で廊下に身を伏せる。

いつ終わるの、と倫子がつぶやいた。

「早く終われ」

もう動きたくない、と弱々しくトミが言った。その足から血が流れている。

「トミさん、足が」

ズックの袋から手ぬぐいを出して波津子は傷を押さえる。

「さっき、階段室のガラスが割れてね。でもさ、ちっとも痛くないんだ」

「あとで痛くなるかもしれないから。とりあえず縛っておきますね」

足の怪我の手当てをしたら、「どこへも行きたくない」とトミが訴えた。その言葉を聞き、互いに身を寄せ合うと、立ち上がる気力が薄れていった。そのまま三人でふるえながら一枚の布団をかぶって隠れ続ける。

何時間たったのか、わからない。あたりが静かになったので、おそるおそる三人で窓の外を見る。

夜明けの薄明かりのなか、煙が上がっている。銀座方面もひどかったが、下町方面の煙は数えきれぬほどに立ちのぼっていた。

朝が来ると、昨夜の空襲の惨状が明らかになった。屋上から見ると、銀座周辺は焼けただれ、鉄筋コンクリートの建物だけがぽつりぽつりと残っている。

壮絶な火柱と炎の竜巻が何度も起きていた下町方面は道と川をのぞき、どこまでも黒焦げの地面が広がっていた。

隣に立っていたトミがゆっくりと膝を突いた。倫子とともに助け起こすと、トミは力無く首を横に振り、ハトゴヤに戻っていった。

倫子とともに地下室に向かい、そこに避難していた他部署の社員と合流して、波津子は会社の建物を点検する。

大和之興業社のビルは東西に細長く、ビル内には建物の中央と東端に階段が設けてある。東端の階段付近は主に資料室や倉庫、会議室といった部屋が設置されていたのだが、今回の空襲では階段もろとも、それらの部屋が崩壊していた。割合でいくと、五分の一が崩れて消えている。

ビルの内鍵と防火扉を開けて外に出ると、よろめきながら、人が歩いてきた。髪がすすけて、靴の底がめくれている。

屋上へ戻ると、トミが炊いた麦飯を握っていた。朝食にすすめられ、一つを口にする。昨日の礼と、昼の分だと言って、倫子と波津子に二つずつ小さな握り飯を渡すと、トミは出かけようとした。家の様子を見に行くという。

あわてて波津子はトミを止める。

「トミさん、待って。もう少ししてからのほうがいいです。まだ火がくすぶってるし」

だからだよ、とトミが落ち着いた顔で言った。

「足もたいして痛くないし、家のまわりを見てこなくちゃ気が済まない」

「それならせめて、もう少し日が高くなってから」

おおい、と声がして、階段室から上里が出てきた。

「上里さん！」

「よかった、みんな無事で」

階段を駆け上がってきたのか、上里が肩で息をしている。

「僕ぁ、もう……。ビルディングの一角が崩れているのを見たら、いやな予感しかしなくて」

「上里さんのお宅のほうは？」

「うちはなんとか。でも二階の物干し台から見たら、こっちの空が真っ赤でね。あんな……あんな空を初めて見た。ここへ来るまでも、いろいろひどいことになってたが、下町方面はもっとひどいらしい」

「浜田さんと、房江先生が」

そうなんだよ、と上里が両国方面を見た。

「人がぽつりぽつりと歩いてくるんだが……その様子が……。僕は浜田君の安否を確認してくる。房江先生のご様子も見てこよう」

「私も……私もご一緒します」

房江は東京には立川の親戚以外、身寄りがないと言っていた。この情況では、立川からはすぐに駆けつけられない。房江も自分もこの東京で一人で働く身だ。

ここにいなさい、と上里が両肩に手を置いた。

「それよりも今すぐにでも疎開しろと僕は言いたい。地獄もかくやという空の色を見て思った。女性と子どもはもう都市部にいてはいけない」

「どこにいても同じです」

「あたしも、家を見てきますよ」

いえいえ、と上里がトミを押しとどめた。

「ここにいてください。社長が来ますから、それからでも遅くない。みなさん、興奮状態にいるんですよ。一睡もしていないでしょう。まずはお休みになってください」

寝られませんよ、と倫子がつぶやく。

「それでも、です。寝ないとあとがもちません。ハトゴヤは鍵が閉まるでしょう。安心できますから。では僕は」

上里が階段室へ歩いていった。握り飯を弁当箱に入れて横掛けのカバンに突っこみ、波津子は上里のあとを追う。

「上里さん、私も、私もまいります」

上里が目をしばたたかせた。

「佐倉主筆、気持ちはわかるが。若い女性が見てはいけないよ。来る途中、ひどい光景を僕は見てしまった。両国方面はもっと悲惨って話だ」

「一緒に行っては足手まといですか？」

「いや、人手はあったほうが良いですがね……」

「お飾りであっても、私は責任ある地位をいただいております。それをまっとうしなければ。私も浜田さんと執筆者を探します」

一緒に階段を降りていくと、上里が小さなため息をついた。

「では一緒にいきましょうか。歩いていきますが、本当に途中で帰ってもいいですよ」

「いいえ……。昨日、房江先生と話したばかりなんです。今日は空襲があるのかって話を。先生のお身内はいとこが一人、立川にいるだけらしいです」

再び、上里が深いため息をもらした。

「房江先生のご実家は東北のほうだから、ご家族もすぐには動けまいね。早くしないと身元不明のご遺体は埋葬されてしまう。関東の大震災のときがそうだったから」

「ご遺体だなんて……」

何も言わずに上里が階段を降りていく。

会社を出ると、倒れた電信柱が目に入った。近隣の建物はほとんどが木片とコンクリートの塊になっている。

上里のあとに続き、波津子は歩き出す。しばらくして、上里が足を止めた。

「あれは……丸善か」

黒焦げの瓦礫の先に老舗書店の本館があった。いつもならまだ見えない場所なのに、一帯の建物が焼失したせいで、はるか遠くの焼け残った建物が見える。

上里が再び歩き始めた。

道の両脇に黒い丸太がてんてんと並び始めた。それが人だと気付き、足がすくんだ。道を曲がると、炭のようになった遺体が路上に折り重なっていた。奥歯をかみしめ、必死で歩き続ける。

さらに進むと、ところどころ地面が熱を帯びていた。薄い靴の裏から熱さが這い上がってくる。火はまだくすぶり続けているようだ。細い煙がほうぼうからあがっている。

これまで嗅いだことのない、強いにおいがした。

向かいから、ぼろぼろの布をまとった人がふらふらと歩いてきた。似たようなにおいがする。それを嗅いだあと、路上に並べられた遺体を見て、においの理由がわかった。

考えては駄目だ、と波津子は奥歯をさらに強くかむ。考えたら、叫び出してしまいそうだ。

うつむいたまま、上里が前を歩いていく。遅れぬように足を動かしていくうちに、両国橋にさしかかった。

　橋のたもとで思わず足が止まる。橋の上は遺体だらけだった。その下の川にもおびただしい遺体があるのが見える。

　こらえきれずに嗚咽をもらすと、先を行く上里が振り返った。腕で顔をぬぐい、波津子は歩き続ける。行く手をふさぐように倒れている遺体には、心のなかで手を合わせて、またいで通る。

　ようやく浜田の家に着いたが、地面がえぐれているうえ、柱も何も残っていない。

　上里が手を合わせたあと、あたりを念入りに調べ、「ここにはいないようだ」とつぶやいた。

「では、どこかに逃げのびて」

「それを祈っていますがね。主筆は房江先生の下宿に行ってください。避難所の位置を確認してきますよ。浜田君とご家族がいるかもしれない。四十分後にここで落ち合って、その後の方針を決めましょう」

　では、と言うと、上里が歩いていく。急に一人になって心細いが、房江の家に向かった。

　五分とかからず房江の下宿に着いた。そこも浜田の家と似た状況だ。

　上里がしていたように、炭化した敷地内を見る。

　こらえきれずに「房江先生」と呼んでみたら、二階の窓から微笑んでいた姿が心に浮かんだ。

「房江先生……ふさ……」

身体がふるえてきて、涙が出そうになったが、寸前で止める。

「泣いては……いけませぬ」

不意にフローラ・ゲームのカードの言葉が口をついて出た。お守りのように、今も机に忍ばせている、ヒヤシンスのカードの意味は「泣いてはいけませぬ」だ。

泣いてはいけませぬ、と再び波津子はつぶやく。

「まだ亡くなられたわけではない。上里さんが行っている避難所で、お目にかかれるかもしれない。泣いてる場合では……」

何をするべきかを必死で考え、波津子はカバンから原稿用紙を出す。

震える手で、房江への伝言を書いた。

「ここにお住まいの結城房江先生をさがしています。
ご連絡乞う　大和之興業　乙女の友　佐倉」

細い鉄の棒が地面に一本、刺さっていた。二階の窓の手すりだ。

腰の手ぬぐいを小刀で裂いて紐をつくり、原稿用紙の二箇所に穴を開けて、結わえ付ける。風でちぎれないかと心配になったが、とりあえずはこれでいい。

川のほうから布団をかぶった二人連れが歩いてきた。片方は女性で、男性がその身体を支えながら歩いている。布団は穴だらけで、女性は足にぼろをまきつけている。小さな声がした。

「佐倉……君」

「浜田さん？　は、浜田さんですか？」

男が腕で顔のすすを拭う。焦げた髪のせいで気付くのが遅れたが、浜田良光だった。

「よかった、浜田さん。よかった、よくぞご無事で。探してたんです、ご自宅、ご自宅が」

どうなってた？　と浜田がつぶやく。

「おうちは……焼夷弾が直撃したみたいで、穴が——」

浜田がうなだれ、隣にいる女性が深い息を吐いた。

「間一髪だったんだな。それにしても君が来るとは」

驚いた……と浜田が言うと、身を支え切れぬようにして女性がしゃがみこんだ。年配の女性だ。

「お母様でいらっしゃいますか？」

「そうです、僕の母」

「ご家族もご無事で。おなかはすいてませんか。どうぞこれを」

横掛けのカバンから、握り飯が入った弁当箱を二人に渡す。ふたを開けた浜田が「ありがたい」とつぶやいて母親にひとつを渡し、残りを食べようとした。しかし、すぐに弁当箱に戻した。

「どうぞ浜田さん、遠慮なく召し上がってください」

「いや、遠慮なくいただかせてもらうよ。ただこれは妹と姪っ子に食べさせてやってもいいかい」

「どちらにいらっしゃるんですか」

はぐれた、と浜田の母がぽつりと言った。

「娘……娘と孫……はぐれてしまって」

母親が弁当箱に握り飯を戻そうとしている。食べて、と浜田がその手を押し戻した。

「お母さんは食べてください」

母親が肩をふるわせた。

「私……私があのときチーちゃんの手を離さなかったら。あのとき、離してしまったから、は、橋の上で。だから、だからミサコは」

目を見開いたまま、浜田の母が泣いている。

「お母さん、ミサコもチエも死んだと決まったわけじゃない」

無事でいるかもしれないから、と浜田が母に言う。

腰の手ぬぐいを波津子は浜田の母に渡す。

「今、編集長……社の者が避難所を確認しています。もしかしたら、妹様たちもそこにいらっしゃるかもしれません。四十分後にお宅の前で待ち合わせをする約束……あと十分です」

「上里さんも来てるんだ」

ハイ、とうなずいたら、浜田が焼け跡に目をやった。

いる。

「ここは……房江先生の下宿か」

三人で浜田の家の前に向かうと、上里はすでに待っていた。

浜田親子の無事を見て喜んだが、妹と姪の行方がわからないと聞いて顔をくもらせている。

お母さん、と浜田が母を呼んだ。

「サチコとチエを探してきますから、とりあえずここで待っててくれますか。あの二人が来るかもしれない」

お待ちなさいよ、と上里が軽く首を横に振った。

「妹さんには伝言を残して、ひとまずご母堂は僕と佐倉主筆と会社に行くというのはどうかね？」

それは……、と浜田の声が小さくなった。

「大株主とはいえ、前社長の愛人や女子社員を屋上に住まわせるなど公私混同、はなはだしいと批判した手前」

「そんなことを言っている場合じゃないだろう」

上里の言葉に、黙って波津子は原稿用紙とペンを差し出す。

「妹様がたにご伝言をこちらへ」

手ぬぐいをもう一度裂いて波津子は紐を作る。浜田が妹への伝言を書き始めた。その伝言を焼け残った水道管に結わえ付け、上里とともに社に帰ると、時間は午後の二時を越えていた。

浜田の母親をハトゴヤで寝かせて、波津子は編集部に行く。主筆の部屋に入るやいなや、階下から総務の男性社員が上がってきた。

「佐倉主筆、焼け跡で伝言を見て来たという方が」

「誰？　女性？」

「女性です」

房江だろうか、それとも浜田の妹だろうか。あるいは二人の消息を知る人か――。

階段を降りると、すすだらけの女性がしゃがみこんでいた。髪は乱れて、ところどころが茶色い。顔を上げると、房江だった。

「房江先生！　先生、ご無事で」

房江が弱々しい目を向けた。

「佐倉主筆。ご伝言ありがとう、恥……恥をしのんで、お言葉に甘えてまいりました」

「よくいらしてくださった。本当に……休めるところがありますから、どうぞ上に、屋上にいらしてください」

房江を支えるようにして、ハトゴヤに上がる。座布団を敷いて房江を座らせたあと、洗面器と湯を運んだ。

「本当によくぞご無事で……良かった」

良くはありません、と房江が顔を拭った。

「何をおっしゃるんですか、ご無事で良かったです、房江先生」

「私、下のご家族と一緒に逃げたんです、けど……ほんのちょっとの差で……」

房江が顔を拭く手を止めた。

「先生、どうか、今は思い出さずに」

房江が髪に櫛を当てると、茶色に変色した髪がぱらぱらと抜け落ちた。

「髪……焦げたのね。櫛が、通らない」

房江の髪を見ると、水分を失った髪が縮れて絡みつき、櫛の歯を止めている。

「房江先生、私がお髪(ぐし)を梳(と)かします」

いいんです、髪なんて、と言い、房江が櫛を抜くと、髪も一緒に抜け落ちた。

「佐倉主筆……私、地獄絵図を見た。本当にあったんですね、炎熱地獄。でもね、地獄の業火で焼かれるようなことを、下の家のナオちゃんとお母さんはしたんでしょうか。なけなしの砂糖と小豆で、娘のためにおまんじゅうをこさえた優しいお母さんとお嬢ちゃんが一体何を、どんな罪を犯したって言うんですか」

わかりません、私には、と房江が泣いた。

「何ももう、わからない。佐倉主筆、私たちがあげた、あのひなあられの箱を後生大事にナオちゃんは持って……私の目の前で燃え……」

忘れられない、と房江が波津子の両腕をつかんだ。

「目を開けても閉じても、あの親子の最期(さいご)が焼き付いて離れない。佐倉主筆、私はもう駄目、もう駄目です、もう何も描けません、一生、一生」

波津子にすがりつき、房江が声を上げて泣いた。その背に腕をまわすと、こらえていた涙がこぼれ落ちた。

「房江先生……どうか、少しお休みになって。すぐに、横になれる場所を作りますから」

「いいえ、このうえ主筆に甘えてしまったら、私はもう……」

房江が身を離して、涙を拭いた。

「佐倉主筆が出してくださったお着替え、本当に申し訳ないですが、いただいてもいいでしょうか。私、立川の縁者のもとへ身を寄せて……」

帰ります、と血を吐くような声を房江が出した。

「ふるさとへ帰りたい。許されるものなら、故郷を見て死にたい」

だから、と房江がささやいた。

「この衣類、近日中にお返しにあがれそうもない。だから東京の思い出に……私が為した仕事の記念に、譲っていただけませんか」

「こんなもので……よろしければ」

もう、行きます、と房江が立ち上がった。できるだけ早く、親戚のもとに向かいたいのだという。

会社の玄関まで見送ると、房江がビルを見上げた。

「どうか許して、佐倉主筆。全身全霊で支えると言いながら、私……逃げ出してしまう」

「逃げるわけじゃないです、先生。ふるさとに帰るだけ。いつかまたご一緒に」

ビルを見上げていた房江が波津子を見つめた。

「ハッちゃん、波津子先生……佐倉主筆。あなたのことは生涯忘れません。私を探しにきてくれたこと……一生忘れない。もう二度と会えなくても、私のこと、友と思ってくれますか」

「もちろん……もちろんです」

一度も振り返らずに、房江は歩を進め、やがてその姿は焼け跡のなかで小さくなっていった。

それから八月の終戦までの五ヶ月、どう過ごしたのかあまり記憶がない。サイレンが鳴ったら防空壕にもぐり、再びサイレンが鳴ったら壕を出る。その繰り返しだった。「乙女の友」は七月号まで刷ったが、それが国内のどの書店で売られていたのかもわからない。

八月の終わりの昼下がり、波津子は大和之興業社の瓦礫の前に立つ。終戦以来、崩壊した瓦礫の撤去を社員の手で少しずつ始めている。そうしているうちに、瓦礫の下から焼け残ったいろいろなものが出てきた。

そのなかで波津子が気になるものは、色褪せた紙だ。資料室に納められていた明治以来の雑誌や書籍だろう。大半は燃えたり焦げたりしたものの、なかには原形をとどめているものもある。

自作のマスクで鼻と口を覆い、波津子はそうした紙類を集める。宝探しのような作業をしていると、ほんの束の間、会社を覆う虚脱感から抜け出せた。

この虚脱感は社内だけではなく、街全体、日本全体を覆っている。そのままでいると、気力のすべてが抜けていくようで、瓦礫の下の「乙女の友」を回収することを決めた。

さっそく明治四十一年の「乙女の友」を見つけて、ページをめくる。紙同士が貼り付いて、注意しないと破れてしまうが、読めないことはない。

目次を見ると「心地(ここち)好い睡眠のためにできること」という特集があった。

「睡眠……か」

小さな声で独り言を言ってみる。

本郷の実家がある一角は奇跡的に焼け残っており、母と暮らしていた家は無事だった。元は下宿屋だったこともあり、今はそこでトミと彼女のお手伝い、そして経理の倫子とともに暮らしている。久々の実家での暮らし、しかも戦争が終わったことで、灯火管制も、夜の空襲におびえることもなく、ゆっくり眠れるようになったのに最近、いくら眠っても寝た気がしない。まるで夢のなかにいるみたいだ。

しばらく進んでいくと、瓦礫の奥に色褪せたフローラ・ゲームが落ちていた。

編集部にあったこのゲームは、カードが欠けていたが、資料室のものなら、完全にそろっているかもしれない。

胸をときめかせて箱を開ける。

カードはすべてが互いに貼り付き、かたまりのようになっていた。期待が大きかった分落胆も大きく、コンクリートの塊の上に波津子は腰を掛ける。

無残なカードを見たら、あらためてこの国は戦争に負けたのだと実感した。

顔を上げて、あたりを見回す。

華やかだった銀座は焼け野原で、乙女に夢を届けた雑誌は瓦礫のなかに埋もれている。有賀も純司も、そして大勢の社員たちの姿も消えていき、誰もまだ戻ってこない。焼け残った雑誌を拾うのは、帰らぬ人たちの骨を拾っているようだ。

縁起の悪いことを考えてしまい、あわてて波津子は首を横に振る。

背後から足音が近づいてきた。反射的に立ち上がり、波津子はうしろを確認する。

軍帽を目深にかぶったひげ面の兵隊が歩いてきた。大きなリュックを背負い、痩せた肩に肩紐が食い込んでいる。

ガラスの破片を拾い、波津子は軽く背中に隠す。男が不埒なことをしてきたら、太ももに刺して逃げるつもりだ。

兵隊が小走りで近寄ってきた。ガラスを持つ手に力をこめると、「佐倉主筆」と声がした。

続いて「おやおや」と面白がっているような声がする。

「つれない人だ、僕のことをお忘れか？」

男が帽子を取った。ひげ面に戸惑ったが、わかった瞬間、驚くほど大きな声が出た。

「純司先生！」

「思い出してくれて恐悦至極」

「だって、おひげが」

これかい？　と純司が顔に手をやった。

「本当はどこかでちゃんと身なりを整えて来たかったんだけどね。除隊先から列車に乗って東京駅で降りたら、街の変貌ぶりに驚いて、ここまで来てしまった」

「お痩せになられて……」

「痩せたのはみんなおんなじさ……。それに人が少なくなったね。編集部に顔を出したら、あんな広い部屋に上里さんが一人でぼんやりしていたよ。浜田さんは？」

「お身内の体調が悪くて」

のちに東京大空襲と呼ばれる三月の空襲のあと、浜田の妹と姪は無事が確認されたが、この夏の暑さに母親が体調を崩し、浜田はここ数日、出社していない。

最年長で口が悪い池島亮は五月の空襲で怪我をして、八月になった今も静養中だ。上里は半月前の終戦の勅語(ちょくご)を聞いて以来、魂が抜けたような顔をしている。それは上里に限らず、みんなそうなのだが――。

何はともあれ、と純司が会社のビルを見上げた。

「戦争は終わった。僕の水兵稼業はおしまいさ、と言っても、僕はずっと陸にいる仕事だったけどね」

「どんなお仕事をなさっていたんですか？」

「描く仕事が多かったね。漫画家さんたちと仲良くなったよ」

さて、と純司が大きなリュックを下ろし、なかから缶詰を三つ出した。

「ハッちゃんに缶詰をあげよう」

「えっ？　缶詰？　あ、ありがとうございます」

牛肉が入っている缶詰を手にして波津子は戸惑う。食料はとても貴重だが、どうして突然、純司は缶詰をくれたのだろう。

「乙女の友」の主筆にご挨拶さ、と純司が笑っている。

「そんな……ご挨拶なんて」

挨拶をしたからね、と純司が念を押すように言うと「次号はどうするの？」とたずねた。

「次号と申しますと？」

「次の号だよ、どうするんだい？　会議はしたの？」

それが……と波津子は編集部がある四階を見上げる。

「そんな状況ではなくて。浜田さんはお身内のことで忙しいし、上里さんは」

「完全に気が抜けてたね」

「編集部員は今、私を含めて、この三人しかいないんです。本当はもう一人いるんですけど療養中で」

それで？　と純司が軽やかに聞いた。

「だから、何も考えていないんです」

純司がため息をついた。

「いやだね。もう言い訳かい？　有賀さんが聞いたらなんて言うだろう」

「それをおっしゃらないでください」

やだやだ、と波津子が拾った「乙女の友」を純司が手にした。

「終戦二ヶ月前まで発行していた気合いの入った雑誌が、たかが戦争に負けたからといって、このままおめおめと引っ込むつもりかい？」

「たかがって……軽くおっしゃらないでください」

そうだね、と純司が低い声で言った。

「でもそう思わないと、僕はやりきれない。そう考えないと、失ったものの大きさに、立ち上がれなくなってしまう。しかしそれでは亡くなった人たちが浮かばれない」

「何を作ったらいいんでしょう。何を特集すれば？　想像がつきません」

決まってるよ、と純司が手にした「乙女の友」を見る。

「『友へ、最上のものを』。ただ、それだけ。心をこめて、それを届けるだけ」

「その最上がわかりません。何が最上で、何が正しいのか」

答えはこのなかにあるのさ、と純司が瓦礫を指し示した。

「瓦礫のなかに？」

純司が建物の残骸の間を歩き始めた。

「やることはいっぱいある。まずは手持ちの古布で、暮らしに役立つ美しいものを作ろう。手に入る食物がわずかなら、その滋養を最高に引き出し、たくさんの人のおなかを満たす調理法を考えよう。お風呂に入るのが難しいのなら、別の方法で身だしなみを整えることを考えるのさ」

僕らが敬愛する彼ならば、と純司が微笑んだ。

「きっとこう言う。巻頭には文化の香り高き詩を。誌面の中盤には心癒やす物語を。今の時代に必要な智恵と工夫と美を、日本の叡智を結集して届けるんだ、僕らの友たちに」

純司が薄汚れた布の切れ端を拾い上げた。

「ごらん、きれいな布地だ。元はカーテンかな、いい生地だ。洗って使えるだろう。おや、こっちには天鵞絨が。そんなに色が褪せてないぞ。ふむ」

リュックから小刀を出すと、純司が赤い天鵞絨を切り始めた。

「何もかもなくなったわけじゃない、人がいる。人が残っている。この町は明治の大火や大正の大震災のときもこんな状態になったんだ。壊滅状態から何度も復興してきた町の雑誌社なんだよ、君が働いているところは」

純司の手のなかで刃物がきらめいている。やがてその手のなかで一輪の花が姿を現した。

「ほら、ゴムをつければ髪飾り、服に縫い付ければコサージュになるよ」

椿の花のようなぽってりとした赤い天鵞絨の花を差し出され、波津子は受け取る。

こんな美しい細工を久しぶりに見た。

「一ヤールの布があればね、工夫次第でなんでもできる。僕がいちばん得意とするものは、どんな暮らしのなかでも日々を愛で、大事な家族や友人たちと心愉しく過ごす術さ」

身軽に瓦礫のなかを歩いていった純司が、軽く声を上げた。

「おやおや、これは素晴らしいものを見つけたよ」

瓦礫と瓦礫の間に純司が手をはさんでいる。しばらく何かをさぐっていたが、「ほら」という声とともに、茶色の小箱が現れた。

「なんですか、それ？」

「大正七年、『乙女の友』創刊十周年と書いてある。記念品だ。オルゴールだね。なんてきれいな寄せ木造りだ」

純司がオルゴールのゼンマイを巻き、ふたを開けた。

可憐な音で「アンニー・ローリー」が流れ始めた。

佐倉君、とあらたまった声で純司が言う。

「作ろう、もう一度、今だからこそ」

美しい音色に耳を傾けていると、なつかしい日々が心に浮かんできた。

敬愛する人の斜めうしろに立ち、編集作業や原稿の書き方を一つひとつ丁寧に教えてもらった日々だ。

その人が掲げた標語を思い出す。

友へ、最上のものを——。

今こそ。今だからこそ。そう思ったら、大きな声が出た。

「先生、私、目が覚めました。ええ、作りましょう。作りましょうとも」

「そう来なくては」

純司がオルゴールをコンクリートの残骸の上に置いた。

「復員して、いの一番に、ここに来た。戦争は終わったんだ。もう一度僕を、『乙女の友』に起用してくれないか」

「純司先生が？」

純司は出征前に自分が営んでいた店で「四季の彩り」という小冊子を編集して売っていた。それは年間購読をした乙女たちに郵送される冊子で、かつての「乙女の友」のように、隅々まで純司の目が行き届いたものだった。

「純司先生なら、もうご自分で雑誌を興すことができるではありませんか」

「いつかはそうする。だけど今は佐倉主筆と組みたい。主筆就任のときに書いていただろう。『乙女の友』は灯台のような雑誌でありたいと。まさにそれさ。暗がりのなかに光をともす存在。友の心にあかりをともし、そしてちりぢりになった仲間たちが、この光を頼りに帰ってこられるようにする……泣くな、君」

「泣いてなんて……いません」

オルゴールの音が止まった。純司が再びネジを回して、音楽を鳴らす。

「復興してみせるさ。大火だって震災だって、先人たちは乗り越えてきたんだ。今度は僕らの番だ」

そうだろ？　と言われて、黙ってうなずく。

きっと、そうだ。今こそ高く、あかりを掲げるときなのだ。

終戦二ヶ月前まで出した雑誌なのだから、二ヶ月後には再開したい。その志を胸に持ち、十月、十一月合併号として、なんとか十月の発売日には、雑誌を作ることができた。

今までは刷った雑誌は取次と呼ばれる、書店へ本を卸す問屋に納めていた。しかし終戦したばかりで大和之興業社の態勢もまだ整わず、今回は試験的に少しの量を刷ったという形で、書店から直接の注文を受けて売ることになった。

果たして雑誌を買う読者はいるのだろうか。そもそも書店は再開しているのだろうか。

不安を払おうと、会社の瓦礫に埋まっていた、紺の天鵞絨のカーテンを使って波津子はジャンパアスカートを縫った。今号の目玉は長谷川純司による、布の再利用で作る秋のスカートだ。型紙どおりに作ると、こうなるという見本の意味も込め、発売当日、波津子はそのスカートを身につける。

会社に着くと、半壊したビルのまわりに男性たちが行列を作っていた。全員が大きなリュックを背負い、手持ち無沙汰な様子で立っている。

何かの配給があるのだろうか。

そう思いながら裏口から入ると、販売部の人々が玄関ホールにテーブルを並べ、忙しそうに箱を運んでいた。

佐倉主筆、と販売部の幹部が軽く手を振る。

どうしたんですか、と近寄ると、「外を見た？」と聞かれた。

「見ました。男の人たちがいっぱい……何かあるんですか？」

何を言ってるんだね、と幹部があきれた顔をした。

「書店さんだよ、みんな」

「えっ？　書店さん……ってまさか」

「そのまさかだよ、全国から夜行列車に乗って、書店さんが集まってきたんだよ。新生『乙女の友』を買いに」

「本当ですか？」

「誰が嘘を言うかね。都内はもとより、東京近郊、関東、関西、東北、九州、あらゆるところから、みんなが来てる」

時計が九時半になると、会社のシャッターが上がった。販売部の社員がドアを開けると、リュックを背負った幅広い年代の男たちが入ってきた。

一番最初に並んでいた人が雑誌を手にした。

「おっ、噂通りに長谷川純司が戻ってきたんですか」

いい表紙だ、とうしろから声がして、男がうなずいた。

「ああ、いい表紙だ。明るくて清新で」

二番目に並んでいた紳士が「佐倉さん」と声をかけた。

「いや、佐倉主筆と呼ばねばいけないかな」

あたたかな声音とその笑顔には覚えがある。昔、忘年会と四号連続完売のお礼も兼ねた屋上のパーティで挨拶をした書店の主人だ。

来ましたよ、と笑っているような泣いているような顔で主人が言う。

「買いにきました、待ちきれず。皆さん、乙女主筆が自ら販売に立ってますよ」

販売部の幹部に軽く腰をたたかれ、波津子は丁寧に頭を下げる。

「これはまた、艶やかな恰好の主筆だ」

どこからか聞こえてきた言葉に「はい」と答え、波津子はスカートを指差す。

「古布、焼け残ったカーテンで作ったスカートです。今回の特集の、簡単に縫えるスカートはこんな形になります」

「古布かい？　それが？」

「ちょっとした工夫で、このように。こうした日々の彩りや、心潤す読み物をこれからも掲載してまいりますので、どうぞよろしくお願いします」

小さな拍手があがり、人々は次々と雑誌を仕入れて、リュックに入れていく。二番目に並んでいた紳士と、彼の知り合いらしい書店の人々が近づいてきた。

紳士が友人たちに言っている。

「佐倉主筆は、ほら、覚えてないかい？　東京ラプソディーを歌ったお嬢さんだよ」

「ああ、あのときの……」

「ハトゴヤは残ったんですか？」

あのパーティとハトゴヤを覚えている人がいるのがうれしくて、波津子は答える。

「五月の空襲で屋根が半分吹っ飛んだんですけど、それ以外は残っています」

「有賀主筆の消息は？」

「まだ、なんとも。主筆のお身内が小田原にいらして、何かわかったら社に連絡をくださるそうなんですけど」

人さえいればね、と奥にいる中年の男が言った。

「物なんて、いくらでも作り直せる。生きてさえいれば」

純司と同じ事を言ったその人を親しみを込めて、波津子は見つめる。リュックを背負い直すと、彼は古びた腕時計を見た。

「私はもう行かねば。今日中に戻れるところまで列車で帰りたいのでね」

ハンチングを深くかぶりなおすと「届けますよ」と男が言った。

「みんな、読み物に飢えています。読者さんにしっかりと届けますよ」

おっと、と男が笑った。

「うっかりしてた。お宅では読者をこう呼ぶんでしたね、『友』と」

そう言っています、と答えると、万感（ばんかん）がこみあげてきた。

「親しみをこめて、『友ちゃん』と呼んだりも」

「届けますよ、友たちへ」

雑誌を仕入れた人々が次々と会社を出ていく。そのうしろ姿に波津子は深く頭を下げる。

あの日、有賀は言っていた。

僕らは日本の隅々にいる愛読者、彼方の友へ向けて誌面を作る、と。そしてその友が手にした一冊の彼方には、僕らとともに働くたくさんの友たちがいる、と。

リュックに入れられ新しい雑誌が運ばれていく。「友」の背から「彼方の友」へ。

お互い顔も知らない、言葉を交わしたこともない間柄でも、私たちはひとつの雑誌を通じてつながっている。

最後尾の人が仕入れを終えたあと、波津子は屋上へ向かい、街を眺めた。

華やかだった銀座の面影は消え、あたり一帯は地面がむきだしになり、まばらに見える建物は黒くすすけている。

ひとつの時代が終わり、新しい復興の時代が始まった。その時代の礎を作るのは生き残った者の使命だ。

純司が見つけたオルゴールを波津子はそっと開ける。

眼下の焼け野原に、アンニー・ローリーが静かに流れていった。

そのメロディに乗せ、有賀への思いを心のなかで歌う。

　とこしえまで、心変えじ

　誓いしアニー・ローリー、わがいのちよ――

――アンニー・ローリーのメロディに誘われ、波津子は目を開ける。

真っ白な天井が目に入ってきた。手を動かすと、持っていたはずのオルゴールがない。

それなのに可憐な音がする。

部屋を見回すと、背の高い青年が背中を向けていた。

どなた、と聞いた言葉は声にならず、うめき声になった。

青年が振り返った。その姿に波津子は驚く。

白いシャツを着た眼鏡の青年がオルゴールを持って立っている。ロイド眼鏡は空井量太郎のようで、細めの体型は長谷川純司、白いシャツを着た姿は春山慎のようだ。

お目覚めですか？　と青年が微笑んだ。その声を聞き、波津子は息を吞む。

忘れもしない。それは有賀憲一郎の声だった。

エピローグ

「『乙女の友』という雑誌をご存じありませんか？」

有賀によく似た男の声が聞こえた。

ええっと、と若い女の声がする。

「名前だけは聞いたことあるかな、昔の雑誌、ですよね」

「『フィオーレ』って雑誌は？」と落ち着いた女の声がたずねた。

「あ、それは知ってる。今もありますよね。銀行や病院の待合室に」

「あの雑誌を起ち上げたのが、佐倉さんなんです。ほかにも話題の雑誌を次々と手がけた弊社の伝説の編集者で」

「僕は『乙女主筆の波津子先生』のほうがしっくりきますけどね」

目を開けると、車椅子に座って、老人施設の応接室にいた。向かいの席には上品なツイードを着た女性と、二十代とおぼしき眼鏡をかけた青年がいる。

「あっ、ハツさんが目を覚まされた」

よかった、と、車椅子の横に若いスタッフがかがんだ。

「ここにね、お客様をお連れする間に、ハツさん、寝ちゃって」

「しつれい、しました」

スタッフが二人の来客に笑顔を向けた。

「ハツさん、今日は朝からお化粧をして、おしゃれな服も着て、お二人をお待ちしてたんですよ。普段から、ハツさんはおしゃれですけどね」

ツイードを着た女性があたたかな眼差しを向けてきた。

「佐倉さんは、ファッション誌の名編集長でならした方ですから」

「ほめすぎ……山崎さん」

「名前を覚えてくださったんですか、ありがとうございます」

山崎という名のこの女性は、大和之興業社あらため、ヤマト・パブリッシングの社史編纂室の編集者だ。先日、この施設にたずねてきたが、サイレンの音に気持ちを乱してしまい、あまり話ができなかった。

「このあいだは、とりみだしてしまい……失礼を、いたしました」

「あの音、びっくりしましたよね。どうかお気になさらずに……佐倉さんは、津田君とも少しだけ会ってますよね」

津田と呼ばれた青年が軽くうなずく。

「この前、アニー・ローリーのオルゴールをお持ちしたときに。……すぐに眠ってしまわれたんですが」

目を閉じて聞いていると、この青年の声は有賀にどこか似ている。しかし、顔を見ながら話をすると、あまり似ていない。

先日、山崎が置いていった資料によると、ヤマト・パブリッシングは昨年、大和之興業社の時代から数えて百二十周年、そして昭和三十年代に休刊した「乙女の友」は創刊百周年を迎えていた。その記念に、昭和十三年の新年号の「乙女の友」と、附録の「フローラ・ゲーム」、特製の「レターセット」を復刻し、この三点が入った限定版を発売したのだという。

純司のイラストを用いた特製の箱に入ったこの限定版は年配者を中心に大きな反響を呼び、『「乙女の友」の時代」という展示は全国のデパートを巡回するほどの人気だったという。

退職して三十年以上が経過し、会社に知人はもういない。何も知らずにいた。

佐倉さん、と山崎が遠慮がちに話を切り出した。

「お手紙にも書きましたけど、何度も来たのはお願いがありまして」

「『乙女の友』についての、おはなし……でしたよね。……戦後？」

「戦前と戦中です。それから実は、有賀憲一郎さんについてもお話をうかがいたくて」

出征した有賀は広島県の呉にいるという話を最後に消息を絶った。戦死の知らせもなく、遺骨もないままだ。

「こちらの津田智樹(ともき)君は今、有賀主筆の時代の『乙女の友』について本にまとめようとしているんです。実は長谷川純司さんのお身内でもあって」

身内というか……、と智樹が心もとなさそうな顔をした。

「彼の著作権の継承者です」

智樹が傍らに置いたバッグから、ハンディカメラを出した。

「この間、お渡しした名刺にはライターとありましたが、実は僕は映像のほうが本業で。動画と紙媒体のコラボができればと思うんです。カメラをまわしてもよろしいですか」

「おことわり、します。こんな、おばあちゃん、撮って何になる？」

すみません、と智樹がカメラを下ろした。

「あなたは、純司先生の、お孫さん？」

それが……と智樹が一瞬、目を閉じた。

「よくわからなくて。年齢的に言えば曾孫（ひまご）にあたります」

「わからない……どういう、こと？」

「そのあたりの事情もあって、この間、個人的に佐倉さんにお目にかかりたかったのです。……僕の話を聞いてもらっていいでしょうか」

黙ってうなずくと、ためらいがちな表情で、「僕は……」と智樹が口を開いた。

「早くに両親を亡くして、祖母に育てられました。祖母は女手ひとつで母を育てた人ですが、今度は孫を育てることになって途方にくれていた。生活にも困っていたし」

長野の工場の寮にいた、と智樹が言葉を続ける。

「そこの住み込みの寮母として働いていて、そこから僕は小学校に通っていました。ところが九歳になった秋、突然、立派なスーツを着た人たちが寮に来たんです。僕が遺言（ゆいごん）

で、長谷川純司という画家の遺産と著作権の相続人になったというのです」

「純司先生が、なくなられたのは、たしか……」

二〇〇一年、享年八十六、と智樹が即座に答える。

「僕の祖母は実の父親を知りません。戦時中に曾祖母は疎開先で祖母を産んだのですが、相手の名を生涯明かさなかった。ただ、うすうす実の父親は画家だと思っていたそうです。曾祖母と生まれたばかりの祖母を描いた絵があったから。でもその作者は長谷川純司ではない、別の画家です」

「ひいおばあさまは、モデル、だったの？」

「モデルではないです。純司との関係もよくわからない。ただ……彼の遺産のおかげで祖母と僕は寮からアパートに移ることができ、僕自身も大学へ進学、それから留学もできました」

「何を、べんきょう、なさったの？」

「映画制作……卒業制作で、自分のルーツをたどる作品を作ることにしたんです。曾祖父を探す旅です。僕の曾祖母は飯田カツ子、旧姓は桐嶋。戦前に霧島美蘭という名前で活動していた人です」

「美蘭先生の？」

ご存じですか、と智樹の目に親しみのようなものが浮かんだ。

「……あこがれの、ひと」

「うれしいです、曾祖母を覚えていてくださって」

「『フィオーレ』を、たちあげたとき、新聞、広告を見て……お手紙をくださって」

「あの全面広告ですね、社史にもあった」

　智樹がバッグから小さな板を取りだした。板はテレビのような画面になっており、そこに新聞の全面広告が映っている。

「べんり」

「タブレットは本当に便利です……このコピー、素敵ですね」

　智樹が広告のキャッチコピーを指差した。

「『あの頃の友たちへ』、『創刊、フィオーレ　責任編集　佐倉波津子』。……かつての乙女主筆が、大人になった『友』たちに呼びかけたんですね」

　この広告を見た美蘭から編集部に手紙が届いたが、住所は書かれておらず、消印は見知らぬ土地の名前だった。

　美蘭は戦争半ばに母親を連れて軽井沢に疎開をしていたが、さらに安全な土地に引っ越すと知人に伝えたきり、消息を絶っている。

　手紙には現在は夫と田舎で晴耕雨読の生活をしており、「新聞を見て貴女のご活躍嬉しく、ペンを取りました」とあった。追伸には、先月、初孫に恵まれ、嬉しいけれど、老いを実感したという旨の言葉が続いていた。

　交際相手がいなかったわけではないが、当時の男は経済力がある女を嫌った。五十歳を越え、仕事には恵まれたが、おそらく一生独身だと覚悟をしたとき、幸せそうな家庭を築いて孫に恵まれたという美蘭に複雑な思いを抱いた。

僕の祖母は……と智樹が話を続ける。

「霧島美蘭の娘です。曾祖母……美蘭といったほうがわかりやすいかな。その美蘭は娘にどれほど聞かれても、実の父親について一切語らなかった。美蘭は英語の教師をしていて、同じ学校の音楽の教師と結婚しました。彼への気兼ねもあったのでしょう。ただ……」

智樹の言葉が詰まった。続きを促したくて、「ただ？」と波津子はたずねる。

「大人になってから再び、どうして実の父について話してくれないのかと美蘭を問い詰めると『悲しい人だから』という答えが戻ってきたとか」

どういう意味かしら？　と山崎が首をかしげると、「わからないです」と智樹が答えた。

「卒業制作のまず初めに、僕はその曾祖父らしき人、長谷川純司について調べることにしました。圧倒された、『乙女の友』に。なんて美しい色と絵と文の世界。ページの隅の小さなカットにいたるまで美しい。霧島美蘭の作品も読みました」

「うつくしゅう、ございましたでしょう」

驚いた、と智樹がタブレットを指で撫でると、「乙女の友」の詩画集の画像が出てきた。長谷川純司が描く、繊細な薄物を着た乙女の絵と、霧島美蘭の翻訳したバイロンの詩の組み合わせだ。

「僕にとっての曾祖母は墓に彫られたカツ子という名前しか知らない人でした。その人が霧島美蘭というペンネームを持ち、東京で詩を書いていたなんて。そして美蘭の父が

『乙女の友』の主筆だったということも知って……」

主筆とは何かと思った、と、智樹がタブレットに手をすべらせる。

有賀と純司が対談している誌面が出てきた。

「主筆と編集長の違いは何か？　調べだしたら、さらにはまって。なかでも有賀憲一郎の仕事に惹かれました」

「たいそう、すぐれた、お方でした」

しかもかなりのイケメン、と智樹が言う。その言い方がいかにも現代っ子で笑ってしまった。

「純司の陰で忘れられていますが、彼を見出し、表紙に起用しただけではなく、戦後、世界的な賞を取った荻野紘青、美少女が宇宙を駆け巡る科学小説の空井量太郎、そしてユーモア学園小説の佐倉波津子。物語と挿絵が一体となって読者の心をとらえる作り。すべて有賀憲一郎の仕掛けで、これが面白い」

現代の若者が夢中になって語る「乙女の友」の話は、聞いていて幸せだ。戦後、さまざまな雑誌を自分の手で作ってきたのに、それをほめられる以上にうれしい。

「もっと、きかせて。あなたのおはなし」

はい、と生真面目に智樹が答える。

「卒業制作の取材を進めるうちに、僕はたまらなくなり、フランスに行きました。僕と祖母を助けてくれた純司のお墓にまいりたかったし、彼について、もっと深く知りたくなって」

純司は昭和三十一年「乙女の友」休刊を機に渡仏し、それ以降は代理人を通してしか、仕事のやりとりをしなくなった。

タブレットに手をすべらせると、智樹が画面を波津子に渡した。

赤やピンクのアネモネが揺れる、芝生の庭が現れた。

「なんて……うつくしい、花の庭」

「純司が晩年まで暮らした家です。当時とあまり変わっていないと、エージェントが言っていました。その人によると、純司は自分の遺産を飼い猫と僕に残してくれたのです。純司の猫は六代目だったのですが、名前はいつも同じ。シュクルというのです」

「シュクル……あまい……お砂糖ね」

「甘いもの好きの純司らしいですね。でも、少し戸惑った。純司は恋人と暮らしていたのですが、みんな男性でした。つまり……女性はあまり好きではなかった。僕の推測は合っていますか」

「わかりません。先生は、太陽のようにわけへだてなく、皆にやさしい、お方でした」

映像は墓地になった。芝生のなかに純司の名前が彫り込まれた白い石が置かれている。

「純司は亡くなる間際、遺産以外に、もうひとつ遺言を遺しています。それは愛用のマフラーに包んで埋葬してほしいとのことでした。彼の写真を見ると、いろいろなところに写っています」

画面に写真が数枚あらわれた。純司が絵を描いているところを撮ったものだ。ボーダーのTシャツにゆったりとしたカーディガンを羽織り、首にはマフラーを巻いている。

他の写真を見ると、季節は夏のようなのに、アトリエにはやはりマフラーが置かれていた。

「このマフラーなんですけど、写真を見ていて気が付いたんです」

智樹がタブレットを操作すると一枚の写真が現れた。古いものらしく、モノクロの写真だ。

「見てください。無地で裾に二本の横線がある。昭和十五年、東京の友の会に出席した有賀主筆がホールの前で撮った写真です。この写真と一緒に見てください」

有賀の写真の隣に、白髪を束ねた晩年の純司の写真が並んだ。

「裾に二本の横線。このマフラーは同じものではないでしょうか。お揃いなのか、有賀主筆から譲られたのかわかりませんが、純司は絵を描くときは常にこのマフラーをそばに置き、最期はこの布に包まれて旅立ったのです。それを見たとき、僕はある仮説をたてました」

「どんな……仮説？」

「有賀憲一郎は小説家でもありました。彼の筆名は佐藤秋明。母方の姓に、京都で出会った花、貴船菊の別名を自分の筆名にしたのです」

佐藤、砂糖、とアクセントを変え、智樹が言う。

「さとう……ねこの、名まえ」

そうです、と智樹がうなずいた。

「もしかしたら、純司は死ぬまで愛したサトウの子孫に、自分のすべてを遺していったのかもしれません」

晩年の写真をパリで見て、思い出したんです、と智樹が波津子を見た。

「僕はこの人に会ったことがある。子どもの頃、友だちと公園で遊んでいたら、小柄なお年寄りが僕をじっと見ていました。ノートに何かを描きながら……。あんまり僕を見るからそばにいったら、僕らの絵を描いていて。あまりの上手さに『すげえ』って言ったら、みんな集まってきたんです」

子どもたちに囲まれ、絵を描く白髪の純司の姿を波津子は思う。大勢のなかに入るのは苦手な人だったが、純真な子どもたちの瞳に囲まれるのは、いやではなかったのかもしれない。

「僕ら、そのころ海賊の漫画に夢中だったので、主人公を描いてと頼んだんです。そうしたらその子は知らないといって、ピーター・パンのフック船長だという絵を描きました」

僕ら、がっかりして、と智樹が笑った。

「そっちじゃないよって、思いっきりブーイング。そうしたら、ごめんね、とあやまって、今度は女の子の絵を描きました。タイガー・リリーかウェンディ……三つ編みをした女の子です。それからピーター・パンを描き、僕の顔をじっと見ると、机に向かっている男の人の絵を描いた」

こらえきれず、波津子は軽く顔を押さえる。その大きな机は黒檀の大きなデスクだったのではないだろうか。

「ふわふわした髪のピーター・パンと三つ編みの女の子の間で、その人は幸せそうに机に向かって何かを書いています」

その絵の光景がありありと浮かぶ。

純司の絵のなかで永遠に、あの人は幸せそうに仕事をしているのだろう。窓辺の光さす、なつかしいあの部屋で。

涙がこぼれた。そっと山崎がティッシュを渡してくれた。受け取りながら、智樹の顔を見る。有賀の子孫かもしれない青年の顔を。

「でも別の人の可能性もあるんです。美蘭が生まれたばかりの娘を抱いた絵があります。それは徳永治実という画家が描いていて」

徳永治実は終戦間近に従軍画家として向かった南方で亡くなっていた。彼と霧島美蘭が恋仲にあったという噂は聞いたことがある。

「とても温かくて、愛情深い絵です。彼が曾祖父という可能性も高い。でも、フランスから戻ってきて映像を編集したり、資料をまとめたりしているうちに、どうでもよくなってきた」

「どうでも、いいって……そんな、こと」

「言葉が足りませんね」

智樹がタブレットに触れると、モノクロの写真が現れた。眼鏡をかけた紳士と美蘭によく似た少女が並んで笑っている。

「祖母の明子と育ての父です。連れ子の明子をたいそう可愛がってくれたそうです。血がつながっていないはずなのに、見てください。二人の雰囲気はよく似ている。明子にとって彼が大好きな父であるように、僕にとっても彼は大事な曾祖父です」

その一方で、と智樹が言葉をつまらせた。

「ときどき思う。曾祖母、美蘭が決して語らなかったもう一人の曾祖父、『悲しい人』のことを。長谷川純司か、有賀憲一郎か、徳永治実か。誰であろうと、もういい。あの時代を懸命に生きて、僕に命をつないでくれた存在であることには変わりない。だから思うのです、彼の悲しみは癒えたのでしょうか」

すみません、と智樹が軽く目を拭った。

「個人的な話で……。仕事の話に戻りましょう。実は……山崎さんと僕が何度も佐倉さんに会いにきたのは、フローラ・ゲームについてうかがいたいことがあったからです」

「では、私からご説明しますね」

山崎がバッグから布で包まれたものを出すと、テーブルに置いた。

「これは弊社に送られてきたものなんですが……二年前、タイとミャンマーの国境付近の高原の街で、フローラ・ゲームが見つかったんです」

山崎が包みを解くと、透明なビニール袋に入った黒い箱が出てきた。フローラを描いた絵はそれほど色褪せておらず、今も妖しいほどに美しい。

「日章旗に包まれていたので、日本兵の持ちもの、それもかなり大事にしていたものだとわかりました。その街の旧家を取り壊したときに出てきたんです」

「どうして、そんな、ところから」

「事情はわかりませんが、こうして見つかったのも何かの縁。新聞社を通じて、故郷に帰してほしいと日本に戻されました、これです、佐倉さん」

山崎がテーブルの上に日章旗を広げた。

旗の上部には「武運長久」、右横には「贈　有賀憲一郎君」とある。

両手を伸ばして、波津子は旗を胸に抱きしめる。

「この旗に『乙女の友編集部』、『大和之興業社』という文字が書かれていたので、ヤマト・パブリッシングに該当者の照会があったんです」

「まちがい、ありません。これは有賀主筆のもの、私、編集部で、見ましたもの」

旗を広げ、隅に書いた音符のメッセージに波津子は触れる。

「かなたのともから　ありがさまへ
いつまでも　おしたいしております」

有賀は気付いてくれただろうか。

気付いたところで、解読はできなかっただろう。解読方法は一度しか説明していない。音楽に慣れていない人には覚えられない複雑さだ。

山崎が黒い箱を差し出した。

「佐倉さん、フローラ・ゲームをご覧になってください」

震える手で、波津子は箱のリボンを解く。はずみで、花のカードが膝に置いた旗にこぼれ落ちた。有賀も、寄せ書きをした人々も、この世にいない。旗の上のカードは彼らに手向ける花のようだ。

山崎が透明な袋に入ったものを差し出した。薄く黄ばんだ紙が入っている。

「そのカードを包むように、この紙が入っていたんです」

紙を広げると、五線譜が書かれていた。

目を閉じたら、涙が落ちた。鼓動が高鳴り、手が震える。

「おかしいんです、そこに書かれた音符が何なのかわからない。いろいろな研究者に当たってみたんですが、現地の歌なのか、日本の歌なのか……。そこで思ったんですが、その日章旗の四隅にも音符があるのを見ると、当時、流行したおまじないや、何かの符帳ではないかと」

「そう、です、符帳、暗号……」

音符をたどり、波津子は文字を読み取る。

「ありが、から、かなたの、ともへ」

待ってください、と智樹がメモを取り始めた。

「……その音符で『有賀から彼方の友へ』。この続きは？」

「でぃあ　はっこ　しんしありぃ……ゆあず」

有賀が書いた五線譜を胸にあて、波津子は膝に置いた日章旗に顔を埋める。花のカードが床に落ちていった。

智樹の声がした。

「……これ、波津子先生あて?」

山崎が床に落ちたカードを拾って裏返し始めた。

「『ディア波津子、シンシアリイ、ユアズ』。これって『拝啓、敬具』って意味でしょう。本文がない。どこかにまぎれているのかも。このカードの裏に書かれているとか」

「これで……いいの、です」

これは最短の恋文。二度と帰れぬ故国を思って、彼が遺した最後の詩。

親愛なる波津子
私は永遠にあなたのもの。

有賀主筆、と波津子は心のなかで呼びかける。
あなたの享年を越し、あなたの三倍近くの時間を生きました。どうしてあんな時代に生まれ落ちたのかと何度も思ったものです。
だけど、あなたとめぐり合えてよかった。

私は永遠にあなたのもの。

その言葉だけで、生まれてきてよかった。そう思えます。
涙を、旗が吸い込んでいく。この布が愛(いと)しい。七十年以上の年月を経て、ようやく有賀が戻ってきた。

佐倉さん、という声に、波津子は顔を上げる。

智樹が姿勢をあらためている。

「僕は長谷川純司のことだけではなく、あの時代の『乙女の友』について本と映像にまとめたい。そのために戦前と戦中の『乙女の友』に関する思い出を、どんな小さなことでもいいから情報を寄せて欲しいとネットやSNSで呼びかけました。たくさんの声が集まっています」

智樹がタブレットに触れた。

「九州からは空井量太郎の息子さん。ハッちゃん先生には、よく歌を歌ってもらったと」

「おげんきで……いらっしゃいますか」

「以前、東京に来たとき、ここに来たのですが、最近、足が弱って、もう動けないそうです。でも佐倉さんのご健在を喜んでいて、僕によろしく伝えてほしいとおっしゃっていました。それから『お茶の子さいさい』の茶の子ちゃん……佐藤史絵里さんという方の曾孫さんからも。もしかして戦後に出した『おてんばシェリー』のシリーズって、この人がモデルですか？」

「そう、です……」

満州に渡った史絵里は終戦後の引き揚げの際に亡くなり、どこに埋葬されたのかもわからない。史絵里の二人の息子は帰国して、夫の実家で育てられることになったと聞いたが、その夫も行方不明のままだ。

　聞いた話では、幼い子ども二人を知人に託したとき、史絵里は怪我をしていたそうだ。それでも子どもたちに心配をかけぬように朗らかな声で、お母さまはすぐに追いつくし、いつだってそばにいるから、と、形見を渡して送り出したのだという。

「史絵里さんの曾孫さんは、山梨におられます。そこの蔵から戦前に疎開させた『乙女の友』が良い状態で大量に発見されて、研究者の方が調べています。そのほかにも今回、僕らのプロジェクトを手伝ってくれる、本人の言うに『使いっぱ』志望の純司ファンとか。彼女は熱烈なファンで、好きがこうじて純司の雑貨を作っている会社に勤めています」

　鈴蘭を届けた人です、と山崎が言い添える。

「古書店めぐりや古物市が好きで、『友の会』のカードを彼女が見つけてきたんです。あの鈴蘭の可愛いブーケもお手製です」

　佐倉さん、と智樹が呼びかけた。

「『乙女の友』では、愛読者のことをこう呼んでいましたね。『友』と。遅れてきたのですが、僕たちもまた『友』なのです」

　僕は知りたい、と智樹の声に力がこもった。

「書きたいのです、あの美しい誌面を作った人々の話を。一世を風靡(ふうび)しながら、ほとんどの記録が消失した少女雑誌のことを。あの時代を覚えているのは、佐倉さん、あなたしかいません。どうか僕らにお話を聞かせてください」

智樹が床に落ちた花のカードを集めて差し出す。そのなかから一枚をつまむと、鈴蘭のカードだった。

このカードの意味は知っている。会社にあったフローラ・ゲームは、どれもこのカードが欠けていたから。


しあわせは、すぐそこに。


わかり、ました、と波津子はうなずく。

「本当ですか、映像も撮っていいですか？」

「しょうち、しました、それから……」

自室のベッドの横に置いている小箱を持ってきてほしいと、波津子は施設のスタッフに頼む。

すぐに運ばれてきたその箱を開ける。モンブランの万年筆を手にとり、智樹に差し出した。

「あなたに、あげる。インク、しばらく入れていませんから、手入れが、必要ですけど。有賀主筆の……」

「大切なものじゃないですか。僕がいただくわけには」

いいのです、と波津子は答える。

本当は棺に入れてもらおうと思っていた。純司が有賀のマフラーに包まれて逝ったように。

「さしあげる。そのかわり、あなたの作品を、私の棺に、いれて、くださいな」

「本ができたときに譲ってください。今、いただくと……」

その先の言葉を言い淀（よど）んだ青年に、波津子は微笑みかける。

「まだまだ、逝かない。そう……決めた。すべて、おはなし、するまでは」

ためらいながらも、智樹が万年筆を受け取った。

ハツ公、と心に声が響く。なつかしい幼馴染みの声だ。

何から話そうか。あの寒い日のことから語ろうか。フローラ・ゲームを初めて見たあの日から。

語り始めると、山崎が身を乗り出し、ノートにペンを走らせた。いきいきとした眼差しで智樹がカメラを操作して、レンズをこちらに向けてくる。彼の呼びかけに応えた多くの人々のことを波津子は思う。

みんな、この時代の友たちだ。

情熱をかたむけて作ったものの熱は消えない。それは多くの人を魅了して、さらに大きな熱を生みつつ次の世代へと渡っていく。

純司の才気、有賀の叡智、美蘭の輝き、史絵里の笑顔、上里のユーモア。

心をこめて語ろう、彼らと過ごした日々を。そして、できることなら届けてほしい。

友へ、最上のものを。

有賀が掲げた言葉を胸のうちでつぶやき、波津子は目の前の二人を見つめる。

友よ、最上のものを。
伝えてほしい。彼方の友の情熱を、これから生まれいずる彼方の友たちへ。

解説

瀧井朝世（ライター）

かつて、少女たちが夢中になった雑誌があった。

実業之日本社から一九〇八年に創刊された月刊誌「少女の友」。執筆陣は川端康成や吉屋信子、堀口大學や中原中也ら錚々たる面々で、表紙や挿絵、附録のイラストを描いた中原淳一も絶大な人気を誇った。雑誌の発行は戦後の一九五五年まで続いた。

二〇〇九年、創刊百周年を記念して当時の記事や雑誌の歴史、愛読者だったという田辺聖子さんらのインタビューを収録した『『少女の友』創刊100周年記念号　明治・大正・昭和ベストセレクション』と附録を再現した『『少女の友』中原淳一　昭和の付録お宝セット』が発売になると、版元の予想を大きく上回る反響があった。かつて愛読していたという高齢の読者だけでなく、レトロなテイストにときめく若い世代の人も続出。そして、その丁寧な雑誌づくりに心を動かされた一人の作家がいた。伊吹有喜である。

きっかけは実業之日本社との打ち合わせだったという。たまたま百周年記念号を手掛けた編集者が彼女の担当で、手土産に附録セットを持参。それを見て伊吹はいたく感心したという。特に彼女が惹かれたのは、「フラワーゲーム」と名付けられた、中原淳一による花の絵が描かれたカードセット。自身も出版社に勤めた経験のある伊吹にとって、ひと月たてば店頭から消えていく月刊誌に、ここまで手のこんだ附録がついていることは相当な驚きだったそうだ。さらに、戦時中も、終戦二か月前まで刊行されていたと知り、編集者たちはどのような思いだったのだろうと想像力が働いた。そこから「少女の友」の存在をベースにして架空の雑誌の物語を書こうと思い立った。そして生まれたのが、本作『彼方の友へ』である。二〇一七年の単行本刊行時にインタビューした時に著者はそんな経緯を聞かせてくれた。

物語のはじまりは昭和十二年。大陸に渡った父が消息を絶ち、母も体調を崩したため、女学校への進学を諦めた十六歳の佐倉波津子。そこで親戚が紹介してくれた仕事はなんと、憧れの少女雑誌「乙女の友」の編集部の給仕係。クールな有賀主筆、優しい画家の長谷川純司、洗練された編集補佐の佐藤史絵里らに囲まれて時に戸惑いながらも懸命に働く波津子は、いつしか自分も編集の仕事に携わりたいと思うようになる。もうおわかりだろうが、作中に重要なアイテムとして登場する「フローラ・ゲーム」は、著者が現物を手にして惹かれた「フラワーゲーム」がモデルとなっている。

雑誌名をはじめ関係者の名前や人生背景も事実とは異なっており、これは「少女の友」と編集者たちをモデルにしつつも、作者の創作が多分に盛り込まれたフィクションである。たとえば有賀主筆のモデルであろう内山基主筆は、実際には「少女の友」に寄稿していた翻訳家の内田多美野と結婚し、一九八二年まで生きている（余談だが内田多美野は作家・内田百閒の娘なのだとか）。ただし実際の出来事と同様のエピソードも多く盛り込まれており、たとえば作中の長谷川純司と同様、中原淳一も昭和十五年に軍からの圧力を受けて雑誌の仕事を降りている。また、主筆が読者からの手紙に丁寧に返事となる記事を掲載したことや、愛読者を集めた大会を開催したこと、先述の通り戦中も発行を続けたこと、戦後に発行にこぎつけた際には出版社のビルの前に買い付けに来た人々の行列ができたことなどは事実だそうだ。ちなみに波津子が執筆する「フルーツポンチ大同盟」は雑誌のなかで異質な存在といえるが、実際「少女の友」にも由利聖子の「チビ君」というコメディタッチの連載があったという。

もちろん「少女の友」の史実をそのまま辿るなら、社史やノンフィクションを読めばいいわけで、そこからどう肉付けしていくかがフィクションライターである小説家の腕のみせどころ。そこで、いくつか本作の魅力を挙げてみたい。

なんといってもまずは、親しみのもてる波津子という存在。知らない世界に飛び込んで最初は気おくれしているが、時には作家を自転車に乗せて強引に出版社に連れてくるような度胸があり、時にコミカルなところも。編集者たちに比べれば最初は言葉も物事もあまり知らないが、苦もなく音符で暗号を作ってみせるところに生来の聡明さも感じさせ、次第に実力をつけていく様子にも説得力がある（その音符の暗号が後に、あんなふうに活用されるとは！）。本作はそんな波津子の成長物語として読ませる。

周囲の登場人物も個性が際立っている。美形で紳士的で、しかし波津子に冷たい有賀主筆、優しいが本心が見えない長谷川純司という対照的な存在は、胸をキュンとさせるポイントだろう。大人の女性の貫禄をみせる美蘭や他の編集部の面々など、物語をけん引する役者が揃っている。出番は少ないが、幼馴染みの春山慎や作家・荻野紘青の家で出会った少年部員との交流も心をくすぐるものがある。

職業小説としても読みごたえたっぷり。当時の作家と編集者の関係や、主筆と編集長の違い、編集部の人間も創作していたことなど今とは異なる点も興味深いが、なによりも、軍部からの圧力や規制、そして戦争に突入して危険が迫るなか、さまざまな思いを持ちながら雑誌を存続させようとした彼らの姿に胸を打たれる。国の緊急時に、少女向けの雑誌は不必要とされがちだろう。だが、若い世代は未来を作る存在なのだ。彼らに発信し続けるということは、未来を託すことでもある。その信念が伝わってくる。

女同士の友情も心に残る。新米で知識のない新人女性がいきなり抜擢(ばってき)されたとなると、エンタメ小説の場合は周囲の女性の嫉妬を買うという安直な展開になりそうなところ、編集補佐の佐藤史絵里は波津子に実に協力的だ。今以上に女性の立場が低く、まだまだ〝女の子〟扱いされている男性優位社会で、女性同士が仲良くし、協力しあおうとする姿に励まされる。また、後半に登場する画家の結城房江(ゆうきふさえ)などもその心中を察すると感じ入るものがある。これはまだまだ女性の社会進出が難しかった時代に、自立しようとした女性たちの物語でもあるのだ。

また、この時代を書くとなると自然にそうなるともいえるが、本作は反戦小説という側面も持つといえる。当時の市井の人々が、生活においても仕事においてもどんな圧力をかけられ、どんな不自由を強いられ、どんなに大切なものを奪われ、そしてどんな命の危険を味わったか。空襲の恐ろしさを含め著者は目をそらさずに書いている。

構成の美点についても触れておきたい。戦前から戦後までを時系列に辿るだけでなく、現代の波津子のパートが挿入されるのも本作の特徴だ。長い時を経て、とある事実が明かされる場面がひとつのクライマックスだが、そのためだけにこのパートが用意されたのではないだろう。何より伝わってくるのは、人には歴史がある、ということ。すっかり落ち着いてみえる老人にも、右も左も分からない新米時代があり、たくさんの出会いと別れがあり、さまざまな困難と喜びがあり、時に秘めた恋心があり、その他膨大な蓄積があって今に至っている。そしてタイトルや作中に出てくる〝彼方の友〟というのは物理的な距離のことだけではなくもっと深い意味があるのだとわかる。つまりそれは、各地に住む読者だけでなく、離れ離れとなってしまった同僚や友人たちのことでもあり、また、未来の自分、あるいは過去の自分をも指しているのではないだろうか。

　未熟な少女の成長譚（せいちょうたん）、男社会のなかで自立を目指す女性の物語、仕事の楽しさと困難に立ち向かう強さを描く職業小説、そして淡く切ない恋模様……。この小説自体が、少女雑誌に連載された小説であるかのよう。乙女心をくすぐるだけでなく、少女たちに未来への希望と勇気を託す要素が詰まっているのだから（いうまでもないが、もちろん少女ではない読者も充分楽しめる内容ではある）。

　伊吹有喜という作家は、誰かが何かに捧（ささ）げる情熱や、成長を遂げるまでの過程を、優しく温かく描く書き手だ。本作は彼女の美点が存分に発揮されている。ちなみに久々に読み返してみておやっと思ったのが、波津子が荻野を自転車で連れ出す場面で、荻野がホームスパンを着ていること。職人が手づくりで羊毛を染め、糸を撚（よ）り、織って作る布であるホームスパンは、二〇二〇年に著者が発表した『雲を紡ぐ』のモチーフだ。母親と衝突して家出した少女が向かった先が盛岡に住むホームスパン職人の祖父の家で、彼女は弟子入りして励んでいく。こちらは少女の成長小説と同時に家族小説としての味わいもある。『彼方の友』を書いていた頃から、著者はホームスパンに興味を持っていたのだなという、ささやかな発見ができた。

ところで、本作には明らかにされていない部分もいくつかある。望月辰也（もちづきたつや）やジェイドとはいったい何者なのか、有賀はいったいどんな任務についたのか、史絵里や美蘭のその後の人生にいったい何があったのか。想像の余地がたっぷり残されるが、どうも著者は、作中に書かれていない部分も細かな設定を考えていた模様。というのも、別件の取材の際に偶然聞いたのだが、有賀が出征後どのような行動をとったのか、どのようなルートを辿って行動していたのかまで考えていたそうだ（その時の話によると、なんと有賀は望月やジェイドと組んで、東南アジアで活躍したらしい。物語の終盤に有賀が波津子に電話をかけてくる場面があるが、秘密裡（ひみつり）に動きながらも電話をかけてきた……と考えると感慨深い）。そして、有賀だけでなく他の人物についても丁寧に構築していたとわかるのが、この文庫版の巻末に収録されている、スピンオフ作品である。改めて、著者がどれだけ登場人物たちを大切に造形し、どれだけ愛して、どれだけ彼らに思いを寄せていたかがよくわかる。著者にとって「彼方の友」は私たち読者だけでなく、この小説に登場する人々のことでもあり、そして著者が繋（つな）いでくれたことによって、私たちにとっても彼らは大切な彼方の友となっているのだ。

参考文献

〈書籍〉

『東京の戦前　昔恋しい散歩地図2』（アイランズ編著／草思社／二〇〇四年）
『銀座細見』（安藤更生著／中公文庫／一九七七年）
『東京大空襲』（E・B・カー著　大谷 勲訳／光人社／二〇〇一年）
『モダンガール大図鑑　大正・昭和のおしゃれ女子』（生田 誠著／河出書房新社／二〇一二年）
『雑誌記者』（池島新平著／中公文庫／一九七七年）
『東京大空襲の全記録』（石川光陽写真・文　森田写真事務所編／岩波書店／一九九二年）
『戦前昭和の社会　1926-1945』（井上寿一著／講談社現代新書／二〇一一年）
『地図で読む昭和の日本　定点観測でたどる街の風景』（今尾恵介著／白水社／二〇一二年）
『「月給百円」サラリーマン――戦前日本の「平和」な生活』（岩瀬 彰著／講談社現代新書／二〇〇六年）
『中原淳一　少女雑誌『ひまわり』の時代』（内田静枝編／河出書房新社／二〇一一年）
『編集者の想い出』（内山基著／モードェモード社／一九八〇年）
『ドキュメント　東京大空襲　発掘された583枚の未公開写真を追う』（NHKスペシャル取材班／新潮社／二〇一二年）
『『少女の友』とその時代――編集者の勇気　内山基』（遠藤寛子著／本の泉社／二〇〇四年）
『『少女の友』創刊100周年記念号　明治・大正・昭和ベストセレクション』（遠藤寛子　内田静枝監修／実業之日本社／二〇〇九年）
『モダン都市東京――日本の一九二〇年代』（海野 弘著／中央公論新社／一九八八年）
『少年小説体系　第24巻　少女小説名作集（一）』（尾崎秀樹ほか監修／三一書房／一九九三年）

『ひとつの時代―小山書店私史』（小山久二郎著／六興出版／一九八二年）
『［写真集］女たちの昭和史』（「女たちの昭和史」編集委員会編／大月書店／一九八六年）
『東京大空襲をくぐりぬけて　中村高等女学校執務日誌』（学校法人中村学園編著／銀の鈴社／二〇一五年）
『［新装版］東京　消えた街角』（加藤嶺夫著／河出書房新社／二〇〇九年）
『完本　乙女の港』（川端康成著／実業之日本社／二〇〇九年）
『昭和・平成　現代史年表〈増補版〉』（神田文人編著／小学館／二〇〇九年）
『東京・銀座　私の資生堂パーラー物語』（菊川武幸著／講談社／二〇〇二年）
『昭和十二年の「週刊文春」』（菊池新平編／文春文庫／二〇〇七年）
『地図で読む東京大空襲　両国生まれの実体験をもとに』（菊地正浩著／草思社／二〇一四年）
『共同印刷百年史』（共同印刷株式会社社史編纂委員会編／共同印刷／一九九七年）
『銀座伊東屋百年史』（「銀座伊東屋百年史」編集委員会編著／伊東屋／二〇〇四年）
『秘蔵写真で綴る銀座１２０年』（『銀座15番街』編集部構成／第一企画出版／一九九五年）
『戦争中の暮しの記録　保存版』（暮らしの手帖編集部編／暮しの手帖社／一九六九年）
『昭和　台所なつかし図鑑』（小泉和子著／平凡社／一九九八年）
『女中がいた昭和』（小泉和子編著／河出書房新社／二〇一二年）
『少女たちの昭和』（小泉和子編／河出書房新社／二〇一三年）
『物語　講談社の１００年』（講談社社史編纂室編／講談社／二〇一〇年）
『新版大東京案内　上』（今 和次郎編／筑摩書房／二〇〇一年）
『戦下のレシピ　太平洋戦争下の食を知る』（斎藤美奈子著／岩波書店／二〇〇二年）
『東京大空襲』（早乙女勝元著／岩波新書／一九七一年）

『黒澤明の十字架　戦争と円谷特撮と徴兵忌避』（指田文夫著／現代企画室／二〇一三年）
『言論統制』（佐藤卓己著／中公新書／二〇〇四年）
『三省堂の百年』（三省堂百年記念事業委員会編／三省堂／一九八二年）
『実業之日本社百年史』（実業之日本社社史編纂委員会編／実業之日本社／一九九七年）
『増補版　昭和・平成家庭史年表』（下川耿史編／河出書房新社／二〇〇一年）
『近代子ども史年表　1926-2000　昭和・平成編』（下川耿史編／河出書房新社／二〇〇二年）
『日本のファッション　明治・大正・昭和・平成』（城一夫、渡辺直樹著／青幻舎／二〇〇七年）
『わが出版回顧録』（鈴木省三著／柏書房／一九八六年）
『現代世相風俗史年表　昭和20年（1945）〜平成9年（1997）』（世相風俗観察会編著／河出書房新社／一九九九年）
『増補新版　現代世相風俗史年表　昭和20年（1945）〜平成20年（2008）』（世相風俗観察会編著／河出書房新社／二〇〇九年）
『大日本印刷百三十年史』（大日本印刷株式会社社史編集委員会編／大日本印刷／二〇〇七年）
『中原淳一　美と抒情』（高橋洋一著／講談社／二〇一二年）
『教科書には載っていない！　戦前の日本』（武田知弘著／彩図社／二〇〇九年）
『戦前の生活　大日本帝国の〝リアルな生活誌〟』（武田知弘著／筑摩書房／二〇一三年）
『わが切抜帖より・昔の東京』（永井龍男著／講談社／一九九一年）
『中原淳一エッセイ画集2　ひまわり　みだしなみ手帖』（中原淳一著／平凡社／二〇〇〇年）
『美しくなるための心がけ50』（中原淳一著／イースト・プレス／二〇〇六年）
『中原淳一の「女学生服装帖」』（中原淳一著／実業之日本社／二〇一〇年）
『『少女の友』中原淳一　昭和の付録　お宝セット』（中原蒼二監修／実業之日本社／二〇〇九年）

『日本出版百年史年表』（日本書籍出版協会編／日本書籍出版協会／一九六八年）
『大東京写真案内』（博文館編纂部編／博文館新社／一九九〇年）
『資料が語る戦時下の暮らし』（羽島知之編著／麻布プロデュース／二〇一一年）
『昭和史　1926-1945』（半藤一利著／平凡社ライブラリー／二〇〇九年）
『中原淳一と『少女の友』』（ひまわりや監修／実業之日本社／二〇一三年）
『日本空襲の全貌』（平塚柾緒編著／洋泉社／二〇一五年）
『銀座と戦争』（平和博物館を創る会編著／平和のアトリエ／一九八六年）
『ぼくの街に爆弾が落ちた―銀座、その戦争の時代』（平和博物館を創る会編／平和のアトリエ／一九九四年）
『昭和史全記録』（毎日新聞社／一九八九年）
『松屋百年史』（社史編集委員会編／松屋／一九六九年）
『丸善百年史―日本近代化のあゆみと共に（下巻）』（丸善編／丸善／一九八一年）
『ひと目でわかる「大正・昭和初期」の真実』（水間政憲著／PHP研究所／二〇一四年）
『戦前の日本を知っていますか？　しくみから解く昔の日本』（百瀬 孝監修／はまの出版／二〇〇七年）
『有斐閣百年史』（矢作勝美編著／有斐閣／一九八〇年）
『誰か「戦前」を知らないか――夏彦迷惑問答』（山本夏彦著／文春新書／一九九九年）
『有隣堂100年史』（有隣堂100年史編集委員会編／有隣堂／二〇〇九年）

〈雑誌〉
『少女の友』（実業之日本社／一九〇八～一九五五年）

単行本　二〇一七年十一月　実業之日本社刊

この作品はフィクションです。実在する個人や組織とは関係ありません。

JASRAC 出　2007315-011

執筆にあたり、遠藤寛子先生、中村文様、弥生美術館の内田静枝様、印刷博物館の皆様ほか、多くの方のお力添えをいただきました。この場を借りて心より御礼を申し上げます。（著者）

【番外編】

ポラリス号の冒険

地球の重力から離れられない、此(こ)の世(よ)のことを此岸(しがん)という。

その重力から解き放たれた天空の世界。西の彼方(かなた)にあるという理想郷を古代の人々は彼方の岸、「彼岸(ひがん)」と呼んだ。

昼夜の長さが同じになる春と秋の夕べ、太陽は真西に沈む。その折の太陽の軌道を通して、西の彼岸とこの世の此岸はつながるらしい。そのおかげで天空を旅する人々と、地球にいる人々の心が通い合う。

だから古代の人々はこの時期を「彼岸」と呼び、大切にした。

今は亡き夫、科学小説家の空井量太郎(そらいりょうたろう)はそう言っていた。天文に明るい古代インドの伝承が好きだった、彼らしい説明だ。

そのお彼岸に珍しい人が現れた。

昭和十九年、春。空井量太郎の妻、シメは台所で湯を沸かす。

福岡から鉄道と乗合自動車を使って二時間半。実家を頼り、静かな山間(やまあい)のこの集落に、夫の空井とともに移住を計画したのが四年前。

あわただしく二人で準備を整え、いよいよ九州へ出立するという前日、空井はなぜか先に行くようにと言った。挨拶をしておきたい人がいるのだという。

それならば汽車の時刻を変えようと言ったが、彼は頑として譲らない。妻と五人の子どもたちが少しでも楽に移動できるように、時刻表と首っ引きで立てた計画だから、崩したくないのだという。そこで子どもたちを連れて一足先に東京を発ったのだが、この家に到着してすぐに空井の訃報を聞いた。

心に思うところがあり、それ以来、東京の人々とはほとんど交流を絶っている。

ところが今日、畑仕事を終え、井戸端で水を使っていると、子どもたちの騒ぎ声とともに自動車が停まる音がした。

六歳の末娘が呼ぶ声で外に出ると、垣根の前に小型の軍用車が止まっている。

車から降りてきたのは、黒いコートを着た男だった。大女と呼ばれる自分より背が高いから、なかなかの長身だ。目深にかぶった帽子の下からは、日に焼けた肌がのぞいている。

ご無沙汰しています、と言い、男が帽子を取った。

現れた顔は、東京にいた頃の知人、有賀憲一郎。空井が晩年に連載をしていた「乙女の友」の主筆だった人だ。運転手の兵士は軍服を着ているのに、彼は昔と変わらぬ洋装をしている。

不安と警戒心がこちらの顔に現れたのか、ためらいがちに「お忘れでしょうか」と有賀がたずねた。

「僕は、東京で空井先生と仕事をしていた有賀という者で……」

「忘れなんていたしません、有賀主筆。覚えています……ただ、驚いただけ」

有賀が安堵（あんど）した表情を見せた。

「さきほどのお嬢ちゃんは、末のお子さんでしょうか。名前を呼んだら怖がられてしまった。大きくなりましたね」

何の用で来たのだろう？　たずねたいが、シメは黙る。

どんな用向きで来たのかわからない相手に、むやみに言葉を発してはいけない。軽い気持ちで放った言葉がどこで、誰に、どのように用いられるかわからないからだ。

東京で暮らした最後の三年間で、いやというほどそれを学んだ。

居心地悪そうに有賀が詫（わ）びた。近くまで来たので、空井の墓に参りたいのだという。

「本当は一人で来たかったのですが、すみません……それもなかなか、かなわず」

「有賀さんは召集されたとうかがいましたが……」

「まあ、そうなんですが……込み入った事情がありまして」

有賀が口ごもったとき、「船長？」と声がした。

「船長？　船長だ！」

裏山に焚（た）き付けを集めにいった三人の子のうち、十一歳と九歳になる息子が駆け寄ってきた。

「有賀さん！　オライオン号の有賀船長！」

「そうだよ、ポラリス号の諸君。元気かい？」

「ポラリス号はお父様と一緒に航海中だよ。僕らのこの家はソティス号」

「天狼星（てんろうせい）のことだね、それは失敬。ソティス号の諸君」

「有賀しゃーん」

二人の兄を両手で押しのけ、同じく山に行っていた八歳の娘が有賀に飛びついた。

小さなその身体(からだ)を軽々と抱き上げると、有賀が答えた。

「やあ、ルリちゃん、ごきげんよう。おいくつになられた？」

娘の年を聞いた有賀が少し戸惑っている。年の割にずいぶん小柄だと思ったのだろう。

四番目のその子どもが有賀の首に腕をまわした。

「有賀しゃん、オライオン号のお話して」

九歳の息子が有賀のコートの袖を引いた。

「それより有賀船長。ハッちゃんも一緒？　ハッちゃん先生はどこにいるの？」

「ハッちゃん先生はヴァルゴ号の船長に就任されてね。お忙しいんだ」

「ヴァルゴって乙女座ですね。ハッちゃん先生の船は乙女号っていうんだ」

十一歳の息子が得意げに言うと、有賀の手を引っ張った。

「有賀船長、ソティス号にようこそ。僕ら、いつでも大歓迎ですよ」

「はやく、はやく」

「ねえ、船長。ソティス号には縁側があるんだ。庭も広い。そっちから入ってよ」

「こら、おやめなさい。有賀さんが困ってるじゃないの」

本当は玄関先で対応するつもりだった。それなのに子どもたちは我先に有賀を庭先の縁側へと引っ張っていく。

有賀が運転手の兵士に合図をすると、茶箱が縁側に運ばれてきた。ささやかだが役立ててほしいと言われて、シメはふたを開ける。

なかには砂糖の袋と肉の缶詰が詰まっており、一番上には二棹の羊羹が入っていた。

「有賀さん、こんなにたくさんの食料を」

「お彼岸の供物です。ソティス号の諸君、お勝手に運んでくれるかい」

了解！　という声を上げ、子どもたちは茶箱を台所へ運んでいった。土間の脇に置くと、今度は縁側にいる有賀のもとに大急ぎで戻っていく。

その姿を見送ったあと、湯を沸かし始めたのが十五分前。

ようやく湧いた湯を急須に注ぎ、シメはもらったばかりの羊羹を切る。支度を調えて縁側に行くと、勤労奉仕から帰ってきた一番上の娘が末娘と並んで座っていた。

有賀が一番上の娘に、四季折々の花が描かれた四組の便せんと封筒を渡している。

「なんてきれいなお手紙セット……」

うっとりした声を漏らし、長女はモンペの腰につるした手ぬぐいで何度も手をこすってから、その贈り物を受け取った。

「もしかして、これは純司先生の？　純司先生の便せんですか？」

「そうだよ、昔のものだけど。ルリちゃんたちには絵はがき」

八歳と六歳の娘に有賀が絵はがきを二枚ずつ渡した。こちらも長谷川純司が描いた和装の美少女たちの絵はがきだ。

聞きなれない名称で有賀を呼び、運転手の兵士が麻袋を運んできた。

折り目正しく有賀に一礼すると、表に停めた自動車に戻っていく。

有賀が麻袋から綿入りの革手袋のようなものを二つ、続いてボールを二個出した。

「古いものばかりで恐縮だけど、これは野球のグローブ。僕の甥が使っていたんだ」

幼い息子たちが歓声をあげ、革のグローブに触れた。

息子たちの手に、有賀がグローブをはめている。嬉しそうにグローブをはめた手を広げたり閉じたりして、子どもたちは笑った。

有賀がコートと背広の上着を脱いだ。

「少し遊んでみようか。一人ずつ、僕とキャッチボールをしよう。大きいほうのグローブを貸してくれるかい」

消炭色のウェストコート姿の有賀が、息子たちにボールの投げ方を教え始めた。縁側では、長谷川純司の絵を見せ合いながら、娘たちが笑っている。

はしゃいでいる子どもたちの声に、東京で暮らした日々を思い出した。

空井がポラリス号と呼んだ、風変わりな家のことだ。

畑仕事の疲れがまわってきたのか、縁側の柱にもたれると、まぶたが重くなってきた。

まどろみのうちに遠く、穏やかな声が響いてきた。困りますよ、と言っている。

なつかしいその声に、シメは微笑む。

初めて出会ったとき、彼は何度もその言葉を繰り返していた――。

――いやいや、まったく困らない、と答える声がした。

よく通るこの声は、十三歳のときから「ねえや」として仕えてきた鈴木家の主人だ。

鈴木家の主人が、ほがらかに言っている。

「一体、どこが困るんだい、空井君、君の生活向上のためにシメは住み込むんだよ」

空井家の台所で素麺（そうめん）を茹（ゆ）でながら、シメは二人の男の声を聞く。

鈴木家の主人は郷里の大金持ちの三男坊だ。その縁で十三のときに九州から上京して「ねえや」として子守を続けて十年。

幼かった鈴木家の四人の子どもたちも、今では末の息子が中学に入っている。どの子も気立てが優しく、ずっとこの家で働いていきたいと願っていた。

ところが、この秋から主人が上海（シャンハイ）で働くことになった。それを機に郷里で結婚話が持ち上がり、暑くなる前に仕事を辞め、実家に戻ることになった。

気は進まないが、帰郷の準備が整ったので、七月末には郷里に出立したい旨をシメは主人に伝えた。すると、可能であれば帰郷を一ヶ月遅らせ、八月いっぱい、知人の小説家、空井量太郎氏のもとで働いてくれないかと頼まれた。

科学小説作家の空井は主人の大学の後輩だ。鈴木家の息子たちが幼い頃に愛読していた少年誌の人気作家で、彼の本「宇宙帆船シリウス号」のシリーズは全巻、鈴木家の本棚にある。その空井はこの夏、完成させたい原稿があるのだが、風邪をこじらせ、執筆が滞っているのだという。

そんな偉い先生がお困りなら、東京で過ごす最後の彩りに手伝いにいこうとシメは思った。ただ、お盆には、見合いのために郷里へ帰らねばならない。そこで半月ほどなら大丈夫だと答えると、主人はほっとした顔をした。

そして本日、荷物を持って主人と空井家に来たのだが、玄関に出てきた彼は明らかに戸惑っていた。鈴木家からは「ばあや」をよこすと言われていたらしいのだが、主人と一緒に来たのは、雲を衝くような大女の自分。「ねえや」だったからだ。

困ります、と空井が再び言っている。

「ばあやさんをよこしてくれるっていうから、お願いしたのに」

「ばあやはやっぱり無理だと女房が言ってね。だけど、ばあやもねえやも変わらないよ。シメは何でもできるぞ」

「そういう問題じゃなく、ですね」

素麺が茹で上がった。水にさらしたあと、戸棚にあったソーダ色のガラスの器に、シメは丁寧に盛り付ける。用意してあった錦糸玉子をのせ、青紫蘇を刻んで添えた。瑞々しい紫蘇の香りがたちのぼるなか、梅干しの種を抜き、真っ白な素麺に飾る。

ずっと穏やかだった空井の声が少し大きくなった。

「僕は道徳的にどうかと言っているんです。あんな若い女性が、僕のような独り者の家に住み込むなんて。万が一のことがあったら……いや、もちろん僕は無体なことなど、誓っていたしませんが」

万が一のことなど、自分にあるはずがない。

水筒に詰めてきた鶏がらと生姜、クコの実でとった冷たいスープを素麺にかけつつ、シメは考える。

七人兄妹の末っ子。子どもはこれで終わりにしたいからと付けられた名前はシメ。赤茶けた髪と鳩胸(はとむね)、出(で)っ尻(ちり)。男をしのぐ身の丈。子どもの頃から赤鬼とからかわれてきた。そんな赤鬼を望む男などいない。親にさえ望まれていなかったのに。

　鈴木家の主人の声がさらに大きくなった。

「もちろん、空井君は信用できる男だよ。でも、万が一のことがあっても、君みたいなお堅い男は、それぐらいでちょうどいいと思うがね」

「何を言っているんですか」

　空井の声が少し恨みがましい。歓迎されていないのはわかったが、そこまでいやがられると辛(つら)い。

　鈴木家の主人が笑っている。

「僕は純粋に君を心配しているんだ。身を養って、よいものをお書きなさい。君、この間の佐藤秋明(さとうしゅうめい)のあれは読んだかい？」

「読めと言ってむりやり貸したんじゃないですか。読みましたよ」

「君だって負けてはいない。宇宙の深淵もいいがね、君も人間の愛憎や性の深淵について書いてみたらどうだい。そんな顔をするなよ。この話はこれでおしまい」

　足音が近づいてきて、鈴木家の主人が顔を出した。

「シメ、私は帰る。あとは頼んだぞ」

「お昼ができあがりましたが……」

「私はいい、次の予定があるんでね」

　鈴木家の主人に続いて、空井が台所に現れた。

今までずっと年配の人だと思っていたが、白いシャツに黒いズボンをはいた姿は若々しい。そして、自分より上背のある男を見るのも珍しい。

鈴木家の主人がこちらを見上げ、軽く背中を叩いてきた。

「こう言ってはなんだが、空井君。シメは家内が鍛えた。そこいらの女学校出より、よっぽど教養もあれば作法もわきまえてる。いい子だよ。君らは背格好も釣り合うしな」

空井とこちらの顔を交互に見上げて気さくに笑うと、鈴木家の主人は玄関に向かっていった。そのあとを空井が追っていく。

できあがった素麺を、シメは食堂へ運んだ。

空井の家は一見、二階建ての日本家屋だが内部は西洋風だ。食堂の壁は瑠璃色に塗られ、出窓や船室風の丸窓が作られている。そして一番広い壁の中央には、彼の作品内で地図の役割をする、大きな星座早見表が絵のように飾られていた。

まるで彼の代表作「宇宙帆船シリウス号」の操舵室のようだ。

頭をかきながら、空井が食堂に入ってきた。

「先生、どうぞ。お昼のお支度が調っております」

「鈴木さんも押しが強いが、あなたも……」

「シメと申します」

「シメさんも押しが強い。何も話が決まっていないうちに、いきなり食事を作られても」

「手違いがあったようですけれど、せっかく調えましたから、どうか召し上がってください。暑いからお素麺がよいかと思って。冷たいおつゆに沈めてあります」

空井が渋々といった様子でテーブルについた。

黄金色の透明なスープをしばらく眺めたあと、漆のさじをすっと口に運ぶ。背筋を伸ばして食事をする姿が、たいそう上品だ。

「おいしい……ですね」

「よかった。おつゆ、できれば全部召し上がってください。滋養がありますから。味が物足りなかったら、途中で梅干しを崩して塩気と酸味を添えて……そうだ。甘いものもお持ちします」

ふっくらとした桃を剝き、シメは赤い漆の小皿に盛りつける。

食堂へ運ぶと、空井はすでに食べ終えていた。

「不思議だ。食欲がなかったのに、するりと入ってしまった。それは桃ですか?」

空井の前に桃を置き、シメは壁に飾られた星座早見表の前に立つ。

「お話をなさっている間に、カシオペア座の位置にある果物屋さんで買ってまいりました。それからペルセウス座の位置にある魚屋さんで新鮮なアジをすこし。先生、アジは塩焼きとフライ、どちらがお好きですか?」

桃を食べ終えた空井が隣に並び、星座表を見上げた。

「僕らは今、どこにいるという設定ですか」

「空井号はヘルクレス座にて停泊中です」

表の中央にあるヘルクレス座をシメは指差す。シャツの胸ポケットから眼鏡を出してかけると、空井が星座表を指し示した。

「アンドロメダの位置にある駅への近道は、はくちょう座経由が早い。でもあそこには凶暴な犬がいます。お帰りは多少遠くても、果物屋のカシオペア方面を回るのをお奨めします」

「帰れとおっしゃるんですね。アジはどうなさいます?」

「僕の手に負えません。持ち帰ってください」

「とても新鮮で、あぶらがのっていますから、私、お夕飯には『なめろう』という漁師料理をつくろうと思いました。アジを生姜とお味噌と青紫蘇で叩いたものなんです」

食べたことがあります、と答え、空井は眼鏡を外し、胸のポケットに入れた。

「たしか……鈴木家の奥様の郷里の料理ですね」

「そうです。炊きたてのごはんにのせると、それはそれは、おいしゅうございます」

「その……」と言いかけ、空井が軽く咳払いをした。

「あなたの言葉はひじょうに僕の食欲をそそります」

「そうですか、よかった」

空井が微笑むと、嬉しくなってきた。ただ、やはり体調がすぐれないのだろう。彼の肌には生気がなく、声も弱々しい。

「これを地図代わりにするとは、ゆっくりと話し出した。

「これを地図代わりにするとは、僕の作品をご存じなんですか?」

「『シリウス号の栄光』の頃から読んでいます。上のお坊ちゃまがお好きでしたし、下のお坊ちゃまには毎晩、寝る前に読んで差し上げました」

「あの作品で僕は世に出たんです」

微笑みながら、空井は星座早見表を見上げた。その姿に、物語に出てくる、高潔な船長の姿が思い浮かんだ。

空井が今度は鎖骨のあたりを押さえた。

「先生は、身体がお痛みなんですか？」

「何、たいしたことじゃありません。ただ、風邪でひどく咳に悩まされましてね。幸いにも咳はおさまったのですが、身体の節々が運動後のように痛むのです」

軟膏でさすってあげれば、少しはお楽になるのに。

しかし幼児ならまだしも大人の男に言いづらく、シメは黙る。それ以上に会ったばかりの人に、そんなことを思う自分が不思議だ。

「それならば、先生……」

星座早見表を見上げていた空井が、視線をこちらに向けた。

その瞳のふちが淡い茶色なことに気が付いた。互いの背丈が似通っているせいで、目線の高さが同じだからだ。

「あの……それでは、私のことを水先案内人と思ってくださいな」

茶色の瞳が不審そうに瞬いている。小さなその輝きに引き寄せられるようにして、言葉が続いた。

「『シリウス号の冒険』でお書きになられていたでしょう？　涙の海で船が遭難しかけたとき、サンという水先案内人が乗船して、安全な場所まで舵を取っていました。空井号がご難所を乗り切るまで、今回はシメがその水先案内を務めます」

「なるほど……そういう意味ですか」

　空井があっけにとられた顔をしたが、ゆっくりと微笑んだ。

「つまり我が家に乗船希望ということですね。……わかりました。それなら打ち明けますが、この家のことを僕は心のなかでポラリス号と呼んでいます」

「空井号じゃないんですね。失礼しました」

「それから、先ほどから気になっているのですが、あなたは自分のお昼はどうなさるんですか？」

「私の食事ですか？　そんなのお勝手で残り物でもササッと……」

　それはいただけない、と言い、空井が腕を組んだ。

「おいしいものも、とぼしいものも、わかちあう。それがポラリス号のルールです。ここに乗り組んだ人は皆、同じテーブルにつき、食をともにして語り合う。台所で一人、残り物をかきこむなど言語道断。それをご理解いただけるのなら水先案内を頼みます。客室があるのでこれから半月、そちらで寝泊まりしてください」

「先生、そんな佳（よ）いお部屋じゃなくとも、布団が一組敷ければ。お納戸（なんど）みたいなところで結構です」

　納戸？　と空井が顔をしかめた。

「水先案内人を納戸に押し込むなんて！」

「わかりました、お言葉に甘えます」

案内します、と、空井は隅にある観音開きの扉を指差した。

「まず、あの先がポラリス号の機関室、僕の書斎。ここは掃除をしなくていいです。客用の船室は廊下のつきあたり」

廊下に続く扉を空井が開けた。

ポラリス号の冒険が始まるのだ。本の扉を開けるようなときめきが、こみあげてきた。


空井の家、ポラリス号は一階に食堂と書斎、客室などがあり、二階は彼の寝室と書庫だった。室内は整い、置かれているものは簡素で飾り気がない。それでいて時折、舶来と思われる凝った細工の美しい品物が飾られ、その混ざり具合が居心地よい。

ただ、室内にくらべ、裏庭には手が回らないのか、雑草で荒れ放題だった。

洗濯ものを取り込んだあと、三十分ほど裏庭の草むしりを続けて三日目。庭の片隅に赤紫蘇（あかじそ）が繁（しげ）っているのを見つけ、シメは葉をちぎり、砂糖と一緒に水から煮込んだ。

鍋に赤黒い汁が沸き立ったとき、勝手口を叩く音がした。

空井あての速達だった。ずいぶん厚みのある大きな封筒だ。

台所のガラス戸が開き、空井が入ってきた。

「何か届きましたか？　ゲラかな？」

「いいえ、埼玉の方から。こちらの封筒です」

親からだ、とつぶやき、空井が不機嫌そうに封を開ける。台紙に貼られた若い女性の写真が数枚出てきた。

「まったく性懲りも無く。夏風邪をこじらせてから、友人、知人、身内が、ここぞとばかりに縁談をすすめてくる」

「皆さん、心配していらっしゃるんですわ」

空井が首を横に振り、見合いの写真を作業台の上に置いた。

「そもそも僕は女性を幸せにできる男ではないのです。野垂れ死ぬ覚悟はできても、誰かを幸せにする覚悟は持てずにいる」

しかし、この家に来てから、自分はずいぶん幸せだ。

空井の身の回りを整えていくにつれ、彼の顔色が良くなっていくのが嬉しい。さらにこの家の室内や装飾品の数々は、彼の物語の挿絵によく登場している。そのなかで過ごしていると、宇宙を行く冒険者たちの一員になれた気分だ。

空井が土間に降りてきて、赤黒く煮立った鍋をのぞいた。

「何を煮ているんですか？　ずいぶんおどろおどろしい色ですね」

「赤紫蘇のジュースです。お疲れの身体によく利きます」

煮立った汁に、シメは酢を入れる。その瞬間、赤黒い汁が鮮烈な赤い色に変わった。

おお、と空井が声を上げた。

「これはきれいだ。酸に反応したんですね」

「たいそう科学的なことをしている気分になってきました。これをですね……」

氷屋から届いた氷を砕き、シメは冷たい水を琺瑯（ほうろう）のピッチャーに満たす。その氷水で、できたての赤紫蘇のジュースを割り、脚付きのグラスに入れた。

きれいな赤色だ、と空井がグラスを眺めた。

「さそり座にアンタレスという赤い星があるのですが、その光のようです」

色をじっくりと愛(め)でたあと、空井がジュースを飲んだ。

「これはおいしい。……では、もうひとつ科学的なことを足しましょう」

空井が戸棚から白い粉と薬さじを取り出した。冷水を満たしたグラスにその粉を量って入れ、かきまぜている。

「この粉は炭酸水素ナトリウム。重曹、ベーキングパウダー、ご家庭ではふくらし粉と呼ばれているものです。そこに酢を注ぐと……」

グラスのなかに次々と、と小さな気泡が湧いてきた。赤紫蘇のジュースをそれに加え、空井が差し出す。

おそるおそる飲んでみると、爽やかなのどごしだ。

「あら、炭酸水。赤紫蘇のサイダーだ。おうちでこんな飲みものができるなんて……」

「この粉は磨き粉にもなる。掃除にも使えます。我々の暮らしは日々、科学的な実験の連続でもあるのです。でも僕としては……男らしくないと思われるかもしれませんが」

空井が恥じらうように言葉を切った。

「実は、僕は甘いものが好きでして。もしできれば、そのうちメリケン粉と卵と牛乳とこの重曹で……」

「ホットケーキですね。ホットケーキを焼きましょう」

笑みを隠すようにして空井が口元に手を当てた。それでも隠しきれぬ笑顔が少年のようだ。

空井が白い粉が入った器を軽く撫でた。

「うちの重曹は高純度ですから、きっとよくふくらみますよ」

「おまかせください。さっそく今日のお夜食にいたしましょう」

照れくさそうな、それでいて嬉しそうな顔で、空井は書斎に戻っていった。

それから毎日、夜食には甘いものを用意することにした。

空井の反応を注意深く見ていると、好きな夜食は、ホットケーキと寒天のゼリーだった。なかでも赤紫蘇のジュースを寒天で固めたゼリーが気に入っているようだ。

ところが空井家を手伝う日々が残すところ三日を迎えたところで、そのジュースの量がわずかになってしまった。

そこで寒天に入れるジュースの量を減らしたところ、ほんのりとした桃色の透明なゼリーができた。それをさいの目に切って塩豆を添え、みつ豆をこしらえてみる。

桃色の寒天を使ったそのみつ豆を、空井はたいそうほめてくれた。明日で仕事が終わる日、シメは夕食の最後に再びそのお菓子を出した。

ガラスの器を手に取り、空井がしみじみと眺めている。

「このみつ豆はまさに夏の涼菓。淡いリラ色とでもいうのか。こんなうつくしい色の寒天を見たのは初めてです」

リラ色という言葉に、空井の物語に登場する可愛らしい三姉妹の名前を思い出した。

桃色の寒天を口に運びながら、シメは空井にたずねてみる。

「先生のお話に出てくるコーラス号のリラちゃんは、この色のことなんですか？」

「三姉妹のリラは、こと座からです。ルナは月。ルリは夜空の瑠璃色からつけました」

「このおうちの『ポラリス』は北極星のことでしたっけ」

「そうです。天体がどれほど移ろっても、北極星は動かない。世界中の旅人がこの星を友にして海を渡り、陸を進んでいきます」

食事を始めたときは朱に染まっていた空には、瑠璃色の帳（とばり）がおりていた。

大きな食卓の両端にはろうそくがともり、ガラスの器に入った透明な涼菓にやさしい光を投げかけている。

「旅人の友はお月様かと思っていました」

くつろいだ気分で、シメは微笑む。

「月はどちらかというと人を惑わせます、特に男を。普段は極上の紳士も満月のもとでは獣になったりするのです」

「先生も獣になるのですか？」

まさか、と否定すると思ったが、真面目な顔で空井はうなずいた。

「残念ながら、そこまで心惑わせるルナには、いまだ出会ったことがありません」

「ルナって可愛い名前ですね。私は七人兄妹の末っ子で。子どもはシメにしたいからシメ。がっかりする名前の由来です」

「僕ならシメさんに別の名前を付けますね」

「どんな名前？　どんな名前を付けてくださいますか」

そうですね、と言ったあと、空井がみつ豆を二さじ、口にした。

「ソル、と付けます。太陽という意味です」

がっかりしながら、シメは束ねた髪の毛先に触れる。

「もしかして……私の髪が赤茶けて、癖毛だからですか？　身体も大きいし」

「僕がそうした理由で名付けをする男に見えますか」

あわててシメは首を横に振る。みつ豆のスプーンを、空井は静かにテーブルに置いた。

「太陽はあたたかくて、強くて、明るくて。天空においても地球においても輝く、唯一無二の存在。そういう意味です」

髪よりきっと、今の自分の顔は赤くなっている。

頰に血が上るのを感じて、シメは顔を伏せる。おだやかな声が耳をくすぐった。

「ソルさんの髪は素敵だと思いますけどね。身の丈の大きさは僕も人のことは言えない。郷里に帰ると始終、家の鴨居(かもい)にぶつかっています」

「私もです」

ところで、と空井が咳払いをした。

「ソルさんのおかげで原稿がたいそうはかどりましてね。あと少しで完成です。そこでご提案ですが、僕が脱稿したら実験をしませんか。塩と氷を使ってアイスクリームを作るんです。驚くほど簡単ですよ。凝固点降下という現象を使うんです」

それは楽しいだろうな、とシメは考える。弾んだ声が再び聞こえてきた。

「一人ではまったくやる気が出ませんが、ソルさんとならきっと楽しい。屋根に登ってそいつを食べながら、夏の星座を眺めませんか。ポラリス号が難所を抜けたお祝いに」

「せっかくですけど、もう二週間が過ぎますから。私、明日には田舎に帰らないと」

あっ、と言ったきり、空井がしばらく黙った。

スプーンを手にしたが、すぐにテーブルに戻し、空井が口を開いた。

「うっかりしていました。でも、もうお盆だ。もう少しここで過ごしていきませんか」

「お盆ですから帰らねば。お見合いの相手も大阪から田舎に帰ってくるんです」

「ああ、そんな話を聞いた気が……。でも、もしその人と気が合わなかったらどうするんです？　そいつがひどい煙草のみの酒飲みの、まったく話がわからぬ男だったら」

「それでも望まれたら、お嫁に行かなくては」

食卓のろうそくが一本、燃え尽きた。

空井が立ち上がり、戸棚から新しいろうそくを出している。

その背中に、明るく笑ってみせた。

「でも、相手だって、きっと思いますよ、こんな鳩胸、出っ尻の大女はいやだって。姉のおさがりが似合わなくて、母にいつもそう嘆かれてた。煙草やお酒はやめられるけど、人の外見はどうにも……」

「何言ってるんですか！」

新しいろうそくをスタンドに立て、空井は苛立たしげに何度もマッチを擦った。

「それは着物だからです。ソルさんは洋装がばつぐんに似合いますよ。僕は登場人物のために洋服の研究もしましたから間違いありません。ソルさんは……赤いドレスなどが、たいそう似合いますよ」

そんな派手なドレスは見たことがないし、自分に似合うとは思えない。

それでも夏の日差しに翻る、赤いドレスの裾はきっときれいだ。

空井といると、颯爽とした女冒険者のような気分になれる。

でも、たぶん、自分は彼につりあわない。男はみんな、月光のように美しい「ルナ」を待っているのだ。

それでもあがいてみたい。

女も男も、最後まであきらめず、果敢に運命へ挑む。この人が描く登場人物たちはいつもそうだから――。

「先生は……誰かと一緒にいるのはおいやですか」

「いやというわけではありません」

「私は自分で幸せになれますから。……誰かに幸せにしてもらわなくてもいいんです。先生といれば、自動的に幸せ。先生、私がいると邪魔？」

「まさか。そんなことがあるものですか」

「私がいないほうが仕事がはかどる？」

「もう、いなくなることが考えられません」

「なら、おそばに置いて」

「困りました……」

空井が顔を手でおおった。

「どうして困るんですか」

「断る理由が見つからない。断ってはだめだと私の細胞すべてが叫ぶのです。が、しかし、私の理性がそれはだめだと言う」

空井が顔をおおった手を外し、真剣な眼差しになった。

いいですか、と道を説くように空井が言った。

「繰り返し言いますが、私は人並みの幸せを何一つあげられません、それどころか、私と一緒にあなたも世間から非難の目で見られるかもしれません。貧窮きわまりて二人で道端の草をむしって食べることもあるかもしれない。愛する者をそんな目に遭わせるぐらいなら、私は最初から一人でいたほうがいいのです」

空井の茶色の瞳をシメは見つめる。夜空の星のように、この人の瞳はとても神秘的だ。

この人と一緒なら、草をむしって食べる日が来ても構わない。

「道端の草でも先生と一緒なら、おいしく食べられます。世間から非難の目で見られる日が来たら、私が隠してあげる。私の郷里は星がきれいなところ。いざとなったら山にこもって、星を見て暮らしましょう。つべこべ言わずに心の叫びに従ってください」

空井の前に置かれたガラスの器を取り、シメはひとさじ、涼菓をすくう。

「先生、ポラリス号に私も乗せて。一緒に、冒険させてください」

口元にさじをつきつけると、戸惑いながらも空井が口を開いた。その口にリラ色の寒天と塩豆をそっと入れる。

「いやだって言われるの、いやですから。このままお口にみつ豆を放り込んであげます。

全部召し上がるまでに、その理性、殺して」

空井がみつ豆を咀嚼（そしゃく）している。ゆっくりと呑（の）み込むと「もう、結構」と微笑んだ。

「ソルさんはいい人だから、甘えてしまった。文士は食えません。ましてや僕のようなものを書いていては。ソルさんとの宇宙船ごっこは、もうおしまいです」

「『ごっこ』だったの？」

空井がゆっくりと立ち上がった。

「僕は身命を賭してやっています。でも人から見ればただの『ごっこ』。子どもの遊びの延長に見えるのです」

今日の夜食はいらないと言い、空井が書斎に向かって歩いていった。

書斎の観音扉を開けた向こうに、壁一面にぎっしりと詰まった、難しそうな洋書や日本語の書物が見える。

その光景に、この人は本来、自分とはまったく違う世界の旅人だと気が付いた。

「ごめんなさい、先生。私、はしたない……ずうずうしいことを言ってしまった」

扉を閉めようとした空井が一瞬、動きを止めた。

しかし何も言わず、書物の世界へ戻っていった。

出立の朝、空井は二階の寝室から出てこなかった。具合が悪いのかとたずねたが、眠いだけだという。

昼食をつくり、盆に載せて寝室に運んだが、それでも空井は部屋から出てこない。食堂に置いておけば、あとで食べるという。

「先生、私、もう汽車の時間がありますから、お暇(いとま)します」

ご苦労様でした、と寝室から声がした。

「何か手土産を持たせてあげたかったけど、申し訳ない、何の用意もできなかった」

二週間分の給金は昨晩遅くに受け取った。それとは別にお土産代だと言い、空井は余分な額を渡そうとしてくれたが、それは断った。

「先生からは、お名前をいただきましたから。『ソル』……太陽なんて素敵なお名前、東京でもらった、なによりもうれしいお土産です」

この先、きっとその名で呼ばれることはない。でも太陽のようだと言われたことは、一生忘れない。

二週間前に来たときと同じ荷物を持ち、空井の家を出た。

坂を下ろうとしたとき、空井の家の方角から大きな物音がした。

振り返ると、二階の窓から空井が見下ろしている。

こぶしを握り、シメは小さく三度、手を挙げた。空井の物語に出てくる冒険者たちが、相手の旅の安全と、またの出会いを願う別れの挨拶だ。

同じ仕草を返してくれると思ったのに、苦しげな顔で空井は窓を閉めた。

寂しい思いで、閉められた窓を見上げる。それから再び歩き始めた。

ここから駅までは星座表のアンドロメダ方向、十五分だ。初日に教えられたとおり、遠回りをして駅へ向かう。

改札を抜けようとしたとき、「ソルさん！」と叫ぶ声がした。

ヘルクレス座の方角から空井が走ってくる。髪は乱れ、シャツのボタンは互い違いで、ズボンの裾はほつれている。

「先生……先生、一体どうなさったの？」

「近道をしたら、犬に追われました」

空井が両膝に手をつき、背を丸めた。しかし、すぐに息を整えて、顔を上げた。

「行かないでください、ソルさん。……僕は理性を重んじる人間だけど、人生で一度ぐらい、理性を吹っ飛ばしてもいいと思うんです。最初っから、あなたは特別な人でした。一緒にいてくれたら、どこにでも行ける、宇宙の果てでもどこまでも。覚悟なんて……そんなのどうでもいい。とにかく、一緒にいましょう」

ひったくるようにして荷物を掴むと、空井が手を引いた。

強いその力に引っ張られながら、シメは振り返る。

郷里へと続く駅がどんどん遠くなっていく。地上の重力から離れ、宇宙へ旅立つみたいだ。

やがて、坂の上に遠く、空井の家の屋根が見えてきた。

「先生は……ルナを待たなくていいんですか？」

「いいんです、太陽が来てくれたから。涙の海はもう終わりです。ポラリス号の太陽、僕を導くソル」

夏の終わりに、鈴木家の主人夫婦の立ち会いで、空井とささやかな式を挙げた。婚礼衣装は、空井が急いで生地を選んでデザインもした赤いツーピースとトーク帽だ。背広姿の空井とともに撮った婚礼写真は、たいそうモダンで気に入っている。

その年の暮れ、小説家仲間の親睦会に出た空井と待ち合わせるため、シメは銀座に向かった。

空井は出席者に挨拶だけをして、すぐに会場を出るという。そのあと二人で彼が好きな洋食屋で食事をする予定だ。

七時に会場を出ると言ったのに、空井はなかなか出てこない。会場のカフェの前で待っていると、雨が降ってきた。

建物の軒先に入り、シメは雨をやり過ごす。

タクシーが止まり、眉目秀麗な青年が車から降りてきた。

傘を手にしているのに開かず、長めの黒髪に雨を打たせて、ゆっくりと歩いてくる。

すべてを見透かすような眼差しに惹かれ、思わず見つめてしまった。

視線に気付いたのか、青年の眼差しがほんの少し優しくなった。

「待ち合わせですか？　なかにいる誰かと」

「はい……そろそろ出てくると思うのですが」

青年が空を見上げ、手にした細身の傘を差し出した。

「今夜はずっと降るようだ、よかったら」

「でも……」

「僕も人にもらったのです。これからお帰りなら、どうぞ」

傘を渡してくれる指にインクのしみがあった。洗ってもなかなか落ちないそのしみは、同じ指に空井もよく付けている。

この人も、親睦会に来た小説家だ。

青年が建物に入ると、入れ違いのようにして空井が出てきた。

「やあやあソルさん、お待たせしました。おや、どうしました？　美しい傘ですね」

「さっき、入っていった方が……もらいものだからって」

空井が建物の入り口を振り返った。

「佐藤君か」

「ご存じの方？」

「彼は佐藤秋明……荻野紘青と並び、いずれ文壇の至宝と呼ばれる男です。読者不在の荒野で野垂れ死に覚悟の僕とは違う。王道を歩む人だ」

「どんなご本をお書きになっているの？」

「一語、一文、すべてが力を放って心をつかみにくる。読んでいて怖くなった。世の中にはこんなに光り輝く書き手がいるのかと」

佐藤からもらった傘を広げ、空井がさしかけた。

銀座の通りを二人で肩を寄せ合い、相合い傘で歩く。

甘い思いが胸に満ちてきた。

「でもね、私は空井量太郎先生が一等好き。先生が野垂れ死に……、いいえ、先生がいつか宇宙へ冒険に出られても心配はご無用。あとのことはちゃんと私がしてあげます。

ああ、いやだ縁起悪いことを言ってしまった、鶴亀、鶴亀。先生は私とうんと長生きして、うんとたくさん良いものをお書きになるのよ」


――お母様、と遠くから声がした。

続いて、お母ちゃま、お母様、と口々に言う子どもの声がして、身体をゆさぶられた。

まぶたを開けると、夫そっくりの茶色がかった瞳の子どもたちに囲まれていた。

「ああ……ごめんね……ちょっと、寝てしまった」

ほっとした顔で、十三歳の娘が笑った。

「びっくりした。居眠りしてるのか、具合が悪いのかわかんなくて」

「ぼく、死んじゃったかと……」

わたしも、と末の娘が泣き出し、子どもたちが抱きついてきた。両腕を伸ばし、シメは子どもたちを抱きしめる。

何一つ幸せをあげられない。そう嘆いたあの人は、抱えきれないほどの幸せな時間をくれた。

子どもたちを抱く手をゆるめ、シメは顔を上げる。庭先に、有賀が一人で立っていた。

あの日、佐藤秋明として出会った彼は、その数年後に筆を折ってしまった。それからは本名の有賀憲一郎として雑誌の編集に携わり、晩年の空井の創作活動を支えてくれた。

しかし戦局の悪化で召集され、今は出版の世界から遠く離れている。

「有賀さん、お騒がせしました」

「お母様は愉しそうだから大丈夫。もう少し寝かせてあげようと、僕はみんなに言ったんですけどね」

「本当に、お恥ずかしい……」

「いい夢をご覧になられたようだ」

有賀がゆるめたタイを締め直し、まくったシャツの袖を元に戻している。

よく日に焼けた、たくましい左腕に、最近付いたと思われる赤い傷跡が見えた。その痛々しさに息を呑んだとき、有賀と目が合った。

すべてを見透すようなあの眼差しが、何も聞くなと語りかけてきた。


子どもたちの案内で空井の墓に参った有賀が戻ってくると、あたりは暗くなっていた。

有賀と若い兵士を夕食に誘ったが、彼らは固辞した。次に向かう場所があるのだという。

夕食代わりに持たせる握り飯を作ったあと、有賀が待つ仏間にシメは向かう。

仏間の窓を開け放して、有賀は外の暗がりを眺めていた。

空井が他界したあと、彼は娘たちには「乙女の友」、息子たちには、かつて空井が活躍していた少年雑誌を送ってくれた。その思いは嬉しかったが、空井の一周忌の報告とともに断った。

有賀に何らかの累を及ぼしては、空井が悲しむ。

それから連絡は途絶えたが、代わりに命日と年の暮れに、今度は荻野紘青から子どもたちが喜びそうな菓子が毎年贈られてきた。

ラジオ番組でもお馴染(なじ)みの国民的な大作家から定期的に届く贈り物に、空井をよく思っていなかった実家の人々の気持ちも、今はやわらいでいる。

小説家仲間を代表しての贈り物だと、荻野は手紙に書いていた。その仲間とは、きっと有賀のことだと思う。

窓辺にいる彼の前に座ると、小さな紙を手にしていた。雑誌の一ページのようだ。

「有賀さん、そんな暗いところでものを読んでは、お目をいためてしまいます」

「読んでいたわけではないのです」

差し出されたその紙には「乙女の友」の主筆となった、佐倉波津子(さくらはつこ)の就任挨拶が刷られていた。小さく畳まれていたのか、紙にはたくさんの折り目がついている。

「彼女が創作を始めたのは空井先生のお言葉がきっかけ。今や執筆陣を束ねる立場となりました。……それをお見せしたくて」

有賀が夜空に目をやった。

「……彼岸は天空と地上の人々の思いがつながるとき。昔、空井先生はそうおっしゃっていた。だから天と地から、新しい主筆の前途が安かれと願っていたのです」

佐倉の就任挨拶を読むと、のびやかな彼女の歌声が心によみがえってきた。空井の原稿を取りに来た彼女は子どもたちにせがまれ、よく自作の歌や童謡を歌ってくれた。

あの少女が大人になり、有賀が去ったあとの「乙女の友」を支えていくのだ。

「素晴らしい就任のご挨拶ですね。ハッちゃん先生、いいえ、佐倉主筆らしい」

「僕もそう思います。彼女の美質が実によく現れている」

切り抜きを有賀の手に返したとき、年末に聞いた噂を思い出した。

「そう言えば佐倉主筆はご結婚なさるとか。年末に荻野先生がお手紙に書いていらっしゃいました」

そうですか、と言ったきり、有賀は黙った。切り抜きを畳んで胸の隠しに入れながら「誰とだろう」と独り言のようにつぶやいている。

「幼馴染みだそうです。その方が戦地に行かれる前に、心残りがないように祝言を挙げたいと……」

左胸の隠しに切り抜きをおさめた有賀が、再び外を見た。

夜風が柔らかに吹き込み、わずかに彼の髪を揺らしている。

「有賀さん、窓を閉めましょう。山の風は冷えるのです」

「いいえ、このままで」

立ち上がろうとしたシメを有賀が止め「いいんです」と続けた。

「花冷えの寒さも星の光も、小さな友たちの笑顔も山も風も、愛おしいもののすべてを記憶に刻みつけたくて」

外つ国へ赴く空井の知人が、昔、似たようなことを言っていた。

「どこか遠くに行かれるのですか」

答える代わりにわずかに微笑み、鴨居に飾られた空井の遺影を有賀は見上げた。

「僕にも心残りがあり……ずっと、先生にご挨拶をしたかったのです。奥様やお子様がたにも、何のお別れも言えずに今日まで来てしまったから。お詫びも……申し上げたくて。……僕は空井先生が亡くなられたとき、寂しい思いをさせてしまった。いろいろなものを守るために、僕は……」

有賀が言葉に詰まり、うつむいた。

「僕は、ご遺体が見つかったとき、確認に行こうと思ったのです。それなのに……」

有賀が顔を上げ、再び黙った。

苦渋のその表情に、シメはやさしく微笑む。

「来てはいけないと、空井は言ったでしょう。絶対に来ちゃいけない、有賀さん。彼はそう願ったはずです」

唇を引き結び、有賀が横を向いた。

「空井は、いつかあんな日が来るのを知っていた気がします。でも私は科学小説家、空井量太郎の妻。嘆いてはいられません。すべてにケリをつけたら、私も冒険の旅に出るのです」

「冒険、ですか……」

何かをこらえるかのように有賀は夜空を見上げた。

静かなその横顔に、そっと語りかけた。

「誰もがみんな、いつか冒険の旅に出るのです。天空の彼方で私たちはいずれ落ち合う。先生は……空井は素敵な人だから、きっとたくさんの星を飾って待っていてくれます」

春の夜空に輝く星々を、有賀とともにシメは見上げる。

「だから、これ以上悲しまないで、有賀さん。私たちはまた会えるのです」

書き下ろし

【番外編】ポラリス号の冒険

＊

この作品を愛してくださった皆様と、

「乙女の友大賞」を企画してくださった

書店員有志の皆様へ、感謝を込めて（著者）

扉絵＊早川世詩男

デザイン＊成見紀子

実業之日本社文庫 い161

かなた とも
彼方の友へ

2020年10月15日 初版第1刷発行
2021年9月25日 初版第2刷発行

著 者 伊吹有喜

発行者 岩野裕一
発行所 株式会社実業之日本社
〒107-0062 東京都港区南青山5-4-30
CoSTUME NATIONAL Aoyama Complex 2F
電話 [編集]03(6809)0473 [販売]03(6809)0495
ホームページ https://www.j-n.co.jp/
DTP ラッシュ
印刷所 大日本印刷株式会社
製本所 大日本印刷株式会社

フォーマットデザイン 鈴木正道(Suzuki Design)

*本書の一部あるいは全部を無断で複写・複製(コピー、スキャン、デジタル化等)・転載することは、法律で認められた場合を除き、禁じられています。

また、購入者以外の第三者による本書のいかなる電子複製も一切認められておりません。

*落丁・乱丁(ページ順序の間違いや抜け落ち)の場合は、ご面倒でも購入された書店名を明記して、小社販売部あてにお送りください。送料小社負担でお取り替えいたします。

ただし、古書店等で購入したものについてはお取り替えできません。

*定価はカバーに表示してあります。

*小社のプライバシーポリシー(個人情報の取り扱い)は上記ホームページをご覧ください。

©Yuki Ibuki 2020 Printed in Japan
ISBN978-4-408-55616-1(第二文芸)